NOËL
À LA CONFISERIE DE ROSIE

JENNY COLGAN

NOËL
À LA CONFISERIE DE ROSIE

Traduit de l'anglais
par Laure Motet

ÉDITIONS PRISMA

Titre de l'édition originale :
Christmas at Rosie Hopkins Shop

ISBN : 978-2-8104-3894-5

À J. Delphine-Waverley-James-Bond-Spiderman-Buzz-l'Éclair-Come-in-Peace Beaton, qui ne cesse de grandir, devenant plus belle et plus intelligente chaque jour, mais dont les petits pieds de Spiderman arpenteront à jamais les pages de ce livre.

Épigraphe

Sweet bells! Sweet chiming silver bells!
Sweet bells! Sweet chiming Christmas bells!
They cheer us on our heavenly way,
Sweet chiming bells.

(Chant de Noël traditionnel)

Le mot de Jenny

Bonjour !

Dans la vie, une règle veut que les parents n'aient jamais, ô grand jamais, d'enfant préféré. Je n'en ai pas non plus (même si celui qui vient de gribouiller sur le tapis du salon au feutre orange « parce que DES VOITURES FAISAIENT LA COURSE et que les méchants étaient en train de gagner : les gentils devaient leur échapper ! » ferait bien de rester hors de ma vue pendant que j'écris ces lignes).

La même règle vaut pour les livres : les auteurs sont censés ne pas avoir de préféré, mais les considérer comme leurs enfants et dire qu'ils les aiment tous autant. Et je suis certaine que c'est vrai pour certains. Personnellement, j'aime les avoir près de moi toute la journée et les savoir sagement alignés les uns à côté des autres sur une étagère.

Quoi qu'il en soit, *La Confiserie de Rosie* n'était pas qu'un livre de plus pour moi. J'ai vécu une expérience hors du commun en l'écrivant : les mots sont sortis tout seuls, et ce roman est exactement tel que je me l'étais imaginé. Je remercie sincèrement ceux d'entre vous qui l'ont particulièrement aimé et m'ont écrit pour me le dire. Je me suis beaucoup attachée à Rosie et à Lilian ; je pensais à elles de temps en temps, et, un jour, mon adorable éditrice m'a emmenée déjeuner et m'a dit : « D'après *moi*, voilà ce qui se serait passé ensuite. » Puis mon agent m'a dit « Moi, j'aurais aimé qu'il se passe ÇA... », et même ma préparatrice de copies, dont le travail ne consiste pas vraiment à lire le livre, mais à traquer les fautes d'orthographe et à remplir le manuscrit de drôles de petits signes typographiques que je ne comprends pas vraiment, a ajouté une grosse note manuscrite à la fin pour me dire : « Eh bien, j'espère juste que cet homme est assez bien pour Rosie. » Puis ce roman a même remporté un prix, ce qui a été très excitant. Je savais donc, sans trop prendre la grosse tête, que je n'étais pas la seule à vouloir connaître la suite de cette histoire.

Et puis, je vais être honnête avec vous : je cherchais vraiment un prétexte pour retourner à Lipton, manger des caramels au chocolat et penser aux vieux chiens de berger anglais. Quand j'étais petite, j'adorais les ouvrages du vétérinaire et écrivain James Herriot (au début, parce qu'on n'avait pas beaucoup d'argent et que ses livres n'étaient vraiment pas chers dans les vide-greniers), et la série de *La Confiserie* et le village de Lipton sont en quelque sorte un hommage à son œuvre – si vous étiez fan, vous aussi, amusez-vous à essayer de repérer les références.

Voici donc une nouvelle aventure pour Rosie et ses amis, à temps pour Noël. C'est un genre de suite, mais vous n'avez PAS DU TOUT besoin d'avoir lu le premier tome pour comprendre ce qui se passe, parce que je vais vous dire tout ce que vous avez à savoir.

Rosie Hopkins est aide-soignante. Elle a habité Londres toute sa vie et était prête à passer le reste de ses jours avec son petit ami, Gerard, qui, entre vous et moi, était un peu un fifils à sa môman.

Angie, la mère de Rosie, s'est installée en Australie pour s'occuper des enfants de Pip, le frère de Rosie. Lorsque Lilian, la tante d'Angie, est tombée malade dans un petit village du

Derbyshire, Rosie était la seule personne disponible pour s'occuper d'elle et assurer la gérance de sa confiserie à l'ancienne. Une fois à Lipton, la jeune femme s'est liée d'amitié avec Moray, le sympathique médecin généraliste du village ; elle s'est mis à dos lady Lipton, la propriétaire du manoir, et a fait la connaissance – puis est tombée amoureuse – de Stephen Lakeman, qui a été blessé par une mine alors qu'il travaillait pour Médecins sans frontières en Afrique et est revenu chez lui traumatisé, déterminé à se couper du monde extérieur. Rosie l'a aidé à se rétablir, en partie parce qu'elle s'efforce d'être une bonne personne, mais aussi parce que c'est un très beau garçon, même s'il s'avère être le fils de lady Lipton, avec laquelle il est brouillé.

Bref, Rosie était censée vendre la confiserie, mais a décidé de rester à Lipton pour la tenir, et je peux vous dire que Gerard, qui n'apparaît pas dans ce tome, s'est montré très généreux avec elle.

Lilian, elle, qui a passé sa vie à pleurer un jeune homme prénommé Henry, décédé pendant la Seconde Guerre mondiale, vient d'emménager dans une maison de retraite avec Ida Delia Fontayne, la veuve de Henry. Lilian avait trois frères : Terence Jr, Ned, également mort au combat (Henry l'a aidée à traverser cette épreuve, moment où elle est tombée follement amoureuse de lui), et Gordon, qui était le grand-père de Rosie.

Voilà où nous en sommes ! Stephen s'apprête à commencer son nouveau travail d'instituteur à l'école de Lipton…

J'espère vraiment que ce livre vous plaira.

Oh, une dernière chose : vous ne connaissez peut-être pas le chant de Noël « Sweet Bells » mentionné dans ces pages. C'est une vieille variation sur le thème de « While Shepherds Watched », que je trouve magnifique (et très amusante pour les enfants). Je l'ai découverte grâce à la talentueuse Kate Rusby, toujours formidable, et vous pourrez l'entendre sur son magnifique album de Noël *Sweet Bells* (www.katerusby.com).

J'ai aussi créé une liste sur Spotify pour répertorier les chants et chansons de Noël mentionnés dans ce livre (en en ajoutant quelques-uns que j'aime particulièrement). Si vous avez envie de savoir ce que j'écoutais en écrivant ces lignes, vous la trouverez à l'adresse suivante : www.tinyurl.com/sweetshopcarols.

Comme toujours, j'adore recevoir vos témoignages. Pour ce faire, vous me trouverez sur Twitter : @jennycolgan, et sur Facebook : jennycolganbooks.

Je vous souhaite un joyeux Noël à tous,

Jenny
XXX

Famille Hopkins

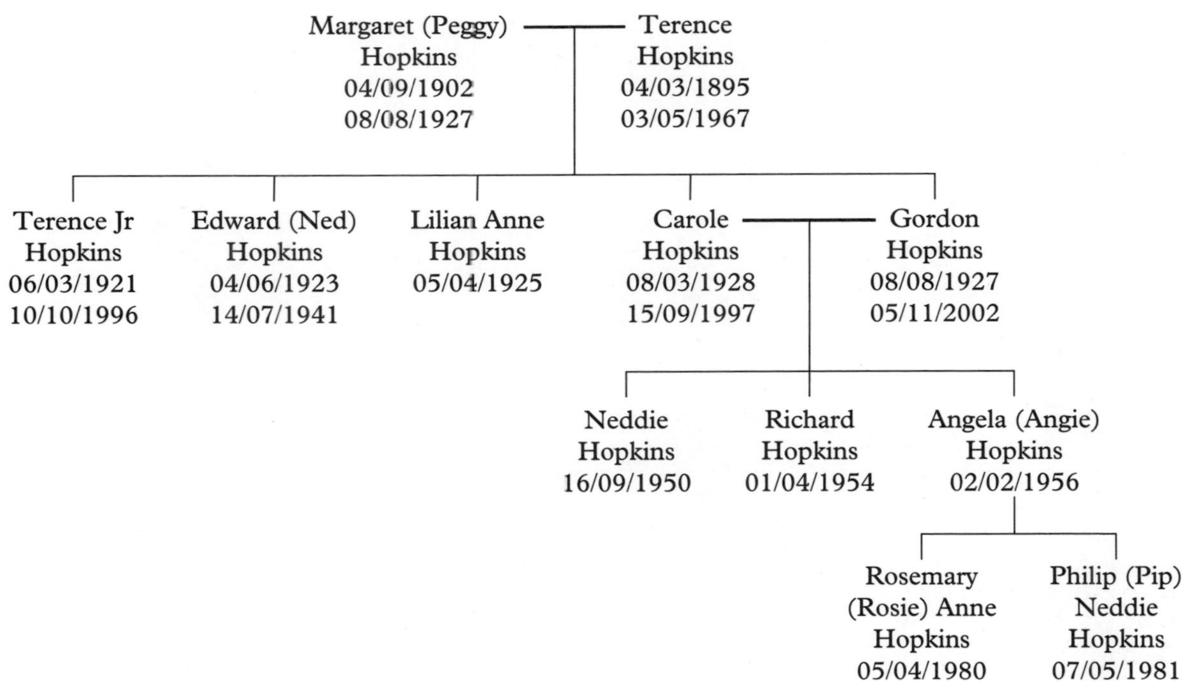

Chapitre 1

Le calme régnait à Lipton. En cette nuit étoilée, la neige tombait sur le village : elle se déposait sur le toit de la grange des Isitt et sur le clocher de l'école ; s'infiltrait par les fenêtres fissurées de « Lipton Hall », qui avaient besoin d'être réparées ; tapissait de silence la chaussée pavée de la grand-rue, assourdissant le bruit des rares voitures qui l'empruntaient ; recouvrait la toiture du cabinet du dentiste et de celui du médecin ; floconnait sur *Manly's*, la boutique de vêtements pour femmes démodée, et sur le *Red Lion*, où elle s'amassait sur les tables de la terrasse et s'empilait sur les fenêtres à meneaux.

Elle tombait sur la vieille église avec son portillon de bois et sur le cimetière où se répétaient les noms locaux : Lipton, Isitt, Carr, Cooper, Bell.

Elle tombait sur les moutons endormis, les camouflant entièrement (Rosie avait fait rire Stephen un jour en lui demandant où dormaient les moutons quand le froid s'installait. Il l'avait regardée d'un drôle d'air, avant de répondre : « Dans le château de laine, bien sûr. Où pourraient-ils dormir, sinon ? », et elle avait mis un moment à comprendre, puis, en colère, lui avait envoyé un coup de pied dans le tibia). Elle tombait sur les oiseaux, bien au chaud dans leur nid, la tête cachée sous leurs ailes, et se glissait sans bruit, s'amoncelait mollement, dans les ravines et les crevasses profondes des imposantes collines qui bordaient le petit village du Derbyshire.

Aujourd'hui encore, un an après son installation, Rosie Hopkins s'ébahissait toujours du silence de la campagne. Des oiseaux chantaient à tue-tête le matin, bien sûr. Il lui arrivait d'entendre le cri d'un coq et, de temps à autre, un coup de feu retentissait au loin, dans les bois, où quelqu'un était parti chasser le lapin. (La chasse était interdite, en théorie : ces bois appartenaient aux Lipton. De ce fait, personne n'avouait braconner, mais, si l'on passait devant le petit logement de fonction de Jake, l'ouvrier agricole des Isitt, le samedi soir, il était possible que l'odeur d'un délicieux ragoût vienne vous chatouiller les narines.)

Or, cette nuit-là, comme Rosie s'apprêtait à monter le petit escalier étroit qui menait à sa chambre, le village lui sembla encore plus silencieux que d'habitude. Le silence n'était pas le même. Une marche grinça sous son pied.

– Qu'est-ce que tu fais ? Tu montes ? lança la voix à l'étage.

Ils avaient beau vivre là tous les deux depuis près d'un an, Rosie n'avait pas perdu l'habitude de dire « le cottage de Lilian ». Sa grand-tante, dont elle était venue s'occuper quand elle s'était cassé la hanche, s'était installée dans une jolie maison de retraite, mais Rosie et Stephen l'invitaient tous les dimanches ou presque, de sorte que Rosie avait le sentiment que, même si elle était légalement devenue propriétaire du cottage, elle devait le laisser en l'état, comme Lilian l'aimait. Enfin, c'était en partie pour cela, mais aussi parce que Lilian faisait la moue et haussait les sourcils chaque fois qu'ils essayaient d'accrocher ne serait-ce qu'un nouveau tableau : il était donc plus simple pour tout le monde de ne toucher à rien. De toute manière, Rosie l'aimait ainsi, elle aussi. Elle aimait son parquet ciré couvert de tapis chaleureux ; sa cheminée avec ses médaillons de cuivre, son canapé recouvert de chintz et garni de coussins, ses rideaux à fleurs ; sa vieille Aga et son évier en céramique à l'ancienne. La décoration était désuète, mais douce, patinée, confortable, et, quand Rosie allumait le poêle à bois (elle s'y prenait terriblement mal ; les gens se moquaient d'elle à des kilomètres à la ronde, comme s'il était honteux d'avoir grandi dans un appartement équipé du chauffage central), elle s'y sentait toujours bien, à l'aise.

Stephen avait la jouissance de « Peak House », située sur les terres de la propriété familiale, « Lipton Hall », le manoir croulant qui avait donné son nom au village. « Peak House » était une immense demeure terrifiante, perchée tout en haut des falaises. Elle était bien plus spacieuse que la maison de Lilian, mais, au fil du temps, Rosie et Stephen étaient de plus en plus souvent redescendus vivre dans le cottage. Sans oublier que, comme Rosie gagnait à peine sa vie avec la confiserie et que Stephen était en formation d'enseignant, ils n'avaient pas un sou, et que le cottage était beaucoup plus facile à chauffer.

Stephen avait beau se moquer de la décoration, il semblait plus qu'heureux de s'allonger sur le canapé, sa jambe douloureuse, blessée dans l'explosion d'une mine terrestre en Afrique, posée sur les genoux de Rosie, tandis qu'ils regardaient des DVD sur le vieux poste de télévision de Lilian. Certains soirs, quand le grain de l'image était trop mauvais, Stephen lui faisait la lecture, pendant qu'elle tricotait : il la taquinait, lui disait qu'elle confectionnait la plus longue écharpe du monde, et elle lui répondait de se taire, qu'il serait bien content quand il ferait froid et que, s'il n'arrêtait pas, elle lui tricoterait un caleçon long et le forcerait à le porter, ce qui lui clouerait vite le bec.

– J'arrive ! cria Rosie vers le haut des escaliers, avant de regarder autour d'elle pour s'assurer que la porte du poêle était bien fermée – elle manquait toujours de déclencher un incendie.

L'air était si lourd, en bas, cela la frappa à nouveau. Ils ne s'étaient pas installés dans la chambre à coucher de Lilian, au rez-de-chaussée ; ils entretenaient l'illusion que Lilian pourrait avoir envie de la réutiliser un jour et la gardaient donc intacte, le lit fait, ses vêtements toujours suspendus dans l'armoire. Rosie surveillait de près sa grand-tante âgée de quatre-vingt-sept ans, de son œil averti d'aide-soignante. Lilian aimait se plaindre de sa maison de retraite, mais Rosie voyait bien, à ses joues roses (la vieille dame s'enorgueillissait de son teint éclatant) et à ses quelques kilos en plus (qui, eux, la rendait furieuse), que, en réalité, vivre dans un endroit où elle disposait de toute l'aide nécessaire et avait de la compagnie en permanence était ce dont elle avait besoin. Elle était restée toute seule chez elle pendant longtemps, s'efforçant de faire croire aux autres que tout allait bien, alors que ce n'était clairement pas le cas. Elle se plaignait, mais il était évident qu'elle était libérée d'un poids.

Rosie et Stephen dormaient donc sous les combles, dans la chambre d'amis où Lilian recevait ses frères, autrefois. La pièce, propre, dépouillée, donnait d'un côté sur les grandes collines escarpées du Derbyshire et, de l'autre, sur le jardin de Lilian – Stephen entretenait le potager et le carré d'herbes aromatiques avec un soin surprenant, et M. Isitt, le producteur de lait du village, venait de temps à autre tailler la tonnelle de roses.

Il régnait un froid glacial dans la mansarde non chauffée. Rosie vit avec un sourire que Stephen était déjà couché, bien emmitouflé sous les draps, les couvertures et l'édredon épais (les couettes étaient des inventions modernes bonnes pour les paresseux aux yeux de Lilian, et Rosie ne pouvait nier qu'être allongée sous des draps bien bordés était confortable – sans compter qu'il était beaucoup plus difficile pour sa moitié de voler les couvertures).

– Dépêche-toi.

– Oh, bien. Tu as réchauffé un côté. Est-ce que tu peux changer de place, maintenant ?

La forme sous les couvertures ne bougea pas.

– Même pas en rêve. Il fait un froid de canard ici.

– Heureusement que je partage mon lit avec un gentleman. Pousse-toi ! De toute façon, c'est mon côté.

– Ce n'est PAS ton côté ! C'est le côté de la fenêtre et, quand on étouffait cet été, tu as insisté pour avoir l'autre, parce que tu avais trop chaud.

– Je ne vois pas de quoi tu parles, répondit-elle en passant de l'autre côté de l'immense lit-bateau.

– Allez, bouge !

– Non !

– Bouge !

– NON !

Elle se chamailla avec lui un instant, prenant soin d'éviter sa jambe gauche blessée, comme toujours, jusqu'à ce qu'il lui dise que, si elle avait vraiment besoin de se réchauffer, il avait une idée en tête, et cette idée lui plut.

Plus tard, réchauffée, tant que ses pieds ne s'aventuraient pas dans les recoins les plus éloignés du matelas (si elle n'avait pas craint que ce soit un tue-l'amour, elle aurait porté des chaussettes au lit), elle commença à s'assoupir, mais sentit Stephen tout raide à ses côtés. Il feignait de dormir, mais elle n'était pas dupe.

Toujours distraite par le mauvais temps, elle se retourna pour le regarder dans le clair de lune. Elle aimait contempler la lune, et la campagne était si sombre qu'ils fermaient rarement les rideaux – une nouveauté pour elle, qui lui plaisait tant qu'il trouvait ça drôle, comme si c'était une particularité de la maison. Il lui rendit son regard. Rosie avait des cheveux noirs bouclés, qu'elle tentait toujours de lisser et de discipliner, mais il aimait quand ils bouclaient, comme maintenant, ébouriffés et vaporeux autour de son visage. Elle avait des yeux francs, gris pâle ; le visage parsemé de taches de rousseur. Sa peau blanche brillait, la lune éclairant son corps pulpeux. Il ne put résister à l'envie de laisser courir sa main sur le creux de sa taille, jusqu'à ses hanches généreuses. Il ne parvenait pas à comprendre pourquoi Rosie s'inquiétait de sa ligne, quand son corps était si beau, si voluptueux.

– Mmm, fit-il.

– Qu'est-ce qui ne va pas ?

– Je vais bien. Et ne me regarde pas comme ça. Ce n'était pas un simple « je vais bien ». C'était un « je vais TRÈS bien ».

– C'est encore pire.

– Chut.

Rosie regarda par la fenêtre.

– C'est bizarre, dehors, ce soir.

– C'est ce que tu as dit la nuit où tu as entendu un hibou.

– Allons. Les hiboux font très peur.

– Comparés à quoi ? Aux coups de feu tirés d'une voiture à Londres ?

– Arrête, répondit-elle avec son accent cockney, qui le faisait toujours rire.

Or, comme elle caressait son front puissant, sur lequel tombait une mèche de ses épais cheveux bruns, elle vit dans le clair de lune qu'il ne souriait même pas.

– Ce ne sont que des enfants.

– Je sais.

Stephen attendait qu'un poste se libère à l'école du village depuis un moment. Il n'avait enseigné qu'à l'étranger jusque-là : on avait donc considéré qu'il n'était pas assez qualifié et on l'avait expédié pour se former dans différentes écoles, dont une à Derby, où il avait beaucoup appris. Néanmoins, la journée du lendemain le rendait toujours nerveux.

– Alors, qu'est-ce qui t'inquiète ?

– Je ne suis pas seulement leur nouvel instituteur, n'est-ce pas ? Ils savent tous qui je suis.

Stephen venait de l'aristocratie terrienne de Lipton. Il avait rejeté tout ce que sa famille représentait et rompu les liens avec ses parents (il s'était réconcilié avec sa mère depuis peu, suite au décès de son père, mort d'une crise cardiaque), mais ses moindres faits et gestes étaient scrutés dans le village. Rosie alimentait aussi les potins depuis qu'elle vivait avec lui, car plusieurs nababs locaux souhaitaient le marier à leur fille, mais elle préférait garder cela pour elle.

– C'est une bonne chose, affirma-t-elle. Toutes les jeunes mamans en pincent pour toi, et les enfants croient que tu es Bruce Wayne.

– Ou ils croient que je suis un ado boudeur et prétentieux, rétorqua-t-il d'un ton affligé.

– C'est une bonne chose, ça aussi : tu t'entendras bien avec les enfants.

Il avait toujours le même air soucieux, remarqua-t-elle.

– On aurait dû faire l'amour après avoir eu cette conversation. Ça t'aurait permis de te détendre un peu.

Elle vit ses yeux briller dans le clair de lune.

– Eh bien, peut-être que…

Elle lui fit un grand sourire.

– Tu sais, pour un soldat blessé, mon très honorable Lipton, tu en as encore sous le pied…

Toutefois, alors qu'elle se rapprochait de lui, elle sortit d'un bond du lit.

– La neige ! cria-t-elle. Regarde. La neige !

Stephen tourna la tête, puis grogna.

– Oh non.

– Regarde ! dit-elle, sans se soucier du froid. Mais regarde !

L'hiver précédent, après une tombée de neige précoce, il avait plu tout l'hiver à Lipton ; il n'avait presque pas neigé. Mais, à présent, de gros flocons tombaient doucement sur la route, la recouvrant vite d'un manteau blanc.

– Elle tient ! cria Rosie.

– Bien sûr qu'elle tient. On est dans le Peak District, pas à Dubaï.

Il se leva malgré tout, avec un soupir résigné, retira l'édredon du lit, puis avança à pas feutrés sur le parquet froid pour la rejoindre et les emmitoufler dessous. La neige, qui tombait en bourrasque, dansait dans le ciel, les étoiles apparaissant entre les flocons, la silhouette sombre des grandes montagnes se dressant dans le lointain.

– Je n'en ai jamais vu autant. Enfin, pas qui tenait.

– Ce n'est pas bon, commenta Stephen d'un ton grave. C'est très tôt. Les agneaux sont nés tard cette année : il va falloir s'occuper d'eux. Et personne ne pourra se déplacer ; c'est traître pour les personnes âgées. Ils ne déneigent pas les routes, ici, tu sais. Les gens restent coincés chez eux pendant des semaines. On n'a pas beaucoup de réserves de bois, en plus, et on vit dans le village.

Rosie cligna des yeux, étonnée. Elle n'avait jamais envisagé que la neige puisse représenter un problème. À Londres, dans le quartier de Hackney, ce joli spectacle durait cinq minutes, puis les trains ne pouvaient plus circuler et les routes devenaient boueuses, pleines de flaques d'eau grise, les crottes de chien se mêlant à la neige fondue sur les trottoirs. Cette métamorphose silencieuse du monde l'émerveillait.

– Si on ferme la route du col… eh bien, pas le choix, on doit pratiquer le cannibalisme, ajouta Stephen en découvrant ses dents dans le clair de lune.

– J'aime la neige, moi, murmura-t-elle. Et Jake a dit qu'il nous déposerait du bois.

– Hum, hum.

– Quoi ?

– Il va sans doute le piquer dans un bois qui appartient à ma famille.

– Mais c'est ridicule qu'une famille possède un bois entier.

– Ridicule ou non, je peux demander à M. Laird de nous en livrer gratuitement. Vu que c'est le nôtre, tu vois.

– Oui, oui. Parce que ton ancêtre a couché avec une princesse par accident il y a trente-six mille ans, rétorqua Rosie, qui portait un intérêt modéré à l'ascendance de Stephen. Ça m'est égal.

– Ça t'est égal, dit Stephen en embrassant son épaule douce et parfumée. Mais ça signifie qu'on aura une maison chaude et confortable. Pas comme cette glacière. Allez, mon amour. On se remet au lit.

Chapitre 2

À huit kilomètres de là, Lilian dormait dans son lit une place, dans sa petite chambre coquette remplie de photos et de bibelots ; elle ronflait doucement, sous une couette qu'elle prétendait honnir. Comme souvent, elle rêvait du passé : d'un garçon aux yeux couleur noisette et aux cheveux bouclés, un garçon souriant au teint hâlé de fermier, qui la faisait rire quand elle était heureuse et la réconfortait quand elle était triste. Pendant ce temps, la neige tombait sans bruit, enveloppant la maison de retraite d'un manteau qui, tel du coton moelleux, tapissait le bâtiment bien chauffé.

Elle marchait dans la rue à la fin d'une journée à la confiserie, un vendredi chargé, quand les hommes recevaient leur paie et sortaient leurs carnets de rationnement. Le Red Lion *serait plein à craquer ce soir. Le soleil d'automne, suspendu dans le ciel, baignait le paysage de sa douce lumière dorée, et elle allait poster une lettre pour Neddy, qui n'était pas encore mort… Elle apercevait ses cheveux bouclés au loin. Le visage nettoyé après avoir travaillé dans les champs avec ses moutons, il agitait la main avec enthousiasme, et elle sentait la joie monter en elle, comme elle se préparait à le rejoindre en sautillant pour le laisser la raccompagner chez elle, bien qu'elle vive dans le cottage qui jouxtait la confiserie. En général, ils faisaient un détour, et les anciens du village souriaient en les voyant ensemble, leurs deux têtes côte à côte. Ils emprunteraient ce chemin, dès que…*

Lilian faisait souvent ce rêve. Il était réel, elle le savait : Henry avait l'habitude de la retrouver après le travail et s'efforçait de se laver dans le ruisseau afin de ne pas être trop sale. Ils avaient passé de bons moments tous les deux, avant qu'elle ne perde Ned, son frère. Elle les chérissait tous, car il n'y en avait pas eu assez, dans le peu de temps qu'ils avaient passé ensemble. Elle se rappelait tout : quand il lui tirait les cheveux à l'école et qu'elle le trouvait agaçant. Quand il s'attardait à la confiserie et lui achetait des caramels, parce qu'il croyait que c'étaient ses friandises préférées. Sa nuque qui brunissait au soleil, et l'envie qu'elle avait de la caresser ; son odeur de foin, chaude, agréable, lorsqu'il était près d'elle ; ses longs doigts. La façon qu'il avait de la serrer contre lui après la mort de son frère, qui lui donnait le sentiment que tout finirait par s'arranger ; les projets qu'ils avaient nourris. Puis il avait été pris en défaut : Ida Delia, l'ancienne meilleure amie de Lilian, avec laquelle il avait couché avant qu'ils ne commencent à se fréquenter, lui avait appris qu'elle était enceinte. Cela avait signé la fin de leur histoire. Puis il avait reçu son ordre de mobilisation… et, l'année suivante, le télégramme tant redouté était arrivé. Lilian l'avait appris par quelqu'un d'autre.

Mais elle n'aimait pas s'appesantir là-dessus. Elle aimait conserver ses souvenirs bien cachés, telles des perles, qu'elle sortait pour les faire reluire. Sa démarche dégingandée, dégagée ; quand il la prenait sur son vélo et l'emmenait aux champs pour l'aider à nourrir les agneaux, ses cheveux bruns volant au vent. Le goût de la bouteille de bière brune qu'ils partageaient et des berlingots qu'ils dégustaient au soleil, dans le jardin de l'église.

Or, cela ne se passait jamais ainsi en songe. Dans son rêve – toujours le même, qui se répétait si souvent –, elle n'arrivait jamais jusqu'à lui, elle ne parvenait pas à avancer pour aller lui prendre la main. Il lui faisait de grands signes, mais elle ne pouvait pas le rejoindre, et elle se réveillait seule, frustrée.

★

À cent quarante-cinq kilomètres de là, un homme nommé Edward Boyd s'assura que toutes les lumières de la maison étaient éteintes, ferma la porte à double tour, puis jeta un dernier coup d'œil dans la chambre d'amis – il aimait tout vérifier, il ne parvenait pas à trouver le sommeil, sinon, et puis son vieux père avait tendance à errer. À l'étage, sa femme, Doreen, dormait déjà à poings fermés ; elle ronflait. Toute la maison était endormie, en réalité. Enfin, le jeune Ian n'était pas encore là, mais il rentrait toujours à des heures indues. C'était bizarre, Edward avait passé tant de temps à réconforter Doreen quand leur fils avait quitté le nid (quand les filles étaient parties aussi, bien sûr, mais Doreen avait surtout pleuré Ian), et voilà qu'il était de retour. Il n'avait pas réussi à trouver de travail à Manchester et était donc revenu vivre à la maison.

Edward ne le lui reprochait pas, et Doreen était ravie, mais il trouvait cela étrange. Quand il était jeune, il était parti dès qu'il l'avait pu et n'était jamais revenu. Acheter leur grande maison l'avait rendu si fier : en sa qualité de directeur de la société de crédit immobilier locale, avait-il expliqué à Doreen, ils se devaient de posséder une maison cossue, et il n'y avait pas plus cossue que « The Grange » (elle ne s'appelait pas ainsi à l'époque ; ce n'était que le bon vieux 39 Cormlett Drive, mais Edward aimait que les maisons aient un nom, aussi était-elle devenue « The Grange »).

Bien sûr, au contraire de Doreen, il n'avait pas anticipé qu'avec ses hauts plafonds et son petit appartement indépendant, cette maison serait l'endroit idéal pour que les enfants reviennent et pour accueillir son père âgé. Il avait l'impression de tenir un hôtel à présent, mais c'était le problème quand on était responsable – tout le monde comptait sur vous. Il vérifia à nouveau le lourd verrou de la porte de derrière. Oui, bien fermé. La maison était silencieuse. Il pouvait prendre le risque d'aller se coucher. Edward n'était pas homme à aimer prendre des risques.

*

– Bonjour !

Rosie avait préparé des œufs pochés. Ce n'était pas facile. De son point de vue, les œufs pochés étaient une preuve d'amour. Du point de vue de Stephen, c'était un terrible gâchis d'œufs. Il les fixa, perturbé.

– Beurk, ces œufs ont une peau.

– Tu n'es plus à l'internat, l'avertit-elle. Ils sont très bons ! Mange-les. Tu dois prendre un bon petit déjeuner.

Stephen ronchonna, toujours contrarié par le temps. Rosie, elle, avait été réveillée par le chant des alouettes, allongée sur le dos dans la grande chambre mansardée, s'émerveillant des jolis motifs que la lumière blanche et froide dessinait au plafond. Elle était tout excitée, comme si c'était déjà Noël – bien qu'il n'ait jamais neigé à Noël durant son enfance ; elle s'était toujours sentie trompée par ces publicités qui insistaient pour dire qu'il neigerait, qu'un Noël sans neige n'était pas un vrai Noël.

Mais c'était le cas, à présent : la neige était déjà là, en novembre ! Elle se demanda s'il était trop tôt pour aller chercher un sapin. Sans doute. Et si Stephen irait en couper un sur ses terres, comme l'année précédente. Cela avait été si agréable. Ils avaient perdu la tête et en avaient pris un bien trop gros pour le petit cottage, de sorte qu'ils avaient dû laisser l'escalier escamotable qui menait aux combles déplié en permanence. Résultat, ils devaient se faufiler le long de l'échelle pour accéder à la cuisine et, le soir, plus ou moins grimper dans l'arbre pour aller se coucher. L'odeur pénétrante de pin sauvage envahissait tout le cottage, à tel point que Rosie avait eu l'impression de dormir en pleine forêt. Elle avait trouvé cela merveilleux.

Elle avait déjà attisé le feu (ils ne pouvaient pas vraiment se permettre de laisser le feu allumé toute la journée, mais elle s'était dit qu'ils pouvaient faire une exception pour la première neige) et jeté un coup d'œil dehors.

– Ferme la porte ! aboya Stephen, qui essayait de se rassasier avec des toasts, se demandant s'il pouvait glisser ses œufs dans la poche de son pyjama pour s'en débarrasser plus tard.

– Une seconde, répondit-elle.

Ce fut plus fort qu'elle. Elle sauta dans ses bottes en caoutchouc, ornées d'une bande de tissu à motifs de petits bonbons (offertes par la mère de Stephen en gage de réconciliation), puis sortit d'un bond dans la neige immaculée.

Stephen l'observa par la fenêtre. Rosie lui avait répété un million de fois qu'elle avait eu une enfance comblée, qu'avec Angie (sa mère, qui l'avait eue très jeune) et son frère cadet, Pip (qui vivait en Australie à présent ; Angie l'avait rejoint pour s'occuper de ses trois enfants – de vraies terreurs, d'après Rosie), ils avaient été heureux en vivant dans un appartement à loyer modéré sans jardin, en mangeant des bâtonnets de poisson pané devant la télé et en prenant le bus pour aller à l'école, dont la cour en béton était entourée de hautes clôtures et n'avait pas un brin d'herbe. Elle avait sans doute eu une enfance plus heureuse que lui, tout compte fait, isolé, en conflit avec son père, sa mère toujours prise par ses chiens, la maison croulante et les difficultés financières, mais il prenait toujours plaisir à la voir se délecter de sa nouvelle vie.

Il savait que Rosie était pauvre quand elle était petite, mais elle n'avait jamais donné l'impression d'en avoir souffert ; elle lui avait raconté, sans le moindre embarras, qu'une année, Angie n'avait pas un sou pour Noël. En dernier recours, elle s'était résolue à emballer tout ce qui traînait dans la maison dans du papier cadeau bon marché (brosses à dents, peignes, cendriers, fourchettes, chocolats Quality Street), puis avait tout mis sous le sapin, ce qui les avait rendus fous de joie. Ils avaient ouvert tous les paquets, arrachant le papier avec exubérance, le souffle coupé par cette montagne de cadeaux, cette abondance, sans se soucier de ce qu'ils contenaient. Parce qu'aucune de leurs connaissances n'avait beaucoup d'argent, peut-être, alors que les écoles où on l'avait envoyé l'avaient rendu conscient du gouffre qui le séparait des autres.

Quoi qu'il en soit, il se délectait de la joie pure que lui procuraient des choses qu'il avait toujours tenues pour acquises – un jardin, pour commencer. Il aimait lui aussi entretenir son potager, faire pousser des légumes et récolter de temps à autre une salade rabougrie ou une carotte minuscule.

Néanmoins, bien que Rosie ait eu une enfance heureuse, elle profitait encore plus de la vie à présent, en jouant à la marelle dans la neige, en pyjama, dans ses bottes en caoutchouc ridicules. Stephen finit son café d'un trait, puis profita de son absence pour jeter ses œufs pochés à la poubelle, avant que le froid ne la pousse à rentrer. Même si, maintenant, songea-t-il en voyant son air réjoui, elle allait à l'évidence penser qu'il adorait ça et lui en cuisiner trois fois par semaine.

*

– Veux-tu que je te prépare un panier-repas ? l'interrogea Rosie, qui s'apprêtait à ouvrir tôt ce matin.

Profiter des enfants qui passaient devant la boutique sur le chemin de l'école était toujours lucratif. Stephen grimaça.

– Je ne VAIS pas à l'école, je suis professeur, répondit-il d'un ton bougon.

Mieux valait éviter d'essayer de le dérider quand il était de mauvaise humeur, Rosie le savait. Son beau visage paraissait tendu, crispé. Pour un homme qui s'était rendu dans des zones de guerre sans protection, qui avait travaillé dans certaines des régions les plus dangereuses au monde, il était étonnant qu'une poignée d'enfants de huit ans le rende aussi nerveux. Mais, de manière avisée, elle s'abstint de répondre et se contenta de déposer un petit baiser sur son nez.

Il ouvrit la porte d'entrée, qui donnait directement dans la rue principale pavée, toujours recouverte d'une épaisse couche de neige, mais striée de traces de pneus de Land Rover et parsemée d'empreintes de sabots, et fit la moue. Il neigeait toujours.

– La moitié des élèves ne sera pas là. Leurs parents auront besoin d'eux à la ferme ou ne les enverront pas à l'école, de peur que la neige ne continue de tomber et qu'ils ne puissent pas rentrer.

– Parfait ! Tu inspireras deux fois plus ceux qui ont pu venir.

Il sourit, enfila son lourd ciré, puis sortit dans la neige.

– Hum, hum, fit Rosie, et il se retourna pour l'embrasser fort sur ses lèvres roses et charnues. J'aime mieux ça. J'ai toujours craqué pour mes professeurs, de toute façon.

– Dès l'ÉCOLE PRIMAIRE ? l'interrogea Stephen, horrifié.

– Oh non, bien sûr que non.

– Oh, je suis soulagé. Un extrait de casier judiciaire à fournir, c'était suffisant, merci.

Il prit subitement son visage entre ses mains et l'embrassa à nouveau.

– J'aime bien quand tu me prépares mon petit déjeuner.

– Mais ne t'attends pas à des œufs brouillés tous les jours, le taquina-t-elle avec un sourire.

– Un petit toast, c'est un festin pour moi, répondit-il en lui replaçant une mèche de cheveux derrière l'oreille. Je suis désolé d'être un peu nerveux et grognon.

– J'aime bien quand tu l'es, dit-elle avant de l'embrasser à nouveau. Je trouverais ça louche, sinon.

Il éclata de rire, se recula avant que ce baiser ne devienne plus sérieux, resserra ses grosses bottes et sortit d'un pas lourd dans la rue, qui commençait peu à peu à se remplir – le boulanger, près du monument aux morts, était déjà ouvert et faisait des affaires en or ; au *Spar*, bien sûr, Malik devait être en train de mettre en rayon les journaux depuis six heures du matin. Rosie contempla les flocons qui descendaient du ciel dans la lumière bleu pâle de l'aube. Elle allait devoir s'y mettre. Elle regarda sa grande silhouette, qui ne boitait que légèrement sur les pavés, leva le torchon qu'elle avait à la main, puis l'agita dans sa direction.

★

À huit heures trente, elle ouvrit la *Confiserie Hopkins*, dont l'enseigne était suspendue au-dessus de la porte depuis près de quatre-vingt-dix ans, même si la boutique avait été fermée un temps, quand Lilian n'avait plus été capable de s'en occuper seule.

Rosie, qui était venue de Londres pour vendre le magasin et trouver une maison de retraite pour Lilian, était tombée amoureuse de cette confiserie à l'ancienne et avait fini par lui redonner son lustre d'antan. Elle se servait toujours de la vieille caisse enregistreuse en shillings et en pence (avec un lecteur de cartes bleues à côté), et avait conservé les grands bocaux d'apothicaire, remplis à ras bord de bonbons d'hier comme d'aujourd'hui : soucoupes volantes, bâtons de sucre d'orge, bonbons acidulés au citron, au citron vert ou au melon, cacahuètes enrobées de chocolat. Rosie rangeait toutes les friandises aux cacahuètes sur une étagère à part, telle de la dynamite, afin d'éviter qu'elles ne se mélangent aux autres confiseries et n'induisent une réaction allergique chez un enfant – habitude que Lilian prenait pour une lubie contemporaine, parce qu'elle n'avait jamais assisté à une réaction allergique, Rosie, qui était aide-soignante, le savait.

Les vieilles étagères de bois, le long desquelles courait une échelle de bibliothèque, accueillaient les friandises les moins populaires, passées de mode : pastilles de voyage, berlingots, gommes à mâcher, boules magiques ; bonbons à la rhubarbe et à la crème anglaise ; bonbons à la pomme ou aromatisés aux fleurs. Tout en bas se nichaient les sucreries plus acidulées, les bonbons gélifiés de marque et les guimauves moelleuses, prisés des plus petits.

On trouvait aussi des pastilles de menthe et des boules de chewing-gum, en rangs serrés, et, bien sûr, la sélection habituelle de barres chocolatées, sauf des Topic, que Lilian avait pris en grippe l'été précédent dans un accès de colère ; Rosie avait eu beau insister, ce n'étaient que de banales barres chocolatées, elle n'avait jamais pu en recommander.

Des publicités rétros – nettoyées et lustrées, si elles étaient en étain – ornaient toujours les murs : celles pour le chocolat Cadbury montraient toutes des enfants aux joues rondes, en pleine santé, vêtus de mauve ou en train de sauter à la corde, avec de grands yeux bleus et des chapeaux extravagants.

La cloche au-dessus de la porte, que Rosie avait démontée, décrassée et lavée, émettait un joli tintement quand quelqu'un entrait – comme maintenant. Rosie, occupée à faire sa caisse, releva à peine les yeux, jusqu'à ce qu'elle voie qui était là.

– Bonjour, Edison !

Edison était le fils d'Hester et d'Arthur Felling-Jackson. Sa mère suivait toutes les dernières tendances en matière d'éducation, de sorte qu'elle avait été horrifiée quand il s'était lié d'amitié avec Rosie, qui avait une passion pour le sucre raffiné (mais pas au point de ne pas le lui confier, chaque fois qu'elle allait à son cours de yoga). Ce matin-là, le garçonnet portait un manteau, une écharpe à motifs ethniques qui lui recouvrait le bas du visage, remontant presque jusqu'à ses lunettes, et le genre de bonnet ridicule que les gens s'achètent en festivals, quand ils consomment des substances interdites. Rosie aurait aimé qu'Hester le laisse s'habiller comme les autres enfants ; cela pourrait l'aider à se faire un copain. Sans compter que cet accoutrement le rendait un peu difficile à comprendre.

– Comment va ta maman ?

La mère d'Edison attendait un autre enfant. Elle avait annoncé la nouvelle en envoyant un e-mail circulaire dans lequel elle disait être « avec Gaïa » : personne n'avait compris ce qu'elle voulait dire, jusqu'à ce que son petit ventre commence à se remarquer. Il était néanmoins difficile de savoir depuis combien de temps elle était enceinte, puisqu'elle s'était mise à faire ressortir son ventre, à souffler et à gémir au bout de deux mois, si bien que Rosie avait l'impression que cela faisait au moins deux ans et demi.

Edison poussa un soupir. Cet enfant prenait tout au pied de la lettre.

– Je ne veux pas voir.

– Quoi ?

– Je ne veux pas voir le bébé sortir.

Rosie haussa un sourcil.

– Oh, ne t'inquiète pas, le rassura-t-elle en tendant machinalement la main vers les lacets à la framboise, dont il raffolait. Je suis sûre qu'Hester ne te forcera pas, si tu n'en as pas envie.

Le garçonnet baissa les yeux.

– Elle dit que je dois comprendre le patiacka.

– Le quoi ?

– La raison pour laquelle les hommes sont TOUT LE TEMPS méchants avec les femmes.

Rosie réfléchit une seconde ; il était encore tôt. Elle but une gorgée de café, dans sa tasse Scrabble.

– Le « patriarcat », tu veux dire ?

– Oui ! C'est ce que j'ai dit.

– Donc elle veut que tu voies ça… hum.

Au vu des circonstances, Rosie préféra se remettre à disposer ses rangées d'animaux en chocolat.

– Est-ce que tu savais que les bébés sortent des bagins ? poursuivit Edison.

– Oui, répondit-elle, même si elle savait que Kelly, la plus grande de ses nièces, appelait cela une foufoune.

L'approche d'Hester était sans doute plus sensée, supposa-t-elle. Edison poussa un soupir triste.

– Est-ce que tu vas avoir un bébé ? Qui sortira de ton bagin ?

Rosie faillit échapper l'un des animaux en chocolat.

– Eh bien, si ça m'arrive un jour, je te promets que je ne te demanderai pas de regarder.

– Bien.

Il jeta un coup d'œil aux animaux en chocolat.

– Non. Il est trop tôt. Edison, est-ce que je peux te demander un service ?

Il fronça les sourcils.

– Est-ce que je dois aller à une manifestation ?

– Non.

– Alors d'accord.

Rosie se pencha. Il grandissait, remarqua-t-elle, et avait besoin d'une bonne coupe de cheveux. Ses lunettes étaient pleines de traces. Elle ne comprenait pas pourquoi laver les lunettes d'Edison allait à l'encontre des principes d'Hester : elle les lui enleva donc pour les nettoyer avec une lingette.

– Est-ce que tu sais ce qui se passe à l'école, aujourd'hui ?

Le garçonnet haussa les épaules.

– Certains enfants vont être méchants avec moi à cause de mon intlect supérieur ?

– Euh, peut-être. Apprends à nettoyer tes lunettes toi-même, s'il te plaît, dit-elle en les lui rendant.

Il cligna des yeux, surpris de voir aussi bien.

– Non, reprit-elle. Vous avez un nouvel instituteur qui arrive.

– Oh oui ! M. Lakeman. Il sautille. Est-ce qu'il frappe les gens avec sa canne ?

– C'est ce que tu crois ? s'enquit Rosie, atterrée. Non. Il doit parfois s'aider de sa canne pour marcher.

– Il ne s'en sert pas pour frapper ?

– Edison, personne ne t'a jamais frappé de ta vie. Il faut que tu arrêtes de t'inquiéter pour tout et n'importe quoi.

Le garçonnet plissa le front.

– C'est une très grande canne.

– Est-ce qu'on peut passer à autre chose, s'il te plaît ? J'allais juste te dire que c'est son premier jour. Est-ce que tu te rappelles ton premier jour d'école ?

– Tous les jours ressemblent à mon premier jour d'école, répondit tristement le garçonnet.

– D'accord. Eh bien, c'est le premier jour de St… de M. Lakeman. Alors, est-ce que tu pourras être très gentil avec lui, s'il te plaît ?

– Je suis toujours gentil avec les professeurs, rétorqua-t-il, étonné. Même quand ils me disent : « S'IL TE PLAÎT, Edison, baisse la main, je crois qu'on t'a tous suffisamment entendu. »

Il imita étonnamment bien M. Archer, le prédécesseur de Stephen. Cela fit sourire Rosie.

– D'accord. C'est bien. Il a de la chance de t'avoir dans sa classe.

La petite école du village ne comptait que deux classes, les moins de sept ans et les plus de sept ans, avec une quinzaine d'élèves chacune. Le conseil municipal parlait de temps à autre d'emmener les enfants en car à Carningford, la ville la plus proche, mais les villageois étaient farouchement opposés à cette idée. Le bâtiment, situé à côté de l'église, qui datait de l'époque victorienne, avait un toit en pente orné d'un clocher, ainsi que deux entrées avec les inscriptions « GARÇONS » et « FILLES » gravées dans la pierre, même si personne ne les utilisait plus. Une marelle était peinte au sol dans la cour en béton, et un préfabriqué servait pour la musique et les arts, autrement dit pour faire beaucoup de bruit et de bazar. Pendant la récréation, on entendait les enfants jusqu'en haut de la grand-rue.

Il arrivait à Rosie de la comparer avec nostalgie à son école de Londres : entourée d'un haut grillage, elle avait une porte verrouillée, une cour de récréation minuscule, et accueillait des centaines d'élèves, qui donnaient des coups de pied aux autres. Ici, les grandes collines projetaient leur ombre dans la lumière hivernale et, à la fin de la journée, les enfants sortaient à toute allure. Vêtus de leur sweat-shirt bleu, cartable sur le dos, ils se dépêchaient de rentrer chez eux pour aller s'amuser avec leurs copains, qu'ils connaissaient depuis toujours, et courir dans les champs ou la cour de leur ferme. Rosie aurait aimé qu'Edison se rende compte de la chance qu'il avait de grandir dans un tel endroit.

★

Le téléphone sonna dans la boutique. Elles avaient conservé l'ancien appareil, avec son lourd cadran rotatif, car Lilian refusait de s'en séparer. Résultat, chaque fois que Rosie souhaitait appeler quelqu'un sur haut-parleur, elle devait utiliser son portable, ce qui était exaspérant, car le réseau était pour le moins capricieux à Lipton. C'était sans doute Lilian, songea-t-elle. Rosie lui avait acheté un téléphone portable doté d'énormes touches, qui ne servait qu'à téléphoner. Elle avait affecté le numéro de la confiserie à la touche de numérotation rapide 1, et les appels locaux étaient gratuits dans son forfait. De ce fait, dans la pratique, Lilian l'appelait souvent : elle laissait son téléphone sur haut-parleur pour donner son avis sur la gestion du magasin. Cette voix désincarnée alarmait les nouveaux venus dans le village, surtout quand elle leur conseillait d'acheter telle ou telle réglisse ou reprochait à Rosie d'avoir acheté trop de bonbons à la pastèque, car personne ne les aimait. Mais tous les autres y étaient habitués ; ce n'était que Lilian, et la plupart des habitants de Lipton avaient un mot gentil pour elle en entrant et en sortant.

– Coucou, dit Rosie avec désinvolture.

Il y avait de la friture sur la ligne, et quelqu'un criait à l'autre bout du fil. Cela n'avait rien d'inhabituel : cela signifiait qu'Angie, sa mère, l'appelait d'Australie, où elle vivait et s'occupait de ses trois petits-enfants turbulents, qui se massacraient à coups de couteau de cuisine dès qu'elle avait le dos tourné, pour autant que Rosie le sache.

– Bonjour, lança Angie avec un accent australien improbable.

– Salut, maman, répondit Rosie en regardant l'heure. Il doit bien être vingt-deux heures, chez vous, non ?

– Oui.

– Alors pourquoi les enfants sont-ils toujours debout ? Tu ne nous laissais jamais veiller, avec Pip.

– Oh, tu sais…

– Est-ce qu'ils t'ont à nouveau enfermée dans le placard à linge ? Maman, il FAUT que tu sois plus ferme avec eux.

– C'est du trois contre un. Et Desleigh pense qu'ils sont très bien comme ça.

Rosie ne connaissait pas bien sa belle-sœur ; elle savait seulement qu'elle travaillait beaucoup et que, quand elle ne travaillait pas, elle aimait prendre ce qu'elle appelait du « temps pour elle », ce qui semblait vouloir dire qu'Angie restait avec les enfants le week-end pendant qu'elle allait au spa.

– Sinon, je me disais, reprit sa mère. À propos de Noël ?

– On ne peut pas, maman, expliqua Rosie avec tristesse.

Elle aurait adoré aller voir sa famille à Sydney, mais Stephen n'avait pas beaucoup de vacances, et la confiserie devait rester ouverte, ils ne pouvaient pas vraiment se payer les billets et…

– On vient !

La gorge de Rosie se serra.

– Quoi ?

– On vient. On vient tous passer Noël à Lipton. Pour vous voir, Lilian et toi !

– TOUS ?

– Oui !!

Rosie s'interrompit, rien qu'une milliseconde, les implications, nombreuses et complexes, de cette visite lui traversant subitement l'esprit. Elle n'avait aucune solution, mais tous ces problèmes furent vite éclipsés par son désir irraisonné de voir sa famille.

– C'est une idée GÉNIALE ! s'exclama-t-elle.

*

Rosie passa la fin de la journée à servir ses clients dans un état second : elle confondit les bonbons au coca rouges avec les noirs à deux reprises. Elle mourait d'envie de voir sa mère ; elle s'était vraiment sentie abandonnée quand Angie avait quitté le pays. D'un autre côté, qu'allaient-ils faire à Lipton avec Shane, Kelly et Meridian ? Ces enfants étaient habitués aux piscines, aux fêtes sur la plage et aux délicieux poissons frais pêchés en mer… Il était tout à fait possible qu'il pleuve pendant trois semaines sans discontinuer, comme le Noël précédent, et, en y pensant, à moins d'aimer faire des randonnées sous la pluie ou d'aller voir le nouveau Waitrose à Derby, il n'y avait pas grand-chose à faire. Ou, plutôt, il n'y avait rien à faire du tout, réalisa-t-elle. C'était la campagne, c'était tranquille ; sa mère n'arrêtait pas de lui vanter toutes les choses extraordinaires que Sydney avait à offrir, le temps splendide et…

Rosie se rendait compte qu'elle commençait à stresser quand la cloche tinta. C'était lady Lipton. Henrietta avait beau être une bonne amie de Lilian et, bien sûr, la mère de Stephen, les relations entre elles étaient compliquées, et Rosie n'arrêtait pas de se dire qu'elle devrait y mettre du sien. Stephen avait eu une violente dispute avec son père avant de partir travailler en Afrique, et sa mère avait pris le parti de son époux. Puis ce dernier était mort d'une crise cardiaque pendant que Stephen était à l'hôpital militaire. Depuis, les relations entre Stephen et sa mère connaissaient des hauts et des bas.

Ce jour-là, lady Lipton avait l'air encore plus impérieuse que d'habitude.

– Des pastilles contre la toux ? lui demanda Rosie, même si elle savait que lady Lipton les donnait à ses chiens, ce qui n'était pas recommandé.

La panique la gagna tout à coup. Et si lady Lipton n'aimait pas Angie ? Parce qu'Angie n'hésitait pas à dire leurs quatre vérités aux autres et, si elle pensait que cette femme ne traitait pas bien sa fille, allez savoir comment elle réagirait ? Et comment se comporterait Stephen, songea-t-elle, le cœur serré ? Elle l'aimait de tout son être, mais il n'était pas comme Gerard, son ex, qui tenait à faire plaisir et à bien s'entendre avec tout le monde. La famille de Stephen avait toujours été un peu bancale : participer à des jeux et des repas en famille ne l'emballerait sans doute pas… Oh non.

– Qu'est-ce qui t'arrive ? l'interrogea lady Lipton. On dirait que tu viens de te vomir dessus ? Es-tu enceinte ?

Parfois, vivre dans un petit village où tout le monde était au courant des affaires des autres n'était pas aussi génial qu'on voulait bien nous le faire croire, songea Rosie, surtout quand ce qu'on racontait était faux.

– Non.

– Oh, bien, répondit lady Lipton, sans montrer ce qu'elle en aurait pensé. Bon, écoute-moi, j'ai une excellente nouvelle. Bran a eu une portée !

– Je croyais que c'était un garçon.

Lady Lipton la considéra avec dédain.

– Il a ENGENDRÉ une portée.

– Vous voulez plus de pastilles contre la toux, du coup ?

– Et je vous en donne un, à Stephen et à toi, poursuivit lady Lipton. C'est mon cadeau de Noël.

– Je croyais qu'on n'avait pas le droit d'offrir des chiens en cadeaux de Noël, répondit Rosie, stupéfaite.

– Le politiquement correct poussé jusqu'à l'absurde, rétorqua lady Lipton, ce qu'elle répondait systématiquement quand les choses n'étaient plus comme elles étaient quand elle avait onze ans. Bref, préféreriez-vous un mâle ou une femelle ?

– Mais on n'a pas de place pour un chien ! Ni le temps de s'en occuper… ni…

Lady Lipton la dévisagea, l'air incapable de comprendre qu'on puisse refuser un chien – air qui reflétait parfaitement sa pensée. Elle se rembrunit, et Rosie eut l'impression d'avoir avoué qu'elle dévorait les bébés.

– J'en parlerai peut-être à Stephen, dans ce cas, ajouta lady Lipton d'un ton sec.

Rosie ne savait plus quoi répondre.

– Bien sûr, dit-elle docilement en mettant les pastilles dans un sachet.

Ce n'était pas qu'elle n'aimait pas les chiens, songea-t-elle quand la porte se referma lourdement derrière lady Lipton ; bien sûr qu'elle les aimait. Mais elle n'avait jamais eu d'animaux quand elle était petite, pas même un poisson rouge, puisqu'ils n'avaient pas vraiment la place chez eux. Et les seuls chiens qu'elle avait connus étaient deux pitbulls à l'air pas commode : leurs maîtres les promenaient dans leur cité en bombant le torse, les laissaient déféquer au milieu de la rue, puis mesuraient du regard les passants, comme pour les mettre au défi de leur suggérer de les ramasser. Imaginer un gros chien dans leur petite maison (Bran était indéniablement un gros chien) : il salirait les jolies affaires de Lilian et mettrait des traces de pattes boueuses partout, il faudrait sans cesse le promener et le nourrir avec des boîtes à l'odeur nauséabonde et… Elle poussa un soupir. Oh, sans oublier trois enfants australiens qu'elle ne connaissait pas dans la maison. Elle n'attendait plus Noël avec autant d'impatience, tout à coup.

⋆

Rosie retrouva un peu le sourire quand Tina, son amie et collègue, arriva avec six boîtes de bâtons de sucre d'orge.

– Je me suis dit qu'on pourrait en accrocher tout autour de la porte. Pour se mettre dans l'ambiance des fêtes.

– Oui, répondit Rosie avant de froncer les sourcils. Mais ça ne va pas inciter les enfants à les piquer ou à les toucher avec leurs doigts tout collants ?

– C'est Noël. On peut en sacrifier quelques-uns. Oh, et mettons les délicieux chocolats dans des boîtes. Les belges hors de prix.

– Pourquoi ? Les gens les aiment pour Noël ?

– Ce n'est pas la question. Le supermarché le plus proche est à une heure de route et ferme tôt pour le réveillon. Si on reste ouvertes jusqu'à la dernière minute, on pourra vendre tout notre stock aux gens paresseux ou aux agriculteurs qui n'ont pas eu l'occasion de quitter leur ferme plus tôt. Peu importe le prix. C'est comme ça chaque année. Et c'est ce qui permet à la boutique de se maintenir à flot.

– Tu es un génie. Et impitoyable en affaires, commenta Rosie en feuilletant le catalogue. Je ne comprends pas pourquoi tu restes avec moi, au lieu de participer à *The Apprentice*.

Tina s'empourpra légèrement, un sourire timide aux lèvres.

– Est-ce que tu restes à Lipton pour Noël ? l'interrogea Rosie.

C'était une question idiote, par ici ; bien sûr qu'elle restait. C'était différent, à Londres : tout le monde venait d'endroits plus ou moins éloignés et rentrait chez soi pour retrouver sa famille. La ville se vidait pendant les fêtes ; ne restaient plus que les rares vrais Londoniens et tous les gens qui ne fêtaient pas Noël. Quand elle racontait que les cafés et les magasins restaient ouverts le 25 décembre, on la regardait comme si elle était une martienne doublée d'une païenne.

– Oui, répondit Tina. Jake le passe avec nous.

Jake était le bel ouvrier agricole dont Tina s'était éprise l'année précédente. Connu pour être un séducteur, il avait toujours aimé les filles (qui le lui rendaient bien) et il avait été le premier surpris quand il était à son tour tombé follement amoureux de Tina, une mère célibataire avec des jumeaux.

– On sera tous les deux, avec Kent et Emily, mes parents et ceux de Jake. Ça va être chouette : on déjeunera chez mes parents, ma mère s'occupe de tout, elle adore cuisiner pour Noël. Je n'aurai qu'à regarder les enfants ouvrir leurs cadeaux, me saouler et m'affaler devant la télé.

– Ça a l'air GÉNIAL, dit Rosie avec envie.

Puis elle expliqua à son amie ce qui était prévu de son côté.

– C'est super qu'ils viennent. Je suis juste un peu inquiète : je me demande ce qu'on va faire, comment on va tous loger dans le cottage...

– Non, ça va être génial ! la coupa Tina, qui habitait à deux rues de chez sa mère, mais aurait aimé vivre encore plus près.

– Mais je ne sais pas ce que veut faire Stephen, ajouta Rosie. Et on devra voir sa mère et...

– Ça va être fantastique ! C'est super d'être entourés d'enfants pour Noël ! Vous ne pourriez pas organiser ça au manoir ?

– Heu, je ne crois pas. Shane et Meridian casseraient tout.

– Ne t'inquiète pas autant, ça va bien se passer.

– Tu crois ?

*

Rosie comptait en parler à Stephen le soir même, mais il semblait si heureux, si fier de lui, qu'à la place elle lui apporta un thé devant le feu.

– Comment est-ce que ça s'est passé ?

– C'était trop bien ! Ils ont été géniaux. Appliqués, gentils, et je connais la moitié d'entre eux, bien sûr. Ils voulaient tous savoir ce qui était arrivé à ma jambe.

– Est-ce que tu leur as dit ?

– Bien sûr. Qu'est-ce que tu t'imaginais ?

– Je ne sais pas. J'aurais peut-être été tentée de leur raconter que j'avais été blessée lors d'un raid spatial, pour les impressionner.

Stephen prit sa tasse de thé.

– Ça ne m'est pas venu à l'idée. Bref, je leur ai dit, afin qu'ils ne s'inquiètent pas à ce sujet. Et puis, je voulais qu'ils comprennent que, dans le monde, certains enfants doivent se donner beaucoup de mal pour pouvoir aller à l'école. Qu'ils ont beaucoup de chance.

– Aucun enfant ne connaît sa chance, répondit Rosie d'un air songeur.

– Certains adultes la connaissent, dit Stephen en la regardant longuement, jusqu'à ce qu'elle sourie, ses inquiétudes se dissipant.

Elle lui en parlerait plus tard, songea-t-elle.

– Oh, et j'ai failli oublier ! reprit Stephen, son visage s'illuminant. Mère dit qu'on peut avoir un des chiots de Bran !

– Je sais. Elle me l'a dit.

Il remarqua son expression.

– C'est génial, non ? Les chiots de Bran valent une fortune. C'est un excellent chien de travail.

– Où va-t-on mettre un chien gigantesque ? demanda-t-elle en balayant du regard la petite pièce confortable, les bûches crépitant dans la cheminée, la lumière du feu dansant entre les vieux médaillons de cuivre.

Il haussa les épaules.

– Eh bien, il ira où on ira, non ? Ce n'est pas comme si on allait vivre ici toute notre vie.

Rosie releva les yeux, surprise.

– Pourquoi ? Tu penses à quelque chose ?

– Non. Mais, tu sais, ce n'est pas idéal, ici. Si ?

– C'est charmant, et à cinq secondes de l'école et de la confiserie. Je trouve ça plutôt idéal.

– Oui, mais c'est parce que tu as grandi dans une boîte.

– Mais quel HORRIBLE snob ! Beurk !

– Je sais. C'est pour ça que tu nous aimes tant, le chien et moi.

Chapitre 3

Rosie s'était liée d'amitié avec Moray, le médecin généraliste du village. Ce vendredi-là, elle le persuada de l'accompagner voir Lilian. Stephen, lui, était occupé à organiser le concert de l'école.

– Ça lui tient tant à cœur, s'émerveilla Rosie. Je ne l'ai jamais vu comme ça.

– C'est tout Stephen, renchérit Moray, qui avait grandi avec lui. Il est passionné.

Ils échangèrent un sourire. La neige avait tenu au sol, et de nouvelles chutes étaient prévues, mais, pour le moment, la Land Rover roulait sans difficulté sur les routes étroites qui serpentaient à travers les collines. Les cimes étincelaient sous les rayons du soleil : on se serait cru dans les Alpes.

– C'est bien, poursuivit Rosie. J'aime le voir heureux.

– J'espère bien, répliqua Moray en lui jetant un regard en coin. Comment vas-tu ? Londres ne te manque pas trop ?

– Es-tu déjà allé à Londres pendant les fêtes ?

– Oui, répondit-il du tac au tac. C'est plein de gens en costume qui se bécotent, complètement ronds, à quatre heures de l'après-midi. C'est horrible.

– Mais non, c'est ravissant ! le contredit-elle, surprise. Tous les magasins décorés, les phares des taxis, les vitrines d'Oxford

Street… Bon, d'accord, il fait un froid de canard, les vitrines d'Oxford Street sont toutes sponsorisées, et on ne trouve jamais de taxi…

– Et tout le monde est rond…

– Et tout le monde est rond… Non, arrête, c'est génial.

– N'hésite surtout pas à te balader complètement ronde en pleine journée, par ici. Personne ne le remarquera ni ne fera de commentaire, j'en suis sûr. Personne ne sera surpris, en réalité.

– Pas de cadeau pour toi, à Noël.

– Oh, snif. Je vais devoir dire au revoir à soixante-dix-neuf pence de bonbons assortis à la réglisse, achetés à prix coûtant et un peu abîmés.

– Je comptais t'offrir des bonbons acidulés au citron, en réalité.

– Comment vais-je surmonter cette épreuve ?

La maison de retraite de Lilian n'était pas encore décorée pour les fêtes, mais elle était charmante, plantée au milieu de ses jolis jardins, nichée au pied d'une colline. Cette grande demeure avait été construite par un riche négociant en coton de Derby. Plus tard, pendant la Première Guerre mondiale, elle avait accueilli un hôpital, puis avait été réaménagée en école. Elle avait subi tant de transformations au fil des ans qu'il était extraordinaire qu'ils aient réussi à la rendre aussi accueillante. L'infirmière en chef, Cathryn Thompson, accueillit chaleureusement Rosie. Les visites régulières étaient presque obligatoires, ici ; il fallait s'y engager en signant un document.

– Rien ne tue aussi vite que la solitude, leur avait dit Cathryn quand ils avaient visité l'établissement.

– Excepté le typhus, la pneumonie, l'arrêt cardiaque, la septicémie et les blessures par balle, avait répondu Moray à voix basse.

– Te rappelles-tu ta première visite ici, quand tu sortais tout juste de la fac de médecine ? lui avait-elle rétorqué en le fusillant du regard, ce qui lui avait cloué le bec, plus vite que Rosie n'aurait pu l'imaginer.

– Elle est dans la salle de jeu, en train de faire une partie de canasta avec Mme Carr, leur apprit Cathryn. Je suis contente que vous soyez là, à vrai dire : elles sont à deux doigts de devenir violentes.

Effectivement, un silence glacial régnait dans la pièce. Un cercle de chevelures grises entourait la table, où deux personnes étaient assises l'une en face de l'autre, engagées dans un combat à mort, comme dans *Casino Royale*.

– Puis-je poser mes cartes ? demanda Ida Delia en grimaçant.

– Oui ! s'exclama Lilian, résolue.

Ida Delia posa sept cartes sur la table, et tout le monde retint son souffle. Puis tous les visages se tournèrent vers Lilian avec impatience. Elle ne perdit pas son sang-froid une seule seconde.

– Oui, je suppose, reprit-elle en posant un ensemble de rois et de reines sur la table.

Cela n'avait aucun sens pour Rosie, mais les autres poussèrent une exclamation, puis se mirent à applaudir.

– Merci, dit Lilian avec calme, tandis qu'Ida Delia jurait haut et fort, semblant sur le point de pleurer de colère.

Lilian ramassa avec précaution la montagne de caramels au chocolat qui s'accumulait au milieu de la table, puis en préleva une bonne partie, qu'elle donna en guise de pourboire à un vieux monsieur qui distribuait les cartes. Il la remercia.

– Lilian, l'appela doucement Rosie.

Le visage de la vieille dame s'illumina en voyant sa petite-nièce préférée. Elle se leva lentement, puis, bien qu'elle ne soit d'ordinaire pas démonstrative, la prit dans ses bras. Elle le faisait pour embêter Ida Delia, Rosie le voyait bien. Ida n'avait eu qu'un enfant, une fille renfrognée, née de sa courte union avec Henry Carr, le grand amour de Lilian. C'était une mauvaise habitude, mais Lilian prenait un malin plaisir à exhiber sa proximité avec sa petite-nièce devant sa rivale.

– Rosie ! s'exclama la vieille dame d'une voix forte. Parle-moi de ton magnifique jules, Stephen Lakeman, le fils de LADY LIPTON, DE « LIPTON HALL ».

Rosie lui fit les gros yeux, mais Lilian la regarda d'un air innocent.

– Allons parler dans le café, lui dit Rosie.

Les pièces du rez-de-chaussée (sans télévision ; les résidents avaient un poste dans leur chambre s'ils souhaitaient regarder la télé, mais les salles communes étaient réservées à la lecture, aux jeux de cartes et à la conversation) étaient divisées en différents espaces, afin de donner l'impression aux résidents qu'ils avaient plus d'endroits où se rendre qu'en réalité. Cela fonctionnait plutôt bien.

Lilian parut un peu déçue. Elle aurait aimé vanter les qualités et les succès de sa petite-nièce devant tout le monde, mais elle acquiesça – non sans ajouter :

– Oh, et Moray est là, lui aussi, notre BEAU MÉDECIN GÉNÉRALISTE. C'est une simple VISITE DE COURTOISIE, je ne SUIS MÊME PAS MALADE.

La surenchère était de mise en matière de diagnostics médicaux à la maison de retraite, et Moray fréquentait plus l'endroit qu'il ne l'aurait voulu. Avec cette visite, Lilian décrochait donc la timbale. La vieille dame tendit la joue pour qu'il l'embrasse, ce que le médecin fit, les yeux pétillants. Il avait beaucoup d'affection pour elle.

– Alors, commença-t-elle, comme ils s'asseyaient avec des cappuccinos tout à fait acceptables.

Ce n'était pas si surprenant : Rosie avait organisé une collecte l'année précédente pour acheter une machine Nespresso, et l'infirmière en chef lui avait confié plus tard que le nombre de visiteurs avait considérablement augmenté depuis son installation.

– Quelles sont les nouvelles ?

– Comment ça se passe, ici ? l'interrogea Rosie. J'ai l'impression que tu te plais.

Lilian s'efforça de dissimuler un sourire satisfait.

– Non, non, pas du tout. Je suis abandonnée, au comble du désespoir, comme tu le sais. Triste, seule, mal-aimée, sans visites, sans plus rien à attendre de la vie…

Rosie leva les yeux au ciel.

– Eh bien, en parlant de ça : Angie va venir.

Le visage de Lilian s'illumina. Elle avait toujours beaucoup aimé sa nièce, jolie et obstinée. Si Angie avait envie de faire quelque chose, elle fonçait, tout simplement. Ce qui donnait parfois de bons résultats (l'Australie), et parfois de moins bons (Rosie connaissait à peine son père). Mais, tout bien considéré, se disait Lilian, on regrettait moins les choses que l'on avait tentées et ratées que celles auxquelles on avait renoncé. Elle le savait mieux que personne.

– Oh, MERVEILLEUX ! s'exclama-t-elle. Il faut que je le dise à Ida Delia.

– Laissez cette pauvre femme tranquille, intervint Moray. N'a-t-elle pas assez souffert ?

– Non, répondit sèchement Lilian.

– Et ce n'est pas tout, se dépêcha d'ajouter Rosie. Pip vient aussi. Avec Desleigh, sa femme…

– Qu'est-ce que c'est que ce prénom ? Desleigh ?

– Eh bien, son père s'appelait Des et sa mère Leigh, lui expliqua Rosie. On pourrait trouver ça mignon.

– C'est hideux.

Ces quatre semaines allaient être longues, songea Rosie. Et elle n'en avait même pas encore parlé à Stephen.

– … et leurs enfants aussi, conclut-elle.

Lilian retrouva le sourire. Elle aimait les enfants. Enfin, les enfants bien élevés et intéressants. Rosie se demanda intérieurement si Shane, Kelly et Meridian répondraient à ces critères.

– Où vont-ils loger ? s'enquit la vieille dame en fronçant les sourcils.

– Je ne suis pas sûre, répondit Rosie.

Elle était loin d'avoir résolu ce problème. « Peak House », l'ancienne maison de Stephen, était vide. Mais elle était aussi perchée au sommet d'une montagne désolée, absolument glaciale, et impossible à rejoindre sans voiture.

– S'il continue de neiger, dans la salle des fêtes, sans doute.

Au pire, elle s'était dit que Pip et Desleigh pourraient dormir dans le salon, qu'elle partagerait sa chambre avec Angie et que les enfants prendraient celle de Lilian ; Stephen, lui, pourrait aller chez sa mère. Cette solution aurait le mérite de ne satisfaire personne.

– Ça va être long, tous entassés dans le cottage, prophétisa Lilian. Enfin, si c'est plus simple pour vous, je peux rester ici le jour de Noël.

– Ça ne va pas, non !

Les yeux de Lilian vagabondèrent vers un menu posé sur le comptoir du café. « Menu de Noël » était écrit dessus. Rosie s'en empara.

– Sorbet au champagne ? Huîtres ? Oie ou gîte de bœuf rôti ?

Lilian parut un brin mélancolique.

– Qu'est-ce que c'est que ça ?

– Eh bien, l'école hôtelière d'à côté accueille des jeunes qui viennent de familles à problèmes, ce genre de choses. C'est l'un des projets caritatifs de Jamie Oliver. Du coup, ils viennent cuisiner pour nous le jour de Noël.

– Donne-moi ça, dit Moray avant de parcourir le menu des yeux.

– Pommes de terre rôties à la graisse d'oie ? Chipolatas au gingembre ? Bavarois chocolat-framboises ? C'est bon, je viens. Lilian, à onze heures quarante-cinq le jour de Noël, je veux que vous simuliez des douleurs gastriques, d'accord ? PAS des douleurs thoraciques – ils ne passeraient pas par moi et appelleraient directement une ambulance. De simples douleurs gastriques. Dites-leur que vous ne voulez pas qu'ils m'appellent le jour de Noël. Ça fera plus réaliste.

Lilian opina du chef, puis regarda autour d'elle, à la recherche de quelque chose pour prendre des notes.

– Arrêtez, vous deux ! gémit Rosie. C'est déjà assez compliqué comme ça. Ils vont parcourir des milliers de kilomètres pour te voir et passer un bon Noël, ce qui veut dire qu'on va tous devoir être là et partager un moment agréable tous ensemble.

– En mangeant en cercle par terre, commenta Moray.

– Tu n'es pas invité, toi ! Qu'est-ce que tu fais pour Noël, d'ailleurs ?

– Je vais à Carningford pour expliquer pendant dix heures à mes parents pourquoi je n'ai pas encore rencontré la femme qu'il me fallait, répondit-il avec un dernier regard envieux au menu.

– Je ne comprends pas pourquoi un médecin sensé comme toi, plus vraiment dans sa première jeunesse, ne peut toujours pas dire à ses parents qu'il est homosexuel.

– Voilà la seule raison pour laquelle je t'envie d'avoir grandi à Londres.

– Ça va être chouette de voir Angie, reprit Lilian, calmée.

– Tout à fait, répondit Rosie avec fermeté.

– Et il faut que je la remercie.

– Je sais, ils viennent de si loin.

– Oh non, non, pas pour ça. Le voyage va être un cauchemar, c'est certain.

Rosie leva à nouveau les yeux au ciel.

– Pourquoi alors ?

– Pour t'avoir fait venir jusqu'à moi, bien sûr.

★

Dehors, la neige s'était remise à tomber doucement. Moray regarda le ciel, puis poussa un grognement.

– Oh, mais c'est si beau, dit Rosie.

– C'est dangereux. Ça veut dire que l'infirmière libérale va devoir passer voir toutes les personnes âgées, pour s'assurer qu'ils ont bien allumé leur chauffage et que quelqu'un peut aller faire leurs courses.

Rosie le regarda.

– Était-ce un appel du pied ?

Elle lui donnait un coup de main de temps à autre. Elle avait espéré que cela l'aiderait à s'intégrer, à devenir un membre à part entière de la communauté, mais cela ne semblait pas fonctionner : les gens la considéraient comme une intruse londonienne et la snobaient toujours un peu. Moray lui avait dit que cela commencerait sans doute à s'arranger d'ici trois générations.

– Tu es débordée avec cette visite familiale…

– Pas encore. Tu n'as qu'un mot à dire. Je trouverai le temps.

★

Elle libéra Tina, afin qu'elle puisse aller chercher ses jumeaux, puis s'occupa de ses nombreux clients habituels à la sortie des classes – mais aussi de ceux qui, avec la neige, venaient acheter des pastilles pour la gorge –, s'assurant de s'enquérir de la santé des plus âgés. Puis, à dix-sept heures, elle ferma la porte et compta le fonds de caisse. Elle laissait souvent Tina s'en charger, mais aimait garder un œil dessus : son amie était si précise que cela lui facilitait grandement la tâche, de toute façon. Elle examina les chiffres. Ils étaient bons : la boutique marchait bien, mais, après avoir acheté les marchandises et payé Tina, le comptable et les impôts, il ne restait malgré tout pas grand-chose. En tout cas, pas assez pour payer une semaine au *Red Lion* à Pip, Desleigh et les enfants, songea-t-elle en les regardant. (Sa famille resterait à Lipton pendant une semaine, puis passerait le reste de ses vacances à faire du tourisme et à rendre visite à d'autres cousins.) Elle n'était donc pas plus avancée. Elle jeta un coup d'œil au calendrier. Il restait cinq semaines avant Noël.

*

Quand Rosie entra dans le cottage, elle fut accueillie par l'odeur réconfortante d'un ragoût. Elle faisait mijoter leurs repas le plus souvent possible : si la maison prenait feu, elle le sentirait, comme elle travaillait à côté, supposait-elle raisonnablement. Et puis, cela lui permettait d'acheter les morceaux de viande les moins chers chez le boucher : ils étaient délicieux, en les laissant cuire assez longtemps.

Mais une autre odeur flottait dans l'air, songea-t-elle. Une odeur qu'elle ne parvint pas à identifier. Juste après, elle entendit un bruit étrange, comme un petit tambourinement de griffes sur le parquet ciré.

– Il y a quelqu'un ? cria-t-elle.

Elle entendit le pas prudent de Stephen, qui sortait de la minuscule cuisine de poupée du cottage. Il avait une bouteille de vin rouge dans une main, ce qui était toujours de bon augure, et le visage sombre, ce qui ne l'était pas. Mais elle le remarqua à peine. Son regard se porta sur ses pieds. Là, recroquevillé comme un enfant timide, se trouvait un minuscule tas de fourrure, une petite langue rose en sortant.

– Oh, bon sang, dit-elle dans un souffle.

– Mère est passée, expliqua Stephen d'un ton neutre.

– Je lui ai dit qu'on ne voulait pas de chien, poursuivit-elle, sentant qu'elle devait commencer par se défendre.

Or ce fut plus fort qu'elle, sa curiosité était piquée. Elle s'agenouilla, puis fixa cette petite bête. Celle-ci avait des yeux d'un bleu brumeux et, en gros, n'était qu'une énorme boule de poils grise.

– Mais bien sûr qu'on veut un CHIEN, la contredit Stephen. Et ce n'est pas un CHIEN : c'est un BALAI À FRANGES.

Rosie tendit la main. La petite créature s'approcha en rampant pour la renifler, et Rosie lui fit un sourire encourageant. Stephen s'appuya contre la porte, puis déboucha la bouteille de vin avec un bruit sec.

– Mère m'avait dit que c'était un petit de Bran. Mais elle ne m'avait pas dit qu'elle ne l'avait pas fait se reproduire. Il a à l'évidence mis en cloque une vulgaire bâtarde. Ce chien ne pourra pas travailler, il ne sert à rien. Ma mère est une vraie sorcière.

Hélas, il était trop tard. Rosie venait de prendre cette boule de poils dans ses bras et d'enfoncer son nez dans sa fourrure. Le chiot gigotait, se tortillant de plaisir.

– Oh, mais c'est un beau toutou, ça. Hein ? C'est un beau toutou.

– Encore heureux que tu ne voulais pas de chien, commenta Stephen en leur servant deux grands verres de vin. Mère m'a dit que tu refusais catégoriquement.

– Ça ne l'a pas arrêtée pour autant, marmonna Rosie, fascinée par cette petite bête.

– Ça aurait été bien d'avoir un des petits de Bran. Mais pas celui-là. Il ne sert à rien.

Rosie le serra fort.

– Mais qu'est-ce que tu racontes ? Il est magnifique.

Le chiot s'empressa de lui lécher la main.

– Je vais demander à mère de le reprendre.

– Certainement pas, répondit Rosie avec colère.

Stephen la considéra avec un mélange de tendresse et d'exaspération.

– Mais tu ne veux même pas de chien, et celui-là est nul !

– Chut, répondit-elle en cachant les minuscules oreilles soyeuses du chiot. Il peut t'entendre.

– Tu as dit que tu ne savais pas ce qu'un chien ferait toute la journée.

– Il gardera la boutique ?

– Arrête !

– Il restera dans le jardin ?

– Je ne crois pas, non. Je vais le ramener.

– NON ! se récria-t-elle, sentant la petite langue rose râpeuse lui lécher à nouveau la main. Non, on trouvera une solution.

Une chose de plus sur sa longue liste de problèmes à régler plus tard, réalisa-t-elle, mais elle s'en moquait.

Ils s'assirent, et Rosie mangea d'une main, tout en caressant le chien, assis sur ses genoux.

– On va devoir lui trouver un nom.

– Tu sais que tu ne dois pas manger avec un chien sur les genoux. Ce n'est pas hygiénique et tu vas lui donner de mauvaises habitudes.

– Ce n'est pas un chien ! C'est un tout petit bébé.

Le chiot gémit obligeamment, et Rosie lui donna un petit bout de ragoût.

– Rosie Hopkins ! Pose tout de suite ce chien ! Vous êtes tous les deux des animaux dégoûtants.

– Je ne veux pas !

– Dans ce cas, je vais devoir te faire des choses qui ne sont pas appropriées devant un mineur.

Rosie se leva, puis poussa un cri perçant, comme Stephen, assis de l'autre côté de la table, essayait de la taper sur les fesses avec sa canne. Agile, elle fit un bond pour lui échapper.

– Je n'en reviens pas : toute notre vie de couple est basée sur le fait que tu essaies de me frapper avec cette canne, lança-t-elle en se rendant dans la cuisine pour préparer du thé. On se croirait dans « Cinquante Nuances d'Earl Grey ».

⋆

Plus tard, elle prépara un petit lit pour le chiot, toujours sans nom – Rosie avait du mal à résister à l'envie de l'appeler Peluche ou Arc-en-ciel, mais Stephen la regardait en plissant les yeux et répondait que, s'ils devaient vraiment garder ce vulgaire corniaud, ils pouvaient l'appeler Monty ou Archibald. Ils n'avaient donc pas encore réussi à se mettre d'accord, et Rosie l'appelait Monsieur Chien en attendant. Le chiot gémissait un peu, mais, quand elle l'enveloppa dans la vieille couverture rouge qu'elle avait chipée dans un avion en partant en vacances, longtemps auparavant, dans un passé lointain, quand il lui arrivait de prendre des vacances, il se calma et s'endormit de son sommeil de petit chien.

– Je tiens à te féliciter de t'être faite au concept terrible, épouvantable, d'avoir un chien, dit Stephen au moment où ils allaient se coucher.

– Je n'en reviens toujours pas que tu l'aies pris quand même, alors que tu savais que je n'en voulais pas, grommela-t-elle d'une voix endormie.

– C'est parce que je ne te connais pas du tout et que je t'ai prise au mot quand tu affirmais ne pas en vouloir.

Il lui passa tendrement un bras autour du cou, ce qui était sa façon de faire croire qu'il n'avait pas besoin d'aide pour monter l'étroit escalier escamotable.

– Oh, fit-elle en sentant son torse contre le sien, se demandant si ce moment, alors qu'il enfouissait son nez dans son cou, qu'ils étaient si proches, ne serait pas le bon pour lui annoncer que six membres très bruyants de sa famille allaient envahir leur petit paradis pour Noël.

Oh, ce n'était pas avant des semaines. Elle avait tout le temps.

Chapitre 4

Or elle n'avait pas tout le temps, s'avéra-t-il. Deux événements, un mineur et un majeur, qui se produisirent à Lipton changèrent la donne plus vite qu'ils ne l'auraient jamais cru.

Tout d'abord, deux semaines plus tard, la neige tombait toujours. Les magasins en ligne n'assuraient plus les livraisons : c'était inquiétant, réalisa Rosie, car sa garde-robe d'hiver n'était toujours pas adaptée, bien que ce soit son deuxième hiver à Lipton. Après tout, à Londres, on ne restait jamais plus de deux minutes dehors, puisqu'on effectuait tous ses trajets en métro ou en bus, où il faisait une chaleur accablante. L'année précédente, elle avait été obligée de s'acheter une parka, qui avait beaucoup fait rire Moray – beaucoup trop : il lui avait dit qu'elle ressemblait à une enfant déguisée en Dalek, ces mutants en armure de la série *Doctor Who*. Cette année, elle avait vraiment besoin de gants, d'une écharpe et d'un bonnet assortis, puisqu'elle allait devoir les porter une bonne partie de la journée, tous les jours. Le fait que Malik remplisse le *Spar* d'autant de boîtes de conserve que possible lui parut très sensé, tout à coup. Stephen leur en fit acheter un grand nombre, ainsi que des bouteilles d'eau, au cas où les canalisations gèleraient, ce qu'elle trouva exagéré, mais aussi excitant, bien que Stephen la prévienne que cela ne l'était pas, pas du tout.

Rosie secoua la tête.

– Pas du tout. Avec Monsieur Chien, on prend ça très au sérieux, n'est-ce pas, Monsieur Chien ? dit-elle en lui agitant sa petite tête.

– Pose ce chien. Tu vas le transformer en chien-chien à sa mémère, et il va devenir énorme. Et donne-lui un nom approprié, comme Ludo.

– Ludo n'est pas un nom approprié ! C'est bon pour un chien dont le maître chasse la grouse et lui demande de la rapporter dans sa gueule.

Stephen poussa un soupir, puis sortit d'un pas lourd. Les sableuses venaient de passer, mais de nouveaux flocons tombaient déjà dans leur sillage. Il y avait chaque jour moins d'élèves en classe : les parents qui vivaient dans les fermes et les habitations les plus éloignées ne prenaient pas le risque d'emmener leurs enfants à l'école le matin, s'ils n'étaient pas absolument certains de pouvoir venir les chercher le soir. Tina avait déjà préparé une chambre d'amis, et Rosie s'assura elle aussi que le lit de Lilian était fait, au cas où de pauvres bambins se retrouveraient à la rue.

Les pastilles contre la toux et les dragées (toutes les confiseries qui duraient longtemps) se vendaient comme des petits pains. Personne ne voulait plus des friandises en pâte à sucre aux couleurs pastel ; elles donnaient envie de soleil. Même les bonbons gélifiés n'avaient plus la cote. Et les boîtes de chocolats commençaient à avoir du succès, constata Rosie. C'était un rien inquiétant : cela signifiait que Noël approchait. Sa boîte mail regorgeait de messages enjoués de sa mère : les enfants étaient impatients de voir la neige et de jouer dans le jardin, lui disait-elle, et Rosie ne savait pas quoi lui répondre, si ce n'était de veiller à bien les couvrir. Or, comment la croire, quand on avait grandi dans un pays chaud, comme les enfants de Pip ?

Imaginer un autre climat était impossible. Et comment expliquer à un enfant qu'il y avait trop de neige ?

Rosie se tracassait à ce sujet quand Edison entra. Rien qu'une fois, songea-t-elle, rien qu'une fois, elle aurait aimé le voir marcher dans la rue comme les autres enfants : les filles deux par deux, bras dessus bras dessous, en train de se complimenter sur leurs après-skis ; les garçons en groupes, en pleine bataille de neige, faisant un boucan d'enfer.

– Bonjour, Edison.

Le garçonnet jeta un regard méfiant à Monsieur Chien.

– Oh, ne sois pas bête. Ce n'est qu'un chiot.

Un passage reliait l'arrière de la boutique au cottage, et Stephen avait décrété que le chien devait y rester. Il avait rapporté une belle niche neuve à la maison (le *nec plus ultra*, avait remarqué Rosie, même s'ils n'avaient pas beaucoup d'argent, et ils n'avaient plus jamais reparlé de ramener le soi-disant sous-chien à la mère de Stephen) et l'avait garnie de paille et d'une couverture. Le chiot était censé rester là jusqu'à ce qu'il soit assez vieux pour être sorti en laisse et éduqué, mais il n'y passait pas beaucoup de temps. Rosie n'arrêtait pas de se laver les mains et mettait des gants en plastique pour servir, mais personne ne semblait s'en préoccuper. Il y avait des chiens partout, à Lipton, se rendait-elle compte à présent. L'avocat gardait le sien dans son cabinet ; celui du coiffeur déambulait dans le salon en demandant des caresses aux clients ; et, bien sûr, le *Red Lion* en était plein : ils buvaient l'eau mise à leur disposition dehors, piquaient un petit somme sous le tabouret de leur maître et, de temps à autre, l'aidaient à rentrer quand il ne marchait pas tout à fait droit. Si bien que personne ne disait rien. Et, dans l'ensemble, les enfants les adoraient.

– Les chiens que je ne connais pas sont dangereux.

– Oui, mais tu le connais, non ? répondit patiemment Rosie. C'est mon chien. Il est très gentil.

– Il pourrait me mordre le nez.

– Il pourrait te le lécher, à la limite, répondit-elle en riant. Promis, il ne mord pas. Regarde ses minuscules quenottes. On les voit à peine.

Edison se rapprocha.

– Quand je serai un ponnier des sciences, il faudra que je m'habitue à ce genre de choses, se dit-il à lui-même d'un air sombre en redressant ses lunettes. Je ne suis pas sûr de vouloir devenir un ponnier des sciences.

– Qu'est-ce que tu voudrais faire plus tard, Edison ?

– Être un ponnier des sciences qui ouvrira de nouvelles possibilités en astrophyque pour le bien de l'humanité, répéta Edison, à l'évidence par cœur.

– Pas vétérinaire, alors ?

Il secoua vigoureusement la tête.

– Les animaux sont nos amis. Je ne pourrais pas soigner un cochon pour qu'il se fasse manger après.

Rosie s'efforça de débrouiller cela dans sa tête.

– Qu'est-ce que tu aimerais VRAIMENT faire ?

Edison regarda autour de lui.

– J'aimerais avoir une confiserie, comme toi. Mais sans les raisins secs.

– Certaines personnes aiment ça.

– Les gens sont bizarres, répondit le garçonnet en secouant la tête.

Rosie lui remplit un sachet de ses Edinburgh Rocks adorés, puis l'envoya à l'école.

*

Il faisait à peine jour, entre les épais nuages et les flocons qui tombaient toujours dru. Une fois l'affluence matinale passée, Rosie entreprit de réapprovisionner les stocks et de se lancer dans un grand nettoyage. Monsieur Chien, assis dans un coin, regardait un journal.

Tout à coup, la cloche tinta avec une certaine urgence et un homme entre deux âges au crâne dégarni, assez corpulent, entra précipitamment, paniqué. Rosie se redressa.

– Est-ce que je peux vous aider ?

– Pourriez-vous… pourriez-vous me donner un verre d'eau ? l'interrogea ce monsieur, à bout de souffle.

Il avait une voix éduquée à l'accent du Yorkshire, le comté voisin. Rosie commençait tout juste à faire la distinction : jusqu'à très récemment, la façon dont les habitants du Derbyshire parlaient de ceux du Yorkshire – comme d'une espèce radicalement différente – était très mystérieuse à ses yeux.

– Bien sûr. Qu'est-ce qui vous arrive ?

L'homme, dans tous ses états, déglutit, puis jeta un coup d'œil nerveux derrière lui, essayant de voir à l'intérieur de sa voiture, une Opel Astra grise garée devant la boutique.

– C'est mon père. Il a eu un genre… un genre de crise.

– Faites-le entrer, lui proposa aussitôt Rosie. Ça va, je suis infirmière. Aide-soignante. Faites-le entrer. Laissez-moi l'examiner.

Elle alla chercher le fauteuil dans lequel s'asseyait Lilian quand elle lui rendait visite. Ce monsieur sortit en courant, puis, à force de persuasion, parvint à faire entrer une grande silhouette voûtée, très mince, aux cheveux blancs.

– Viens, papa, assieds-toi. Assieds-toi.

Rosie apporta un verre d'eau au vieux monsieur, qui marmonnait de façon incompréhensible. Elle l'aida à boire, puis vérifia son rythme cardiaque.

– Je vais appeler notre médecin, dit-elle. Son cabinet est un peu plus bas dans la rue.

– Est-ce vraiment nécessaire ? On dirait qu'il se calme.

Le vieux monsieur gesticulait et parlait fiévreusement. Rosie ne comprenait pas un mot de ce qu'il disait.

– Il est atteint de démence, expliqua son fils. Pardon. Il ne va pas bien.

– Je le vois, répondit Rosie en appelant Moray. Est-ce déjà arrivé ?

– Ça lui arrive tout le temps, répondit le monsieur.

En le regardant de plus près, Rosie vit les marques de fatigue autour de ses yeux et de sa bouche.

– Tout le temps, et ça empire. Celle-ci est arrivée sans crier gare. Ça ne... ça ne s'améliorera jamais.

– Je sais, répondit Rosie avec douceur en raccrochant le téléphone après avoir parlé à Maeve, la secrétaire médicale. Il arrive. Aimeriez-vous une tasse de thé ?

Ce monsieur acquiesça, avant de regarder dehors avec appréhension.

– Mais on ferait peut-être mieux de se remettre en route.

Son père gémissait à présent, en se balançant d'avant en arrière. Rosie rapporta la couverture toute neuve qu'ils venaient d'acheter pour Monsieur Chien pour la lui poser sur les épaules. Peu à peu, sa respiration finit par ralentir et, son fils l'entourant d'un bras, il cessa de baragouiner, après qu'une grosse larme lui eut roulé sur la joue.

– C'est une maladie terrible, commenta Rosie avec empathie. Très difficile.

L'homme acquiesça d'une grimace.

– Oui, oui, c'est vrai.

Il tendit la main.

– Edward Boyd. Et voici mon père, James.

– Ravie de faire votre connaissance. Rosie Hopkins.

La bouilloire sifflait quand Moray arriva. Le médecin examina James minutieusement.

– Il ne… il ne me reconnaît plus du tout, confia Edward avec tristesse. Et il n'arrête pas de crier des choses qui n'ont aucun sens.

– C'est très courant, expliqua Moray en prenant ses constantes. Son pouls est un peu faible, mais c'est peut-être simplement dû au choc. Qu'est-ce qui a provoqué cette crise ?

– Aucune idée, répondit Edward en acceptant sa tasse de thé avec gratitude.

– Je vais le refroidir pour votre père, proposa Rosie à voix basse, avant d'ajouter de l'eau froide dans sa tasse.

– J'ai dû faire un détour par ce village. Normalement, on prend la route d'Hiftown, mais elle est fermée… Je ne sais même pas où nous sommes.

– Lipton, répondit Moray.

Edward jeta un coup d'œil par la fenêtre, l'air inquiet. Le ciel était si couvert qu'il semblait faire nuit.

– Il faut que je reparte.

Rosie donna sa tasse au vieil homme, puis la lui tint pour qu'il puisse boire son thé.

– Merci, répéta Edward. Donc, nous sommes entrés dans le village, et il est devenu très, très agité. Il a enlevé sa ceinture et s'est mis à tenir des propos confus.

– Est-il déjà venu ici ? l'interrogea Rosie.

– Je ne crois pas. Il est né et a grandi dans le Yorkshire de l'Ouest, à Halifax.

Ils observèrent James en silence. Il avait l'air heureux à présent, à son aise dans son fauteuil, et regardait autour de lui d'un air approbateur.

– Vit-il avec vous ? s'enquit Moray.

Edward se tourna vers lui, et Rosie entrevit la lassitude et l'angoisse sous le masque poli.

– Oui, répondit-il, le visage accablé, avant de se redresser. Je veux dire, oui, il vit avec nous. Ça va, nous bénéficions de soins à domicile et mon épouse m'aide beaucoup, bien sûr...

– Il n'y a rien de honteux à donner à quelqu'un l'aide dont il a besoin, répondit Moray à voix basse, avec bienveillance. Vous savez, passé un certain stade, la plupart des bonnes maisons de retraite n'accepteront plus un patient atteint de démence.

– C'est mon père, répondit stoïquement William, la gorge serrée.

Cet Edward Boyd plaisait à Rosie. Lilian avait dû aller en maison de retraite après plusieurs chutes et un léger accident vasculaire cérébral ; Rosie ne pouvait pas s'occuper d'elle et travailler en même temps. Elle admirait cet homme, qui avait à l'évidence essayé de relever le défi. Et Lilian n'avait pas perdu la tête, elle, ce qui leur rendait la vie beaucoup plus facile.

– Allez, papa, dit Edward en consultant sa montre. Il faut qu'on y aille.

James regarda autour de lui, l'air confus, s'agrippant aux accoudoirs de son fauteuil.

– Non ! aboya-t-il d'une voix rauque. Non !

Il semblait troublé, affolé.

– Allez, papa, on va rentrer à la maison. Tu verras Doreen, d'accord ? On mangera de la soupe de légumes pour le déjeuner. Je sais que tu aimes ça.

– NON ! répéta le vieil homme, paraissant étonnamment fort. Je reste ici !

Moray et Rosie échangèrent un regard, mais Edward parut simplement abattu, résigné.

– Il faut qu'on y aille, papa.

James prit un air mutin.

Au bout d'un moment, Moray s'approcha et tendit sa carte à Edward.

– Si vous avez besoin de parler à quelqu'un, appelez-moi et je contacterai votre généraliste pour vous recommander un bon établissement, d'accord ? Vous n'êtes pas obligé de vivre comme ça.

Edward considéra la carte, comme s'il allait pleurer.

– Je vous remercie mille fois de votre gentillesse. Oh, je vais prendre des bonbons, ça m'aidera peut-être à le faire sortir.

– Bien sûr ! Qu'aime-t-il ? l'interrogea Rosie.

– Les assortiments de bonbons à sucer, en général.

– NON ! le contredit la voix chevrotante, mais déterminée. Des caramels !

– Tu n'aimes pas les caramels ! répondit Edward. Tu dis que ça colle aux dents.

– Des caramels.

– Tu pourras avoir des caramels si tu montes dans la voiture.

– Je ne veux pas, répliqua le vieil homme.

– Des caramels, dans la voiture ?

Rosie en prépara donc un sachet. Après l'avoir payée, Edward les remercia à nouveau avec effusion pour leur gentillesse. Puis il fit sortir son père du magasin, les caramels serrés dans sa main, pour retourner à leur voiture. À leur départ, Rosie remarqua qu'une autre larme roulait sur la joue du vieil homme.

– Voilà, je ne veux jamais être comme ça, déclara-t-elle en ramassant les tasses. Jamais. Franchement, je crois que je préférerais… je crois que je préférerais *mourir*.

– C'est Stephen qui s'en chargera, alors, répondit Moray en agitant la main. Les médecins ont des ennuis, s'ils font ce genre de choses.

Rosie secoua la tête.

– C'est vraiment terrible. Cette maladie est affreuse. Je me demande ce qui a pu déclencher cette crise.

– Rien, sans doute. Un vieux souvenir a dû lui revenir en mémoire au moment où ils passaient par là, c'est une simple coïncidence. La démence est une sale maladie. Je reçois à longueur de temps des enfants adultes qui culpabilisent. Ils devraient vraiment faire ce qui est mieux pour leur parent et le mettre dans une bonne maison de retraite. Gâcher la vie de tout le monde ne sert à rien.

– Les pauvres, murmura à nouveau Rosie, avant de se sortir ce vieux monsieur et son fils de la tête.

*

Rosie entreprit aussitôt de décorer la boutique. Elle avait trouvé un carton de vieilles décorations de Noël dans le grenier et envisageait de les sortir. Parmi elles figuraient de jolies sculptures sur bois, à l'évidence artisanales – elles n'étaient pas toutes aussi bien maîtrisées, et Rosie se demanda si elles n'avaient pas été réalisées à l'école par les frères de Lilian. Quand sa tante le lui confirma, elle décida de les conserver ; les guirlandes effritées et les boules ternies, elles, partirent à la poubelle.

Tandis qu'elle préparait l'énorme commande de Noël pour la confiserie, Tina, qui était une acheteuse en ligne hors pair, entra et lui montra une photo de la décoration la plus extraordinaire qu'elle ait trouvée à moitié prix.

– Mais les boutiques en ligne ne livrent pas, dit Rosie. À cause du temps.

– Oui, ils ne livrent pas au commun des mortels. Raison pour laquelle elle est à moitié prix avant Noël, expliqua Tina, que sa mauvaise habitude avait presque rendue insolvable. Mais ils me livreront, à moi.

Rosie sourit, puis regarda à nouveau la photo. Cette décoration était vraiment ravissante : c'était un petit train du père Noël, avec des voitures vides qu'elles pourraient remplir de bonbons, qui tournait autour d'un village miniature aux toits couverts de neige, des petites bougies à toutes les fenêtres.

– On dirait Lipton, commenta-t-elle.

Tina opina du chef.

– Je sais. Il nous le faut. Il fera fureur.

Une seconde, Rosie pensa aux magnifiques illuminations et aux vitrines époustouflantes des boutiques d'Oxford Street, à Londres. Elle avait du mal à imaginer qu'un petit train puisse attirer l'attention. Mais, dans sa devanture, Malik avait construit une pyramide avec des boîtes de macaronis au fromage, cela pourrait donc être pire.

– D'accord ! dit-elle.

– Il siffle !

– J'ai dit d'accord !

– Youpi ! s'exclama Tina, qui n'avait plus vraiment le droit de faire du shopping. Je l'ai commandé la semaine dernière.

Rosie leva les yeux au ciel.

– Alors, qu'est-ce que tu vas offrir à Jake pour Noël ?

– Oh, rien d'intéressant, répondit Tina avec tristesse. J'aimerais bien être millionnaire. Sans vouloir te vexer.

– Je ne me vexe pas, répondit Rosie du tac au tac. Moi aussi, j'aimerais bien.

– Mais j'ai vu une belle chemise Burberry, qui lui irait à merveille, et une sublime écharpe en cachemire.

– Ça ne plairait pas à Jake.

– Non, mais à l'homme idéal avec lequel je sors dans ma tête, si.

– Je pensais que Jake était ton homme idéal.

Le visage de Tina s'attendrit.

– Oh, il l'est. Il l'est. Mais, tu sais.

Rosie savait. Jake, très séduisant, charmant, était ouvrier agricole : en général, il portait donc un bleu de travail pour éviter de se tacher et une veste d'équitation, dont Rosie soupçonnait qu'elle était plus vieille que lui.

– Qu'est-ce qu'il va t'acheter, à ton avis ?

Tina haussa les épaules.

– Je ne sais pas. L'an dernier, il m'a offert une paire de chaussettes.

– Mais vous sortiez ensemble depuis très peu de temps, l'an dernier.

– N'empêche.

– Et c'était une très jolie paire de chaussettes.

– Oh, ça va, répondit Tina en levant les yeux au ciel.

Rosie vendit deux livres de bonbons à la violette, puis salua Anton, l'homme le plus gros du village. Auparavant, il aurait pu viser le titre d'homme le plus gros du pays. Le fait qu'il ne soit plus que celui du village était tout à son honneur. Mais aussi un peu à celui de Rosie, qui contrôlait sa consommation de bonbons d'une manière qui confinait à la charité.

Anton parcourut la pièce des yeux.

– Des décorations de Noël ! s'exclama-t-il gaiement.

Monsieur Chien s'approcha en trottinant pour lui lécher la main, comme toujours. Il était plus gros et poilu chaque semaine, mais n'en devenait pas moins paresseux ni affectueux. Rosie l'adorait, ce qui amusait Stephen, même si cela l'agaçait aussi un peu. Il n'arrêtait pas de la bassiner avec le fait que leurs chiens étaient élevés pour travailler, mais, dès qu'elle tournait le dos, si elle se retournait assez vite, elle le voyait en train de lui gratter les oreilles ou de lui dire en cachette que c'était le meilleur chien au monde, oui, le meilleur, le meilleur.

– Il vous aime bien, commenta Rosie.

– Il aime le *fish and chips*, répondit Anton.

– Anton !

– Un petit ! J'en ai mangé un petit !

– Qu'est-ce que je vous sers ? J'ai l'impression d'être une dealeuse.

Anton parcourut les étagères avec attention, un sourire rêveur fendant ses joues flasques.

– Nous sommes des dealeuses, répondit Tina. Je crois qu'il nous faut l'accepter.

– Jamais, rétorqua Rosie.

– Comment va votre jeune ami ? s'enquit Anton sans détourner les yeux des étagères, qu'il devait connaître par cœur.

– Il n'est pas si jeune, répondit Rosie, qui rougissait toujours quand on lui parlait de Stephen, alors que cela faisait près d'un an qu'ils sortaient ensemble. Il va très bien, en fait.

– Je n'en reviens pas qu'il aime enseigner, commenta Tina. Qui l'aurait cru ?

– Je sais, acquiesça Rosie en repensant à l'homme qu'elle avait rencontré à son arrivée, amer, telle une coquille vide. Ça l'a guéri, je crois. Intérieurement. Vous auriez dû le voir ce matin, avec leur chant de Noël. Il parle de cloches. Edison n'arrête pas de me le réciter, pour me montrer comme il est rapide. J'en ai déjà assez, et le concert n'est que dans trois semaines.

– Des chocolats fourrés à la framboise ! s'écria Anton, s'en léchant presque les babines.

– Vous pouvez en avoir quatre, dit Rosie.

– Onze.

– Plus un pour bonne conduite, ajouta-t-elle.

– Disons neuf, alors.

*

Dehors, le village était silencieux. La neige tombait toujours, et le ciel était si couvert de gros nuages gris que le soleil semblait ne pas s'être levé de la journée. Jake travaillait à la ferme des Isitt, essayant de déterminer quel cadeau il pourrait offrir à une fille aussi spéciale que Tina. Stephen dirigeait ses élèves, qui chantaient « Carol of the Bells » en chœur, avec entrain, dans le préfabriqué situé sur le côté de l'école. Anton et Rosie se chamaillaient, comme toujours. Lilian somnolait près de la fenêtre, se remémorant un jeune homme aux cheveux bouclés, qui continuait de lui lancer des boules de neige quand les autres garçons n'en lançaient plus sur les filles depuis longtemps.

Edward Boyd venait de sortir du village ; il jeta un regard anxieux à son père qui, heureusement, semblait s'être endormi. Il toucha son portefeuille, dans lequel se trouvait la carte que ce gentil jeune médecin lui avait donnée. Il était peut-être temps, après tout. Peut-être. Mais son père… c'était son père. Pendant des années, ils avaient passé leurs vacances d'été à Scarborough, pratiqué son lancer au criquet et… il ne savait pas vraiment quand il avait remarqué que son père n'allait pas bien. Ce dernier avait toujours été un homme réservé, blessé pendant la guerre ; un bon père, qui l'emmenait voir des matchs de rugby, lui donnait de l'argent de poche, l'aidait à réparer sa mobylette, mais James était parfois si introverti qu'il avait été difficile de remarquer que quelque chose clochait, au début.

Perdu dans ses pensées, il ne se rendit pas compte que son père s'était réveillé brusquement et lorgnait le sachet de caramels au chocolat posé sur le tableau de bord. Au sortir d'un virage serré, il fut soudain à moitié aveuglé par l'éclat de phares dans l'obscurité. Exactement au même moment, son père voulut attraper les caramels. Edward, surpris, sursauta, et la voiture se mit en travers de la route. Le camion, se retrouvant subitement face à eux, klaxonna comme un fou, puis glissa, dérapa, n'adhérant plus sur le sol blanc.

– BON SANG ! hurla Edward au moment où les deux énormes phares l'éblouirent.

Il donna un grand coup de volant à gauche, espérant (son dernier souhait, sans doute, présuma-t-il) que son père ne ressente rien, qu'il n'y ait qu'un éclair, un grand bruit, puis le silence.

★

« *To you in David's town this day is born of David's line*[1] », trillaient les élèves de Stephen, tandis que leur professeur les encourageait de la tête, tout en s'efforçant de les accompagner sur le vieux piano légèrement désaccordé. « *A saviour who is Christ the Lord and this shall be the sign.* »

Les clochettes entrèrent en scène. Le défi consistait alors à réfréner l'enthousiasme des enfants : ils oubliaient de chanter, sinon. Sauf les tout-petits. Pandora Esten n'avait que quatre ans et demi, et il semblait injuste de modérer ses ardeurs.

« *SWEETS BELLS!* » (Carillon ; clameur.) « *SWEET CHIMING CHRISTMAS BELLS!* » (Carillon ; fracas, une clochette tombant au sol.)

« *SWEET BELLS!* » (Carillon.) « *SWEET chiming Christmas bells…* » (Légère accalmie, la classe essayant de se rappeler la suite du texte, pas évidente.)

Kent et Emily, les jumeaux de Tina, s'en souvenaient toujours, eux.

1. Tiré du chant de Noël intitulé « While Shepherds Watch Their Flocks » (N.d.T.).

« They CHEER us ON our HEAVEN-lyy WAY, sweet CHIming BELLS!!! »

⋆

Le côté gauche de l'Opel Astra glissa dans le fossé, avant de rebondir contre la haie. Ils furent secoués dans tous les sens, comme Edward s'efforçait de tourner le volant vers la droite sans fermer les yeux et poussait un cri perçant, son souffle s'étranglant dans sa gorge. Étonnamment, la voiture poursuivit sa route, se redressa toute seule, puis se stabilisa.

Edward se retrouva trempé de sueur, haletant, incapable de s'arrêter ni de lâcher le volant. Il aperçut des feux arrière rouges dans son rétroviseur, mais était incapable d'y penser ; était incapable de penser à autre chose qu'aux battements de son cœur, à la nécessité de regagner l'autoroute pour rentrer chez lui le plus vite possible. À côté de lui, son père semblait déconcerté. Il se força à le rassurer.

– Là, là. Ça va, papa. Ça va.

Plus jamais il ne quitterait la maison, se jura-t-il d'un air sombre.

⋆

Le camion, lui, était en mauvaise posture. La cabine était sortie de son axe, et le chauffeur se rendit compte que la direction ne répondait plus bien. Il commença à perdre son sang-froid – c'était un homme calme, en général, qui aimait sa femme et les petits déjeuners anglais. Il jeta un coup d'œil dans son rétroviseur pour voir s'il était arrivé quelque chose à la voiture, mais ne vit rien. Il écoutait de la musique à la radio et n'avait entendu aucun bruit, vu aucune lumière, mais cela ne signifiait pas pour autant qu'elle n'était retournée dans un fossé quelque part. Or il ne pouvait pas s'arrêter à cet endroit : il se trouvait sur une route étroite, dans un virage en épingle dangereux. Il n'était même pas censé effectuer de livraisons par ce temps, mais son patron avait insisté, il s'agissait d'un bon client, et il s'était donc porté volontaire. Et voilà où il en était. Il jura. Il s'arrêterait dans le prochain village, pour leur demander de jeter un œil à sa direction. Oh non. Non, non, non. Il entreprit de monter la colline avec son gros camion, priant pour atteindre le sommet, maudissant les conseils municipaux, qui faisaient tous des économies et n'éclairaient plus les rues s'ils pouvaient l'éviter, même par ce temps. Il y était presque… presque…

Franchir le sommet lui fut fatal. Il y avait une petite bosse sur la route à l'entrée de Lipton, juste après l'église : lorsque la cabine passa dessus, il entendit un craquement de mauvais augure et sut que quelque chose n'allait pas. Or il avait dû accélérer pour grimper la colline et n'avait pas encore pu ralentir, de sorte qu'il roulait bien trop vite, son camion soudain transformé en une énorme arme incontrôlable. Lentement, très lentement, il essaya de changer de trajectoire pour éviter le bâtiment sur sa droite, mais le volant refusait de lui obéir, et il regarda, horrifié, l'arrière du camion s'en rapprocher de plus en plus. Puis, à la dernière minute, il se cramponna à sa ceinture, baissa la tête, se couvrit les yeux et pria.

★

« *They CHEER us ON our…* »

Le bruit rauque, grondant, retentissant, fut prolongé, assourdi par le grand tintamarre des vingt et une petites mains qui faisaient tinter leur cloche en même temps. L'arrière du camion se mit en travers de la route, puis enfonça le mur, éventrant le préfabriqué dans lequel se déroulaient les cours d'art et de musique. Ses phares les illuminèrent, et le vent cinglant s'engouffra dans la petite salle chaude, les flocons tourbillonnant dans l'air éclairé. Un cri s'éleva, et les enfants se reculèrent machinalement, obéissant sans réfléchir à la voix forte qui hurlait :

– BAISSEZ-VOUS ! BAISSEZ-VOUS ! BAISSEZ-VOUS !

Puis une silhouette se précipita en avant, une canne tombant avec fracas au sol, pour se jeter sur le garçon qui chantait le solo, à l'écart des autres, ses lunettes sales glissant déjà sur son nez sous l'effet du vent et de la masse d'air propulsée par l'énorme véhicule.

Le bruit ébranla tout le village. Puis tout devint noir.

Chapitre 5

– Qu'est-ce que c'était ? demanda Rosie.

Les lumières venaient de s'éteindre en clignotant, avant de se rallumer.

– Était-ce un tremblement de terre ?

Tina et Anton semblaient désorientés, et Rosie le laissa s'asseoir dans le fauteuil attitré de Lilian (il n'avait pas le droit, en temps normal ; Rosie faisait en sorte qu'il reste mobile, dans l'intérêt de ses veines).

Les gros bocaux de verre avaient oscillé sur leurs étagères, mais, excepté une rangée de pastilles à la menthe et quelques boîtes de chocolats exposées en vitrine, rien n'était tombé. Rosie se précipita dans la rue. Elle vit les autres habitants sortir de chez eux, l'air déconcerté. Le ciel était toujours si sombre et couvert qu'on se serait cru au milieu de la nuit. Elle courut jusqu'au magasin de Malik. Les fruits et légumes qu'il exposait dehors avaient roulé au sol, mais Malik n'y prêtait pas attention. Il regardait fixement le bas de la colline, les yeux écarquillés, le doigt pointé dans cette direction. Rosie suivit son doigt, puis porta une main à sa bouche.

– Oh non. Oh non.

Il montrait l'école.

★

Elle n'eut pas besoin de passer chercher Moray : le médecin courait déjà dans la rue, tout en essayant d'enfiler sa veste. Rosi pesta, puis retourna à la hâte chez elle pour chercher des couvertures. Ils en auraient besoin. *Faites qu'ils en aient besoin.* La panique la gagnait. Elle croisa des parents, des mères, qui se ruaient tous vers le bas de la colline, pensant tous la même chose, elle le savait : *Pas le mien, s'il vous plaît. Pas le mien.*

En voyant cette scène de désolation, de la fumée s'élevant déjà du camion, elle avait senti son cœur chavirer, mais elle ne pouvait pas se permettre de penser à Stephen ni aux élèves de l'école, qui lui achetaient tous des sucettes, des chocolats, des bonbons, et qu'elle connaissait tous – les gourmands, les impatients, ceux qui en voulaient pour leur argent, les indécis. Elle connaissait tous ces enfants.

Tina descendait la rue, dans un état second, tel un zombie. Ses yeux étaient fixés sur l'école, mais elle ne voyait rien. Rosie entra en trombe dans le cottage, puis prit toutes les couvertures dans l'armoire à linge. Il leur en faudrait plus, mais ils devaient en avoir quelques-unes à l'école… Et du thé, il leur faudrait du thé. Elle somma son cerveau de se calmer. Elle avait travaillé aux urgences pendant des années. Elle devait se comporter en professionnelle, et non penser à qui se trouvait là-bas. Elle ne devait penser qu'à ce qu'elle avait à faire. Elle savait que Moray en était capable ; elle en était capable, elle aussi. Il le fallait.

★

Les sirènes retentissaient dans l'air, au loin : il y avait une caserne de pompiers à Carningford. Mme Baptiste, la directrice de l'école, faisait sortir les enfants du bâtiment principal pour les conduire dans la rue. Certains paraissaient hébétés, les plus petits pleuraient, et quelques grands garçons étaient tout excités. Les uns après les autres, leurs parents désemparés se jetaient sur eux, en pleurs, culpabilisant de se sentir aussi soulagés.

Quand Rosie arriva, Moray tentait désespérément d'ouvrir la porte de la cabine du camion. Elle lui cria de cesser ses idioties et de laisser ça aux pompiers : cela pouvait exploser d'une seconde à l'autre. Réalisant qu'elle disait vrai, il descendit d'un bond.

Les sirènes se rapprochaient, mais les pompiers n'étaient pas encore arrivés. Mme Baptiste s'en sortait très bien : elle conduisait les enfants à l'écart, sur la colline. Or, quand Rosie les chercha des yeux, elle ne les vit pas parmi eux.

Elle ne voyait ni Stephen ni Edison.

Elle regarda Moray, qui fixait lui aussi les décombres fumants du préfabriqué.

– Il faut qu'on entre, dit-elle.

Mme Baptiste revenait déjà en courant.

– Non, tu avais raison tout à l'heure, répondit Moray. On devrait atteindre les pompiers. Ce n'est pas sûr. Madame Baptiste, éloignez-vous ! Éloignez-vous sur-le-champ !

L'institutrice aux cheveux gris, d'ordinaire brusque, releva les yeux vers lui.

– Mais ils ne sont pas tous sortis, répondit-elle d'une voix tremblante.

– Vous avez fait ce que vous pouviez. Éloignez-vous, s'il vous plaît.

Mme Baptiste secoua la tête, regardant en direction du préfabriqué dévasté, d'où aucune silhouette ne sortait plus.

– Maintenant ! insista Moray d'une voix qui ne souffrait aucune contradiction, avant de se retourner. RECULEZ-VOUS !

cria-t-il. Reculez jusqu'au magasin de Malik ! Ce camion peut exploser ! Reculez !

Au moment où il prononçait ces mots, un hélicoptère apparut au-dessus de la colline. Un homme armé d'un haut-parleur se pencha à l'extérieur. Lui aussi criait :

– RECULEZ ! RECULEZ ! RECULEZ !

Cela valait également pour Rosie et Moray, à l'évidence, mais ils n'y prêtèrent pas attention. Ils échangèrent un regard, puis se dépêchèrent d'entrer dans le préfabriqué.

À l'intérieur, ils se retrouvèrent face à une vision apocalyptique. La lumière entrait par l'immense trou dans le mur, mais n'éclairait qu'un gros nuage de poussière grise et de papier déchiqueté, qui empêchait d'y voir quoi que ce soit. Rosie entendit un gémissement, sans parvenir à déterminer d'où il venait. Elle arracha son tablier, puis le noua autour de sa bouche pour pouvoir respirer ; elle vit Moray faire la même chose avec son mouchoir.

– Qui est là ? appela-t-elle.

En s'agenouillant, elle aperçut Kent, le fils de Tina, tapi derrière le piano, un œil fermé, violacé, les mains pleines de sang et d'égratignures.

– Oh, mon chéri. Est-ce que tu peux bouger ?

Kent la regarda de son œil ouvert.

– Ça fait mal, répondit-il, terrifié. Ça fait mal.

– Je sais, mon chéri. Je viens te chercher, dit-elle en enjambant des chaises renversées.

Des partitions de musique volaient en tous sens.

– Viens.

Kent était grand, mais elle était quand même capable de le porter. Il grimaça de douleur quand elle lui toucha le bras, et elle opina du chef.

– Je sais que ça fait mal. L'ambulance va bientôt arriver et va te soigner. Mais, pour le moment, il faut vraiment, vraiment, que je te fasse sortir de là.

Kent déglutit, avant d'acquiescer vaillamment.

– Je vais essayer de ne pas toucher ton bras, d'accord ?

– D'accord.

Quand elle le prit par la taille pour le mettre sur son épaule, elle sursauta, car, recroquevillée sous lui, roulée en boule comme un petit hérisson, elle découvrit sa sœur jumelle, Emily, qui avait à peine une égratignure.

– Est-ce que tu as protégé ta sœur ? l'interrogea-t-elle, stupéfaite.

Kent ne répondit pas ; sa lèvre inférieure tremblait de douleur.

– D'accord, d'accord, je vais vous sortir de là, dit-elle. Emily, ma chérie, est-ce que tu peux marcher ?

Les yeux d'Emily étaient grands ouverts, tout blancs.

– Maman ! réclama-t-elle d'une voix chevrotante.

– Maman est dehors, répondit Rosie en jetant un coup d'œil à travers le trou, où le réservoir du camion fumait toujours. Maman est dehors, ma chérie, mais il faut vraiment qu'on se dépêche d'aller la rejoindre, d'accord ? Vite. Maintenant. On va voir maman, d'accord ?

« Maman », le mot magique, fit son effet. La fillette, paralysée par la peur, hocha doucement la tête. Rosie hissa Kent sur ses épaules (le garçonnet poussa un petit cri, puis s'efforça de se retenir, mais elle l'entendait pleurer dans son dos), et ils se dirigèrent lentement vers la porte. Dehors, Mme Baptiste, qui avait refusé de quitter son poste, les aida à franchir la barrière de fortune qui venait d'être installée.

Quand Tina les vit, elle tomba à genoux au milieu du chemin enneigé. Jake, qui avait couru depuis la ferme des Isitt, aussi vite que ses jambes pouvaient le porter, venait d'arriver, le visage rouge, à bout de souffle. Il passa la barrière pour prendre Kent dans ses bras, comme s'il ne pesait rien, en le regardant avec une telle tendresse qu'il aurait pu être son fils. Emily avait couru vers sa mère et enfoui son visage dans son cou ; Tina l'avait prise dans ses bras, mais elle avait toujours les yeux écarquillés, dans le vide, comme rivés sur ce qui aurait pu se passer, comme si elle contemplait, horrifiée, la vie qu'elle aurait pu avoir.

Lorsque les pompiers finirent par arriver, un homme équipé d'un appareil respiratoire se planta devant Rosie.

– Écartez-vous, maintenant, madame. Laissez-nous faire notre travail, s'il vous plaît.

Rosie le dévisagea. Il avait raison, elle le savait : c'était lui qui devait retourner dans cet endroit sombre, horrible. Il n'était pas professionnel de sa part, et même franchement dangereux, de le gêner. Elle avait dû faire la même chose à de nombreuses reprises par le passé : persuader des proches paniqués, désespérés, de laisser les soignants travailler, que c'était mieux pour tout le monde, y compris pour les victimes.

Mais ce fut plus fort qu'elle. Elle se retourna et repassa par le trou à toute allure.

– Moray ! hurla-t-elle.

Les pompiers étaient en train d'installer de grandes lampes à arc capables de percer la poussière, mais, pour l'instant, il faisait encore plus noir à l'intérieur.

– Où… où…, commença-t-elle, avant que sa voix ne s'étrangle, ses poumons s'emplissant de poussière.

Elle prit une seconde pour se ressaisir dans l'obscurité tourbillonnante.

– Ici, répondit Moray d'une voix rapide, heurtée.

Rosie comprit tout de suite ce qui s'était passé.

Les vêtements de Stephen avaient été déchirés. Il avait à l'évidence plongé sur le garçon au-dessus duquel Moray était désormais accroupi, s'efforçant de le sauver. Elle s'agenouilla et vit qu'il respirait, Dieu merci. Il avait le dos amoché, mais ne saignait pas trop ; il aurait seulement atrocement mal quand il se réveillerait. Mais il se réveillerait, songea-t-elle en le regardant allongé par terre, contorsionné, la peau à vif. S'ils le sortaient à temps. L'air était chargé de l'odeur d'essence.

– Ici ! cria-t-elle, désespérée, aux pompiers derrière eux. Ici !

Puis elle lui serra fort la main.

L'état d'Edison était autrement plus critique. Moray avait dégagé ses voies respiratoires et vérifié sa respiration ; il l'avait mis en position latérale de sécurité, mais le garçonnet était inconscient. Il avait la figure abîmée ; son petit corps, tout tordu, gisait au sol. Le médecin tentait de protéger sa colonne vertébrale avec précaution. Rosie scruta le visage tout crasseux de son ami, mais il était indéchiffrable.

– Il est médecin, expliqua-t-elle aux secouristes qui se frayaient un chemin à travers les décombres.

– Qui êtes-vous ? lui répondit l'un d'eux d'une voix sèche.

– Aucune importance, répondit-elle avant de s'agenouiller entre Stephen et Edison, refusant de bouger.

Quand ils soulevèrent la civière, Stephen grimaça avant de reprendre brièvement connaissance. Il semblait souffrir, mais il posa les yeux sur elle, et elle y vit un profond soulagement.

– Tu ferais vraiment n'importe quoi pour essayer d'attirer l'attention d'une infirmière, parvint-elle à dire d'une voix étranglée.

*

Une fois dehors, elle constata avec un profond soulagement que les pompiers pointaient leurs canons à mousse sur le gros camion, qui ne fumait plus. Le chauffeur avait été sorti de sa cabine. Il était légèrement commotionné, mais, mis à part cela, s'en était sorti indemne. Il pleurait, tandis qu'un policier s'entretenait avec lui, d'une voix basse et sérieuse. La rue, éclairée par d'immenses lampes à arc, fourmillant de personnes en uniforme, ressemblait à un décor de film de guerre. La plupart des enfants étaient rentrés chez eux, mais quelques adultes s'étaient attardés, bouleversés, pour discuter et se réconforter les uns les autres. Mme Baptiste restait sur le côté, crispée, couverte de poussière, et Rosie la conduisit jusqu'à l'ambulance St. John pour lui servir un thé. Puis elle chercha du regard la mère d'Edison, avec son gros ventre, et se rendit compte avec un pincement au cœur horrifié qu'elle n'était pas là. La famille vivait dans un minuscule cottage au milieu des bois, à l'orée du village : Hester n'aimait pas beaucoup se mêler aux autres habitants et avait des opinions très arrêtées sur tous les sujets ou presque. Elle s'était installée à Lipton pour que son fils ait un mode de vie sain et voyait d'un mauvais œil que les autres essaient de mener une vie normale, avec le câble et des repas préparés. Quelqu'un allait devoir aller la prévenir.

Rosie porta les mains de Stephen à ses lèvres pour y déposer un baiser, en essuyant farouchement une larme. Près de l'ambulance, les secouristes s'acharnaient toujours sur Edison. Elle jura tout bas, embrassa une dernière fois Stephen, puis courut chercher son vélo.

*

Ce fut le trajet le plus difficile qu'elle n'eut jamais à effectuer, sous la neige cinglante, avec une visibilité presque nulle. Elle ne se rendit compte que plus tard qu'elle ne portait même pas de manteau, ayant quitté le magasin dans la précipitation. Elle avait pensé à prendre des couvertures pour les autres, au cas où des personnes seraient en état de choc, mais n'avait pas réalisé qu'elle en subirait un, elle aussi.

La maison d'Hester, nichée dans une clairière, tout au bout d'un chemin, ressemblait à un cottage de conte de fées. Elle était magnifique, minuscule, entourée de rangs serrés de légumes bios. On pouvait penser ce qu'on voulait d'Hester, avait souvent songé Rosie, mais elle joignait le geste à la parole. De la fumée s'échappait de la cheminée : elle était chez elle, au moins. Mais quelqu'un l'avait sans doute appelée. Sans doute.

Hester, son ventre bien rond, ouvrit tranquillement la porte. Elle n'était pas au courant, comprit aussitôt Rosie. Elle ne sembla même pas remarquer que Rosie était toute débraillée, ce qui, d'une certaine façon, rappela à la jeune femme qu'elle devait vraiment faire quelque chose pour sa garde-robe.

– Bonjour. J'étais en train de faire mes salutations au soleil.

Arthur, le père d'Edison, occupait un poste important à l'université de Derby et s'absentait souvent pendant la semaine.

– Personne… personne ne vous a appelée ? l'interrogea Rosie, les mots se bousculant dans sa bouche.

Hester parut décontenancée.

– J'éteins mon téléphone pendant que je fais mes salutations, naturellement. Pourquoi… Pourquoi ?

Sa voix se fit d'acier quand elle finit par remarquer que Rosie était couverte de cendres et de poussière et que ses mains étaient écorchées, ensanglantées.

– Qu'est-ce qui s'est passé ?

– Oh, Hester, répondit Rosie en entendant une voiture arriver dans son dos.

Cela devait être la police. Il fallait qu'elle reste à ses côtés.

– Peut-on… peut-on entrer s'asseoir un moment ?

– Qu'est-ce qui s'est passé ? répéta Hester.

Toute la sérénité de la Terre-Mère avait quitté ses traits. Rosie avait déjà eu affaire à des gens comme elle. Parfois, les gens voulaient s'asseoir, être enlacés, qu'on prenne de petites décisions pour eux, afin de leur laisser la possibilité de s'adapter à leur nouvelle vie. D'autres fois, ils étaient prêts à relever le défi, résolus à faire front, à surmonter cette épreuve avec leur seule volonté, comme le faisait Hester.

– S'agit-il d'Edison ?

Et Rosie dut prononcer des mots qu'elle n'avait pas prononcés depuis si longtemps, des mots qui la ramenèrent à ses jours les plus difficiles aux urgences – la chambre au coloris pastel, les visages décomposés, les vies brisées. Mais, cette fois, elle connaissait la victime.

– J'ai bien peur qu'il y ait eu un accident.

⋆

Hester, songea Rosie, était stupéfiante. Assise bien droite à l'arrière de la voiture de police qui se préparait à l'accompagner à l'hôpital de Carningford, elle ne disait pas un mot, digne. L'hélicoptère transportait Edison ; il n'y avait pas une seconde à perdre, apparemment. Rosie alla lui préparer un sac, dans lequel elle mit son téléphone, son sac à main, un sweat, sa brosse à dents et son pyjama ; Hester ne rentrerait pas de sitôt chez elle, à son avis.

– Quand devez-vous accoucher ? l'interrogea-t-elle avec douceur, mais Hester secoua la tête.

Une mauvaise expérience à la fois. Rosie lui tint la main dans la voiture de police, tout en vérifiant son téléphone toutes les deux secondes. Toujours pas de signal. Moray devait l'appeler au sujet de Stephen… et d'Edison. Oh, Edison.

Hester poussa soudain un cri étranglé, puis porta une main à sa bouche.

– Il est si… il est si… *spécial*, dit-elle tout à coup.

Et Rosie, qui pensait depuis longtemps que ses parents le couvaient trop, qu'ils essayaient de le transformer en quelqu'un qu'il n'était pas, ce qui le rendait terriblement impopulaire à l'école, vit avec clarté qu'elle avait raison, bien sûr. Ils étaient tous spéciaux, mais Edison…

Ils progressèrent lentement sur les routes blanchies de neige. Le réseau téléphonique était si capricieux que le trajet parut interminable à Rosie. Elle se remémorait sans cesse les moments passés à les chercher dans le préfabriqué sombre, éventré ; la vue de Stephen soufflé de l'autre côté de la pièce ; le corps contorsionné du garçonnet… Se rendant compte qu'elle tremblait, elle s'efforça de se calmer.

La gentille policière assise à l'avant se retourna, une grande bouteille thermos dans les mains.

– Je suis désolée, je n'ai que ça, dit-elle en leur versant une grande tasse de thé chaud à partager. Nous espérons arriver bientôt.

Rosie accepta le thé avec gratitude, puis força Hester à en boire une gorgée. Il y avait peu de voitures sur la route par un temps aussi épouvantable, et quelques rares tracteurs. Dès qu'ils croisaient un camion, Rosie grimaçait. Ils étaient si dangereux sur ces petites routes. Si dangereux. Elle serra fort la main d'Hester, aussi bien pour Hester que pour elle, comprit-elle.

Ils finirent par atteindre la rocade, puis les ronds-points à l'entrée de Carningford, une grande ville située de l'autre côté de la vallée. Enfin, c'était une grande ville pour les habitants de Lipton. Rosie la trouvait vraiment minuscule : il n'y avait même pas de *Topshop*. Mais il y avait un hôpital.

Le conducteur actionna la sirène pour se frayer un chemin à travers la circulation plus dense. La couche de neige était moins épaisse en ville, mais les flocons tourbillonnaient toujours dans le vent violent.

Rosie ferma les yeux un moment, s'efforçant de prendre de profondes respirations. La dernière chose dont elle avait besoin, c'était d'entrer en état de choc ; la situation était déjà assez dure comme cela. Elle allait bien. Elle allait bien. Elle n'avait pas le choix.

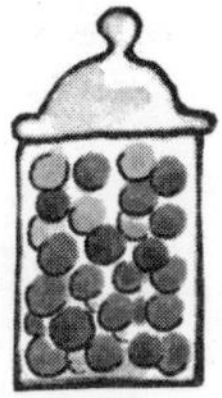

Chapitre 6

Rosie et Hester franchirent en courant la porte des urgences. La salle d'attente était remplie de gens qui avaient glissé sur des trottoirs verglacés ou mangé avec excès lors du déjeuner de Noël de leur entreprise ; ils s'ennuyaient et relevèrent les yeux, heureux de cette distraction. L'infirmière de garde les fit entrer d'un air affairé, puis elles furent séparées. La gorge de Rosie se serra. Cela signifiait-il que l'état de Stephen était plus grave qu'elle ne le pensait ?

– Il est sous sédatifs, lui expliqua l'infirmière.

– Est-ce que ça va aller ? l'interrogea Rosie, désespérée. J'ai cru… j'ai cru que ça allait aller.

– Ça va aller, répondit l'infirmière en lui posant une main rassurante sur l'épaule.

– Edison Felling-Jackson, enchaîna aussitôt Rosie. Comment va le petit garçon ?

Le visage de l'infirmière s'assombrit.

– Je ne peux pas…

– Je suis son…, commença Rosie, sans savoir quoi dire ensuite. Oh.

Heureusement, Moray vint la rejoindre en courant dans la salle d'attente. Ils s'enlacèrent brièvement.

– Comment va Edison ? lui demanda-t-elle à toute vitesse.

Moray se mordit la lèvre.

– C'est... Il est au bloc. Ils l'examinent. Il est mal en point, Rosie.

Elle baissa les yeux.

– Son cou ?

– Ils vérifient. Il est entre de bonnes mains.

– Oh non, lança-t-elle, les yeux toujours fixés au sol.

– Il est encore trop tôt pour se prononcer.

Elle le regarda.

– Je sais, dit-il.

– Désirez-vous voir M. Lakeman ? demanda l'infirmière à Rosie.

– Bien sûr.

– Est-ce qu'il va bien ? l'interrogea Moray, restant en retrait.

– Ça va aller, Dieu merci, répondit Rosie, les traits un peu plus détendus. Mais, oh, Moray.

Il secoua la tête.

– Passe me voir tout à l'heure, on se saoulera.

Elle acquiesça.

– D'accord. Il va aussi falloir que je parle à Lilian.

– Je suis sûr que ça ne la dérange pas que tu te saoules une fois de temps en temps.

– Non, je vais devoir lui dire ce qui s'est passé.

Moray leva les yeux au ciel.

– Tu plaisantes, hein ? Cet endroit est comme un central téléphonique. Elle doit déjà être au courant. Mais oui, passe la voir et rejoins-moi après.

Elle opina du chef.

– De quoi j'ai l'air ?

Malgré tout ce qui se passait, Moray esquissa un sourire.

– À part la poussière dans tes cheveux et les traces noires et les égratignures sur tes joues ?

– Oh non !

– Rosie, il va être drogué à la morphine. Tu ressembleras à Cameron Diaz à ses yeux. Ne t'inquiète pas pour ça.

Elle se frotta rapidement le visage, mais décida de le croire sur parole.

– D'accord. À tout à l'heure. Envoie-moi un texto dès que tu en sais plus pour Edison.

– Pas de portable dans l'hôpital, lança machinalement l'infirmière, et ils échangèrent un regard.

Après avoir pris une grande inspiration, Rosie entra d'un pas assuré dans une salle sur le côté.

Stephen était couché sur le côté, ce qui lui donnait un air curieusement nonchalant. Il semblait avoir sommeil, être fatigué, mais Rosie sentit son cœur bondir dans sa poitrine en le voyant : elle était si soulagée, elle l'aimait tant.

– Mon chéri, lui dit-elle doucement.

Stephen, même bourré de médicaments, parut se détendre en entendant le son de sa voix.

– Rosie ?

Elle traversa la pièce en courant.

– Attention ! dit-il. Ils m'ont donné de super médicaments… vraiment super, en fait. C'était génial. Je ne me rappelle plus ce que je disais. Oh oui. Mon dos. Il me fait toujours…

– Chut, fit-elle en enfouissant son nez dans ses épais cheveux bruns, qui étaient eux aussi pleins de poussière et sentaient le brûlé.

Elle ne pleurait pas, mais éprouvait un profond soulagement.

– Ils vont lui faire une greffe de peau, lui expliqua l'infirmière. Dès qu'un bloc sera libre.

– Vraiment ? C'est aussi grave que ça ? s'enquit Rosie en relevant la tête.

Elle regarda Stephen.

– Viens-tu de te faire arracher les fesses ?

Il trouva cela plutôt marrant, mais l'infirmière secoua la tête.

– C'est juste une petite greffe. Sur le côté et à l'épaule. Il a sauté sur le petit garçon et a pris le plus gros du choc.

– Tu entends ça ? Tu es un héros, le félicita-t-elle avant de l'embrasser tendrement.

– Trop tard, répondit-il en secouant la tête, l'air abattu tout à coup. Trop tard.

– Chut, fit l'infirmière en consultant sa montre. Ne vous agitez pas.

Un médecin entra alors, suivi de deux brancardiers.

– Bien, monsieur Lakeman. Nous allons vous préparer.

Un instant, l'effet des médicaments sembla se dissiper, et Stephen regarda Rosie droit dans les yeux.

– Je n'en reviens pas d'être de retour ici, dit-il, les traits déformés par la douleur.

– C'est parce que tu es courageux, murmura-t-elle en lui prenant la main. Et tu peux l'être à nouveau.

Il esquissa un demi-sourire.

– Et maintenant, va te faire greffer la peau des fesses. Mais dis-leur de ne pas changer leur forme. Je les aime comme ça.

Elle lui serra la main une nouvelle fois, et ils l'emmenèrent.

⋆

Bien plus tard, à dix-sept heures (elle n'avait ni bu ni mangé de toute la journée, mais ne l'avait même pas remarqué), Rosie était assise avec Hester dans une salle d'attente privée quand Arthur arriva en courant. Le père d'Edison était un homme grand, très mince, avec des lunettes et des cheveux clairs ; son fils lui ressemblait comme deux gouttes d'eau. Rosie voulut leur laisser un peu d'intimité, mais ils parvenaient à peine à se parler.

De temps à autre, Arthur se levait et harcelait les membres de l'équipe médicale pour essayer d'obtenir des informations, mais ils ne pouvaient, ou ne voulaient, pas lui en donner. Rosie finit par aller leur chercher du café au distributeur. Il était infect, mais cela leur occupa les mains, pendant que l'heure tournait.

C'était si bizarre, songea-t-elle. Elle s'était souvent fait cette réflexion quand elle travaillait aux urgences : à l'hôpital, le temps s'écoulait toujours bien trop vite, ou bien trop lentement, et tous ceux qui surveillaient l'horloge étaient enfermés dans leur monde, dans leur peine, leur détresse ou leur joie. L'idée que dehors, pas très loin, la vie continue (des gens travaillaient, étaient en pauses-déjeuner, faisaient du shopping, se mariaient, partaient en vacances ou en soirée), alors qu'on attendait des nouvelles dans un hôpital, l'idée que le monde continue de tourner comme si de rien n'était, semblait incompréhensible, invraisemblable, indélicate. Rosie s'était demandé si elle devait acheter un sapin de Noël. Imaginer qu'elle ait eu cette pensée anodine, inutile, plaisante, lui parut ridicule, futile.

Elle enviait les gens capables de prier, qu'elle avait souvent croisés dans les hôpitaux. Néanmoins, elle avait vu trop de jeunes gens partis trop tôt, trop de potentiel gâché par des accidents ou des maladies, pour prier. Mais ça n'arriverait pas à Edison. Sûrement pas.

Enfin, une silhouette se profila derrière les stores vénitiens. Un chirurgien. Il était en train d'enlever son calot. Rosie le mesura du regard, sentant son cœur marteler sa poitrine. Hester et Arthur se serrèrent fort la main, la tension visible sur leurs visages blêmes.

Cet homme massif pénétra dans la pièce.

– Monsieur et Madame Felling-Jackson ? demanda-t-il gravement avant de regarder Rosie.

– Je vais vous laisser, dit-elle aussitôt.

– Non, non, restez, l'implora Hester.

Rosie eut l'impression qu'elle allait être malade.

Le chirurgien s'assit.

– Nous pensons… nous n'en sommes pas sûrs, mais nous pensons… qu'Edison a une fracture cervicale…

Hester éclata aussitôt en gros sanglots étranglés, puis attrapa la main de Rosie et la serra si fort que c'en fut douloureux. Rosie la lui serra en retour. Le médecin lui laissa un instant avant de poursuivre :

– Mais il en existe plusieurs types. Pour le moment, tout semble indiquer qu'Edison s'est fracturé la septième vertèbre cervicale, ici, reprit-il en montrant un point tout en haut de la nuque, du côté droit.

– Qu'est-ce que cela signifie ? demanda Arthur, tandis que Rosie échappait une exclamation.

Elle savait.

– Oh là là, fit-elle. Oh là là.

Le médecin opina du chef en la regardant.

– Je sais.

Hester les fixa du regard, les yeux secs, grands ouverts.

– QUOI ? Dites-nous !

– Cela signifie que nous pensons qu'Edison a sans doute eu beaucoup, beaucoup de chance, conclut le médecin.

*

Ce ne fut qu'à ce moment-là que Rosie fut capable de pleurer, expliqua-t-elle plus tard à Moray au *Red Lion*. Ils en étaient à leur deuxième bouteille de vin blanc – un soir de semaine, mais aux grands maux les grands remèdes. Sans compter qu'ils étaient le centre de l'attention, puisque tout le monde s'interrogeait en chuchotant sur l'horrible accident qui avait frappé leur petite école. C'était un miracle que personne n'ait été tué, disait-on. La guérison d'Edison serait longue, lente, et il aurait besoin d'un plâtre intégral, mais il y avait tout lieu de penser qu'il se rétablirait complètement. Les briques du mur avaient touché sa vertèbre et son cordon thoracique, mais Stephen avait amorti le plus gros du choc. Le jeune homme était sorti du bloc, mais ils avaient refusé d'en dire plus à Rosie par téléphone : il dormait à poings fermés, elle pourrait lui rendre visite le lendemain matin.

Le petit Kent s'était fracturé le poignet et arborait un énorme plâtre. Les personnes de son entourage vantaient son courage, déclarant qu'il méritait une médaille, de sorte que, tout compte fait, il était plutôt fier de lui, même s'il aurait préféré que sa mère cesse de fondre en larmes toutes les cinq minutes. Quand Rosie était enfin rentrée à Lipton, elle avait trouvé la porte de la confiserie toujours ouverte, mais, naturellement, rien n'avait été volé. Elle l'avait soigneusement fermée à clé, se demandant si accrocher une photo d'Edison en vitrine serait faire preuve de sentimentalisme.

*

– Qu'est-il arrivé au chauffeur du camion ? se renseigna Moray.

Les valeureux pompiers (dont certains se remémoraient leur journée dans un coin du pub) avaient enlevé le camion, pour l'emporter Dieu sait où. Des journalistes avaient débarqué pour relater l'accident, mais nombre d'entre eux avaient battu en retraite quand le temps s'était dégradé.

– Il est en garde à vue à Carningford, répondit quelqu'un. Il faut qu'il aille en prison. Il aurait pu tuer tous ces petits !

Rosie secoua la tête.

– Oh non, le pauvre homme.

Moray la dévisagea.

– Arrête un peu. Ce n'est pas comme si l'école était au milieu de la rue. S'ils découvrent qu'il était en train d'envoyer un message sur son téléphone ou un truc du genre, je l'y mets moi-même.

– Je sais, je sais. C'est juste que je n'arrête pas de me dire que, ce matin, tout le monde s'est levé en pensant que ce serait une journée comme une autre.

– Chut. Je sais. Je sais. C'est horrible. Mais ça va aller.

Au fond d'elle, Rosie n'en était pas si sûre.

– Tu sais ce que Stephen a traversé l'an dernier, répondit-elle tout bas.

Moray la mesura du regard.

– Rosie, si tu avais voulu une vie simple, tu serais restée avec ce gros bonhomme avec lequel tu sortais.

– C'est vrai, concéda-t-elle avec un sourire. Mais… tu sais…

Quand Stephen était rentré blessé d'Afrique, il s'était retiré du monde et replié sur lui-même, broyant du noir. Rosie l'avait fait sortir de sa bulle, tout le village en convenait. Mais cet accident pouvait provoquer une rechute.

– Vois les choses comme ça, lui conseilla Moray. Cette fois, il a sauvé l'enfant. Il a réussi. Il va devoir l'accepter. Et il a juste un peu de peau en moins sur le derrière. Alors.

Rosie opina du chef.

– Oui. Oui, il va s'en remettre.

Il fallait qu'elle y croie.

– Et si ce n'est pas le cas, on fera ce que je voulais faire la dernière fois : on enverra quelqu'un lui botter les fesses, ajouta Moray.

Et ils trinquèrent.

*

– Tu as une mine épouvantable, fit remarquer Lilian le lendemain matin, de façon utile, quand Rosie s'arrêta la voir avant de se rendre à l'hôpital (elle s'était réveillée aux aurores, mais savait que les gens se levaient tôt à la maison de retraite, eux aussi).

– C'est parce que je viens de vivre la journée la plus traumatisante de ma vie, rétorqua Rosie, indignée.

– Oh. Parce qu'on dirait que tu as la gueule de bois.

Rosie ne répondit pas.

– Ils ne devraient pas autoriser les camions à traverser le village, poursuivit Lilian. Ces affreux machins.

– Je sais.

– Je me demande ce qu'ils vont faire de l'école, maintenant, ajouta la vieille dame d'un ton songeur.

Elle portait un élégant pull en laine et un petit béret, bien qu'elles soient à l'intérieur.

– Que veux-tu dire ? Ils vont la réparer, la remettre en état.

Lilian haussa les sourcils.

– Ils essaient de la fermer depuis des années. D'emmener tous les enfants en car à Carningford.

– Mais ils ne peuvent pas faire ça ! s'écria Rosie, horrifiée. Ça signerait la fin du village !

Lilian acquiesça.

– Je sais. Et la nôtre, aussi, pour sûr.

Rosie sentit la peur lui enserrer le cœur.

– Ils ne fermeraient pas l'école, quand même ?

– Eh bien, elle est dangereuse, à l'évidence… et le nombre d'inscrits est en chute libre.

– Mais les parents s'installent justement ici pour les classes réduites !

– Pour repartir aussi sec quand leurs enfants entrent dans le secondaire. Ce n'est pas vraiment viable. Et de *Manly's*, aussi, ajouta Lilian en parlant de la boutique de vêtements résolument ringarde du village.

– Quoi, *Manly's* ?

– Eh bien, elle fournit les uniformes, non ? Si elle ne s'en occupe plus, elle va se retrouver dans le pétrin. Ce n'est pas comme si quelqu'un voulait de ses robes de cocktail fuchsia taille 46. Et puis, une fois qu'on s'est acheté un ciré, il dure toute la vie… Il t'en faut un, d'ailleurs.

– Merci, Lilian, répondit Rosie, mais elle avait l'esprit en ébullition.

Ils ne pouvaient pas fermer l'école, si ? Le village était si fier d'avoir réussi à conserver son bureau de poste, son *Spar*, son pub, son *fish and chips* – il avait même un genre de service de bus. Mais perdre l'école sonnerait le glas de Lipton.

– Ça va aller, reprit-elle. Le conseil municipal ne peut pas être aussi malfaisant.

– Non, rétorqua Lilian. Les élus ne font jamais rien d'écœurant.

– Es-tu en train de parler des démocraties, Lilian ? lança une voix impérieuse. C'est épouvantable, ces trucs. Ça ne marche jamais.

Rosie se mordit la lèvre en voyant lady Lipton entrer dans la pièce d'un air affairé. Comme toujours, elle était à la fois ridicule (elle portait bien trop de vêtements troués) et magnifique (ses pommettes et sa démarche lui donnant l'air digne dans n'importe quelle circonstance). Elle s'habillait ainsi par habitude, avait décrété Rosie, mais aussi par arrogance : comme si elle n'en avait tout bonnement rien à faire (ce qui était à l'évidence le cas), mais aussi comme si elle n'en avait rien à faire parce qu'elle se sentait supérieure aux autres socialement. C'était presque une façon de frimer, de dire : « Ma maison a tant de pièces que je ne peux pas la chauffer ; du coup, je dois porter quatre gilets qui sont dans ma famille depuis plusieurs générations. »

– Lilian, je te jure que tu es trop jeune pour être ici.

– Je sais, répondit la vieille dame avec suffisance. C'est bon pour les autres.

Rosie se leva.

– Bonjour.

– Qu'est-ce que tu as encore fait à mon fils ? l'interrogea lady Lipton sans sourire.

Rosie fut si surprise par cette sortie qu'elle en oublia de fermer la bouche.

– Qu'est-ce que vous racontez ?

À sa décharge, elle n'avait pas dormi autant qu'elle l'aurait espéré.

– Eh bien, tu l'as convaincu de travailler dans cette école.

– Mais pas du tout ! Il en mourait d'envie.

Lady Lipton jeta un regard en coin à Lilian. Elle considérait que Stephen devrait travailler à ses côtés, à la tête du domaine croulant. Avoir un fils instituteur semblait être une sorte d'aveu d'échec pour elle, surtout après avoir dépensé des fortunes pour ses études, comme elle aimait le dire de temps à autre.

– Et c'est un merveilleux professeur, poursuivit Rosie avec colère.

– Oh, ne t'énerve pas, répondit lady Lipton. Un professeur et une commerçante, c'est l'union parfaite, vraiment. Bon, Lilian, t'a-t-on expliqué à quel point c'était horrible ? Veux-tu que je te raconte tout à nouveau ?

– C'était *vraiment* horrible, dit Rosie avec honnêteté. C'est un miracle que personne ne soit plus grièvement blessé. Même si Edison mettra longtemps à se remettre.

– Et tu as remis Stephen là où tu le voulais, lança Henrietta, ce qui était d'une telle méchanceté que Rosie faillit partir.

Au lieu de cela, d'une humeur massacrante après les vingt-quatre dernières heures (qui incluaient une nuit blanche), elle se redressa et répondit :

– Comme vous le savez très bien, Stephen ne va que là où il a envie d'aller. C'est incroyable que ce ne soit jamais auprès de vous, non ?

Sur ce, elle sortit, se sentant follement coupable, mais aussi un peu contente d'elle. Puis elle se sentit de nouveau coupable. Puis heureuse. Puis elle se rappela que, quoi qu'elle en pense, lady Lipton restait la mère de Stephen : elle avait donc un devoir de politesse. Et la pousser à avoir une mauvaise opinion d'elle n'arrangeait rien. De ce fait, le temps qu'elle arrive à la boutique, elle se maudissait.

Rosie détestait conduire la vieille Land Rover de Stephen. C'était un engin capricieux, qu'il avait hérité de son père et qui devait donc avoir une bonne quarantaine d'années. Il n'avait pas de chauffage digne de ce nom, pas de direction assistée, et elle ne l'utilisait qu'en dernier recours, mais elle n'avait pas le choix pour le moment. Elle installa Monsieur Chien sur le siège avant, enveloppé dans une couverture, puis se rappela que les hôpitaux n'étaient pas fan des chiens et que, si elle le laissait dehors, dans la voiture, il mourrait probablement de froid, si bien qu'elle décida de le déposer chez Tina, avec un énorme sac de bonbons gélifiés pour Kent et Emily.

– Bonjour ! la salua son amie.

Les enfants, toujours en pyjama, s'amusaient avec Jake, qui faisait l'ours, Kent gardant son plâtre bien en l'air.

– Oh, regardez-vous, commenta Rosie, sincèrement ravie. On dirait une pub de Noël.

Tina la prit à part.

– C'est du chiqué, lui dit-elle à toute vitesse. J'ai constamment envie de vomir. Je n'ai jamais eu aussi peur de ma vie.

– Je sais, répondit Rosie en la prenant dans ses bras. Je sais.

– Quand j'attendais devant cette école et que tous les autres enfants sont sortis, sauf les miens...

– Tu ne peux pas penser à ça. Je comprends, mais il faut que tu te dises que ça n'est pas arrivé. Ça n'est pas arrivé.

– Je ne peux plus dormir.

– Moi non plus, répondit Rosie avant de montrer le salon de la tête. Mais on dirait que quelqu'un t'aide bien.

Une seconde, Tina parut moins anxieuse.

– Oui, il est génial. Et les enfants ont plus ou moins oublié toute cette histoire, mis à part le fait que Kent soit devenu un vrai héros. Il est gai comme un pinson. Et Jake est toujours aussi adorable. Je suis la seule à être sur les nerfs.

– Je sais que je n'ai pas vraiment d'expérience en la matière, à part Monsieur Chien, mais je crois que c'est ça, être mère. Enfin, pour la plupart des mères, ajouta-t-elle en pensant à lady Lipton.

Tina opina du chef.

– Tu as travaillé dans le secteur médical, tu t'y connais. Est-ce que ça va passer ?

Rosie entendit les cris de joie quand Monsieur Chien trouva le courage de s'éloigner pour se joindre aux festivités dans la pièce d'à côté.

– Si ça ne passe pas, tu iras voir Moray : il te recommandera quelqu'un à qui parler. Mais, entre nous, oui, ça va passer. Ça prendra peut-être un moment, mais la plupart des gens rebondissent. D'accord ? Tu es parfaitement normale.

Tina sourit.

– Parfaitement normale.

– Oui.

– Je pleure dans la salle de bains.

– Normal.

– Je ne les lâche pas des yeux.

– Normal.

Tina secoua la tête.

– D'accord.

Rosie regarda à nouveau l'heureux spectacle.

– Il me semble que quelqu'un est ravi de t'aider à traverser cette épreuve.

Les joues de Tina prirent une jolie couleur.

– Je sais. J'ai beaucoup de chance. Je suis si… si… Oh, ça recommence.

Les larmes se mirent à couler.

– Laisse-les couler, dit Rosie en l'enlaçant. Je repasserai prendre Monsieur Chien plus tard, d'accord ? Merci.

– De rien. Regarde-les. Ils n'y pensent plus.

– Les enfants sont très résilients. Et toi aussi. Promis.

*

Rosie roula le plus lentement possible sur les routes sinueuses et enneigées. Les flocons cesseraient-ils un jour de tomber ? Et puis, elle stressait, à présent ; elle stressait à l'idée qu'un énorme camion incontrôlable surgisse de nulle part, détruisant tout sur son passage, semant la dévastation. Elle rallia tout doucement Carningford et l'hôpital.

Elle avait fait un effort, après la veille. Elle s'était lavé les cheveux, avait remis une touche de rouge à lèvres dans la voiture et apporté un énorme sachet de bonbons assortis, ainsi que du raisin pour la vitamine C.

Stephen avait été déplacé dans un autre service, et Rosie dut se désinfecter les mains pour éviter de lui transmettre une infection. L'hôpital était tranquille : il avait donc une chambre pour lui tout seul. Elle frappa à la porte, nerveuse tout à coup, avant de se sentir profondément ridicule. Ils vivaient ensemble depuis près d'un an ; être nerveuse était absurde.

Or elle le connaissait ; elle savait que ses expériences passées l'avaient affecté. Être fier et sensible ne faisait pas bon ménage. *S'il vous plaît, faites qu'il ne soit pas trop bouleversé.* Elle pensa à ce qui s'était passé en Afrique. Il y travaillait comme professeur et avait accompagné sa classe en sortie scolaire. L'un de ses élèves s'était éloigné et avait marché sur une mine. Deux garçons, des frères, étaient morts, et Stephen avait subi de graves blessures – physiques comme psychologiques. Rencontrer Rosie l'avait aidé à redevenir lui-même, ce que sa mère despotique, qui avait beaucoup de mal à communiquer avec son fils rétif, ne lui avait jamais pardonné.

Mais, suite à un tel événement, pouvait-il avoir une rechute ?

Comme elle n'entendait pas de réponse, elle poussa la lourde porte. Elle s'arrêta une seconde, puis entra dans la pièce.

Stephen était allongé sur le ventre, ce qui lui donnait l'allure d'un adolescent renfrogné, mais elle réalisa vite que cette posture visait à éviter toute pression sur sa cicatrice. Il arrivait à peine à relever la tête.

– Bonjour, lui dit-il d'un air sombre.

– Bonjour. On dirait que tu vas faire du surf.

– Du skeleton[1], s'il te plaît, répondit-il sans se dérider.

Elle s'approcha de lui et l'embrassa sur le front.

– Salut.

---

1. Sport d'hiver se pratiquant dans un étroit couloir de glace en descente. Le skeletoneur est allongé à plat ventre sur une planche, la tête en avant (N.d.T.).

– Salut. J'ai l'air débile comme ça.

Elle jeta un coup d'œil à son dos ; il avait le côté du corps bandé, mais ses muscles, nus dans la chambre surchauffée, ressortaient toujours.

– En fait, tu es étonnamment sexy pour quelqu'un qui vient de subir une greffe de fesses.

Il se força à sourire.

– Je crois que je préférais hier, quand j'étais bourré de médicaments.

– Ils ne t'en ont pas donné aujourd'hui ? l'interrogea-t-elle en parcourant son dossier médical.

– Si, mais pas les super qu'ils m'ont donnés hier.

– Ils t'ont donné de la diamorphine ? s'étonna-t-elle.

– Mmm.

– Oui, eh bien, ce n'est pas étonnant : c'est de l'héroïne, en gros.

– Oh, fit-il subitement.

– Quoi ?

– Rien. C'est juste que je crois que j'ai écrit une chanson, et elle était géniale. Mais c'était sans doute l'héroïne, non ?

– Il faut que tu me la fasses écouter, répondit Rosie du tac au tac.

– Heu, non.

– Est-ce qu'elle parlait de moi ?

Il grimaça, puis sourit à nouveau.

– Sérieusement, je pensais qu'elle allait révolutionner l'histoire de la musique.

– Est-ce qu'elle était sur l'air d'« Agadou dou dou » ?

– Maintenant que tu le dis…

Il grimaça à nouveau.

– Est-ce que c'est très douloureux ?

– La peau fait VRAIMENT TRÈS MAL. Quand c'est à l'intérieur, ça va. L'appendice ne fait pas mal, si ? C'est la peau qui fait mal. Je regrette d'avoir vu *Prometheus*.

– Tout le monde le regrette, le rassura-t-elle.

– Est-ce que tu as vu Edison ?

– J'irai le voir quand j'en aurai assez de traîner avec toi.

– Est-ce qu'il va…

Il essaya de tourner la tête. Cela parut douloureux.

– Je crois. Le chemin sera long, très long, mais on dirait… qu'il va remarcher. Moray le pense.

S'ensuivit un long blanc.

– Oh, bon sang, dit-il au bout d'un moment. Heureusement.

Une larme roula sur sa joue.

– Est-ce que tu peux m'aider ?

Rosie s'approcha d'un bond avec un mouchoir ; il ne pouvait vraiment pas bouger.

– Personne ne t'a prévenu ?

– Si. Mais je voulais l'entendre de ta bouche.

Rosie lui passa les bras autour du cou.

– Est-ce que ça va aller ? lui demanda-t-elle.

Il comprit aussitôt ce qu'elle entendait par là. La brusquerie de Stephen pouvait parfois cacher une vraie fragilité, ce qui inquiétait Rosie plus que toute autre chose.

– Mon amour, dit-elle en lui caressant le visage.

Il baissa les yeux.

– Je… je… Tu sais, pour l'instant, ils me donnent des médicaments pour m'aider à dormir, je n'ai donc pas trop besoin de réfléchir…

– Il n'y a pas à réfléchir, répondit-elle avec force. Il s'est produit un accident terrible. Tu as sauvé un enfant. Tous les autres sont sortis. Cela aurait été bien, bien pire sans toi. Ce qui s'est passé en Afrique, ce n'était pas un accident. C'était malveillant. Ce n'est pas pareil.

– Je sais.

Il y eut un blanc.

– Mais l'odeur. La poussière, le bruit, le noir. Ça, c'était exactement pareil.

*

Rosie passa une heure à son chevet : elle lui lut des articles de magazine sur des célébrités, jusqu'à ce qu'il la supplie d'arrêter. Puis on vint lui changer ses pansements, et elle se rendit à l'étage.

Le service des soins intensifs était très calme. Il n'y avait pas d'agitation, pas de patients avec des exigences : on n'entendait seulement le crissement des chaussures blanches à semelles en caoutchouc sur les sols bien astiqués, le bip régulier des moniteurs et le bruit des respirateurs artificiels. Cette partie de l'hôpital semblait déconnectée du reste, de ce grand vaisseau débordant d'activités.

Elle trouva Hester et Arthur près du lit le plus éloigné de la porte, à côté de la fenêtre.

– Bonjour, chuchota-t-elle.

Chuchoter n'était pas vraiment nécessaire, personne ne dormait, mais cela lui parut de circonstance, pour une raison ou une autre. Malgré son gros ventre, Hester était debout ; elle n'était pas rayonnante, comme les femmes sur le point de donner la vie. Elle avait le visage pâle, crispé, et manquait de sommeil.

Ils remarquèrent sa présence, mais ne répondirent pas. Rosie décida de ne pas sortir les Edinburgh Rocks qu'elle avait apportés, les friandises préférées d'Edison.

– Que disent les médecins ? s'enquit-elle.

Hester la fixa, l'air absent, mais Arthur parut reconnaissant.

– Ils l'ont plongé dans le coma, expliqua-t-il.

Edison semblait minuscule sur le lit. Il faisait plus jeune sans ses lunettes sales sur le nez et était très pâle. Il respirait tranquillement, avec des tubes partout, telle une aberration ; des éléments incongrus dans ce petit corps.

– Pour l'empêcher de bouger la tête. Ils doivent le garder parfaitement immobile le plus longtemps possible. Pour qu'il ait le plus de chances possibles.

– C'est sensé, répondit Rosie en acquiesçant.

– Puis ils le plâtreront… il restera sur le dos, et ils le tourneront régulièrement…

Il déglutit, bouleversé de devoir parler ainsi de son unique fils.

– C'est pour son bien.

Hester fit la moue, et Arthur entraîna Rosie à l'écart.

– C'est très dur pour elle.

– Bien sûr, c'est normal. Ne pouvez-vous pas la faire asseoir ?

– Elle refuse. Elle déteste la médecine moderne et tout ce qu'elle représente.

– Même maintenant ?

– Elle déteste renoncer, expliqua Arthur, l'air un peu penaud.

– Mais elle ne pourrait pas soigner ça avec des herbes, si ? lança Rosie avant d'avoir honte d'être aussi dure.

– Non, mais le fait de devoir interagir avec les médecins, tout ça, rend les choses encore plus difficiles.

– Elle n'a pas besoin d'interagir avec eux. Elle doit juste les remercier.

Arthur esquissa un sourire nerveux, et Rosie se sentit aussitôt mal, trop sévère. Pour changer de sujet, elle désigna une grande pile de papiers près du lit.

– Qu'est-ce que c'est ?

Hester regarda mollement dans cette direction.

– Oh, c'est Mme Baptiste qui a déposé ça, répondit Arthur.

Rosie s'approcha pour regarder. C'était une immense pile de cartes et de lettres, ornées de dessins, écrites par les enfants de sa classe.

« Tu nous manques, Edison », disait l'une d'elles. Sur une autre, il y avait un dessin très net d'un bonhomme en bâton avec une énorme tête et des lunettes sales.

– C'est tout lui, commenta Rosie avec un sourire.

« ÇA NOUS MANQUE DE NE PLUS T'ENTENDRE EN CLASSE », lut-elle sur une autre. Elles étaient toutes belles, bien dessinées, colorées, et nombre d'entre elles étaient sur le thème de Noël.

– Oh, elles sont magnifiques ! poursuivit Rosie. Il faut qu'on les accroche, pour que ce soit la première chose qu'il voie à son réveil. Que les gens l'aiment et qu'il leur manque.

Hester releva brièvement les yeux.

– Voulez-vous que je les accroche pour vous ? demanda Rosie, souhaitant à tout prix se rendre utile. J'apporterai du scotch demain. Je viens tous les jours, de toute façon. Pour voir Stephen, vous savez.

Hester opina du chef, l'air hagard. Savait-elle que c'était Stephen qui avait sauvé son fils ? Si tel était le cas, elle ne semblait pas très intéressée. Mais elle avait à l'évidence d'autres choses en tête en ce moment.

Rosie déposa un petit bisou sur la joue d'Edison, froide comme une statue de marbre.

– Oh, mon bonhomme. Tes jacasseries me manquent.

Puis elle entreprit le long voyage de retour, toute seule, pour regagner une maison vide, avec les comptes à faire et les stocks à compter, où le feu n'était pas allumé, le repas pas préparé. Le cottage était si froid, si vide, sans Lilian ni Stephen, et Rosie était si anxieuse, si épuisée que, une fois son travail achevé, elle but un simple verre d'eau et, toute triste, monta se coucher.

Chapitre 7

Rosie pensait que l'école reprendrait le lendemain (les vacances de Noël ne commençaient pas avant trois semaines), mais ce ne fut pas le cas. Elle ouvrit la boutique, comme d'habitude, autant pour entendre les potins que pour vendre des bonbons. Même si elle en vendit beaucoup : les enfants étaient affreusement gâtés après leur grosse frayeur, et on lui acheta tous ses Edinburgh Rocks pour Edison – le garçonnet pourrait sans doute construire un rocher grandeur nature avec à cette heure-ci, ce qui était exactement le genre de projet qui lui plairait, songea-t-elle.

Tous les habitants se rassemblaient à la confiserie pour avoir des nouvelles, avant de se rendre au magasin de Malik, à la boulangerie et chez *Manly's* pour avoir d'autres nouvelles, puis repassaient parfois sur le chemin du retour pour tenir les autres informés.

Quand Mme Baptiste vint acheter des pastilles contre la toux, elle fut forcée d'admettre que le conseil municipal avait bien suggéré que les enfants soient transportés en car à l'école primaire de Carningford « jusqu'à ce qu'ils trouvent une solution ».

– C'est de mauvais augure, commenta Rosie.

L'institutrice opina du chef.

– Je le pense aussi. Quand ils auront commencé, on ne pourra plus revenir en arrière. Et c'est à une heure de route, à l'aller, puis au retour : ils sont trop petits pour passer des journées aussi longues. Alors, qu'est-ce qui se passera après ?

– Les familles vont déménager, prédit Rosie avec abattement.

– Oui, acquiesça tristement Mme Baptiste.

– Mais les parents vont devenir anxieux, si les enfants ratent l'école, non ?

Mme Baptiste poussa un soupir.

– Oui, je sais.

Au même moment, la cloche tinta, et lady Lipton fit son entrée.

– Je vais voir Stephen, annonça-t-elle avec colère. Peux-tu me donner sa brosse à dents et des vêtements de rechange ?

– Bien sûr, répondit Rosie, qui culpabilisait de s'être montrée aussi agressive quelques jours plus tôt. Je suis désolée d'avoir été grossière l'autre jour.

– Toi ? fit-elle, surprise, comme si Rosie n'était qu'un insecte qu'elle avait croisé dans la rue. Oh, je n'y ai même pas fait attention.

La jeune femme leva intérieurement les yeux au ciel.

– D'accord, bien. Vous pouvez aussi lui apporter son courrier.

Un énorme tas de cartes était arrivé le matin même, illustrées de la même manière que celles d'Edison.

– Qu'est-ce que c'est que ces cochonneries ?

– Je les lui apporterai, répondit Rosie, consciente que, sinon, elles risqueraient de finir au feu. Il devrait sortir à la fin de la semaine.

– Bien. Les hôpitaux, ce n'est pas ma tasse de thé.

Rosie sortit, pour revenir avec des vêtements de rechange et le dernier livre de Tom Holland.

– Dites-lui que je passerai le voir tout à l'heure, dit-elle. En fait, si vous voulez m'attendre, on pourrait y aller ensemble.

Lady Lipton eut l'air étonnée.

– Pourquoi...

– Peu importe, se dépêcha de la couper Rosie. Dites-lui juste que je passerai tout à l'heure.

Quand Henrietta sortit, Mme Baptiste et Rosie échangèrent un regard.

– Oh, elle n'est pas COMMODE, commenta Rosie.

– Elle n'est pas si mal, répondit l'institutrice avec la loyauté instinctive des villageois. Et, vous savez...

Elle s'interrompit, comme si elle venait d'avoir une idée. Rosie le vit aussitôt à son air.

– Elle a de la place, reprit Mme Baptiste.

– Oh, bon sang. Je n'y avais pas pensé. Déplacer l'école ! Pensez-vous qu'elle accepterait ? Oui. Enfin, elle serait bien obligée, pour le bien de Stephen.

– Mais elle déteste qu'il soit professeur, non ?

– Oui, mais si c'était sous son toit... elle pourrait le surveiller.

– Et il y aurait un million d'obstacles à franchir en matière de santé et de sécurité, ajouta Mme Baptiste d'un ton songeur.

– Ce ne serait qu'une mesure d'urgence provisoire. Le temps que le conseil répare l'école.

– « Trouve une solution », la corrigea Mme Baptiste. Enfin, ça leur ferait économiser le coût d'un car.

– C'est une super idée, je trouve. Enfin, non, c'est une très mauvaise idée, étant donné que « Lipton Hall » n'est pas chauffé et est un peu croulant. Mais c'est mille fois mieux que les envoyer à Carningford. Si le village perd ses enfants, il perd tout.

– Je suis on ne peut plus d'accord. Alors, auriez-vous la gentillesse de le lui demander ?

– QUOI ? répondit Rosie, soupçonnant un piège bien tendu. *Moi* ? Pourquoi faut-il que ce soit moi ?

– Parce qu'elle fera ce que veut Stephen. Si cela vient de nous, cela lui passera au-dessus de la tête.

– Elle me déteste.

– Ne soyez pas bête. Elle vous parle. Si elle vous détestait vraiment, elle ne vous remarquerait même pas.

– Je crois que je vais adhérer au Parti socialiste des travailleurs, lança Rosie avec colère.

– Pourriez-vous demander à Stephen de s'en charger ?

– Il n'a pas toute sa tête en ce moment. Sans oublier que tout ce qui implique qu'il remette les pieds à « Lipton Hall » plus souvent que nécessaire le met très mal à l'aise.

– Dans ce cas, à vous de jouer. Vous savez, dans le temps, Lilian s'en serait chargée.

– Et maintenant, vous essayez de me faire culpabiliser, se plaignit Rosie.

– Est-ce que ça marche ?

– Oui.

*

Le téléphone sonna.

– J'ai réservé les billets d'avion ! lança une voix forte et pleine d'entrain. On a hâte !

Le cœur de Rosie s'arrêta une seconde. Elle avait complètement oublié Angie. Ou, pour être plus précise, Angie, Pip, Desleigh, Shane, Kelly et Meridian. Qui débarquaient. Tous.

– Oh, bon sang.

– Quoi encore ? demanda sa mère. Ce n'est pas comme si tu avais quoi que ce soit à faire dans ce petit village tranquille où tu vis.

– Non. Rien du tout. Quand est-ce que vous arrivez ?

– Mardi prochain ! On restera deux semaines. C'est super, non ? Il fait 26 °C aujourd'hui. Les enfants ne vont pas comprendre ce qui leur arrive.

– C'est sûr, répondit Rosie en regardant les énormes congères dehors.

Il n'avait pas neigé de la journée, mais elles avaient gelé. Sans la présence réconfortante de Stephen, il régnait un froid glacial dans la chambre sous les combles. Du givre s'était formé à l'intérieur des fenêtres. La veille au soir, elle avait dû empiler tous ses vêtements sur son lit pour garder la chaleur. Heureusement, après avoir passé une nuit blanche et appris que personne n'allait mourir, elle s'était endormie presque aussitôt, puis elle avait rêvé à plusieurs reprises qu'elle se faisait enterrer vivante.

– Entendu, dit-elle. Super ! On a hâte... nous aussi... Tu m'as dit que tu avais réservé les billets, c'est ça ?

– Billets réservés, payés, non remboursables ! On a dû utiliser toutes nos économies, mais ça va valoir le coup, j'en suis sûre.

Rosie posa doucement sa tête sur le comptoir. Monsieur Chien, qui piquait un petit somme dessous, se redressa pour lui lécher la main. Rosie enfouit son nez dans ses poils.

– Tu es le seul qui n'est pas compliqué et qui me comprend, dit-elle après avoir raccroché.

– Aou ! répondit Monsieur Chien de manière réconfortante.

*

– On n'a jamais eu autant de monde, expliqua Rosie à Lilian.

– Ne frime pas, la reprit sa tante de manière tatillonne. Ils ont de la peine pour les enfants.

– Oui, je sais. J'essayais juste de voir le bon côté des choses.

La maison de retraite était décorée pour Noël, avec de belles couronnes traditionnelles, non des guirlandes de pacotille. Tous les résidents avaient été invités à donner un objet personnel, et Rosie avait apporté la mangeoire en bois sculpté de Lilian, qui allait à merveille à la cheminée de la salle commune.

La vieille dame fit la moue.

– Eh bien, quand tu devras vendre le cottage et la confiserie, tâche de les vendre à un banquier de la City qui les paiera bien trop cher, pour que je puisse rester ici. Je n'ai aucune envie d'aller vivre dans ton taudis londonien.

Rosie parut horrifiée.

– Qu'est-ce que tu racontes ? Mon taudis londonien ? Je vis ici.

– Oui, mais qu'est-ce que tu feras sans école, sans confiserie ? Tu vivras du salaire d'instituteur de Stephen ?

Lilian eut un petit rire caverneux.

– Je n'en reviens pas que tu sois aussi défaitiste.

– Je suis une vieille dame. Le monde concourt à me laisser tomber. La vieillesse, ce n'est pas pour les âmes sensibles.

– Tu as de la chance, alors.

L'appréhension qu'elle avait éprouvée à l'idée d'aborder lady Lipton au sujet de l'école s'envola devant le manque de confiance de Lilian. Elle allait le lui montrer !

– En fait, j'ai un plan pour sauver l'école.

– Vraiment ? rétorqua sa tante avec dédain.

– Oui ! On va la déplacer dans « Lipton Hall ».

Lilian cligna des yeux, deux fois, puis ses lèvres se contractèrent.

– En as-tu parlé à Hetty ?

– Pas vraiment.

– D'accord. Eh bien, j'imagine mal ce qui pourrait lui faire plus plaisir que cinquante gamins morveux en train de courir dans son manoir. Et qui va payer pour le chauffer ?

– Le conseil municipal, s'entêta Rosie.

Elle n'avait qu'une vague idée de qui étaient les membres du conseil municipal et de leur rôle.

– Oh, Roy Blaine ? Il a accepté de t'aider, c'est ça ?

– Il n'est pas… ?

– À la tête du conseil, si, confirma Lilian.

Roy Blaine, le dentiste du village, faisait la guerre à la confiserie depuis des années ; il avait voulu l'acheter l'année précédente pour la transformer en parking, mais Rosie était parvenue à l'en empêcher. Depuis, il était encore plus antipathique.

– Mais il ne voudrait pas que Lipton meure !

– Il parle de s'installer à Carningford, pour prendre un plus gros cabinet. Il s'imagine qu'il est devenu trop gros pour Lipton. Du coup, si le conseil vend l'école à des promoteurs immobiliers et que des étrangers achètent des résidences secondaires ici, ce sera tant mieux pour lui. Je l'ai entendu en parler à son grand-père. Il hurle. Il dit que c'est parce que Jim est sourd, mais Jim n'est pas sourd du tout. Roy aime juste que tout le monde soit au courant de sa réussite. C'est un homme si insipide, si minable. Et ses dents me terrifient.

Les dents de Roy étaient blanchies, recouvertes de facettes. Il avait les joues creuses et le teint grisâtre. Le rendu était épouvantable.

– C'EST PAS VRAI ! s'exaspéra Rosie. Crois-tu que tu pourrais parler à Hetty ?

Lilian la regarda.

– Je ne vais pas m'amuser à contrarier mes rares visiteurs.

– Ah bon ? Ça n'a pas l'air de te déranger avec moi.

Lilian ne lui prêta pas attention.

– Où est le goûter ? On a des scones aujourd'hui.

– Je vais emménager ici, dit Rosie, pas pour la première fois.

– Alors, parle-moi d'Angie, de Pip et de sa petite famille. Crois-tu qu'Angie se souviendra de moi ?

– Mais bien sûr ! Pip se souvient de toi, lui aussi. Tu nous envoyais des bonbons à Noël : il s'empiffrait, puis vomissait partout. Tous les ans.

Lilian sourit.

– J'ai un faible pour les gloutons. Ce sont les écureuils et les radins que je ne supporte pas.

– Tout le monde aime Pip. C'est le garçon le plus cool de la planète. C'est pour ça que l'Australie lui va comme un gant.

Lilian opina du chef.

– Et les enfants ?

La vieille dame paraissait grincheuse aux yeux des petits, mais c'était du bluff. Elle n'oubliait jamais un enfant qu'elle avait servi (elle connaissait le prénom de la moitié des auxiliaires de la maison de retraite) et avait toujours eu la main généreuse avec les plus pauvres.

– Je ne sais pas trop, répondit Rosie avec tact. J'entends beaucoup de cris. Mais c'est peut-être juste le concept des enfants.

– En parlant de ça, dit Lilian en la fixant de ses yeux perçants. Tu ne rajeunis pas, il me semble.

– Comme toujours, ma chère grand-tante, c'est là que je m'en vais, répondit Rosie en embrassant tendrement la vieille dame sur la joue, avant de sortir et de saluer de la tête Dorothy Isitt, la fille d'Ida Delia.

*

Ne restait donc plus que Stephen. Il était allongé sur le côté, face à la fenêtre.

– Ah, on dirait que tu m'ignores, dit-elle. Ou que tu poses comme modèle vivant. Est-ce que je peux te dessiner ?

– Je ne me suis jamais autant ennuyé de toute ma vie, lança-t-il d'une voix un rien traînante. Je n'ai pas fermé l'œil de la nuit et j'ai envie de rentrer à la maison.

– Tu vas mieux, fit-elle remarquer avant de faire le tour du lit. Ooh, tu te laisses pousser la barbe ? Est-ce que tu veux que je te rase ? Non, garde-la, peut-être, c'est sexy. Ça pique un peu. Mais c'est sexy. Hum.

– Hé, peux-tu te taire que je puisse t'embrasser ? Tu remarqueras que je t'embrasse malgré la douleur.

– Qu'est-ce que tu préfères ? M'embrasser malgré la douleur ou avoir plus de médicaments ?

– Ne m'oblige pas à répondre à ça.

– Quand est-ce que je peux te ramener ? demanda Rosie avec émotion.

– Aujourd'hui, si vous voulez, répondit une infirmière qui passait par là. Il est très pénible, ajouta-t-elle, mais avec le sourire.

– Tu es pénible, mais les gens t'aiment quand même. Comment fais-tu ? l'interrogea Rosie une fois l'infirmière partie. C'est vraiment très énervant que tu sois aussi beau.

– Mais tu m'aimes quand même, non ?

– Oui. Et toi, tu m'aimes quand même ?

– Oui.

– Bien. Parce que, dans une minute, ce ne sera plus le cas. Et elle lui expliqua qu'elles projetaient d'installer l'école dans la demeure de sa mère.

– Oh, bon sang. Tu es sérieuse ?

– Elle le fera pour toi.

– Elle le fera pour moi, puis elle m'enfermera dans la cave.

– Sois clair avec elle. Dis-lui que tu ne vas pas te réinstaller là-bas, que tu ne vas pas reprendre le domaine, mais que tu vas juste l'emprunter un moment.

Stephen se mordit la lèvre.

– Allez, quelle est l'autre solution, sinon ?

Il haussa les épaules.

– Ils seraient peut-être mieux à Carningford, où un fou n'essaiera pas de les écraser. Ce serait plus sûr.

Il regardait dehors par-dessus l'épaule de Rosie.

– Non. Arrête tes bêtises, tu veux ? C'était un accident isolé. Ce n'est même plus dans le journal.

Il haussa à nouveau les épaules.

– Mais c'est arrivé. Lipton n'est peut-être pas le meilleur endroit pour eux.

– Tu ne peux pas croire ça, rétorqua-t-elle, horrifiée. Tu ne le peux pas. Tu ne laisserais pas le village mourir.

– Tu dramatises un peu, tu ne crois pas ?

– Un camion s'est encastré dans l'école. Un enfant est entre la vie et la mort à l'étage. Ce n'est pas assez dramatique pour toi ? Il faut qu'on répare l'école. Et je veux… je veux que tu sois à ta place. Que feras-tu s'ils la ferment ? Tu as toujours été enseignant.

– C'est toi qui veux que je retourne chez ma mère. J'imagine que c'est là ma place.

– Tu te comportes comme un enfant gâté, répliqua Rosie avec colère.

Stephen haussa les épaules.

– Tu m'as demandé mon avis, et je te l'ai donné.

– Je ne t'ai pas demandé ton avis. Je t'ai demandé de m'aider.

Il y eut un blanc.

– Regarde-moi, dit-il. Je ne suis même pas capable de m'aider moi-même.

Rosie jeta la montagne de cartes et de lettres sur le lit.

– Très bien. Je m'en chargerai moi-même.

– Tu vas encore jouer à sainte Rosie ? Tu aimes les causes perdues, c'est tout.

Elle le dévisagea, préférant partir avant de dire quelque chose qu'elle pourrait regretter.

*

– Enfin, bref, ça s'est bien passé, dit Rosie à un Edison plongé dans le coma.

Hester et Arthur n'étaient pas là – ils avaient peut-être fini par craquer et aller se chercher quelque chose à manger. Le service était calme. Rosie s'assit au chevet d'Edison et lui prit la main, un peu larmoyante. Mais elle ne changea pas d'avis.

En bas, Stephen regarda à nouveau sa montre, se demandant combien de temps il allait encore devoir attendre ses médicaments, s'efforçant de ne pas penser à la douleur. Il n'aurait pas dû parler sèchement à Rosie, mais, franchement, ne pouvait-il pas souffler un peu ? Il… Il ne voulait pas qu'elle voie à quel point il était bouleversé. Pas par l'opération, ce n'était rien…, mais toute cette histoire lui avait rappelé l'Afrique, et il ne pouvait pas… Il ne pouvait pas revivre cela.

Chapitre 8

La journée du lendemain, un samedi, fut un véritable supplice. Rosie était bien en peine à la boutique : elle ne savait plus où donner de la tête. Le petit train du père Noël était enfin arrivé et, comme Tina l'avait prédit, tous les parents du village vinrent avec leurs enfants pour le regarder cheminer tranquillement autour de la colline enneigée. Rosie était contente de voir les mines réjouies des enfants, à l'opposé de leurs regards affligés, confus, de la semaine précédente. Les adultes, eux, portaient encore les stigmates de la frayeur qu'ils avaient eue.

– Bon, dit-elle en sortant avec un seau de petits bonbons emballés, sachant que Lilian le désapprouverait vivement. Un chacun pour avoir été aussi courageux et fait exactement ce que vous disait Mme Baptiste.

Les enfants se rapprochèrent du seau en jacassant, tout excités.

– Est-ce que je peux en avoir un ? demanda Hye Evans, le deuxième médecin du village.

Rosie lui lança un regard sévère.

– Je ne sais pas. Faites-vous partie du conseil municipal ?

– Bien sûr. Je suis conseiller.

– Allez-vous fermer l'école ?

– J'ai bien peur de ne pas pouvoir parler de ça avec vous, répondit Hye, son visage rose virant au rouge.

– Dans ce cas, pas de bonbon. Sauf si ça pouvait vous aider ?

Elle le regarda s'éloigner d'un pas lourd.

– Je ne suis pas douée pour la corruption, constata-t-elle d'un air sombre.

Elle n'avait pas réussi à se sortir de la tête sa dispute avec Stephen. Il ne lui avait pas envoyé de texto, ne l'avait pas appelée, ce qui signifiait qu'il pensait toujours avoir raison, à l'évidence. Elle servait le flot de clients sans pouvoir s'empêcher de regarder son téléphone toutes les deux minutes, bien qu'elle n'ait pas de réseau, et semblait si abattue que Moray éclata de rire quand il passa acheter des boules de chewing-gum pour son nouveau petit ami, médecin dans le village voisin. Il était très secret à son sujet, étrangement.

– Regarde-toi : la personne idéale pour tenir une confiserie. Qu'est-ce qui t'arrive, tu as mangé trop de bonbons acidulés au citron vert, c'est ça ?

Rosie lui expliqua tout en rangeant le fudge avec frénésie.

– Je ne suis pas certain de comprendre, répondit Moray en prenant distraitement une boule de chewing-gum. Essaies-tu de me dire que Stephen est une vraie tête de mule ?

– OUI, se lamenta-t-elle.

– Oh là là, faut que je passe un coup de fil à CNN ! Enfin, tu le savais. Attends... Ah ! Tu pensais pouvoir l'amadouer et le pousser à changer d'avis, c'est ça ?

Elle haussa les épaules.

– Non !

– Et lui faire faire ce que tu veux ? Ah ! Il ne s'agit pas seulement de l'école, pas vrai ? Il s'agit de ta réputation, comme étant la seule femme capable de faire faire quelque chose à Stephen contre son gré.

– Non. Juste un peu.

– Ah. Oh, tu es si mignonne quand tu es en colère. Alors, qu'est-ce que tu comptes faire ?

– Je vais attendre qu'il change d'avis.

– Tu as deux ans devant toi, hein ?

– C'est pas vrai. Il ne changera pas d'avis, hein ? Il ne parlera pas à sa fichue mère.

– Je dirais que, s'il ne le fait pas pour toi, il ne le fera pour personne.

Elle sourit à moitié.

– Il va te falloir plus de boules de chewing-gum.

– Oh oui. Donc..., commença Moray.

– Es-tu en train de me dire que...

– Si tu veux sauver l'école...

– Il faut que je descende dans la fosse aux lions, finit Rosie tristement. Que j'aille voir lady Lipton.

– Le conseil vote lundi. Ils peuvent avoir les cars d'ici mercredi.

– Oh non. Non, non, non. Est-ce que tu vas m'aider ?

– Heu, que veux-tu que je fasse ? Je ne suis pas membre du conseil. Je pourrais préparer des poisons subtils pour nous débarrasser de Hye, personne ne soupçonnerait jamais rien, mais je crois que je l'aurais déjà fait.

– Soutiens-moi. Parles-en aux gens.

– Je te soutiens depuis ton arrivée. Et puis tu détruis tout en portant des vêtements ridicules et en choisissant un garçon improbable. Qu'est-ce que c'est que ça ?

Il venait d'apercevoir un colis près de la caisse, qu'il attrapa. C'était un minuscule manteau rouge à froufrous, orné d'un liseré en tartan.

– Tu ne vas pas... ?

– Chut, le coupa-t-elle. Il fait un froid de canard dehors.

Moray garda les yeux rivés sur le manteau, incrédule.
– Si tu commences à habiller ton chien dans ce village, tu es foutue.

*

Tôt le lendemain matin, après une longue soirée toujours sans nouvelles de Stephen, excepté un échange de textos formels et déprimants qui visaient à vérifier que l'autre « allait bien » sans évoquer le sujet qui les occupait, Rosie se réveilla, décrétant que c'en était trop. Et elle allait prendre son vélo. Il ne neigeait pas, la journée était aussi belle qu'une autre ; elle devenait folle sans faire d'exercice.

Elle laissa son vélo près du portail de « Lipton Hall », puis entreprit de remonter l'allée enneigée avec difficulté. Monsieur Chien avait reçu ses derniers vaccins, elle avait donc décidé de l'emmener avec elle pour qu'il coure, bien qu'il porte son nouveau manteau rouge très chic. Elle savait pertinemment que Stephen trouverait cela consternant, mais elle était en colère contre lui.

Devant elle, la grande demeure paraissait sinistre, sombre, avec ses cheminées vides et froides, ses fenêtres non éclairées. Rosie n'était venue qu'une seule fois à « Lipton Hall », l'année précédente, pour le bal de chasse. Le manoir était alors tout illuminé. Brillant de tous ses feux, nettoyé pour l'occasion, c'était un îlot de lumière et de luxe, empli de convives sur leur trente et un qui s'enivraient et dansaient. À présent, dans la lumière blafarde de ce temps de neige, il paraissait un peu triste, mal aimé, abandonné.

Rosie vivait à la campagne depuis suffisamment longtemps pour savoir que personne n'ouvrait jamais sa porte d'entrée : il fallait faire le tour, mais cela n'eut aucune importance. Dès qu'il fut assez près, Monsieur Chien poussa un hurlement de joie, comme trois de ses congénères, qui lui étaient à l'évidence apparentés (mais qui semblaient bien plus intelligents), sortaient en courant de la cour à l'arrière de la maison pour lui réserver un accueil triomphal. Ils se roulèrent tous les quatre dans la neige, ravis. Rosie n'en était pas certaine, mais elle eut l'impression que Monsieur Chien essayait d'enlever son manteau. Ses congénères n'en portaient pas.

– Au pied ! cria Hetty en se dirigeant d'un pas raide vers le portail sur le côté de la maison.

Comme toujours, elle portait un curieux assortiment de vêtements de jardinage, ainsi qu'un pull en cachemire hors de prix, mais plein de trous.

– Euh, bonjour, la salua Rosie.

Elle avait voulu préparer son discours, mais était si en colère contre Stephen qu'elle n'avait pas eu le temps : elle avait passé la moitié de la soirée à poursuivre sa dispute avec lui dans sa tête. Elle inspira l'air glacial pour rassembler ses pensées.

– Auriez-vous le temps de prendre un thé ?

Hetty gratta le cou de Monsieur Chien.

– Bonjour, mon beau. Qu'est-ce que c'est que cet accoutrement dans lequel on t'a enveloppé ? Essaie-t-elle de te rendre gay ? Essaies-tu de rendre ton chien GAY ?

Rosie plissa les yeux, se rappelant de garder son calme.

– Je me suis dit qu'il risquait d'avoir froid.

– N'importe quoi ! Il est à moitié lurcher et à moitié…

Elle s'interrompit, semblant douter.

– Bref, peu importe. C'est ridicule. Bientôt, tu vas le laisser dormir à l'intérieur.

Rosie ne lui expliqua pas qu'elle devait le laisser dormir à l'intérieur, sur son lit, car, sinon, elle mourrait de froid.

– Lui avez-vous trouvé un nom ? Que penses-tu de Monty ? Monty est un bon nom pour un chien. Ou Ludo.

– Pas encore. En général, on l'appelle simplement Monsieur Chien.

Hetty la dévisagea.

– Est-ce que Stephen l'appelle comme ça ?

– Non, admit Rosie.

Stephen l'appelait « le plus beau toutou du monde », mais elle ne souhaitait pas le raconter à Hetty.

– Ha ! Ce chien a besoin d'un nom, ce n'est pas digne, poursuivit-elle en lui faisant malgré tout un énorme câlin. Pardon, qu'est-ce que tu voulais ? Un *thé* ?

À l'entendre, c'était la demande la plus ridicule qu'elle n'ait jamais entendue. *Ça l'était peut-être*, songea Rosie.

– Pff. Eh bien, allons voir si Mme Laird peut nous arranger ça.

Rosie entra par l'arrière de la maison pour la première fois. Elle fut surprise : cette partie de la demeure était très confortable. Une petite cuisine, démodée, mais immaculée, menait à ce qui avait à l'évidence été la grande cuisine (cette pièce était immense, avec une longue table au milieu), mais qui servait aujourd'hui de salon-salle à manger. Il y avait suffisamment de place à l'autre bout de la pièce pour accueillir un canapé et deux fauteuils à motifs floraux, ainsi qu'un poste de télévision à l'ancienne ; une énorme Aga, terrifiante, irradiait une chaleur agréable.

– Oh, c'est ravissant, ici ! s'exclama spontanément Rosie.

– Bonjour, Rosie, la salua Mme Laird, qui achetait une livre de chocolats à l'orange tous les samedis soir pour les déguster devant la télé et n'aurait jamais reconnu que, contrairement à ce que disaient les commères du village sur la parvenue londonienne, elle pensait que Rosie était la meilleure chose qui soit arrivée à Stephen.

Elle avait essayé de prendre soin de lui quand il était rentré d'Afrique en piteux état, mais, comme tous les autres, elle avait échoué, jusqu'à ce que cette fille arrive.

– Je viens de préparer des tartelettes de Noël aux fruits secs. En veux-tu une ?

– Oui ! répondit Rosie. Ça fait si longtemps qu'on ne m'a rien proposé à manger, je ne me rappelle même plus quand c'était. Je meurs de faim. En avez-vous beaucoup ?

Mme Laird prépara le thé. Voir un magnifique service à thé, en porcelaine, cerclé d'or, avec son pot à lait, son assiette pour les rondelles de citron et ses pinces à sucre en argent pur, sur la vieille table de cuisine mal dégrossie, était vraiment étrange, d'une beauté incongrue, mais ni Hetty ni Mme Laird ne semblèrent le remarquer.

– C'est ravissant, ici, répéta Rosie en regardant la neige tomber paresseusement par les immenses fenêtres à guillotine.

Les chiens, qui les avaient suivies à l'intérieur, reniflèrent les tartelettes, avant de se faire chasser et de retourner batifoler dans la neige.

– Tu devrais voir l'étage, tu n'en reviendrais pas, répondit lady Lipton en posant sa tasse de thé. Alors, est-ce une visite de courtoisie ?

– Euh.

Rosie venait d'entamer une délicieuse tartelette : elle tâcha de la finir le plus vite possible, sans recracher trop de miettes.

– Euh, en quelque sorte.

Hetty poussa un soupir.

– Dis-moi tout, dans ce cas.

– L'école, dit Rosie.

– Je n'y suis jamais allée.

– Vous n'y étiez pas élève ?

Hetty lui jeta un regard incrédule.

– Bien sûr que non. J'avais une gouvernante. Gerda Skitcherd. Est-ce que vous vous souvenez d'elle, madame Laird ?

L'intéressée acquiesça.

– La première divorcée du village.

– C'est vrai ! La pauvre petite Maeve.

– La secrétaire médicale ? s'étonna Rosie.

– Oh oui, répondit Hetty. C'est vrai. Elle s'en est bien sortie, en fin de compte.

– Elle est adorable.

– Oui, mais quel SCANDALE !

Elles savourèrent leurs tartelettes de manière un peu plus décontractée après cela, essayant de sympathiser en se racontant des potins, même vieux de quarante ans.

– Pour en revenir à l'école..., avança Rosie avec douceur.

– Oui. Quand vont-ils la réparer ?

– Eh bien, c'est tout le problème. Ils ne veulent pas la réparer.

– Que veux-tu dire par là ?

– Ils veulent emmener les enfants en car à Carningford.

– Oh, c'est affreux, répondit Mme Laird, qui avait deux petits-enfants à l'école. Les pauvres bouts de chou. Ils ont besoin de leur école.

– Et si l'école ferme..., poursuivit Rosie.

– Eh bien, le village meurt, finit lady Lipton. C'est une honte.

– Oui. Oui, c'est une honte. Raison pour laquelle je me disais...

Lady Lipton lui jeta un regard interrogateur. Soudain, Rosie eut le sentiment de proposer une idée totalement absurde.

– Euh, je me disais...

– Oui ? Dis-moi tout, ma chère.

– Euh, on pourrait peut-être l'installer ici, lâcha-t-elle à toute vitesse, entre ses dents.

– La quoi ?

– L'école. Juste le temps qu'ils la fassent réparer. On pourrait l'installer ici.

– Dans cette cuisine ?

– Non, dans ce bâtiment.

Lady Lipton regarda autour d'elle, l'air horrifié.

– Je veux dire, vous avez la place et... ce ne serait pas pour longtemps. On pourrait forcer le conseil à la réparer... leur dire qu'on n'a pas besoin de leurs cars...

– Mais on ne peut pas transformer une maison en école, répondit lady Lipton. Ce lieu est protégé.

– Oui, mais pour des mesures d'exception... ou les élèves pourraient être vos invités. Provisoirement. On n'aurait besoin que de deux pièces.

– Mais le ménage ? Et les toilettes ? Les enfants vomissent presque tout le temps, à ce que je sais. Et le chauffage ?

– Eh bien, les fonds qui ne sont pas utilisés pour chauffer l'école en ce moment vous reviendraient. Il faut juste qu'on en parle au conseil.

– Et tu crois que Blaine va accepter ça ?

– Vous êtes au conseil, vous aussi, répondit Rosie tout bas. Et si quelqu'un peut convaincre d'autres gens de faire quelque chose, c'est bien vous.

– Vraiment ? lança Hetty, un sourire se dessinant sur ses lèvres. On dirait que tu t'y essaies, toi aussi. Mais, honnêtement, Rosemary, ce ne serait pas pratique.

– Bien sûr que ce ne serait pas pratique. Ce qui serait pratique, ce serait de faire venir des ouvriers pour qu'ils réparent l'école. ÇA, ce serait pratique. Si ce satané conseil voulait bien le faire.

– Tu sais que nous ne sommes pas seulement responsables de Lipton, poursuivit Hetty.

– Oui, s'obstina Rosie. Mais c'est le village auquel vous tenez.

– Ofsted ne l'autorisera pas.

– Ofsted ne vous refusera rien, pas après la presse qu'on a eue. Et ce ne serait que pour deux semaines.

Rosie abattit alors sa carte maîtresse.

– Et Stephen sort demain… Il serait ici. Tous les jours, conclut-elle, en bafouillant un peu.

Lady Lipton marqua une pause, puis revint à la charge.

– Ce serait atroce. Le bruit. Ça énerverait les chiens. Et cela ferait trop de travail.

– Non, intervint Mme Laird, occupée à laver les tasses et les soucoupes.

Sa voix tremblotait. Elle n'avait pas l'habitude de contredire sa patronne.

– Non, cela ne ferait pas trop de travail. Je passerai les heures que je fais à l'église ici.

Hetty la dévisagea.

– Êtes-vous en train de me dire que vous faites le ménage à l'église pendant votre *temps libre* ? l'interrogea-t-elle, stupéfaite.

– J'aime que tout soit propre et net, expliqua Mme Laird. Je crois… Je crois que tous les habitants de Lipton aimeraient que les enfants soient bien installés, après le choc qu'ils ont eu. Ces écoles à Carningford… elles sont rudes. Les journées seraient trop longues pour nos petits. Je crois… Je crois qu'on leur doit bien ça.

Hetty et Rosie se turent après ce petit discours. Rosie articula silencieusement un « merci » à Mme Laird, dans le dos de lady Lipton, qui secoua la tête.

– Je suis sûre que je n'arriverai pas à leur faire accepter ça, dit-elle lentement.

– Mais vous allez essayer ? l'interrogea Rosie avec empressement.

– Il y a une réunion de crise demain. Pour parler des cars.

– On n'a pas besoin de ces cars !

– D'accord, d'accord, du calme ! Une semaine, d'accord ? Je les accueillerai pendant une semaine, pour l'argent du chauffage. Après ça, ce ne sera plus mon problème.

Rosie l'aurait bien embrassée, mais s'abstint, de manière avisée.

– Et maintenant, je vais à l'église. Tu devrais venir. Tout le monde te prend pour une païenne.

– J'en suis une, répondit Rosie. Mais je prierai, si cela pouvait aider l'école.

*

Rosie partit après s'être tant confondue en remerciements qu'elle risquait de devenir agaçante, se rendit-elle compte. Lady Lipton, de son côté, n'arrêtait pas de répéter que cela ne se produirait sans doute jamais, que c'était une très mauvaise idée et que cela laisserait la demeure dans un état encore plus déplorable qu'elle ne l'était déjà. Quand Rosie eut extrait Monsieur Chien de son tas de frères et de cousins (elle l'avait appelé, mais il avait refusé de venir ; Hetty était restée plantée à côté d'elle, une moue au visage, et lui avait suggéré de le faire dresser sans attendre), elle le prit dans ses bras, lui enleva son manteau ridicule (il lui lécha allégrement le visage pour lui montrer sa gratitude), puis dit une dernière fois au revoir.

– Franchement, entre toi, Mme Laird, Stephen et cette satanée Lilian qui m'avez harcelée avec cette histoire d'école, je n'ai pas eu une seconde à moi. Ce fichu téléphone n'a pas arrêté de sonner.

Rosie s'arrêta net.

– Quoi ? dit-elle, certaine d'avoir mal entendu. Stephen vous a appelée ?

Hetty leva les yeux au ciel.

– J'aurais dû me douter que vous alliez mijoter quelque chose dans ce genre, vous deux.

– Vraiment ? Ha ! HA !

Elle se sentit si légère tout à coup qu'elle réalisa que son différend avec Stephen lui pesait beaucoup.

– Vraiment ? C'est génial. Génial.

Et, avant que son aînée ne puisse s'y opposer, elle s'élança vers elle et déposa un petit baiser sur sa joue.

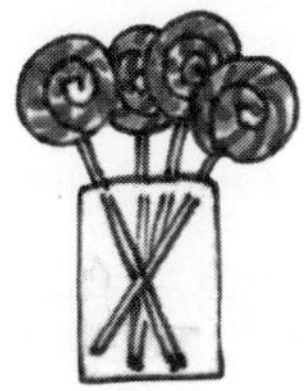

Chapitre 9

– Merci.
– C'est toujours une idée ridicule.
– Je sais. Mais merci quand même.
– Il faut que j'éteigne mon téléphone.
– Arrête de t'en vouloir d'avoir fait une bonne action.
– Je n'ai rien fait. J'ai réfléchi à la situation.
– Tu as fait une bonne action, Stephen Lakeman.
– Qui que vous soyez, pourriez-vous cesser de m'importuner à ce numéro, s'il vous plaît ?
– Je passerai te prendre demain, après la réunion du conseil.
– Si tu affubles toujours ce chien de robes de bal, ne te donne pas cette peine, je te prie.
– Je n'en reviens pas de la vitesse à laquelle les potins circulent dans ce village.
– Il est devenu la risée de Lipton à cause de toi.
– Il aime bien.
– C'est ça, oui.
– Bonne nuit.
– Est-ce que tu es au lit ?
– Peut-être.
– Est-ce que ce chien est avec toi ?
– Aou ! fit Monsieur Chien.

– D'accord. Peux-tu le faire descendre, puis me dire ce que tu portes ?

Rosie considéra son bas de pyjama écossais en flanelle et son tee-shirt Thermolactyl.

– Il est descendu, mentit-elle en mettant une main sur son museau.

– Vas-y, alors.

– Euh, je porte un *push up* Agent Provocateur, et mes seins débordent un peu…

– Continue.

– J'espère que tu ne fais rien d'obscène à l'hôpital.

– Non. J'ai toujours bien trop mal. J'ai l'impression que ma peau va se déchirer à chaque fois que je bouge mes bras. Mais ça m'apaise de t'écouter parler.

– Tu ne préférerais pas que je te raconte une histoire, plutôt ?

– Si. Une histoire sur les sous-vêtements imaginaires que tu portes tout en prétendant que le chien n'est pas dans le lit.

– D'accord, répondit-elle en souriant. Eh bien, je dénoue le long lien de soie sur le côté de mon shorty en satin bleu marine orné de dentelle rouge…

– Aou ! fit Monsieur Chien en s'installant confortablement sur la couette, et Rosie continua de parler, tandis que, dehors, la neige se remettait à tomber, jusqu'à ce qu'elle devine à la respiration à l'autre bout du fil que Stephen s'était enfin endormi.

*

Ironie de la chose, la réunion du conseil municipal se tenait en général dans l'école, qui était toujours entourée du cordon de police. À la place, les conseillers s'étaient donc réunis au *Red Lion*, l'atmosphère conviviale du pub légèrement polluée par la tension palpable dans la pièce. Rosie dut attendre dehors jusqu'à ce que le sujet de l'école soit abordé à l'ordre du jour. Quand on la fit entrer, elle fut surprise de ne voir aucune trace de Hye. Roy, en revanche, la regardait, un affreux rictus aux lèvres.

– Ah, MADEMOISELLE Hopkins.

Il insista sur le « mademoiselle ». Rosie avait entendu dire que Roy était marié, mais refusait catégoriquement d'y croire. Tout comme elle refusait de croire qu'il pouvait sortir dans la lumière du jour, manger de l'ail ou toucher une croix.

– Vous êtes ici pour le bien des enfants du village, comme d'habitude, j'imagine ?

– Toujours.

Elle regarda autour d'elle. Lady Lipton, qui présidait la réunion. Une place vide, là où Hye était censé être assis, supposa-t-elle. Roy et son frère banquier, l'air solennel dans son costume gris. La gentille boulangère. Le gros révérend, qui se réjouissait, comme toujours, à l'idée d'une tasse de thé gratuite ; et les époux Isitt, qui dirigeaient l'exploitation de l'autre côté de la rue. Dorothy n'aimait pas Rosie, depuis que cette dernière avait détruit son potager par accident. Elle la regarda d'un sale œil.

Rosie fut tentée de se lancer dans un long discours, mais ce n'était pas vraiment le bon moment pour cela, aussi préféra-t-elle se concentrer sur le plus important.

– C'est le mieux pour les enfants. C'est évident. Ils ont eu une sacrée peur. Les envoyer loin est une très mauvaise idée.

Roy exhiba ses horribles dents.

– D'après moi, le mieux pour les enfants, c'est le meilleur environnement scolaire. Pas une pièce inadaptée, pleine de courants d'air, mais une école primaire ultramoderne dotée d'une piste d'athlétisme, d'une nouvelle cour de récréation et d'enseignants professionnels en bonne santé.

– Oui, mais c'est à une heure de route.

– Sans compter que l'argent que Lipton économiserait en transportant les élèves en car permettrait d'effectuer des réparations et des travaux plus que nécessaires dans le village, dans l'intérêt de tous.

– Il n'y aura plus de village si vous fermez l'école, reprit Rosie d'un ton implorant. Lipton se transformera en charmant village de résidences secondaires, plein de retraités, et sera inutile.

– Je n'avais pas réalisé que Lipton était inutile à vos yeux. Il ne fait aucun doute que vous aurez envie de retourner en vitesse à Londres, votre « vrai » chez-vous.

Rosie tint sa langue. Cela prenait une très mauvaise tournure. Elle lança un regard suppliant à lady Lipton, mais Hetty n'y prêta pas attention.

– Nous pourrions faire tant de choses avec l'argent économisé, poursuivit Roy. Et les bâtiments de l'école étaient vieux, de toute façon. Ils auraient besoin d'améliorations que nous ne pouvons tout bonnement pas financer. Pour si peu d'enfants, cela n'a aucun sens d'un point de vue économique.

– Mais ça a du sens pour nous, rétorqua timidement Rosie, le visage rouge. Ça a du sens d'un point de vue affectif. Avoir notre propre école pour nos enfants est une bonne chose.

– Il ne s'agit pas de garder nos enfants ici. Il s'agit de faire ce qui est mieux pour eux, vous vous rappelez ? Et, d'après moi, ce n'est pas laisser un camion leur rentrer dedans.

Rosie se mordit la lèvre devant la dureté de ces paroles. Puis Roy sortit une longue liste de chiffres. Ils étaient terribles, c'était indéniable. Fermer l'école économiserait une grande partie du budget du village. Rosie pensa à Tina, qui serait obligée de démissionner, car elle devrait faire des heures de route si elle voulait emmener Kent et Emily à l'école. Au bout de combien de temps jetterait-elle l'éponge et déménagerait ? Elle pensa à Stephen et à ce qu'il ferait sans emploi... Ou ferait-il les allers-retours, lui aussi ? Elle détestait cette idée. Il n'était pas fait pour rester assis dans une voiture. Il était fait pour se promener, avec sa canne, sourire aux lèvres, dans un village où tout le monde le connaissait ; pour enseigner à sa manière (Mme Baptiste le laissait libre), non pour être coincé dans des réunions et des séances de correction sans fin. Il serait malheureux à Carningford, avec ses chaînes de magasins, ses fast-foods et ses pubs proposant deux boissons pour le prix d'une, éclairés par des enseignes au néon. Mieux valait éviter d'aller en ville le samedi soir, à moins d'avoir envie de se battre. Elle poussa un soupir. Mais les chiffres...

Quand tout le monde les eut bien assimilés et après que quelques personnes se furent exprimées dans un sens ou dans l'autre, il fut temps de voter. Roy semblait content de lui, certain que ses chiffres l'emporteraient. Puis les mains se levèrent.

– Qui est pour envoyer les enfants à Carningford sur le champ ?

Roy, son frère et Dorothy Isitt levèrent la main.

Roy parut contrarié.

– Et contre ?

La boulangère, lady Lipton et, constata Rosie, agréablement surprise, Peter Isitt levèrent la main. Il aurait des problèmes à la maison, ce soir. Dorothy le fusillait déjà du regard par-dessus la table.

– Hye est d'accord avec moi, ajouta aussitôt Roy avec insistance. Il me l'a dit : nous ne pouvons pas nous permettre de réparer l'école.

– Mais Hye n'est pas là, rétorqua lady Lipton.

– Mais il voterait pour les cars ! Il me l'a dit.

– Malheureusement, Hye n'est pas là, répéta lady Lipton. Et, en ma qualité de présidente du conseil, j'ai bien peur d'avoir voix prépondérante. Ce qui signifie que je vais devoir accueillir tout un tas de sales mômes chez moi. Je ne sais pas où j'avais la tête.

Rosie se leva d'un bond, tout excitée.

– Oui !

Roy semblait furieux.

– Mais Hye…

– Il est trop tard ! lança Rosie, résistant à l'envie d'ajouter : « Prends ça dans les dents ! » Le vote est contraignant, n'est-ce pas ?

La boulangère tapait déjà le compte rendu de la réunion avec enthousiasme.

– Et Stephen rentre à la maison ce soir ! ajouta Rosie, tout excitée. Il pourra bientôt reprendre le travail !

Roy fixait toujours ses chiffres, triturant la page avec son stylo.

– Peux-tu nous laisser, pendant que nous passons à d'autres sujets ? demanda lady Lipton à Rosie, qui se dépêcha d'obtempérer, de peur que quelqu'un ne change d'avis.

Avant de sortir, elle adressa un clin d'œil à Peter Isitt, qui s'empourpra, puis baissa les yeux.

*

Rosie fit un saut au cabinet médical.

– Je n'ai pas le temps, dit Moray en entrant à la hâte dans la salle d'attente. Je suis débordé aujourd'hui. Nous sommes en sous-effectif.

– Parce que Hye…

– Intoxication alimentaire, lui expliqua son ami, son beau visage totalement lisse, indéchiffrable. Le pauvre. Il a mangé quelque chose qui n'est pas passé.

Rosie le dévisagea.

– Bien sûr, tu n'aurais jamais…

– Mais qu'est-ce que tu insinues, voyons ? J'espère que tu n'es pas en train de tenir d'affreux propos diffamatoires à mon sujet.

– Non, répondit Rosie du tac au tac. Jamais de la vie.

– Si quelqu'un avale son poids en huîtres et en foie gras au club de golf chaque soir, ça finit par le rattraper. C'est statistique.

– D'accord, d'accord.

Et elle remonta la grand-rue d'un pas désinvolte pour aller annoncer cette formidable nouvelle à Tina.

*

Rentrer en voiture dans l'obscurité, sur la route couverte de neige, terrifiait Rosie. Et avoir un passager irritable à l'arrière ne l'aidait pas vraiment.

– Fais attention, lui répétait Stephen.

C'était ridicule : il était allongé sur l'une des banquettes latérales à l'arrière de la Land Rover, sur un tas de couvertures. Rosie avait l'impression de conduire une ambulance pendant la Seconde Guerre mondiale. Mais rester assis était encore trop douloureux pour lui, bien que les médecins lui aient dit qu'ils n'avaient jamais vu quelqu'un cicatriser aussi vite. Il pouvait rester debout et se déplacer sans problème, mais la position assise était plus délicate.

– Ils auraient dû te mettre des fesses de robot, lui avait dit Rosie devant le médecin spécialiste, mais Stephen avait fait semblant de ne pas l'entendre.

Il avait plusieurs fois fait remarquer que les antidouleurs lui manquaient, mais semblait plutôt gai dans l'ensemble. Même si Rosie voyait à ses mâchoires crispées qu'il souffrait toujours.

– Fais attention aux cerfs sur la route.

– « Aux cerfs » ? Oh, bon sang. J'ai déjà assez à faire avec la neige, le verglas, le noir, les gros camions horribles, les haies et les écoles. Et je ne vois rien de tout ça. Et quelqu'un me déconcentre à l'arrière.

Stephen se laissa retomber sur la banquette. Rosie regarda son profil puissant dans le rétroviseur. Il se mordillait distraitement la lèvre. Elle dut se forcer à garder les yeux sur la route, il était si beau. Ils n'avaient croisé aucune voiture depuis des kilomètres ; ils étaient comme seuls au monde. La pleine lune brillait dans un ciel sans nuages, éclairant le paysage givré autour d'eux, de sorte qu'il ne faisait pas vraiment noir, même si Rosie se plaignait de l'obscurité. Une à une, les étoiles apparurent, jaunes, brillantes, et la lune diffusait une lumière froide : on distinguait la silhouette des collines, au loin. Ce froid, ce silence leur donnaient l'impression d'être sur une autre planète.

Stephen regardait par la fenêtre : il se préparait mentalement. Cette fois, il ne retomberait pas dans le piège, ne se laisserait pas submerger par ses émotions. Quand il fermerait les yeux, il ne verrait pas, encore et encore, l'énorme camion percer un trou dans le mur de sa classe ; il n'entendrait pas le vrombissement du moteur, ni le rugissement du vent. Il cligna des yeux, se concentrant sur les astres lointains.

Rosie alluma la radio. Un jeune choriste chantait « Do You See What I See? » tout doucement, lentement. C'était très beau. Ils l'écoutèrent tous les deux sans rien dire. À la fin de la chanson, Rosie vit Stephen s'essuyer furtivement les yeux.

– Est-ce que tu PLEURES, Lakeman ? demanda-t-elle avant de tendre le bras en arrière pour lui serrer la main.

– NON, répondit-il, se forçant à se secouer. Il fait si froid là-dedans que j'ai les yeux qui pleurent.

– C'est ça. Tu n'es pas du tout en train de pleurer.

– Non.

– « *A star, a star... dancing in the night... with a tail as big as a kite* », chanta faux Rosie.

– « *And is it true?* » cita Stephen en regardant le ciel nocturne. « *And is it true? For if it is...* »

– Vas-tu devenir pieux dans nos vieux jours ?

– Non. Mais une nuit comme celle-ci... si silencieuse...

– Oui ! Un genre de *SILENT NIGHT*[1], quoi.

Stephen finit par rire.

– Est-ce que ça t'arrive d'avoir l'impression que les choses arrivent pour une raison, mon petit bouton de Rose ?

Rosie ne détourna pas les yeux de la route.

– Bien sûr que non.

– Tu ne crois pas qu'on était destinés à se rencontrer ? Je veux dire, normalement, on n'aurait jamais dû se rencontrer.

– Pourquoi ? Parce que tu es riche et que je fais partie du bas peuple ?

– Oui.

– Oh ! Eh bien, non. Malgré tout. Bien sûr que non.

– Personne ne nous guide de là-haut, d'après toi ?

– Personne ne guidait ces rebelles en Afrique, non, répondit-elle à mi-voix. C'est n'importe quoi. L'idée qu'un dieu bienveillant envoie un ange pour veiller sur les joueurs de football américain afin qu'ils gagnent un match, mais veuille qu'un bébé sur trois meure au Liberia, ça me dégoûte. Ce dieu s'inquiéterait de savoir si on tombe amoureux, mais pas que des enfants vivants se fassent dévorer les yeux par des vers en Inde. Je ne CROIS pas, non. Il n'y a que nous, mon amour. Qui faisons au mieux, ici et maintenant.

Stephen resta muet un instant.

1. Titre anglais du chant de Noël « Stille Nacht, heilige Nacht », intitulé « Douce Nuit, sainte nuit » en français (N.d.T.).

– Je vois. Dis donc, je ne me rendais pas compte que ça te tenait autant à cœur.

– Essaie de travailler aux urgences, pour voir. Quoi qu'il en soit, tu sais mieux que n'importe qui que la vie n'est pas juste.

– Je sais, répondit-il avec un soupir. C'est juste que... une nuit comme celle-ci... si belle... et je rentre à la maison, Edison va mieux... Non, tu as raison, bien sûr.

Il regardait toujours par la fenêtre.

– Peu importe ce que tu crois, si ça te permet de tenir. Si ça te rend heureux.

– Je crois que je suis soulagé, c'est tout. Je rentre chez moi, dans ma jolie maison, tout va bien, et on va passer un bon Noël, au calme, sans sortir, sauf que je devrai aller chez ma fichue mère tous les jours, mais, au moins, je travaillerai... Mme Laird pourra nous cuisiner quelque chose, et on passera Noël tous les deux devant le feu, rien que nous, on ne s'habillera pas de la journée et ça va être génial... Ça n'a pas été facile, Rosie. Mais ça me rend heureux, maintenant.

Rosie lui jeta un dernier coup d'œil.

BON SANG, songea-t-elle, désespérée. *Il FAUT que je lui dise qu'Angie vient. Il le FAUT.*

Mais, en contemplant son beau visage, qui n'était plus déformé par la douleur, ni irrité, ni énervé, mais simplement épuisé, mélancolique, elle se sentit trop fatiguée – ou pas assez courageuse, pour être tout à fait honnête avec elle-même – pour le lui dire MAINTENANT. Elle le ferait plus tard. Plus tard.

« All I Want for Christmas Is You » retentit alors à la radio.

– Ah, voilà ! ÇA, c'est ma religion, dit-elle aussitôt en montant le volume à fond, et ils poursuivirent leur chemin en dansant sur la route cahoteuse.

⋆

Le monsieur venait de visiter l'établissement tout seul. L'infirmière en chef s'était montrée chaleureuse, quoique un peu perplexe.

– Il est dehors ?

– Oui, dans la voiture, répondit Edward Boyd. Nous cherchons une maison de retraite… Vous êtes assez loin de chez nous, mais on nous a dit beaucoup de bien de vous.

Cathryn Thompson haussa les sourcils.

– Eh bien, c'est gentil.

Edward, dont la voiture avait à peine une éraflure, et qui n'avait aucune idée de ce qui était arrivé au camion, avait envoyé un e-mail à Moray après l'incident survenu dans la confiserie. Le médecin lui avait obligeamment adressé une liste de bons établissements qui prenaient en charge les patients atteints de démence. Il avait été très clair : l'établissement de Cathryn était le meilleur qu'il connaissait, et il les connaissait tous.

– Ça fait un peu de route, mais rien d'infaisable.

Cathryn le regarda.

– Vous reconnaît-il toujours ?

– Parfois, répondit Edward avec un haussement d'épaules. Il parle beaucoup de son enfance… C'est étrange, parce que, quand j'étais petit, il n'en parlait jamais. Il a été grièvement blessé pendant la guerre, et nous savions qu'il valait mieux ne pas lui poser de questions. Mais, maintenant, il en parle souvent.

– C'est très courant. Les gens perdent la mémoire immédiate, mais se souviennent bien du passé, en particulier de leur jeunesse. Pour une raison mystérieuse, l'adolescence marque particulièrement les esprits, ce qui est un peu ennuyeux, puisque c'est souvent une période délicate de la vie, pour la plupart des gens. Mais cela signifie que ces souvenirs persistent, même quand les malades ne reconnaissent plus leurs proches. Et votre mère ?

– Cancer du sein. C'était… c'était il y a longtemps.

– Et votre père allait bien ?

– Non, il a eu le cœur brisé. Mais il s'est remis, et il semblait aller bien.

– A-t-il refait sa vie ?

– Jamais. Nous avons été très surpris, à vrai dire. Il n'avait que soixante ans et c'était un très bel homme.

Il grimaça.

– Je tiens du côté maternel, chauve et trapu, j'en ai bien peur. Mon père avait une chevelure magnifique.

Cathryn opina poliment du chef.

– Mais non, c'était l'homme d'une seule femme, j'imagine. Il a toujours été réservé. Je ne sais même pas ce qui lui est arrivé pendant la guerre, pas vraiment. Et puis, ces cinq dernières années…

Cathryn acquiesça.

– C'est dur à voir.

Edward regarda par la fenêtre. Il avait dû laisser son moteur tourner pour s'assurer que son père ne meure pas de froid.

– L'argent n'est pas un problème. C'est juste… Oh, c'est dur de lui dire au revoir.

Lilian et Ida Delia écoutaient à la porte, restée entrouverte. Elles n'en perdaient pas une miette.

– Est-ce un homme ? finit par demander Lilian.

Cathryn se retourna.

– Retournez à l'intérieur, vous deux. Ne les écoutez pas, ajouta-t-elle à l'endroit d'Edward. Elles ne pensent qu'aux hommes.

– On a juste besoin d'un homme pour compléter le… contingent masculin, expliqua Ida Delia. Ce n'est pas vraiment équilibré.

– Et puis, apparemment, il est beau, ajouta Lilian.

– Avez-vous écouté à la porte pendant tout ce temps ?

Edward ne put s'empêcher de sourire. Les autres établissements qu'il avait visités (celui dans lequel sa belle-mère avait fini ses jours) étaient des endroits tristes, désespérés, de simples antichambres de la mort. Celui-ci ressemblait plus à un hôtel agréable, installé dans une maison de campagne.

Bien sûr, cela se répercutait sur le prix, mais ils avaient vendu la maison de son père quand il avait emménagé avec eux et avaient gardé l'argent dans ce but précis, et, enfin, ils gagnaient bien leur vie, avaient un peu d'argent de côté. Ils ne toucheraient pas d'héritage, bien sûr, et James ne remarquerait sans doute pas la différence entre une chambre au *Ritz* et une cellule de prison, mais cela n'avait pas d'importance. Il s'agissait d'agir convenablement.

Edward croyait dur comme fer au fait d'agir convenablement. Il se considérait parfois comme un filet de sécurité, qui empêchait le monde d'être envahi par des hordes terrifiantes de jeunes en sweat à capuche scotchés à leur téléphone. Il lui arrivait donc de trouver le monde moderne grossier et incertain. Mais, lorsqu'il était sur le fil du rasoir, agir convenablement était très important pour lui, et c'était bien ce qu'il comptait faire maintenant.

Il considéra les deux vieilles dames.

– Êtes-vous les fautrices de troubles, ici ? les interrogea-t-il avec un sourire.

– Assurément, oui, répondit Cathryn.

– Certainement pas, la contredit la plus longiligne des deux, vêtue d'une robe couleur pêche sans un pli. Nous en avons simplement assez de danser toutes les deux.

– C'est elle qui conduit, expliqua celle aux longs cheveux blonds, qui détonnaient avec son visage ridé et ses yeux d'un bleu laiteux, caves, mais toujours vaillamment bordés d'eye-liner violet.

– Il faut bien que je conduise : je suis plus grande.

– Plus maintenant, tu t'es tassée. Quand on avait ONZE ans, tu étais plus grande. Et tu ressemblais à un garçon.

– Et toi, à une traînée.

– Être jalouse ne te mènera nulle part.

– Jalouse, moi ? De toi ?

– Mesdames ! intervint Cathryn. Remarquez, maintenant qu'on en parle, on ne serait sans doute pas contre quelques hommes en plus, ici, dit-elle à Edward. Je vais voir ce que je peux faire.

– Ce serait formidable.

– Mais êtes-vous sûr de ne pas vouloir le faire entrer, pour qu'il jette un œil ?

– Je vais essayer, répondit Edward avec un soupir.

Le vieil homme, à force de cajoleries et à l'aide de quelques bonbons, accepta de monter les marches. Lilian et Ida Delia regardaient par la fenêtre, tout excitées.

– Ooh ! fit Lilian. Il est grand. J'aime les grands.

– Tu sais à qui il me fait penser… ? hasarda Ida Delia, mais Lilian lui jeta un regard sévère.

Même si cela remontait à plusieurs décennies, il était hors de question d'évoquer l'homme grand dont elles avaient toutes les deux été amoureuses et qu'elles avaient perdu.

– Ses cheveux bouclent toujours, se dépêcha d'ajouter Ida Delia.

En effet, la silhouette altière armée d'une canne, le dos toujours bien droit malgré son grand âge, avait fière allure.

– À quel point est-il atteint de démence ? s'enquit Lilian. Sur dix ?

– Ça suffit vous deux, les avertit Cathryn avant de s'avancer. Monsieur Boyd, dit-elle chaleureusement en tendant la main.

Le vieux monsieur s'en saisit.

– Ravi... ravi de vous rencontrer, répondit-il d'une voix toujours étonnamment grave, bien qu'un peu chevrotante. Appelez-moi James.

– Bienvenue dans notre établissement.

– C'est un plaisir.

Edward esquissa un grand sourire, heureux que son père ait un moment de lucidité.

– Souhaitez-vous que je vous fasse visiter les lieux ?

– C'est joli ici, et il fait bon... Je peux ôter mon manteau, je crois.

Edward le lui prit, puis l'accrocha avec soin à une patère près de la porte.

– Entrez, je vais vous montrer l'établissement. Pourriez-vous vous essuyer les pieds, s'il vous plaît ?

James obtempéra.

– Je le trouve pas mal, commenta Ida Delia.

– Je l'ai vu la première, rétorqua Lilian en mentant effrontément.

Le vieil homme releva alors les yeux et les aperçut toutes les deux. Il sembla se figer et, soudain, une larme perla au coin de l'un de ses yeux.

– Papa ? s'enquit Edward, qui souhaitait à tout prix que cette visite se passe bien. Je suis désolé, s'excusa-t-il auprès de Cathryn. Il allait beaucoup mieux, ces derniers temps.

– Un nouvel environnement peut être perturbant.

– Vous ! lança James, mais il était difficile de dire de qui il parlait ou qui il désignait.

– Venez vous asseoir et boire une tasse de thé, lui proposa Cathryn. Et vous deux, OUST ! Je suis sérieuse.

Les vieilles dames partirent regarder la télé toutes les deux. Elles partageaient la même aversion pour les candidats d'émissions de télé-réalité et devaient donc toutes les regarder ensemble, afin de mieux les disséquer et de parler des défauts des jeunes participants et, partant, de la société moderne en général. Cette mission, importante à leurs yeux, nécessitait souvent du thé et des Smarties.

⋆

Une fois assis avec une tasse de thé, James se remit vite. Il devint presque volubile.

– J'ai des difficultés, dit-il de façon hésitante. Mon cerveau… il ne veut pas… les mots ne viennent pas dans mes mains. Non, pas dans mes mains. Dans ma bouche.

Cathryn opina du chef.

– Je comprends. C'est perturbant.

– Et je sais, je sais que je suis né à Halifax, que j'ai grandi là-bas, mais je ne m'en souviens pas, pas du tout. Je me rappelle des choses étranges, tout le temps, comme si rien n'avait de sens.

– Je ne vous mentirai pas, dit-elle en s'adressant aussi à Edward. Cette maladie est terrible. Nous ferons tout notre possible pour vous rendre la vie plus douce et facile. Quand il ne pleut pas, la plupart de nos résidents aiment jardiner.

– Je tondais les moutons, avant, lança James subitement. Avez-vous des moutons ?

– Il ne s'est jamais occupé de moutons, expliqua Edward à voix basse. Il dirigeait une imprimerie. Il est désorienté.

– Non, nous n'avons pas de moutons pour l'instant, répondit-elle avant de se tourner vers Edward. Quand les résidents croient quelque chose, il est souvent plus facile d'être d'accord avec eux. Quand ce ne sont pas des choses importantes. Ça leur évite du stress inutile.

Edward acquiesça.

– Je vois.

– Nous aurons peut-être des moutons plus tard. Vous pourrez nous aider, d'accord ?

– Oui, oui, je pourrai encore le faire. Ça ne s'oublie pas. Enfin, moi, j'oublie. Ha. J'oublie. Puis-je avoir du thé ?

– Ton thé est là, répondit Edward en lui montrant sa tasse.

En se retournant, James la fit tomber, puis il la fixa du regard, comme s'il n'avait aucune idée de ce qui venait de se passer. Cathryn se leva d'un bond pour la ramasser et appela un auxiliaire de vie pour passer la serpillière pendant qu'elle réconfortait les deux hommes. James était bouleversé.

Tout à coup, les yeux d'Edward s'emplirent eux aussi de larmes.

– Je ne peux pas..., commença-t-il d'une voix étranglée. Je ne peux pas... le laisser ici.

– Il sera entre de bonnes mains, le rassura Cathryn.

Elle s'était prise d'affection pour Edward. Il honorerait ses factures, rendrait visite à son père et serait sensible à leurs petites attentions au lieu de se plaindre des meubles mal assortis ou des tapisseries usées.

– C'était... c'était un bon père, confia Edward en serrant fort la main de James. Il n'était pas démonstratif, nous le savions... Il était préoccupé, souvent très pris par son travail. Mais nous savions qu'il nous aimait. Et quand il était chamboulé à cause de la guerre... eh bien, on savait qu'il aimait nous avoir à ses côtés.

Sa voix s'étrangla à nouveau.

– Et maintenant, on le laisse tomber.

– Là. Là. Vous avez de la chance. Tous les deux. Edward, d'avoir un père que vous aimez et qui vous aime. Et, James, d'avoir un fils qui veut prendre soin de vous, du mieux possible, jusqu'à la fin. Mais ce n'est pas la fin, je vous le promets. La plupart de nos résidents… enfin, vous en avez rencontré deux. Mais la plupart d'entre eux s'épanouissent ici. Quand Mlle Hopkins est arrivée, elle était si faible qu'elle pouvait à peine marcher ; et maintenant, elle s'offre une nouvelle jeunesse en tourmentant Mme Carr. Vous aurez de nouveau du temps libre ; vous retrouverez le sommeil et vous cesserez de vous inquiéter constamment pour lui, de vous demander ce qu'il fait et si vous prenez bien soin de lui. Par conséquent, vous serez plus heureux, vous aussi, et vous pourrez lui rendre visite quand vous le voudrez, et rester aussi longtemps que vous le voudrez. Je ne vous dirai pas combien on m'a proposé pour aller diriger des maisons de retraite qui appartiennent à de grands groupes ou à des chaînes. Je n'accepterai jamais, monsieur Boyd. Ce n'est pas bien. J'estime que l'on fait du meilleur travail à petite échelle, au niveau local, où les gens se connaissent. Je vous promets que nous ferons tous de notre mieux pour votre père.

Edward eut le sentiment qu'on venait de le libérer d'un poids. Il parut plus jeune tout à coup.

– Merci, dit-il. Merci. Il va falloir que j'en parle avec Doreen, mais…

À ces mots, Cathryn Thompson sourit. Elle savait que les femmes étaient toujours moins sentimentales, au bout du compte. Et qu'elles faisaient plus souvent la lessive. Edward n'aurait pas le moindre mal à convaincre Doreen, elle en était certaine.

Chapitre 10

À son réveil, pendant deux secondes, Rosie ressentit presque un bonheur total. Elle était enfouie sous les couvertures jusqu'au cou, tel un lapin dans son terrier, bien au chaud. Elle sentit Stephen à côté d'elle : il dormait enfin à poings fermés, la respiration régulière – il avait eu du mal à s'installer confortablement. Sa présence familière dans son lit lui conféra un sentiment de sécurité, de sérénité, et l'emplit de joie ; elle eut la sensation que le monde était tel qu'il devait être, que la neige sur le rebord de la fenêtre avait toujours été là. Elle étira ses orteils avec volupté, repoussant le plus possible le moment où elle devrait rouler sur le côté, sortir du lit et poser les pieds sur le sol gelé. Elle déposa un petit baiser sur le front de Stephen pour ne pas le réveiller…

Puis elle se souvint. Et poussa un grognement. C'était mercredi, deux jours après la réunion du conseil. Mme Laird et ses copines avaient travaillé d'arrache-pied pour préparer deux salles pour les enfants et installer les tristement célèbres cabines de W-C portables que lady Lipton louait pour le bal de chasse. Rosie avait même entendu dire qu'un ramoneur était venu nettoyer la grande cheminée du hall, mais cela ne pouvait pas être vrai, si ? Les services de santé et de sécurité en feraient une maladie. Un officier pompier avait inspecté les lieux : les choses avançaient très vite, pour une fois. Rosie essaya d'imaginer la même situation à Londres. C'était impossible. Il aurait fallu quatre-vingt-quinze réunions de gestion complexes pour tout approuver, et cela aurait pris environ neuf mois. Mais, ici, ils avaient appelé cela un protocole d'urgence, et tout se passait bien. Sans compter que l'école de Carningford avait dû rechigner à accueillir cinquante nouveaux élèves traumatisés et avait dû être bien contente de les laisser gérer le problème, songea-t-elle.

Elle se leva d'un bond, puis se fit couler un bain. La pièce glaciale s'emplit de vapeur. L'eau était bien moins chère ici, et la pression, fantastique, comme l'eau descendait des montagnes. La petite douche de son ancien appartement londonien, avec son maigre filet d'eau, ne lui manquait pas : Rosie se prélassait dans la baignoire dès qu'elle avait un moment, ce qui n'arrivait pas si souvent. Elle descendit en vitesse afin d'allumer la cafetière et d'attiser le feu, puis regarda l'heure. Il lui restait vingt-cinq minutes, elle avait largement le temps. Ne pas avoir à prendre les transports pour se rendre au travail était vraiment génial.

Mais. Mais. En s'enfonçant dans l'eau, elle n'était pas aussi détendue que d'habitude, parce qu'elle savait. En ce moment même, quelque part à l'autre bout du monde, six personnes montaient dans un avion. Prêtes à passer les vacances de leur vie. Et elle n'avait rien préparé. C'était affreux. Plus d'excuses. Rien. Elle devait le faire.

– Pourquoi es-tu si pensive ? l'interrogea Stephen en entrant dans la salle de bains.

Il grognait et se tenait le dos.

– Pardon, mon chéri. Je ne voulais pas te réveiller.

– Dans ce cas, il ne fallait pas monter et descendre les escaliers à toute vitesse, comme un éléphanteau.

Il essuya le miroir, puis regarda Rosie dedans. Sa peau était devenue toute rose dans l'eau chaude.

– Tu es belle, observa-t-il.

– Je peux sans doute te faire de la place.

– Oh non, tu imagines ? Je ne peux pas mouiller mon dos.

– Tu vas vraiment finir par empester, ronchonna-t-elle.

– Tu pourras faire ma toilette au lit, madame l'infirmière.

– J'y compte bien, mais ça ne te plaira pas autant que tu le crois. Est-ce que tu vas te recoucher ?

– Non. Si je me recouche, je vais juste rester allongé à penser à ma douleur. Je vais plutôt claudiquer jusqu'à l'école. Tu sais, juste pour y jeter un coup d'œil.

– Es-tu sûr ? Tu es en arrêt maladie. Tu n'es pas en grande forme.

– Je suis en voie de guérison. Le meilleur moyen de guérir, c'est de sortir. Quelqu'un m'a dit ça l'année dernière, si je ne m'abuse.

– Les élèves seront contents de te voir.

– J'en doute, c'est la reprise des cours.

– Ils ont besoin de stabilité. Même si tu viens juste de commencer, ils ont besoin de te voir. Je suis contente que tu y ailles.

– Moi aussi, répondit-il du bout des lèvres.

Dis-lui, se dit Rosie à elle-même. *DIS-LUI.*

Or, à la place, elle s'entendit lui demander :

– Veux-tu que je te prépare des œufs pochés ?

– Bon Dieu, non. Enfin, mon médecin m'a dit que ce n'était pas recommandé à ce stade.

– Oh. Bon : un, deux, trois.

Et elle se leva d'un bond, se forçant à sortir de son bain chaud dans la pièce glaciale. Stephen attrapa l'une des vieilles serviettes rêches qu'ils avaient ramenées de « Peak House » pour l'essuyer, la chatouillant au passage.

– Arrête ! dit-elle d'une voix perçante.

– Pourquoi ? Qu'est-ce qu'on va faire ? Réveiller les voisins ? la taquina-t-il. C'est *nous*, les voisins.

– Arrête ou... ou je te touche le dos, lança-t-elle, menace suffisante pour qu'il la lâche.

Elle enfila une robe en laine bordeaux, un gilet, des collants épais et des bottes, passa un coup de peigne dans ses cheveux, mit une touche de rouge à lèvres et de mascara, puis sortit en coup de vent. Toujours énervée contre elle-même, elle repassa une tête à l'intérieur.

– Il faudra qu'on parle de quelque chose, ce soir.

Stephen fronça les sourcils.

– Est-ce qu'on peut en parler maintenant ?

– Non. Je n'ai pas le temps maintenant.

– Est-ce que ça va me plaire ?

– Euh. Pas sûr. Mais ce n'est pas si grave.

– D'accord. Non, dis-moi maintenant.

– Tout à l'heure.

Ses yeux d'un bleu profond croisèrent les siens.

– Est-ce que tu es enceinte ?

Rosie tressaillit, presque comme si elle avait reçu une décharge électrique.

– Oh, bon sang. Non. NON. Certainement pas. Bon sang. C'est ce que tu croyais ?

Elle examina bien son visage, mais n'arriva pas à voir s'il était content ou non.

– Non, répondit-il aussitôt. Je t'ai vue boire du vin rouge hier soir.

– Oh oui. Ha ha.

Elle s'efforça de rire, mais aucun d'eux n'y parvint réellement. Elle avait l'esprit en ébullition ; cela ne faisait pas si longtemps qu'ils étaient ensemble... D'un autre côté, elle n'était plus toute jeune... Mais elle venait juste de reprendre la confiserie... Et elle ne parvenait pas à déterminer s'il trouvait que c'était une idée géniale ou très mauvaise, en le voyant assis là...

Les idées se bousculant dans sa tête, elle oublia sa famille.

– Il faut que j'y aille.

– Oui, répondit-il, gêné. Oui. D'accord. À tout à l'heure.

– À tout à l'heure. Oui.

*

Toujours abasourdie, Rosie ouvrit la confiserie dans le noir. Des lumières se déplaçaient déjà dans la grand-rue, et de nombreux parents s'arrêtèrent acheter un petit quelque chose à leurs enfants pour leur premier jour au manoir.

– Comment vas-tu, Crystal ? demanda Rosie à l'une de ses petites habituées.

En son temps, Lilian connaissait le prénom de tous les enfants qu'elle servait : c'était bon pour les affaires, se disait Rosie, mais elle n'avait pas autant d'entraînement que sa tante.

La fillette haussa les épaules, puis montra les bonbons Alphabet. Cela ne lui ressemblait pas. Rosie jeta un coup d'œil à sa mère.

– Elle croit que lady Lipton est une sorcière qui va les dévorer, chuchota cette dernière.

– Pas possible. Est-ce qu'ils croient tous ça ?

– Ils sont pétrifiés.

Rosie se prit la tête entre les mains.

– Oh, bon sang, voilà ce qu'on appelle un effet pervers. Crystal, tu sais que lady Lipton n'est pas une sorcière, hein ?

La fillette haussa à nouveau les épaules, les yeux fixés au sol.

– Mais vous avez vu comment elle s'habille ? dit-elle au bout d'un moment d'une toute petite voix.

Rosie éclata de rire.

– Oh, mais les riches s'habillent comme ça, c'est tout ! Franchement. Ce n'est pas une sorcière.

– Elle vit dans une maison hantée.

– C'est juste une très grande maison.

Crystal tendit la main et prit ses bonbons sans dire merci, jusqu'à ce que sa mère l'y incite. Cela ne lui ressemblait pas du tout.

– Ne t'inquiète pas, la rassura Rosie. J'ai mis du repousse-sorcière dans tes bonbons, d'accord ? Si tu les partages avec tes copains, vous serez tous protégés.

Crystal reprit du poil de la bête.

– Et ce n'est pas une sorcière ! ajouta Rosie à la hâte quand la fillette et sa mère sortirent du magasin.

Il en fut de même avec toutes les familles qui entrèrent : des enfants nerveux, convaincus, pour une raison mystérieuse, qu'on les conduisait vers un destin funeste.

– Je n'arrive pas à le croire. Et dire qu'on pensait leur rendre service, expliqua Rosie à Oliver, le mari de la boulangère, qui avait amené le petit Fraser-James pour lui acheter un père Noël en chocolat afin qu'il cesse de pleurer.

– Je sais, je sais.

– Je vais appeler Mme Baptiste. Pour lui dire d'éviter les histoires de Roald Dahl aujourd'hui.

⋆

À neuf heures trente, comme l'heure de pointe était passée et que Rosie se mettait à épousseter et à astiquer les étagères, la cloche tinta.

– Tu as oublié un coin, lança la voix grincheuse facilement reconnaissable.

Rosie se retourna.

– Lilian ! Je ne t'attendais pas aujourd'hui !

À dire vrai, elle était ravie de cette distraction. Elle trouvait ses pensées un peu trop envahissantes en ce moment.

– Je vais te chercher ton fauteuil. Un thé ?

– Moray m'a amenée. Il est passé voir une vieille andouille à l'étage supérieur.

– Tu ne devrais pas parler des autres résidents comme ça.

– Mais ils sont si *vieux*. Oh, on va avoir une nouvelle arrivée.

– Vraiment ? Comment est-elle ?

– Non ! C'est un homme ! Et bel homme, en plus.

– Super, répondit Rosie en remplissant deux tasses d'eau bouillante.

– Cette Ida Delia a jeté son dévolu sur lui, mais je l'ai vu la première.

– Personne ne te préférerait Ida Delia, répondit Rosie avec dédain en apportant le thé du minuscule coin cuisine dans l'arrière-boutique.

– Hum. Enfin, pas deux fois.

Rosie sourit. Que Lilian pense toujours autant à Henry Carr la stupéfiait. Elle posa le thé sur le comptoir.

– Bon, qu'est-ce que tu prendras ?

Même après toutes ces années, les yeux de Lilian se mirent à pétiller en balayant les étagères du regard.

– Deux guimauves torsadées, deux soucoupes volantes et trois morceaux de fudge à la vanille, dit-elle aussi vite que possible.

– Tout de suite, répondit gaiement Rosie. Oh, Lilian, j'ai besoin d'un conseil.

Rien ne pouvait faire plus plaisir à Lilian. Même si ses conseils impliquaient en général que les gens aillent de l'avant sans esclandre, et que le Royaume-Uni revienne à la monnaie prédécimale et sorte de l'Union européenne, moment où tout avait commencé à aller de travers, apparemment.

– Ah oui ? fit-elle en remuant deux sucres dans son thé.

Elle restait aussi fine qu'une petite souris, parce qu'elle ne mangeait rien d'autre, se disait souvent Rosie.

– Pourquoi aurais-tu besoin des conseils d'une vieille dame inutile comme moi ?

– Je sais, je sais, répondit Rosie en levant les yeux au ciel, avant de lui expliquer qu'Angie arrivait le lendemain. J'allais en parler à Stephen, mais il y a eu cet horrible accident à l'école, et j'ai eu si peur qu'il… qu'il ne réagisse mal. Et maintenant, il a l'air si heureux que je déteste l'embêter avec ça et… enfin, la situation m'a échappé.

Lilian sirota son thé d'un air pensif.

– As-tu déjà vu un problème se régler en l'ignorant ?

– Oui ! Tout le temps ! Des tas de problèmes se règlent d'eux-mêmes. Rappelle-toi cette protubérance bizarre à ma jambe.

– Oui, d'accord. Mais ça n'arrivera pas, cette fois. À moins d'un crash d'avion.

– N'espérons pas un crash d'avion, d'accord ?

– C'est le problème quand on tombe amoureuse d'un M. Darcy.

– Hum, fit Rosie en vendant des chewing-gums à un pompiste pressé.

– Mais, Rosie, tu sais que tu ne peux pas demander à quelqu'un de ne t'aimer que quand tout va bien. Si tu consacres ton existence au bonheur de quelqu'un sans penser au tien…

Enfin, je ne suis qu'une vieille gâteuse, à l'évidence, mais je crois qu'aucun de vous ne peut être heureux comme ça.

Rosie resta muette un moment.

– Non, répondit-elle.

– Que va-t-il faire, d'après toi ?

– Devenir bizarre et bougon.

– Il est adulte. Les gens ont une famille. La tienne est gentille, il doit le comprendre. Et il a peut-être envie de rencontrer ta mère.

– Elle ne peut pas être pire que la sienne.

– Exactement.

– Mais où vais-je les installer ?

– Et la maison de Stephen ?

– « Peak House » ? fit Rosie en grimaçant. Elle est plus ou moins fermée. Il n'y est jamais allé.

– Eh bien, tu vas devoir la rouvrir, alors. Non ?

– Bon sang ! Je ne pense pas pouvoir demander une autre de ses propriétés à lady Lipton.

– Pourquoi aurait-elle besoin de le savoir ? C'est la maison de Stephen, techniquement.

Rosie eut un petit rire un rien hystérique.

– Je ne le dirai peut-être pas à Stephen non plus. Je peux peut-être les laisser là-haut pendant deux semaines, et personne n'en saura jamais rien.

Lilian la dévisagea.

– Je rigole, je rigole.

– Au moins, ils louent une voiture. Je ne suis pas sûre que j'aurais pu faire monter Angie sur un vélo.

– Tu vas donc devoir préparer « Peak House ».

– Je sais. Mme Laird a trop de travail avec « Lipton Hall ». Super. Je vais y passer la nuit.

– Alors que, si tu t'étais attaquée à ce problème de front, tu te serais organisée depuis des semaines.

– Oui, oui, je sais.

– Tu peux y aller maintenant, si tu veux. Je peux garder la boutique.

Rosie regarda Lilian d'un drôle d'air. Sa tante avait arrêté de travailler quand elle n'en avait plus été capable, mais...

– Comment vas-tu monter à l'échelle pour atteindre les étagères du haut ? Si tu tombes et te casses la hanche, on est fichues.

– Je ne monterai pas à l'échelle ! Je suis vieille, bon sang, pas idiote. Si quelqu'un me demande une friandise rangée en haut, je lui dirai non, tout simplement, et lui en conseillerai une plus raisonnable.

Rosie sourit, puis consulta sa montre.

– Eh bien, Tina arrive dans environ une heure..., dit-elle d'une voix hésitante. Donne-moi ton téléphone.

Lilian le lui tendit. Il était entouré d'une délicate petite pochette tricotée à la main.

– Très jolie, commenta Rosie. Je vais m'appeler, et on ne raccrochera pas, d'accord ? Un peu comme un talkie-walkie. Es-tu sûre... ?

– Tut-tut. J'ai tenu cette boutique avant toi, tu sais ? Pendant soixante-dix ans ?

Rosie opina du chef.

– Je sais, je sais. Fait-il assez chaud ?

– Arrête de pinailler !

Anton, l'homme le plus gros du village, entra alors.

– Anton ! s'exclama Lilian, tout sourire. Que puis-je vous servir ?

La mobilité d'Anton s'était tellement améliorée ces six derniers mois qu'il n'avait presque plus besoin de sa canne, même s'il restait un peu essoufflé. Il fit un grand sourire en voyant Lilian.

– Bonjour ! Vous m'avez manqué !

– Je suis toujours là, remarqua Rosie en soulevant Monsieur Chien, qui ronflait béatement près du radiateur dans l'arrière-boutique au lieu de protéger vaillamment leur propriété.

– Que puis-je vous servir ? répéta Lilian.

Anton jeta un regard en coin à Rosie, qui le fixa avec colère.

– Ne faites pas attention à elle, dit Lilian. C'est moi qui tiens la boutique aujourd'hui.

– Dans ce cas... Puis-je avoir... une livre de chocolats fourrés assortis. Et une deuxième livre. Et cette orange en chocolat, là. Et une deuxième, en fait. Et, sur l'étagère du haut...

– Anton ! le coupa Rosie, exaspérée. Calmez-vous. Voyons, ne soyez pas bête.

Anton traîna ses pieds par terre.

– Lilian, une seule friandise de chaque. Et pas plus de cinq friandises différentes.

Tu ferais mieux de t'y mettre, avant que toute ta famille australienne n'arrive demain ! roucoula Lilian.

Anton ouvrit grands les yeux.

– Ooh, vous avez de la famille qui arrive.

– Super, s'agaça Rosie. Ça aura fait le tour du village d'ici cinq secondes.

– Quoi ? s'enquit Maeve Skitcherd, qui venait d'entrer pour acheter des chocolats à la menthe.

– Toute la famille australienne de Rosie arrive demain, lui expliqua Anton avec obligeance.

– Ooh, fit Maeve. Où vont-ils loger ?

– Je ne sais pas. Ils vont être terriblement à l'étroit dans le cottage, répondit Anton.

– D'accord, d'accord, je m'en vais, lança Rosie en jetant un regard noir à Lilian, qui arborait une expression triomphante et préparait un très gros sachet de friandises pour Anton.

Rosie sortit en claquant la porte, furieuse.

★

Des voitures étaient garées tout le long de l'élégante allée de « Lipton Hall », comme c'était parfois le cas quand ils organisaient des mariages, et des lumières brillaient sur la façade de la demeure, ce qui était très rare en journée. Rosie mit pied à terre, les joues roses, exaltée, après ce trajet dans le froid glacial – elle portait les gants de ski de Stephen, ce qui lui donnait un peu l'air d'un singe, mais la protégeait bien. Elle se faufila à l'intérieur, à la fois nerveuse et un peu mal à l'aise. Monsieur Chien fila aussitôt à l'arrière de la maison pour voir sa famille, et elle le laissa faire ; elle n'avait pas besoin de cette distraction supplémentaire.

En entrant, elle entendit un léger fredonnement, ce qui devait être bon signe. Elle sentit aussi des effluves de nourriture dans l'air – le déjeuner, sans doute. Elle pénétra tout doucement dans le vaste hall. La grande cheminée, nichée entre les deux bras entrecroisés de l'escalier, avait été allumée, protégée par un gros pare-feu : elle dégageait une odeur et une chaleur bienvenues. Une femme au visage rond et enjoué passa à côté d'elle d'un air affairé. C'était Pam, la cantinière de l'école.

– Bonjour ! la salua Rosie. J'avais oublié que vous seriez là, vous aussi !

– Ils me laissent cuisiner ! répondit Pam, tout excitée. Le ministère de l'Éducation. Ils n'ont pas assez de congélateurs pour réfrigérer les déjeuners, alors ils m'ont envoyé deux élèves de l'école hôtelière, et ils me laissent préparer le déjeuner !

– Et c'est une bonne chose ? l'interrogea Rosie avec un sourire.

– Oui ! Certains plats qu'on doit leur servir... On ne les donnerait pas à un chien, expliqua-t-elle en secouant la tête. Ils nous envoyaient une infâme bouillie marron. Bref. Maintenant, je peux leur préparer de bons petits plats. Puis les envoyer se rouler dans la neige. C'est bien mieux.

Sur ce, elle repartit d'un air affairé. Rosie la regarda s'éloigner, tout sourire.

*

Stephen, debout devant ses élèves dans son ancienne salle à manger, se maudissait d'avoir été aussi bête. Il aurait dû prendre plus de congés, mais il avait eu peur que tout le monde panique et pense qu'il était de nouveau malheureux comme les pierres, et cette idée lui était insupportable. Son dos le faisait atrocement souffrir, comme s'il était en feu, et il avait dû empêcher les enfants de lui sauter au cou. Le contact de leurs mains lui rappelait chaque fois les doigts froids d'Edison sous lui. Il grimaça. Il fallait juste qu'il tienne jusqu'à la fin de la journée, sans prêter attention à sa mère ni à quiconque le stressait. Il irait mieux le lendemain, puis il pourrait passer Noël allongé sur le ventre à ne rien faire et savourer cette liberté. Un jour après l'autre, songea-t-il. Un jour après l'autre...

*

Rosie, ne sachant quelle porte choisir, se dirigea vers celle dont elle savait qu'elle menait à l'immense salle de bal du rez-de-chaussée. Cette pièce, d'ordinaire garnie de canapés, accueillait la piste de danse lors des fêtes et des réceptions.

Rosie se demanda comment ils l'avaient aménagée. Elle frappa doucement.

– Entrez.

Elle vit aussitôt comment ils avaient procédé. Une immense table avait été divisée en plusieurs parties, placées en travers de la pièce. Derrière elles, les enfants les plus âgés étaient assis sur les longs bancs de la cuisine – neuf ou dix par rangée. Mme Baptiste releva les yeux, heureuse de cette distraction. Elle avait apporté le tableau blanc de l'école et faisait la classe devant, à l'ancienne.

– Mademoiselle Hopkins. Bienvenue.

– Bonjour, ma-de-moi-selle Hop-Kins ! la saluèrent en chœur les enfants, et la jeune femme sourit.

L'institutrice somma ses élèves de poursuivre leur lecture et rejoignit un instant Rosie contre le mur latéral.

– Ouah ! C'est incroyable.

– Je dois avouer que j'aime qu'ils soient assis en rangs plutôt qu'en groupes, comme dans les classes d'aujourd'hui, expliqua Mme Baptiste. Je peux voir tous les visages en même temps, je vois mieux ce qu'ils font. C'est bien pour eux.

– Alors, comment va lady Lipton ?

Mme Baptiste rougit une seconde.

– Euh, ça se passe plutôt bien.

– Sont-ils terrifiés ?

– Pétrifiés. C'est une menace voilée qui plane sur eux en permanence. Je ne les ai jamais vus aussi sages.

Rosie sourit.

– Je ne lui dirai rien.

– Oh, vous connaissez Hetty. Elle s'en moquerait comme de l'an quarante.

– Bon, désolée de vous avoir dérangée. Je cherche Stephen.

– Je n'ai pas pu l'empêcher de venir, répondit l'institutrice en secouant la tête. Il ne devrait pas être là, vous savez. Je me serais volontiers occupée des deux classes pendant une ou deux semaines.

– Il est dévoué.

– Je suis surprise. Vous savez, je m'attendais à ce qu'il soit un peu... distant...

– Je sais, mais il ne l'est pas, en réalité, répondit Rosie.

Sauf parfois, songea-t-elle.

*

La grande salle à manger se trouvait de l'autre côté du hall. Cela devait être sa classe. Rosie avala sa salive, prit son courage à deux mains, frappa doucement à la porte, puis entra.

Il ne l'entendit pas tout de suite. Les élèves étaient silencieux, captivés, assis en tailleur à l'avant de la salle, tandis que Stephen était debout devant le lambris, une main délicatement posée sur son dos, un livre dans l'autre.

– « Voilà comment se rendre à l'île lumineuse », dit le prince. « Maintenant, tu sais que ni le hurlement féroce du loup, ni les griffes acérées de la nuit ne pourront t'arrêter, que ni les pieds, ni la neige, ni les bois ne peuvent retenir les ailes d'un homme vertueux. »

Peu à peu, Stephen prit conscience d'une présence dans la pièce et reposa doucement son livre. Il esquissa un demi-sourire en voyant Rosie, l'air perplexe. Les enfants restèrent silencieux, jusqu'à ce que le charme de l'histoire soit rompu.

– Bien. Retournez à vos pupitres. Je veux un dessin du compagnon ailé du prince. Avec des épées. Et, oui, Crystal, une princesse.

– Tu y vas fort pour leur premier jour, commenta Rosie en montrant le livre.

– Oh, ils peuvent encaisser. Ils aiment bien les histoires sanglantes. C'est parfait pour les enfants. Donc, euh... à quoi dois-je cette...

– J'ai besoin des clés de la voiture. Et de celles de « Peak House ».

Une petite part d'elle pensait que ce serait peut-être suffisant, qu'il se contenterait de capituler et de les lui donner sans poser de questions.

– Euh, quoi ?

– Oui, ça m'aurait étonnée que ça marche.

Stephen, anxieux, balaya des yeux sa classe. Les tables d'origine étaient toujours disposées dans la pièce ; son petit groupe d'élèves occupait cinq d'entre elles. Ils ne semblaient pas à leur place, leurs minuscules jambes potelées pendant dans le vide, assis sur les affreuses chaises de conférence que Hetty avait achetées pour tenter de rendre « Lipton Hall » rentable. Rosie fit coucou à Kent et à Emily, qui lui répondirent d'un sourire timide. Kent leva son bras plâtré, et Rosie leva le pouce pour le féliciter.

– Eh bien, voilà, commença-t-elle.

Au même moment, le téléphone de Stephen bipa dans sa poche : il venait de recevoir un texto. Il le sortit machinalement et fronça les sourcils. Puis il reçut un autre message.

– Ah, fit Rosie, songeant aussitôt (à raison) que le bouche à oreille avait fait son œuvre.

Il lui restait environ quatre minutes avant que lady Lipton ne fasse irruption.

Stephen éteignit calmement son téléphone, puis le remit dans sa poche sans un mot. Ce faisant, il sentit la douleur dans son dos.

– Le révérend semble penser que nous aurons besoin de plus de places sur le banc familial le jour de Noël, murmura-t-il.

– Je n'ai aucune confiance en ce pasteur fuyant, dit Rosie, pas pour la première fois, avant de pousser un soupir. Eh bien, euh…

Puis elle ferma les yeux, serrant fort les paupières.

– Ma mère, mon frère, ma belle-sœur et leurs enfants viennent passer Noël ici.

Stephen parut stupéfait.

– Mais pourquoi est-ce que tu ne m'as rien dit ? Quand arrivent-ils ?

– Demain.

– Rosie, ouvre les yeux, c'est ridicule.

– Non.

– Depuis combien de temps le sais-tu ?

– Depuis un moment.

– Où vont-ils… oh. « Peak House ». Bien sûr. Je vois.

– Je ne savais pas quoi faire d'autre… Je sais que c'est ta maison.

– Tu n'allais même pas me le demander ? Tu allais simplement prendre les clés ?

– Ça semble horrible, dit comme ça.

– Pourquoi… pourquoi pensais-tu que je ne voudrais pas accueillir ta famille ? l'interrogea-t-il en frottant son dos, qui le faisait vraiment souffrir.

– Parce que je pensais que… tu préférerais qu'ils ne viennent pas…

Stephen regarda ses élèves, qui les fixaient, les yeux écarquillés. Ils ne pouvaient pas parler de ça maintenant. Il ne voulait pas régler ça maintenant.

– Mais pourquoi est-ce que tu ne m'en as pas parlé ?

– Parce que je suis une idiote. Et il se passait beaucoup de choses.

Il se passait beaucoup de choses en ce moment, songea-t-il. Et elle ne s'en rendait même pas compte. Il ferma les yeux, puis se retourna brusquement, alla à son manteau, en sortit deux jeux de clés et les lui tendit sans un mot.

– Je te vois tout à l'heure, dit-elle, son cœur battant la chamade.

– Mmm, répondit-il de manière évasive.

Une chose à la fois, se dit-il. *Une chose à la fois.*

Quand elle fut enfin installée dans la voiture, Rosie céda une seconde à la panique en apercevant Hetty dans son rétroviseur : cette dernière traversait la pelouse à toute vitesse, sans doute pour annoncer la nouvelle affolante concernant sa famille. Puis elle se ressaisit. Il s'en remettrait.

*

Il régnait un froid glacial dans « Peak House ». C'était un endroit délabré, inquiétant, même dans les circonstances les plus favorables ; une maison georgienne en pierres grises, lugubre, ornée de fenêtres à guillotine, perchée de manière incongrue au-dessus de la vallée de Lipton, totalement exposée aux vents froids et aux tempêtes qui balayaient la colline. La vue était splendide, mais aussi effroyable : de grandes crêtes escarpées, des hauteurs désertes et, par ce temps, du blanc partout. Rosie avait beau avoir passé des moments heureux ici avec Stephen, elle ne pouvait nier que cette demeure était un peu effrayante.

Elle poussa un soupir, espérant que Stephen n'avait pas oublié de payer la facture d'électricité ou une bêtise du genre. Mais non, les lumières s'allumèrent quand elle entra par la porte de derrière – qui n'était même pas fermée à clé, remarqua-t-elle avec colère ; elle aurait pu remettre cette conversation pénible à plus tard. Non, se dit-elle, elle avait déjà laissé la situation devenir incontrôlable.

Une grande maison vide, inoccupée, pendant des mois. À Londres, elle aurait déjà été squattée par soixante-cinq étudiants en art, des milliers de souris et quelques pigeons, et quelqu'un aurait volé le plomb de la toiture. Ici, tout était resté exactement comme la première fois qu'elle avait rencontré Stephen ; simple, bien rangé, un peu passé. Les murs étaient blancs ; la cuisine, équipée d'un grand fourneau, que Rosie reviendrait allumer le lendemain matin après l'avoir nettoyé, et d'une table toute propre qui leur serait bien utile. Le salon était bordé d'étagères de livres et garni de deux vieux fauteuils Chesterfield grinçants. Des portraits anciens, qui venaient à l'évidence du manoir, ornaient les murs : Rosie craignait qu'ils n'effraient les enfants. L'étage accueillait quatre jolies chambres carrées dotées de grandes fenêtres lumineuses qui donnaient sur le paysage vallonné.

En regardant autour d'elle, Rosie, si habituée à vivre à l'étroit, se demanda s'ils ne pouvaient pas faire quelque chose pour réaménager cette vieille maison sinistre – ses dimensions et sa vue étaient si agréables. Mais ils devraient porter leur manteau à l'intérieur pour le restant de leurs jours, et le rez-de-chaussée était plein de vieux couloirs sombres. La chambre de Stephen, en bon état, serait parfaite pour Angie (même si cette dernière insisterait sans doute pour que Pip et Desleigh prennent la meilleure chambre, si elle n'avait pas changé). Il y avait une autre chambre avec deux lits simples et un petit canapé-lit, dans laquelle pourraient dormir les enfants, ainsi que deux autres chambres doubles glaciales. Une seule salle de bains, mais de belle taille. Rosie alluma la chaudière, puis ouvrit les vieux radiateurs en tôle ondulée en croisant les doigts. Elle n'avait pas de réseau ici – allez savoir ce qui se passerait, si elle avait besoin d'un plombier en urgence. Puis elle se mit au travail.

Elle commença par allumer la radio. Écouter de la musique pop sur Heart FM l'empêcherait de se sentir aussi seule et d'avoir peur. Et cela lui remonterait un peu le moral. Ils passaient de nombreuses chansons de Noël, la réception était très bonne, et elle ne pouvait pas gêner les voisins, excepté quelques moutons : elle mit donc le son à fond et se sentit aussitôt un peu mieux. Et encore mieux, lorsqu'elle vit la veilleuse vaciller, avant que ne retentisse un bruit sourd rassurant, suivi d'un ronronnement : la chaudière fonctionnait. Quand elle entendit enfin l'eau circuler dans les radiateurs, elle laissa sa main posée dessus un long moment.

Puis elle se rendit à l'armoire à linge et fit les lits d'une main experte d'aide-soignante, évacuant sa colère de ne pas s'être organisée plus tôt, d'avoir été lâche, de ne pas avoir laissé la possibilité à Stephen de s'habituer à cette idée – d'autant que cette perspective ne l'enchantait pas... Mais il sortait juste de l'hôpital, il ne méritait pas ça : ce n'était pas sa faute, à l'évidence ; cela devait donc être la sienne... Faire bouffer les oreillers l'aida à se délester d'une partie de cette énergie négative, et la musique lui redonna un peu la pêche, mais, PFFT !, pourquoi tout était-il aussi exaspérant ?

Quand elle eut fini, qu'elle eut rangé et aspiré les chambres, elle ouvrit le gros sac à dos qu'elle avait apporté sur son vélo avant de le hisser dans la Land Rover. Elle pouvait remercier Tina d'avoir été accro au shopping en ligne. Sa collègue avait eu la gentillesse de lui prêter les housses de couette qu'elle avait achetées au fil des ans pour Kent et Emily : une Cars, qui serait parfaite pour Meridian, une ornée de ballons de foot pour

Shane et une à motifs de princesse pour Kelly. Une fois qu'elle les eut étendues par-dessus les couvre-lits blancs austères, la grande chambre parut tout de suite plus gaie et accueillante. Ce n'était pas grand-chose, mais c'était un début.

Elle nettoya de fond en comble le reste de la maison, puis alla chercher du savon, du dentifrice, des serviettes et de la lessive en poudre, qui avaient été soigneusement rangés dans le placard du cellier. De son sac à dos, elle sortit deux bouteilles de lait (qui n'avaient pas gelé, heureusement), des céréales Weetabix, du thé, du café (il y en avait des bocaux dans le placard, Stephen n'ayant pas encore officiellement déménagé, mais elle avait des doutes sur leur provenance) et du pain. Elle n'alluma pas encore l'Aga – elle le ferait le lendemain.

Elle jeta un regard circulaire. Malgré ses efforts, cet endroit était toujours aussi triste. Cette maison était si rudimentaire, si mal aimée. Stephen y avait séjourné quand il était malade : il ne voulait pas trop de gaieté autour de lui. Il fallait quelque chose pour redonner vie à cette maison, afin que les enfants ne regrettent pas d'avoir fait un aussi long voyage.

Le groupe Slade était en train de chanter « Merry Christmas » quand elle eut une idée. Dans le vestiaire près de la porte de derrière, elle attrapa la lampe de poche qui était toujours chargée, puis se rendit dans le couloir de l'étage, monta sur une chaise et attrapa le cordon qui ouvrait la trappe menant au grenier. Elle dut s'écarter d'un bond pour éviter l'échelle escamotable qui se déplia d'un coup. Elle n'était encore jamais montée là-haut, mais Stephen y était allé une fois, quand un oiseau avait réussi à s'introduire sous l'avant-toit et s'était retrouvé piégé dans les combles, faisant un boucan d'enfer – elle avait failli mourir de peur.

S'il faisait froid au rez-de-chaussée, dans le grenier, il gelait. Le vent pénétrait à l'intérieur, sifflant entre les tuiles. Rosie frissonna, puis serra les poings. Elle était certaine que l'on pouvait obtenir une aide gouvernementale pour isoler sa maison. C'était absurde : lady Lipton devait considérer cela comme une mesure gauchisante ou quelque chose du genre.

Le grenier n'était pas si sombre : Rosie s'inquiéta donc d'éventuels trous dans la toiture, de colmatages ou autres, mais dirigea malgré tout sa lampe de poche autour d'elle. Il y avait des tas de cartons partout ; une grande malle de voyage estampillée S.F.L, qui devait avoir appartenu au grand-père de Stephen, supposa-t-elle à raison ; des boîtes en carton et des livres qui sentaient le moisi et paraissaient humides ; une raquette de tennis à l'ancienne dans un presse-raquette en bois ; de vieux skis avec des fixations en corde et des bottes qui semblaient être un vestige de guerre. Or Rosie ne pouvait pas s'attarder ; il faisait bien trop froid. Tout au fond, elle trouva ce qu'elle était venue chercher : une boîte marron, qui portait l'inscription « Noël ».

*

La cuisine, réchauffée par les radiateurs, lui fit l'effet d'une serre, comparée au grenier. Rosie mit de l'eau à bouillir pour se préparer un thé, lava ses mains poussiéreuses, puis s'assit pour examiner son trésor. Elle savait qu'avant que Stephen n'emménage à « Peak House », la famille utilisait cette demeure pour stocker des affaires et loger des amis, de la famille ou du personnel : elle se doutait qu'elle y trouverait ce genre de choses. En voyant les petites initiales grossièrement sculptées sur les vieilles décorations de Noël, il lui apparut vite que ces dernières avaient appartenu à Stephen et Pamela (sa sœur, qui travaillait à New York et ne revenait à Lipton que tous les trente-six du mois pour avoir une énorme dispute cathartique avec sa mère au sujet de la primogéniture, avant de repartir furieuse – situation qui leur procurait beaucoup de plaisir, soupçonnait secrètement Rosie) et qu'ils avaient constitué cette collection au fil des ans : un ange bancal avec des cheveux en laine, un père Noël en carton bosselé, un briquet décoré étrangement touchant – Rosie supposa que les enfants ne fabriquaient plus d'objets de ce type à l'école de nos jours. Il y avait aussi des guirlandes, qu'elle pourrait suspendre, et une grande couronne de houx qu'elle pourrait accrocher à la porte d'entrée, mais ce n'était pas ce qui l'intrigua le plus.

Au fond de la boîte, elle trouva une lettre, pleine de fautes d'orthographe, écrite un peu de travers.

Cher Monsieur Noël,

J'ai étais sage dans l'ensemble cette année, même si père dit que je suis « mossade », mais je ne sais ce que ça veut dire. Est-ce que je pourrez avoir, s'il vous plaît :

Des livres.

Un nouveau stilo plume, parce que j'ai perdu le mien, mais je ne l'ai pas dit à mère.

Un train avec de la vraie vapeur, s'il vous plaît.

Un transformer. Je ne sais pas ce que c'est, mais tout le monde en a un à l'école.

Des cartes Panini, idem.

Merci.

Cordialement,
Stephen Felix Lakeman (7 ans)

★

Rosie se mordit la lèvre, sa colère et son énervement envolés. Elle sirota son thé, prit une photo de la lettre avec son téléphone pour l'envoyer à Stephen quand elle aurait du réseau, puis, après l'avoir repliée avec soin, la rangea dans le carton.

Elle mit Classic FM pour écouter « Hark the Herald Angels Sing », puis chanta à tue-tête pendant qu'elle suspendait des guirlandes dans la cuisine et sur la cheminée du salon, où elle pourrait allumer un feu le lendemain soir. Elle ajouta des boules un peu partout, puis aligna les petits pères Noël en carton et les décorations sculptées sur le manteau de la cheminée. Comme elle ressentait un trop-plein d'énergie, elle sortit ensuite dans le jardin potager, où elle trouva, caché derrière le muret, un grand houx au feuillage vernissé : elle se piqua les doigts, jura, mais parvint à en couper quelques branches, qu'elle disposa sur toutes les surfaces qui restaient dans la maison. Puis elle vit du gui et fit la même chose avec.

Le temps qu'elle finisse, le ciel était noir et froid, les étoiles, lointaines, mais, de dehors, la maison éclairée semblait beaucoup plus accueillante qu'avant. Rosie, plutôt contente d'elle après cette journée de labeur, avait oublié sa mauvaise humeur. Elle chargea son sac vide dans la Land Rover, puis envoya un texto à Stephen pour lui dire qu'elle s'arrêterait prendre un *fish and chips*. Elle priait pour qu'il soit à la maison. Elle le laisserait exprimer sa colère jusqu'à ce qu'elle retombe, espérait-elle, puis pourrait s'excuser. Heureusement, il avait repris le travail ; elle pourrait s'occuper de sa famille pendant la journée et… enfin, le reste du temps, ils trouveraient bien une solution, non ? Oui. Oui. Ça passerait.

Elle sortit de la voiture, jonglant avec les *fish and chips* brûlants emballés dans du papier journal. Oui, tout se passerait bien. Sûrement.

Une lumière brillait derrière la fenêtre. Bon, au moins, il était là. C'était une bonne chose. Elle frappa timidement à la porte, avant de se sentir idiote : c'était sa maison, après tout.

– Coucou, dit-elle en regardant par la fenêtre.

Il tourna lentement la tête, avec raideur. Cela semblait douloureux.

Elle lui montra les *fish and chips*, mais son visage resta impassible.

Il ouvrit la porte.

– Un cadeau de réconciliation ?

– Bien sûr, répondit-il en s'efforçant de sourire, bien qu'il n'en ait aucune envie. N'aie pas l'air aussi effrayée. Est-ce que je fais peur ?

– Non. UN PEU.

– Je ne pensais pas que tu rentrerais si tard. Tina a fermé tôt.

– Je sais. Je le lui ai demandé.

Stephen alla lentement chercher des assiettes et du ketchup dans la petite cuisine.

– Alors, dis-moi tout… ta mère vient, c'est ça ?

– Oui.

– Et ?

– Mon frère.

– Super !

– Et sa femme.

– Oui.

– Et leurs enfants…

– Est-ce qu'ils en ont beaucoup ?

– Ne fais pas semblant de ne pas savoir. C'est de la torture, et rien d'autre.

– J'aurais aimé ne pas être le dernier au courant, dit-il à voix basse.

– Je sais. Je suis sincèrement désolée. Vraiment. Avec tout ce qui se passait…

– Quoi, tu as décrété que je réagirais mal ?

– Non ! Mais je ne savais pas…

Elle eut du mal à finir sa phrase.

– Après… après l'accident…

Les yeux bleu foncé de Stephen semblèrent la transpercer.

– J'avais peur… je pensais que tu te replierais peut-être sur toi-même. Je pensais que ça pourrait raviver ton trouble du stress post-traumatique. Je ne voulais pas te faire subir un stress supplémentaire.

– Parce que ce serait terrible ?

– Oui… non. Je veux dire… je veux dire, est-ce que tu vas bien ?

Un instant, il envisagea de le lui dire. Que, chaque fois qu'il entendait une voiture pétarader, il pensait qu'il allait avoir une crise cardiaque. Que, quand il s'endormait, il croyait pouvoir sentir la poussière et la fumée lui emplir les poumons. Que, lorsqu'il entendait les enfants jouer dans la cour, il n'entendait que des hurlements.

Mais il ne pouvait pas revivre ça. Il ne pouvait pas revivre ce qu'il avait vécu l'année précédente. Il ne pourrait pas supporter qu'elle prenne soin de lui, d'avoir l'impression qu'elle était là pour lui, mais pas lui ; qu'il était un invalide ; qu'il n'était pas capable de l'aimer, de jouer son rôle, d'être un vrai homme. Il ne pourrait pas supporter de voir la déception sur son visage, que les gens se remettent à le ménager, ce qui serait inévitable. Non. Il ne le pourrait pas. Il ne le pourrait pas.

– Je vais bien, d'accord ? dit-il simplement. Je vais bien. Je ne suis plus le même homme, tu te rappelles ?

– Oui, c'est vrai. C'est vrai. Je suis désolée d'avoir cru le contraire.

Et Stephen jugea que c'était suffisant.

– On devrait manger avant que ça ne refroidisse.

Rosie déballa son *fish and chips*, se rendant compte qu'elle avait sauté le déjeuner et qu'elle mourait de faim. Elle attaqua son plat sans réfléchir.

– Eh bien, je suis content de voir que tu es si désolée et bouleversée que ça te coupe l'appétit, remarqua-t-il.

Elle lui sourit, profondément soulagée d'avoir mis les choses à plat, persuadée que tout irait bien.

Stephen ne put rien avaler, mais s'efforça de faire semblant.

– As-tu reçu mon texto ? lui demanda-t-elle tout à coup.

– Oh non. Fichu réseau.

*

Rosie prit un autre bain – elle était toute crasseuse après avoir nettoyé « Peak House » – et entendit Stephen aller se coucher discrètement avant elle. Quand elle le rejoignit, il semblait déjà dormir.

Un bip la réveilla au milieu de la nuit ; la lune brillait à travers la fenêtre. Le réseau téléphonique était capricieux dans tout le village. Parfois, très rarement, ils captaient dans le cottage, mais ils ne pouvaient pas compter dessus. C'était le téléphone de Stephen qu'elle venait d'entendre. Il n'était pas au lit. Elle balaya la pièce du regard, les yeux troubles. Il était assis dans le gros fauteuil, juste sous la fenêtre, et fixait son écran, parfaitement immobile. Elle vit qu'il regardait la lettre au père Noël qu'elle lui avait envoyée et jugea préférable de ne rien dire ; elle en avait assez fait pour aujourd'hui. À la place, elle se retourna donc doucement dans le lit et, harassée, replongea dans un sommeil profond.

Chapitre 11

Il avait un peu neigé pendant la nuit, mais pas suffisamment pour inquiéter les saleuses. Rosie faisait l'ouverture de la confiserie, puis Tina prendrait le relais pour l'après-midi pendant qu'elle se rendrait à l'aéroport. Elle emmena Stephen au travail. Lady Lipton les attendait devant sa demeure, l'air mutin.

– Oh non, se lamenta Stephen.

– Dis-lui que le fait que « Peak House » soit occupée empêchera les tuyaux de geler, lui suggéra Rosie.

– Oui, répondit-il jusqu'à ce qu'elle les fusille du regard.

Il l'embrassa sur la joue, puis s'extirpa de la voiture.

Rosie le regarda se diriger vers sa mère, visiblement résigné.

Avant d'aller à l'aéroport, elle avait fait en sorte d'avoir un peu de temps, qu'elle fut heureuse de passer au chevet d'Edison. Elle avait apporté un exemplaire des *Filles du docteur March* (ce qui se rapprochait le plus d'un livre pour enfants dans la bibliothèque de Lilian) et lui fit la lecture à voix basse pendant qu'Hester allait s'allonger un moment dans la salle commune. Il faisait jour dehors, en théorie, mais le ciel était si bas, si chargé, qu'elle n'en avait pas l'impression. Excepté les petits bips du matériel médical, le service était silencieux.

– « – Noël ne sera pas Noël si l'on ne nous fait pas de cadeaux, grommela miss Jo en se couchant sur le tapis. – C'est cependant terrible de n'être plus riche, soupira Meg en regardant sa vieille robe[1]... »

Au bout d'environ cinq minutes, elle prit conscience de la présence d'un médecin et d'une infirmière derrière elle. Ils l'écoutaient.

– Pardon, dit-elle.

– Non, c'était agréable, répondit le médecin. Ça change des ivrognes qui nous insultent. Euh, est-ce qu'Hester est là ?

– Elle fait une petite sieste. Je peux aller la chercher.

Le médecin s'approcha d'Edison et lui caressa la joue.

– Petit bonhomme. C'est le grand jour.

– Quoi ?

– Nous allons essayer de le réveiller. Pour voir comment il se porte. Il semble plutôt bien guérir... C'est plus facile quand on est jeune, même si j'aurais aimé qu'il soit un peu plus rond.

– Je peux sans doute faire quelque chose pour ça, dit Rosie.

– Bon, nous pouvons laisser Hester dormir encore un peu, mais, après, nous voulons commencer, reprit le médecin.

– D'accord. Je peux rester un moment.

– Pouvez-vous continuer à lire ? l'interrogea l'infirmière. J'adorais ce livre.

– Bien sûr, répondit-elle avant de reprendre sa lecture : « [Les] quatre jeunes filles, pendant que la neige tourbillonnait au-dehors et présageait une nuit glaciale, tricotaient activement à la lueur incertaine du feu... »

⋆

1. La Bibliothèque électronique du Québec, coll. « À tous les vents », vol. 963. Traduction de Pierre-Jules Hetzel (N.d.T.).

Rosie emprunta l'autoroute pour se rendre à l'aéroport d'East Midlands. Toutes les voitures qu'elle croisait avaient un sapin sanglé sur le toit, le coffre plein de boîtes provenant de magasins de jouets et de paquets mystérieux en forme de vélo ; tout le monde avait les joues rouges et semblait heureux. Elle se mordit la lèvre. Elle n'avait pas encore commencé ses achats de Noël et ignorait quand elle aurait une seconde pour s'y atteler. Enfin, elle pourrait emmener Angie et les autres à Derby un jour, pour faire du shopping. Ça ne vaudrait pas les magasins de Sydney, dont Angie n'arrêtait pas de lui parler, mais ça ferait l'affaire, supposa-t-elle.

Et les enfants voudraient probablement des jeux vidéo : ils ne voulaient plus que ça, de nos jours, apparemment, ça devrait donc être facile... Elle ne savait pas du tout quoi acheter à Stephen. Il parvenait toujours à avoir de l'allure dans de très vieux vêtements, qu'il avait en partie hérités de son père. Il portait de vieilles vestes en tweed et réussissait malgré tout à être séduisant et à ne pas avoir l'air ridicule ; des pulls en cachemire usés jusqu'à la corde, des chemises à carreaux, des pantalons en velours de coton. Avant de le connaître, Rosie aurait trouvé cet accoutrement franchement grotesque, mais cela lui allait très bien, et elle craignait, si elle lui achetait un vêtement, de ne pas bien choisir.

Elle pouvait essayer de lui offrir un livre, mais il lisait tant, et des ouvrages si divers, qu'elle avait du mal à savoir ce qui l'intéresserait. Il faudrait que ce soit un très bon livre, songea-t-elle, si elle voulait se faire pardonner.

Le vol était à l'heure. Elle s'acheta un café, puis déambula dans le hall, jetant un œil distrait aux vitrines, se demandant si l'on pouvait faire tous ses cadeaux de Noël dans un aéroport. *Oui*, supposa-t-elle en regardant autour d'elle. Les aéroports n'étaient rien d'autre que des centres commerciaux pour ceux qui faisaient leur shopping à la dernière minute, avec des avions en prime.

Des membres de l'Armée du Salut jouaient fort « O Little Town of Bethlehem » sous un énorme sapin. Ils rivalisaient avec le ding des annonces de vols et de celles rappelant que les bagages ne devaient pas être laissés sans surveillance : le bruit était assourdissant.

Rosie soupira, se disant de ne pas être aussi cynique, se rendit aux toilettes pour se brosser les cheveux (sinon, elle n'était pas certaine qu'Angie ne les lui brosserait pas au milieu du hall), puis alla attendre derrière les barrières du hall d'arrivée, faisant un effort pour être de meilleure humeur. La dernière chose qu'elle souhaitait était de fondre en larmes devant sa mère et de lui avouer que personne n'était au courant de leur arrivée, que la situation était très compliquée. Non. Tout allait bien.

La plupart des passagers, qui avaient pris un vol interne au Royaume-Uni, franchirent les portes d'un pas désinvolte, armés d'une valise à roulettes. Sa famille serait la dernière à sortir, après avoir récupéré tous ses bagages, soupçonna Rosie à raison. Et, bien sûr, les enfants seraient épuisés, bougons. Elle vérifia l'heure, se demandant si elle avait le temps d'aller se chercher un autre café… quand, tout à coup, les portes coulissantes s'ouvrirent et là, ses cheveux frisés d'un blond tout sauf naturel, ses bras nus hâlés, filiformes, ses dents étonnamment blanches, poussant un chariot sur lequel bondissaient deux enfants, apparut sa mère.

Soudain, Rosie oublia tout. Elle oublia toutes ses inquiétudes : le magasin, Stephen, Edison, et courut vers la maman qu'elle n'avait pas vue depuis deux ans.

⋆

Elles restèrent enlacées une bonne minute, avant que Rosie ne se rappelle qu'elles n'étaient pas seules. Elle étreignit Pip, puis se pencha pour regarder les enfants, qui restaient timidement cachés dans les jupes de Desleigh et d'Angie.

– Bonjour, leur dit-elle avec un sourire.

Meridian, la plus jeune, âgée de trois ans, avait toujours son doudou dans les mains et le pouce près de sa bouche, juste au cas où. Elle cligna nerveusement de ses grands yeux bleus. Desleigh donna un petit coup de coude aux deux plus grands : Shane, neuf ans, qui tenait une DS, et Kelly, sept ans, le sosie potelé de sa mère.

Au bout d'un moment, Shane s'avança.

– Bonjour, tata Rosie.

La jeune femme sourit, largement même, surtout quand elle remarqua que Meridian avait les mêmes cheveux qu'elle, bruns et frisés.

– Bonjour, les enfants, dit-elle, sentant les larmes monter à nouveau. Ça fait si longtemps que j'attends de vous rencontrer.

– Est-ce que c'est vrai ? l'interrogea Kelly. Est-ce que c'est vrai que tu as un magasin de bonbons ?

– Oui.

Sur ce, elle sortit de son sac les friandises qu'elle avait commandées spécialement pour leur venue : trois sucettes de Noël d'un rouge brillant, chacune ornée de leur prénom en glaçage. En les voyant, les trois enfants écarquillèrent les yeux.

– Il y a certains avantages à avoir une tante qui tient une confiserie.

Elle sentit une petite menotte se glisser dans la sienne et, en baissant les yeux, vit que Meridian s'était discrètement approchée d'elle.

– Ils sont très bien élevés, complimenta-t-elle Desleigh.

Cette dernière ricana.

– C'est parce qu'ils sont épuisés.

– Je ne crois pas, dit Rosie aux enfants. Je crois que c'est parce que vous êtes très sages. Maintenant, dites-moi que vous avez apporté plein de pulls, s'il vous plaît.

– La neige ! cria Shane. Il faut qu'on voie la neige !

– La NEIGE ! répétèrent les filles.

– Oh, croyez-moi, vous allez en voir beaucoup. Allez, allons chercher votre voiture.

Ils trouvèrent facilement la voiture sept places qu'ils avaient louée. Quand ils sortirent de l'aéroport, le vent les frappa de plein fouet, et les enfants crièrent d'excitation. Rosie prit Meridian dans ses bras pour la cacher dans son blouson.

– Bien, dit-elle en les faisant monter dans l'énorme véhicule avant d'attacher leur ceinture. Mais pas toi, maman, ajouta-t-elle. Toi, tu viens avec moi.

*

Sur le chemin de Lipton, elles se racontèrent tout : le travail de Pip, Lilian, la confiserie. Lorsqu'Angie l'interrogea sur son petit ami, Rosie balbutia une réponse peu satisfaisante, mais, pour une fois, sa mère devait être trop fatiguée par le décalage horaire pour se poser des questions.

La longue avenue bordée d'arbres qui menait à « Peak House » paraissait encore plus sinistre avec des stalactites pendant des branches.

– J'espère que ça ira, dit Rosie qui était venue allumer l'Aga dans la matinée. Je veux dire, c'est… c'est un peu perdu, mais ce n'est pas si loin du village, en réalité, et vous serez avec nous, on fera des choses ensemble et…

– Cesse de t'inquiéter, Rosie chérie. Tu nous as trouvé une maison entière, c'est super. Je n'en reviens pas.

Rosie s'interrogea sur cette remarque, mais quand les deux voitures s'arrêtèrent sur le gravier et que les autres en sortirent, elle n'en crut pas ses yeux : ils étaient tous surexcités, enchantés.

– ÇA ALORS ! Regardez-moi cette maison, s'écria Desleigh. On se croirait dans *Downton Abbey*, bon sang. Est-ce que tu as des domestiques ?

Rosie regarda à nouveau « Peak House ». Elle était si habituée à considérer cette maison comme un lieu sinistre et menaçant qu'elle en oubliait la belle pierre et les bonnes proportions ; que c'était encore une belle demeure.

– On va habiter dans un château, s'émerveilla Shane. C'est trop cool, tata Rosie.

– Euh, attendons d'être entrés.

Néanmoins, à l'intérieur, les radiateurs fonctionnaient enfin, et l'Aga avait fait son œuvre : la maison semblait un peu moins humide et était confortable, presque gaie.

– On dirait une carte de Noël, commenta Pip avant de siffler. On est tous les deux retombés sur nos pieds, sœurette, on dirait.

Elle le conduisit à l'étage, où ils s'assirent sur le lit, complices, comme ils le faisaient autrefois.

– Je suis si contente de te voir, dit-elle. Les enfants sont vraiment adorables.

Pip esquissa un grand sourire.

– Oh, ils le sont, Rosie. Et Desleigh est si gentille avec moi et, enfin, l'Australie, c'est fantastique... Tu sais, sœurette, maman dit toujours qu'il ne manque que toi.

Elle sourit.

– Mais tu es heureuse ici, hein ?

Il prononça cette phrase avec l'intonation australienne, si bien qu'elle ne savait pas s'il s'agissait d'une question ou d'une affirmation.

– Oh oui. Totalement. Parfaitement. Tout le temps.

Elle s'efforça de ne pas penser à Stephen la nuit précédente, quand il regardait fixement par la fenêtre.

– Parfaitement heureuse, répéta-t-elle, avant de se rendre compte que Pip la dévisageait et qu'elle en avait peut-être fait un peu trop.

– Je ne t'aurais jamais imaginée dans un village, reprit-il. Je t'ai toujours vue comme une citadine. Tu adorerais Sydney. Sans compter que les infirmières gagnent soixante mille livres par an.

En entendant cela, Rosie s'étrangla – BEAUCOUP –, mais elle redescendit préparer du thé et des toasts pour tout le monde. Kelly, assise près de la fenêtre, s'extasiait devant la neige, et Shane se vantait qu'il allait construire un bonhomme de neige immense et qu'ils allaient faire une énorme bataille de boules de neige, mais elle voyait leurs paupières tomber. Angie lui assura qu'ils avaient besoin de l'après-midi et de la nuit pour se remettre les idées en place – aucun d'eux n'avait fermé l'œil dans l'avion, apparemment. Shane avait regardé *Transformers* dix-sept fois d'affilée, frôlant la crise d'épilepsie, Kelly n'avait pas arrêté de parler de la neige, qui la laissait à présent sans voix, et Meridian avait mangé quatre petits déjeuners. Ils étaient tous épuisés.

– Je passerai demain matin, leur promit Rosie, ressentant un tel soulagement qu'elle sautilla presque jusqu'à la Land Rover.

Elle libéra Tina, fit la fermeture de la boutique, puis compta le fonds de caisse, guettant l'arrivée de Stephen à seize heures. Elle entendit la porte du cottage s'ouvrir, mais il ne passa pas la voir, comme il le faisait d'habitude. Bon.

*

À dix-sept heures, elle ferma la porte et rentra à la maison. Stephen prit des nouvelles de sa famille, poliment, mais avec une certaine réticence, songea-t-elle. Elle espérait qu'il n'avait pas peur de rencontrer Angie. Toutes les mères n'étaient pas aussi terrifiantes que la sienne.

En allant allumer le gril, elle fut étonnée de voir que son téléphone captait. Elle se demanda si Roy Blaine n'avait pas installé une antenne en douce sur sa propriété. Cela ne l'aurait pas étonnée de lui. On lui avait laissé un message. *S'il vous plaît, faites qu'il ne soit rien arrivé à « Peak House ». Faites que la chaudière n'ait pas explosé.* Ils n'avaient pas besoin de cela.

Elle eut du mal à reconnaître la voix, à cause des sanglots. Puis elle comprit et fut profondément touchée qu'elle ait pensé à l'appeler. Elle entra dans le salon d'un pas décidé et se planta devant Stephen.

– Qu'est-ce qui se passe ? l'interrogea-t-il, pris de panique en voyant les larmes dans ses yeux.

Il se leva avec précaution pour s'approcher d'elle.

– Quoi ?

Elle posa son téléphone.

– Edison s'est réveillé. Il s'est réveillé et… la première chose qu'il a demandée, c'est s'il avait raté des devoirs.

Stephen battit rapidement des paupières, s'efforçant une nouvelle fois de chasser de sa tête les images de l'accident ; de ne pas se laisser submerger. Étranglé par l'émotion, il la prit dans ses bras, et les larmes de Rosie trempèrent sa chemise.

– Dieu merci, dit-il.

Rosie était incapable de parler.

– Dieu merci, répéta-t-il.

Savoir si la fracture cervicale d'Edison allait guérir n'était pas la seule question, jusque-là. Il en subsistait une autre, ils le savaient tous les deux : Edison serait-il toujours lui-même ou avait-il subi des lésions cérébrales ? Devoir élever un enfant qui ne pouvait plus penser, se laver, aller à l'école... Hester et Arthur l'auraient toujours autant aimé, bien sûr, mais ils auraient vécu dans une inquiétude terrible.

– C'est génial, reprit Stephen. Oh, bon sang, j'ai tellement hâte qu'il revienne en classe. Pour me demander à nouveau ce qui a décimé ces fichus dinosaures.

Il s'essuya les yeux. Rosie avait toujours la gorge nouée.

– Tu l'aimes, ce petit, la taquina-t-il.

– Oui. Oh, je suis si contente. Sans oublier qu'il a à lui tout seul maintenu en activité l'usine d'Edinburgh Rocks.

Stephen sourit, puis l'étreignit à nouveau.

– Alors, est-ce que tout le monde est bien installé ?

Elle opina du chef.

– Oui, ils vont bien. C'est génial de les voir.

Il sourit.

– Ta mère te manque. Je t'ai entendue au téléphone. Pendant des mois.

– C'est vrai. Comment ça s'est passé, à l'école ?

– Bien. Bien. Avec ma mère, en revanche...

– Nos mères ne sont pas bien réparties, commenta Rosie d'un air songeur. L'une devrait être plus près, quand l'autre devrait être plus loin. Qu'est-ce qu'elle a fait, encore ?

– Se plaindre et faire des histoires. Tu ne connais pas la dernière de Roy Blaine ? Tu ne vas pas en croire tes oreilles.

– Il a limé toutes ses dents en pointe et ne mange plus que des aliments pour bébé ?

Stephen ébaucha un sourire, et Rosie retourna dans la cuisine. Elle préparait des côtelettes de porc à la moutarde, son arme secrète au cas où il ferait toujours la tête. Personne ne pouvait y résister.

– Pire, si tu peux l'imaginer.

– Je n'arrive toujours pas à comprendre comment il fait pour sortir en plein jour sans se transformer en fumée.

Stephen eut un demi-sourire.

– Il dit qu'à cause de ce que coûte la scolarisation des enfants au manoir, il n'y a plus assez d'argent pour réparer l'école.

– QUOI ?

– Il dit qu'ils avaient prévu de payer les réparations avec l'argent qu'ils auraient économisé pendant que les enfants étaient à Carningford. Mais, maintenant...

– C'est n'importe quoi ! C'est vraiment un affreux bonhomme.

– C'est vrai.

– Il est vraiment méchant.

– Je sais. J'aimerais bien pouvoir lui tirer dessus avec une balle en argent. Si je pouvais entrer discrètement dans la crypte où il dort...

– Qu'est-ce qu'on va faire ?

– Je ne sais pas. Mère va devenir folle si on doit continuer comme ça plus longtemps, tu sais. La petite Lizzie McAllister a cassé une affreuse tête de cerf en accrochant sa polaire dessus. Mère était folle de rage.

– Oh non, répondit Rosie en levant les yeux au ciel.

Stephen la considéra, avant de regarder les côtelettes de porc.

– Cherchais-tu toujours à me rallier à ta cause ?

– Jamais de la vie.

Il sourit.

– Enfin, bref. À propos de mère. Elle vous invite tous à dîner demain soir.

Rosie manqua échapper sa spatule.

– Elle ne nous invite jamais.

– En fait, si. Je suppose juste que tu n'as pas envie d'y aller.

– Oh. En fait, j'aimerais bien. Je crois que tu ne fais rien pour arranger la situation.

– Bref. Tout le monde est invité.

– Même les enfants ?

– Vont-ils accrocher leurs polaires sur les têtes de cerfs ?

– Hé hé. Ou enfoncer leur crayon dans un cochon ?

– Ou faire tomber leurs cahiers sur des sangliers ?

– Les côtelettes sont en train de brûler.

– En temps normal, je te dirais de les laisser brûler, dit-il en lui caressant l'épaule. Mais pas quand ce sont tes côtelettes à la moutarde.

*

Le lendemain matin, Rosie fut réveillée par un bruit très inhabituel : les cloches de l'église sonnaient. Or c'était vendredi. Le temps de retrouver ses esprits, elle comprit qu'elles sonnaient pour Edison.

Elle s'assit, sourire aux lèvres.

– Ça ne va pas plaire à Hester. Elle est cabaliste, je crois. Non, attends, c'était l'année dernière, ça. Elle croit en Gaia, maintenant.

– Eh bien, ça me plaît, à moi, répondit Stephen avant de jeter un coup d'œil à sa montre et de grogner en voyant l'heure.

Son dos lui donnait l'impression d'être en feu ; il n'avait pas fermé l'œil de la nuit. Il faisait toujours nuit noire dehors.

– Ça aide à démarrer la journée.

Rosie passa aussitôt un coup de fil à « Peak House ». Ils étaient tous levés ; depuis cinq heures du matin, apparemment.

– Je vous apporte un deuxième petit déjeuner, leur promit-elle avant de raccrocher, un sourire toujours rivé aux lèvres, après s'être réveillée avec une aussi bonne nouvelle.

Stephen consulta à nouveau sa montre.

– Tu sais, si tu ne restes pas pendant quarante minutes dans la baignoire, je t'accompagnerai.

– Vraiment ? s'étonna-t-elle, incapable de cacher sa joie.

– Quoi ? Pourquoi ? Qu'est-ce que tu leur as raconté sur moi ? On est la Belle et la Bête, ou quoi ?

– Ha ha. Euh, non.

– Dis-moi.

– Je ne leur ai presque rien dit sur toi. Autrement, ma mère serait devenue dingue.

– Ça veut dire que je vais avoir droit à une inquisition.

– Oui. « Est-ce vraiment difficile pour toi de vivre dans un monde on ne peut plus normal, où tu ne connais personne, où ton Oncle Biffy n'est pas allé à Eton avec Snoosnoo et Pubes, et où tout le monde a un arbre généalogique et une chevalière au petit doigt ? »

Le cercle social de Stephen et celui de Rosie se croisaient le moins souvent possible. Elle était parfois heureuse que Stephen n'aime pas trop sortir. C'était purement égoïste, mais, comme cela, elle l'avait plus souvent pour elle toute seule.

– Oui, c'est ça. Allez, dépêche-toi, alors.

*

Rosie s'efforçait d'être une bonne personne. De ne pas penser du mal des autres. Et elle adorait sa famille. Elle était aussi bien que celle de Stephen – mieux, à de nombreux égards. Elle n'avait pas à avoir honte. Angie avait élevé ses enfants toute seule, sans argent, mais avec un amour infini et beaucoup de travail. Il lui arrivait de leur tirer les oreilles (de façon arbitraire, à leurs yeux), mais elle leur avait fourni tous les outils qu'elle avait à sa disposition. Rosie était très fière d'elle, l'aimait profondément et l'admirait pour son travail acharné et son altruisme. Elle était fière de la présenter à l'homme qu'elle adorait.

Mais Angie était-elle obligée de mettre un survêtement fuchsia de la marque Juicy Couture ? D'être maquillée comme une voiture volée ? De porter de grosses boucles d'oreilles et des Uggs marron ?

Ses cheveux blond platine étaient étrangement crêpés sur son crâne, un peu comme un ananas, et elle avait eu la main lourde sur le parfum. Quand la Land Rover s'immobilisa, elle attendait devant la maison, une drôle d'expression au visage. Pendant une seconde, quand Stephen sortit de la voiture avec prudence, Rosie craignit qu'elle ne fasse une révérence. Elle lui lança un regard noir, le mettant au défi d'oser esquisser ne serait-ce qu'un sourire.

Mais, égal à lui-même, il eut une conduite irréprochable et embrassa Angie sur les deux joues. Elle en resta sans voix, ce qui lui arrivait rarement.

– Euh, maman, je te présente Stephen. Stephen, voici ma mère.

– Ravi de vous rencontrer, madame Hopkins.

– Oh non. Pas de « madame » avec moi, répondit Angie, mal à l'aise.

Elle avait une voix étrange, cela frappa Rosie tout à coup : l'intonation montante de son accent australien avait disparu. Essayait-elle de paraître distinguée ?

– Angie, c'est parfait ! Est-ce que je peux t'appeler Steve ?

Aucun doute. Elle le faisait déjà.

Stephen parvint à esquiver le sujet avec grâce (personne ne l'avait jamais appelé Steve) en tendant la main pour serrer celle de Pip.

– Bonjour, se dirent-ils.

– Pip, tu es en short ? s'étonna Rosie. Tu sais qu'il neige, tout ça tout ça ?

– Je sais, répondit son frère en baissant distraitement les yeux. Je ne sais pas où j'avais la tête. Il faisait vraiment chaud quand j'ai préparé ma valise.

– Je peux te prêter des pantalons, si tu veux, lui proposa Stephen.

– Ooh, c'est SI gentil de ta part, dit Angie.

– Je suis sûre que mon frère peut s'acheter des pantalons, lança Rosie avec raideur, ne voyant pas le regard amusé de Stephen.

– Où sont les enfants ?

– Oh, ils sont dehors depuis que le jour s'est levé... Salut ! lança Desleigh, et Rosie lui fut subitement très reconnaissante pour son amabilité australienne, simple et joviale. Ils n'avaient jamais vu la neige. Kelly était furieuse qu'elle soit mouillée. Elle pensait que c'était de la barbe à papa, en gros. Cela dit, ça n'a pas empêché Meridian d'en manger un demi-litre.

– Faisons le tour. Ils pourront rencontrer Monsieur Chien.

– Il ne s'appelle pas Monsieur Chien, bien sûr, précisa Stephen. C'est un nom provisoire. On va l'appeler Reuben Macintosh, en réalité.

– Certainement pas, rétorqua Rosie en serrant les dents.

– Est-ce que je peux vous proposer un thé ? Un café ? les interrogea Angie, anxieuse.

★

À l'arrière de la maison, ils découvrirent un spectacle réjouissant : les trois enfants, emmitouflés dans des combinaisons de ski flambant neuves, se roulaient dans le jardin. Monsieur Chien courut aussitôt vers eux pour les lécher, et les petits poussèrent de cri de joie.

– Vous avez un chien ! s'exclama Shane. Il nous faut un chien. Le nôtre s'est fait mordre par un serpent.

– Et on ne revivra pas ça, répondit Desleigh. J'ai dû lui donner un coup de pelle.

– Au chien ou au serpent ? l'interrogea Stephen.

– Oh, au serpent. Ces sales bestioles sont dangereuses.

– Qu'est-il arrivé au chien ?

– Oh, on a aussi dû lui donner un coup de pelle. On ne se remet pas de ce genre de choses.

Rosie eut le sentiment de présenter une famille d'imbéciles obséquieux qui portaient des shorts et frappaient les animaux. Meridian s'approcha d'elle pour lui faire un câlin.

– Bonjour ! dit la fillette. On aime la neige. Sauf qu'elle est mouillée. Tu savais ?

– Oui, je le savais, répondit Rosie. Mais tu aimes ça quand même, hein ?

Meridian opina du chef.

– Qui es-tu ? demanda-t-elle.

Kelly s'approcha à son tour d'un pas nonchalant pour voir ce qui se passait.

– Je m'appelle Stephen. C'est ma maison.

– J'aime beaucoup ta maison, commenta Kelly.

– J'ai SAUTÉ, SAUTÉ, SAUTÉ sur le lit, raconta Meridian.

– Bien.

– Puis je suis tombée du lit. Ouille ouille ouille. J'ai eu mal. Mais je n'ai pas pleuré.

– Si, la contredit Kelly. Tu as pleuré. Beaucoup.

– NON !

– SI !

– NON !

– Oh, ça n'a pas d'importance, les interrompit brusquement Rosie.

– Qu'est-ce que tu fais comme travail ? l'interrogea Kelly, toujours curieuse.

– Figure-toi que je suis professeur des écoles, répondit Stephen en s'accroupissant pour être à sa hauteur.

La fillette écarquilla les yeux.

– Mais tu es un garçon !

– Oui, je sais, répondit-il avec un sourire. Il y a des professeurs des écoles garçons.

– Est-ce que tes élèves ont mon âge ?

– Oui. Voudras-tu venir voir mon école, un jour ?

Kelly fit oui de la tête.

– En fait, c'est une super idée, dit Desleigh en s'essuyant les mains sur son peignoir, des miettes plein la bouche (elle avait attaqué les toasts que Rosie leur avait apportés et venait d'enfourner son deuxième). On va les laisser quelques jours à l'école : comme ça, je pourrai sortir et m'amuser.

– Euh, non, je ne crois pas que ce soit possible, répondit Rosie.

Pendant que Stephen expliquait le mystère des professeurs des écoles garçons à Kelly, Angie attrapa Rosie par le cou de façon peu discrète.

– IL EST SUBLIME, lança-t-elle haut et fort, d'une voix qui dut s'entendre jusqu'à Carningford. BIEN MIEUX QUE TOUS TES EX ! JE N'EN REVIENS PAS QUE TU TE SOIS DÉGOTÉ UN HOMME PAREIL ! MA PETITE ROSIE !

– MAMAAAANNN ! l'avertit la jeune femme.

Stephen ne les regardait pas, mais elle le vit se raidir.

– CHAPEAU, MA FILLE.

– MAMAN ! Euh… je vous verrai plus tard. Il faut qu'on y aille.

Angie s'approcha alors de Stephen, l'air déterminé.

– Alors… est-ce que tu comptes faire d'elle une femme honnête ?

Tout le monde se figea, y compris les enfants. Rosie aurait voulu creuser un trou dans la neige pour s'y enterrer et ne jamais en ressortir.

Stephen eut un sourire poli, forcé, que Rosie reçut comme un coup de poignard en plein cœur, puis expliqua du bout des lèvres qu'ils étaient en retard.

⋆

Au volant, Stephen s'efforça de contenir ses émotions contradictoires. Rosie le foudroya du regard, pour voir s'il allait faire une remarque, mais son visage resta impassible.

– Ils ont l'air sympas, finit-il par hasarder.

– Oui, répondit-elle sèchement.

Elle avait envie de tuer sa mère. Elle avait bien choisi son moment.

S'ensuivit un long blanc, Stephen manœuvrant la Land Rover avec habileté dans les virages recouverts de neige.

– Mais il ne faut pas écouter les bêtises de ma mère, bien sûr.

– Oui, on aurait un peu dit Mme Bennet[1], non ? commenta-t-il sans réfléchir.

Rosie se tendit.

– Elle est géniale, rétorqua-t-elle avec raideur.

– Bien sûr, répondit-il avant de la déposer à la confiserie et de lui faire un petit bisou.

Rosie regarda la Land Rover disparaître au loin, furieuse contre sa mère, mais en sentant soudain un horrible doute lui enserrer froidement le cœur.

---

1. Personnage d'*Orgueil et Préjugés*, de Jane Austen, qui cherche à marier l'une de ses filles à un riche héritier (N.d.T.).

Chapitre 12

Le pouls du vieil homme était plus faible qu'il ne l'aurait souhaité, songea Moray, mais il était en lieu sûr à présent. L'odeur du déjeuner – du poulet rôti, *a priori* – embaumait les couloirs, et il faisait une température agréable, pas trop étouffante, ce que le médecin approuvait également. Les pièces chaudes, mal aérées, propageaient les infections ; une fenêtre ouverte ici et là était toujours souhaitable. Des couvertures étaient posées un peu partout pour s'assurer qu'aucun pensionnaire n'avait froid. Edward Boyd attendait, l'air inquiet. Il resterait le temps de l'examen médical, puis rentrerait chez lui, seul.

J'ai grandi par ici, vous savez, lança subitement James.

Parfois, il paraissait on ne peut plus sensé.

– Non, papa, le contredit Edward. Tu as grandi à Halifax.

– C'était une école, ici, s'obstina le vieil homme. Pas mon école, juste une école.

Moray jeta un regard à l'infirmière en chef, qui parut un peu surprise.

– C'était bien une école, en effet, confirma-t-elle. Après la Première Guerre mondiale. Une école de garçons.

– Vous les avez peut-être affrontés lors d'un événement sportif, dit Moray.

– Non, je passais devant à vélo. Je regardais leurs élégants chapeaux, marmonna James.

– Tu es un peu désorienté, papa.

– Oui, répondit le vieil homme. Oui.

Lilian fit alors une entrée théâtrale.

– Mademoiselle Hopkins ? dit Moray, comme une mise en garde. Avez-vous mis du fard à joues ?

Ida Delia la talonnait, ses cheveux teints en blond attachés avec un ruban rose.

– Je n'ai jamais porté de maquillage de ma vie, répondit Lilian avec une moue, mentant comme un arracheur de dents. Oh, bonjour, monsieur Boyd, ajouta-t-elle, feignant la surprise. Êtes-vous bien installé ?

Le vieil homme releva les yeux, puis la fixa un long moment.

– Vous me rappelez quelqu'un, dit-il.

Lilian le regarda à son tour et eut soudain une drôle d'idée : si Henry n'était pas mort, il aurait eu à peu près le même âge que ce vieux monsieur, aujourd'hui. Mais aurait-il aimé vivre aussi longtemps ? Devenir âgé, confus, désorienté ? Dans sa mémoire, Henry était toujours jeune, fort, avec des cheveux châtains bouclés, des taches de rousseur sur le nez, des dents blanches et saines, le rire facile.

– Oui, la traînée du village, lança Ida Delia.

– Plus de bonbons acidulés au citron pour toi, rétorqua Lilian. Tu es bien assez acide comme ça.

Mais James la dévisageait toujours, l'air perdu. Moray dut s'y reprendre à plusieurs reprises pour le faire réagir.

– Veillez à lui éviter les émotions fortes, dit-il à Cathryn. Son cœur m'inquiète un peu.

Edward s'agrippa à l'accoudoir de son fauteuil.

– Oh non, ce n'est rien de sérieux, le rassura le médecin. Son état de santé est plutôt bon, dans l'ensemble, mis à part son vieux cerveau. Mais son cœur est un peu faible. Mieux vaut le surveiller.

Edward opina du chef.

– Ce qui signifie que vous deux, les chipies, vous gardez vos distances.

– Lilian, dit James tout à coup, à brûle-pourpoint.

La vieille dame fit volte-face. Entendre son prénom, comme cela, alors qu'elle venait de penser à Henry… enfin, c'était idiot. Ils avaient un peu le même accent, qui rendait leurs voix similaires.

Ils se fixèrent un instant.

– C'est vrai, dit Moray, ravi. C'est son prénom.

– James, dit Lilian.

Quand Moray sortit, Cathryn le prit à part.

– J'espère que ça va aller, dit le médecin.

– J'en suis sûre. Il est entre de bonnes mains.

Elle s'interrompit une seconde.

– Mais il y a un détail troublant : j'ai toujours appelé Lilian Mlle Hopkins.

Ils se regardèrent un moment, puis Moray haussa les épaules.

– C'est incroyable ce que les gens retiennent, même atteints de démence. Avec un peu de chance, il aura un peu de répit ici, en ayant une routine, en faisant les mêmes choses chaque jour. Je suis sûr que ça va l'aider.

– Espérons-le, répondit Cathryn en renvoyant Moray dans le froid glacial.

⋆

– Où sont les magasins ? l'interrogea Angie. Qu'est-ce que tu fais toute la journée ?

Rosie ne parvint pas à lui expliquer qu'elle était très occupée, en réalité. Desleigh, elle, raconta que Lipton lui rappelait Wagga Wagga, le village où elle avait grandi, où il ne se passait jamais rien et où il n'y avait que des moutons : elle avait été ravie de s'installer à Sydney, mais ne connaissait pas beaucoup de gens qui avaient fait le chemin inverse.

Rosie sourit et tint sa langue : cela semblait préférable dans ces circonstances. Elle acheta des friands à la boulangerie pour les enfants, qui les considérèrent avec curiosité, avant de les goûter et de conclure qu'ils étaient bons. Puis, pendant qu'ils finissaient de manger, ils se promenèrent tranquillement une vingtaine de minutes autour de l'église.

– C'est tout ? s'enquit Desleigh.

– Eh bien, il y a aussi le *Red Lion*, répondit Rosie, un rien désespérée. Et *Manly's*.

Ils entrèrent dans la boutique, où Angie et Desleigh ne manquèrent pas de ricaner : elles étaient comme les deux doigts de la main, constata Rosie, étonnamment jalouse. Et c'était gonflé de leur part de se moquer des blazers extralarges et des cirés, alors qu'elles portaient des vêtements de loisir – moulants dans le cas d'Angie, très amples dans celui de Desleigh. Ensuite, ils prirent un repas froid au cottage, accompagné de bière pour les adultes et d'un *cream soda* pour les enfants, qui trouvèrent cette boisson gazeuse à la vanille excellente, et ce fut le moment d'aller voir Lilian.

– Dois-je les préparer ? demanda Angie avec une légère inquiétude.

Shane avait posé sa console assez longtemps pour aider Kelly et Meridian à construire un bonhomme de neige dans le jardin, affublé d'un bonnet de laine et d'une pomme de terre en guise de nez. Meridian essayait de l'encourager à voler en lui tenant la main.

– Non, c'est un endroit très agréable. Franchement, ne t'inquiète pas : elle ne pourrait être mieux.

– Je ne l'ai pas vue depuis... oh, ça fait des années, poursuivit Angie avant de regarder Rosie dans les yeux.

Plus tôt, Rosie lui avait reproché d'avoir adopté le mauvais ton avec Stephen : sa mère, froissée, avait répondu qu'elle était restée bien trop longtemps avec son dernier petit ami et qu'elle espérait qu'elle ne ferait pas deux fois la même erreur. À présent, Angie paraissait plus angoissée.

– Est-ce que tu crois... Enfin, était-elle en colère que je ne vienne pas m'occuper d'elle ?

– Oh, maman, est-ce que ça t'inquiète ? Non, bien sûr que non. Elle était plutôt furieuse que quelqu'un vienne. Je te le promets. Je n'ai pas pu lui soutirer un seul mot gentil pendant des mois. Elle est comme ça ; ne t'en fais pas pour ça, d'accord ?

– D'accord. C'est juste qu'elle a été si gentille avec moi quand vous étiez petits et...

– Et elle va être ravie que vous ayez fait tout ce chemin pour la voir, la coupa fermement Rosie. Allez, allons-y. Ça va être super.

Puis elle entreprit de faire rentrer les enfants. Meridian boudait.

– Pourquoi est-ce que mon bonhomme de neige ne VOLE pas ? demanda-t-elle avec colère.

Rosie le considéra.

– J'ai vu un bonhomme de neige à la télé. Il VOLAIT.

– Oui, répondit Rosie en s'accroupissant à côté d'elle. Mais est-ce qu'il volait pendant la journée ou pendant la nuit ?

La fillette y réfléchit une seconde.

– La NUIT.

– Et voilà. Je pense qu'il ne vole que la nuit.

– J'attendrai cette nuit, alors. Est-ce que je pourrai aller avec lui, s'il vole ?

– Bien sûr !

Meridian glissa sa main froide dans celle, toute chaude, de Rosie.

– Est-ce que tu veux aller voir ton arrière-grand-tante ?

La petite fronça les sourcils.

– Est-ce qu'elle va faire peur ? Shane dit qu'elle fait peur, et Kelly m'a dit que c'était une sorcière qui allait me dévorer.

– Ke-ll-yyyy ! cria Angie.

– C'est pas vrai ! répondit fort la fillette sans avoir entendu ce dont on l'accusait. J'ai jamais fait ça !

– Elles s'entendent à merveille, d'habitude, dit Angie. Normalement.

– Elle ne va pas te dévorer. Elle est très gentille, la rassura Rosie avant de se rappeler l'apparence revêche de Lilian. Quand on apprend à la connaître, ajouta-t-elle. On devrait peut-être lui apporter des bonbons, non ? Elle les partagera peut-être avec vous.

Rosie l'emmena dans la boutique, et le visage de sa nièce s'illumina ; Kelly et Shane les suivirent aussitôt à l'intérieur, jouant des coudes.

Les trois enfants se turent en découvrant le trésor sous leurs yeux. La lumière du soleil se réverbérait sur les stalactites qui s'étaient formées aux fenêtres et se reflétait sur les grands bocaux, qui s'accumulaient presque jusqu'au plafond, pleins de toutes sortes de bonbons brillants, de toutes les couleurs : des gommes à mâcher à l'ananas, des bonbons acides à la pomme et à la prune ; des bonbons acidulés au citron et des bonbons bouches ; des cubes au coca et des sucettes à l'orange transparentes. Une autre étagère accueillait les toffees d'un marron profond (à la vanille, à la menthe, à l'orange, natures, à la mélasse, à la banane), mélangés aux caramels mous à un penny et au fudge – tous de Cornouailles, certains au rhum et aux raisins secs (en dépit des instructions formelles de Lilian), d'autres au whisky ou au Baileys. L'attention de Meridian se porta sur le rose framboise et le blanc délicat des friandises à la noix de coco : elle tendit son petit doigt vers le bocal avec envie.

– C'est génial, murmura Shane en regardant autour de lui, oubliant d'être cool, malgré ses neuf ans.

– Oui, enfin, ne perdez pas la tête, hein ? lança Rosie, se rendant compte avec un sursaut qu'elle parlait exactement comme Lilian.

– Oh là là ! s'exclama Desleigh en entrant à son tour. Regardez-moi ça. Je n'ai jamais rien vu d'aussi mignon.

– C'est un commerce plutôt prospère, en réalité, répondit Rosie, un rien irritée.

Elle n'aimait pas qu'on croie que ce n'était qu'un passe-temps.

– Est-ce qu'on peut en avoir, maman ? S'il te plaît ? Je veux dépenser tout mon argent de poche !

– Oh, vous n'avez pas besoin de payer, ici, répondit leur mère. Prenez ce que vous voulez.

Rosie se mordit la lèvre. Ils ne faisaient pas assez de bénéfices pour subir l'attaque de trois petites sauterelles. D'un autre côté, ils avaient fait un si long voyage.

– Je n'ai pas envie que vous soyez malades, dit-elle. Vous pouvez goûter un bonbon par jour, d'accord ?

– Oh ! s'offusqua Desleigh, comme si elle était horriblement méchante. Bon, je vais commencer par ce fudge, merci !

Kelly prit la même chose que sa mère ; Shane mit longtemps à se décider, mais finit par opter pour une barre Wham, choix que Rosie approuva, car cela le ferait taire un moment, et Meridian tendait toujours le doigt vers les confiseries à la noix de coco. Rosie la hissa sur le comptoir.

– Est-ce que tu en as déjà goûté ?

La fillette secoua timidement la tête.

– Eh bien, je pense que tu vas aimer ça.

Meridian, docile, ouvrit grande la bouche, et Rosie glissa un morceau dedans. La fillette écarquilla les yeux.

– Ooh. MIAM MIAM.

– Avec maman, on a choisi la meilleure friandise. Hein, maman ? dit Kelly, qui avait à peu près la même silhouette molle que sa mère, avait remarqué Rosie. Oui. On a choisi la meilleure.

Le petit minois de Meridian commença à se déformer.

– Je vais te confier un secret, lui chuchota Rosie à l'oreille en mangeant elle aussi une confiserie à la noix de coco. Ce sont mes préférées, à moi.

Meridian sourit, avant de tirer la langue à sa sœur.

– Nous, on a NOTRE préférée.

Angie entra alors d'un air affairé, faisant tinter la cloche.

– Bon, on y va. Allez, allez.

Elle parcourut la boutique des yeux.

– Oh ! s'exclama-t-elle, à court de mots tout à coup.

Elle regarda Rosie.

– Oh, Rosie, ça n'a pas changé. Tu as… C'est… Je veux dire, est-ce que c'était comme ça, quand tu es arrivée ?

Rosie fit non de la tête, se remémorant l'énorme quantité de travail qu'il avait fallu pour nettoyer et ranger la boutique.

– Pas exactement, répondit-elle avec tact.

– C'est… c'est exactement comme dans mon souvenir. Sauf que je devais faire la même taille que Kelly à l'époque. Je la voyais avec mes yeux d'enfant, j'imagine.

Son visage hâlé, crispé, sembla s'affaisser un peu, tout à coup.

– Qu'est-ce que tu as, maman ?

– Oh, rien. Ton grand-père me manque, c'est tout, expliqua-t-elle d'une voix un rien étranglée. Il détestait ce village, cela dit. Il disait que c'était trop paisible. Je crois qu'il ne s'est jamais remis de la mort de son frère. Et il n'a jamais eu de maman non plus.

– Je sais. Lilian m'a tout raconté.

– Il n'avait donc pas beaucoup de bons souvenirs, ici. Et puis, ça a toujours été un bourlingueur.

Elle secoua la tête.

– C'est incroyable. Le fait que tu reviennes ici. Enfin, la pomme ne tombe jamais loin de l'arbre.

– J'imagine, répondit Rosie en opinant du chef.

– Regarde-toi… Est-ce que tu as un tablier ?

– Bien sûr.

Angie secoua à nouveau la tête.

– Ah. Après tout ce que j'ai fait pour que tu aies une bonne éducation… Tu as un diplôme d'aide-soignante… et tu finis par travailler dans un magasin !

– Par *tenir un magasin* ! rétorqua Rosie, vexée. Bon sang. Tu vas bien t'entendre avec la mère de Stephen.

*

Lilian avait réquisitionné le plus grand salon de l'établissement, celui avec le bon café, où quelques résidents souhaitaient faire une partie de dominos. Ils se plaignirent amèrement quand elle leur demanda de sortir.

– Toute ma famille est venue d'Australie pour passer Noël avec moi, répliqua-t-elle haut et fort. Ils sont venus du bout du monde, juste parce qu'ils tiennent à moi. Est-ce que ta famille vient aujourd'hui, Aggie ? Je te laisse la place, si c'est le cas.

Aggie eut une moue, puis fit remarquer que certains aimaient beaucoup leur petite personne, que le péché d'orgueil n'allait pas sans danger, ce genre de choses, mais Lilian campa sur ses positions, nullement intimidée et, quand Rosie et les autres arrivèrent dans la Land Rover, elle les attendait, aussi gracieuse qu'une reine, comme si elle les accueillait dans sa ravissante maison.

– Angela, dit-elle en ouvrant les bras. Mon Dieu, mais que fais-tu à ta peau ? Est-ce que c'est la mode, en Australie ? On dirait du skaï.

Desleigh écarquilla les yeux, Rosie porta la main à sa bouche, mais Angie se contenta de répondre :

– Oh, Lil, ça s'appelle avoir un joli teint. Tais-toi et viens là.

Les deux femmes s'étreignirent.

– Tu es bien moins grosse, remarqua Lilian.

– Je sais. C'est la zumba. Je suis très douée.

– Je ne comprends rien à ce que tu racontes, mais bravo.

– Et toi, tu es superbe. On ne dirait pas que tu as besoin d'être ici.

Lilian s'enorgueillit.

– Je sais, répondit-elle en chuchotant. Je voulais faciliter la tâche à Rosie.

C'était un mensonge si outrancier que Rosie faillit recracher le dernier petit bout de confiserie à la noix de coco que Meridian avait tenu à partager avec elle.

– Eh bien, c'était très gentil de ta part, répondit Angie.

Pip s'approcha, l'air enjoué, mais aussi un peu mal à l'aise. Le pantalon en velours de coton de Stephen était bien trop long pour lui : il avait dû le retrousser aux chevilles et le porter avec des espadrilles.

– Le seul problème quand on vit ici, c'est qu'on a du mal à se tenir au courant de la mode, commenta Lilian avec prudence.

– Bonjour, dit Pip, qui avait peu de souvenirs d'elle, en réalité ; il ne se rappelait que les Noëls où Rosie se roulait par terre parce qu'elle avait mangé tant de caramels qu'elle croyait qu'elle allait exploser, et la fois où il avait vomi parce qu'il avait mangé trop de grains de maïs soufflé enrobés de sucre.

– Et qui sont ces petits ?

Shane était de nouveau scotché à sa DS. Rosie la lui aurait bien confisquée, or ni Pip ni Desleigh ne semblaient y prêter attention. Elle poussa Kelly en avant, mais la fillette se cramponna à sa mère.

– Bonjour, dit Meridian en s'approchant de Lilian avant de lui serrer la main de manière très formelle. Je m'appelle Spiderman.

Lilian sourit, puis lui serra doucement la main.

– Je suis ravie de te rencontrer, Spiderman.

Elle l'examina de près.

– Je crois que je peux deviner quelque chose à ton sujet, dit-elle. On vérifie ?

– C'est une sorcière, chuchota très fort Kelly, cachée derrière sa mère.

– Est-ce que tu aimes les confiseries à la noix de coco ? demanda Lilian.

Meridian écarquilla aussitôt les yeux, puis opina du chef, émerveillée par les pouvoirs de la vieille dame.

– Oui !!! murmura-t-elle.

– J'en ai à l'intérieur, lui dit Lilian en les faisant entrer au chaud.

– Non ! s'écria Rosie. J'ai dit à Cathryn de faire attention à la contrebande. Tu dois manger la nourriture qu'ils te servent.

– Il faudrait se lever de bonne heure pour me prendre sur le fait, répondit gaiement Lilian, et Rosie embrassa sa joue blanche et douce. Oh ! s'exclama soudain la vieille dame en touchant sa joue. C'est merveilleux de vous voir tous là, vous savez.

– Je sais, répondit Rosie. Est-ce que tu pourrais venir dîner avec nous, ce soir ?

– C'est une invitation de dernière minute, dis donc.

Rosie leva les yeux au ciel.

– Pourquoi ? Qu'as-tu de prévu à ton agenda ?

– Ne fais pas ta maligne. C'est danse de salon, ce soir, na ! Et je veux voir ce que vaut le nouveau au fox-trot.

– Bien, ne viens pas alors.

– Allez-vous au *Red Lion* ?

– Non, Hetty nous a invités au manoir.

– Oh oui, j'avais complètement oublié.

– Elle t'a déjà invitée ?

– Bien sûr. Pour me faire la conversation, si elle s'ennuie.

– Oh, je me disais bien aussi. Alors, est-ce que tu viens ?

– Je ne manquerai ça pour rien au monde.

– Parfait.

– Je suis sûre qu'Angie et Hetty vont s'entendre à merveille… Pourquoi y a-t-il écrit « ananas » sur son tee-shirt ?

– Chut !

– Et il ne fait pas un peu froid pour montrer son nombril ?

Pip emmena les enfants jouer dehors, et Rosie s'occupa en préparant du café, pendant qu'Angie et Lilian se donnaient des nouvelles de cousins éloignés et de gens dont Rosie ne se souvenait pas ou n'avait jamais entendu parler. Nombre d'entre eux étaient morts, c'était incroyable. C'était ce qui arrivait, quand on était si vieux, supposa-t-elle. Écoutant à moitié, elle sourit à Desleigh, qui mit trois cuillérées de sucre dans son café, puis essaya de se rapprocher du feu.

– Alors, que penses-tu du Stephen de notre Rosie ? finit par demander Lilian.

– Tais-toi, Lilian, l'avertit Rosie.

– OOH ! s'exclama Angie.

– Tu vois.

– Comment a-t-elle pu se dégoter un homme pareil ? poursuivit Angie, aux anges. Crois-tu qu'ils vont se marier ?

Rosie se prit la tête entre les mains.

– MA-MAN ! Tu ne peux pas... il faut que tu arrêtes de parler de ça.

– Oh, voyons, regarde-le... Riche, de la haute.

– Je me fiche de tout ça. Enfin, d'abord, il n'est pas riche : il n'a pas un sou, il a encore moins d'argent que moi. Et être de la haute, ce n'est pas marrant, crois-moi. Je l'aime pour ce qu'il est à l'intérieur, expliqua-t-elle.

– ... et il est beau comme un dieu, continua Angie.

– Oui, beau comme un dieu. D'accord. Ça, je te l'accorde.

– Comment l'as-tu séduit, déjà ? l'interrogea Angie d'un ton songeur.

– Elle l'a traqué, répondit Lilian.

– Mais NON !

– Alors, comment l'as-tu rencontré ? Tu t'es montrée très évasive à ce sujet.

Rosie pinça les lèvres.

– Eh bien, j'étais son...

– Tu n'étais pas son infirmière, si ? demanda Angie en lui attrapant le bras.

Rosie vira au rose vif.

– Si. Enfin, je donnais un coup de main.

– C'est TELLEMENT mal, commenta Angie, ravie.

– Ce n'était pas comme ça.

– Quoi, tu ne l'as pas déshabillé alors qu'il était malade et vulnérable ?

– On dirait Hetty. Ce n'était pas comme ça. On n'est sortis ensemble que bien plus tard.

– Comment ça, « plus tard » ?

– Maman. Arrête, d'accord ? La manière dont on s'est rencontrés n'a aucune importance.

Pour une fois, Lilian intervint pour prendre la défense de Rosie.

– Ce n'était pas du tout comme ça, Angie.

– Merci, Lilian.

– Pour résumer, ta Rosie se jetait au cou de tous les hommes du village, dont Jake, l'ouvrier agricole, et Moray, ce jeune médecin gentil et efféminé…

– LILIAN !

– … et Stephen a mordu à l'hameçon. Bien sûr, il était en convalescence…, ajouta-t-elle pensivement.

– Bien. Vous êtes horribles, je renie toute ma famille, lança Rosie.

– Avant ou après le dîner ? l'interrogea Angie.

Chapitre 13

Rosie enfila une jolie robe verte, qui lui allait bien au teint, puis passa à la boutique pour que Tina lui mette de l'eye-liner. Or, quand elle entra, Tina sautait sur place, tout excitée.

– Qu'est-ce qu'il y a ? l'interrogea Rosie.

– Je ne peux pas te le dire.

– Quoi ? Pourquoi ? Est-ce que je peux te forcer à me le dire, parce que je suis ta patronne ?

– Oh NON, répondit Tina, l'air paniqué. Je n'y avais pas pensé.

– Je rigole. Tu n'es pas obligée de me le dire, si tu n'en as pas envie. Qu'est-ce que c'est ?

– Mais j'avais dit que j'attendrais... Oh, je dirai à Jake que tu m'as obligée.

Rosie opina du chef.

– Quoi ?

Lentement, délicatement, Tina tendit sa petite main gauche, à la manucure parfaite. Un diamant, tout petit, mais immaculé, scintillait à son annulaire.

– ÇA ALORS ! s'exclama Rosie, prise d'un élan de joie pour son amie, mais aussi d'un petit chancellement, qu'elle mit sur le compte de la faim et de la nervosité. Ça alors, Tina ! C'est génial ! Cette bague est magnifique !

Son amie vira au rose vif.

– Je sais !

– Raconte-moi tout.

– Eh bien, c'est un peu nul, en fait.

– Pourquoi ?

– Parce qu'il voulait faire sa demande à Noël. Mais j'ai trouvé la bague en lavant son bleu de travail.

– Il l'avait gardée dans son bleu ?

– Oui, il m'a expliqué qu'il avait peur que je la trouve en rangeant.

– Mais tu rangeais malgré tout ses affaires.

– J'aime bien ça, expliqua Tina, et, effectivement, Rosie lui avait souvent été reconnaissante d'aussi bien manier le plumeau. Bref, j'ai essayé de la remettre dans le bleu propre et de faire comme si je ne l'avais pas trouvée.

– Est-ce que ça a marché ?

– Euh, non. Je n'arrêtais pas de rire sottement et de rougir, et il m'a aussitôt démasquée. Est-ce que tu veux l'essayer ?

– Euh…

– Allez ! l'incita Tina avant de la retirer, mais Rosie ne put la passer à son annulaire.

À la place, elle l'admira donc sur son petit doigt.

– Oh, elle est ravissante. Qu'est-ce qu'il t'a dit ?

Tina parut déconcertée.

– Il m'a dit : « Veux-tu m'épouser ? »

– Oh. Avec un genou à terre ?

– Oui. Mais il a d'abord demandé aux enfants.

Cela donna envie de pleurer à Rosie.

– Comment ça ?

– Il a expliqué à Kent et Emily qu'il n'était pas leur papa, mais qu'il aimerait rester avec leur maman, s'ils étaient d'accord.

– Oh. C'est génial. Qu'est-ce qu'ils ont dit ?

– Kent y a réfléchi, puis il a fait oui de la tête et lui a dit qu'il rendait sa maman heureuse. Quant à Emily, elle s'est précipitée vers moi pour me demander si elle pourrait porter une robe de princesse au mariage : Jake a dû l'attraper par le col pour l'empêcher de gâcher le moment, expliqua-t-elle en souriant à ce souvenir. Mais cela n'a rien gâché. Rien du tout.

Rosie l'enlaça.

– C'est merveilleux. C'est un homme merveilleux.

– C'est vrai, répondit Tina avec suffisance. Et tu seras la prochaine.

Rosie se racla la gorge, le cœur lourd.

– Au point où on en est, je crois que j'aurai de la chance si on passe la soirée sans se disputer.

– Ta mère avait l'air adorable au téléphone.

– Elle l'est. Ils sont tous adorables. Ça se passera bien, répondit-elle avant de pousser un soupir.

– Ne sois pas bête, dit Tina en essayant de lui mettre de l'eye-liner tout en admirant sa bague. Je suis sûre que Stephen te demandera ta main.

Rosie essaya de l'imaginer, mais en fut incapable.

– Oh, on n'en est pas encore là, répondit-elle tristement.

– Tu crois ?

– Je… ça n'a pas d'importance, dit-elle, la gorge serrée.

Elle avait déjà entretenu une très longue relation sans se fiancer par le passé, elle n'allait pas commencer à se tracasser pour cela.

D'un autre côté, Jake et Tina avaient commencé à se fréquenter très peu de temps avant eux. Qu'est-ce qui les rendait si sûrs d'eux ? Avec Stephen, lorsqu'ils étaient seuls, rien qu'eux deux, elle avait le sentiment que tout était parfait ; ils s'aimaient et s'entendaient à merveille.

Ce n'était que lorsque leur relation était scrutée par leur famille et leurs amis que des fissures commençaient à apparaître. Les autres semblaient penser qu'ils étaient mal assortis, qu'ils formaient un couple étrange, et cela la faisait constamment douter. Elle savait ce que dirait Stephen : s'il avait envie de faire quelque chose, il se fichait pas mal de ce que pensaient les autres. Mais pas elle, elle n'y pouvait rien.

– Tina, je suis si heureuse pour toi, se contenta-t-elle de dire.

Le visage de son amie s'épanouit en un sourire si radieux qu'il éclaira la petite boutique dans l'obscurité tombante de cette soirée hivernale.

★

À « Peak House », Rosie ne put s'en empêcher.

– Maman, es-tu sûre de vouloir porter ça ? Tu vas geler.

– Ça ne me va pas ?

– Si, à merveille.

Ce n'était pas tout à fait vrai. Angie portait une robe à fleurs sans bretelles, qui aurait pu aller à merveille à une adolescente sur une plage australienne en été, mais dont la simple vue glaçait le sang dans le Derbyshire au mois de décembre.

– Mais il fait froid au manoir.

– Ils n'allument pas le chauffage central, quand ils ont des invités ?

– Ils n'ont pas le chauffage central. Ils allument des poêles à mazout pour les enfants.

– Qui n'a pas le chauffage central ? se moqua Angie. Et dire qu'ils sont de la haute.

– Peux-tu au moins prendre un châle ou quelque chose comme ça ?

– Mais personne ne verrait mon bronzage.

Rosie préféra ne pas lui faire remarquer que son bronzage était tout fripé au niveau du buste. Et puis, sa robe sans bretelles ne tenait pas très bien, ce qui l'inquiétait un peu. S'ils s'asseyaient à une table haute, elle aurait l'air complètement nue.

Desleigh, elle, était vêtue d'une tenue noire débraillée et n'avait pas lésiné sur l'eye-liner. Le rendu était étrange : elle ressemblait à une adolescente, mais d'une drôle de façon.

– Tu es sublime, Angie, ne l'écoute pas, dit-elle, la bouche pleine de chips.

Shane était toujours scotché à sa Nintendo.

– Euh, il ne va pas la prendre, si ? murmura Rosie à Pip, qui parut dérouté.

– Pourquoi pas ? Ça l'occupera.

– Ma-man ! appela Kelly. Meridian est en train de s'habiller, mais elle ne met pas ce que tu lui as dit.

– C'est pas vrai ! lança une voix forte, paniquée.

– Si, c'est vrai, maman. Elle fait tout de travers.

Kelly apparut dans le salon, affublée d'un costume de princesse Disney un peu trop serré sous les bras, qui donnait l'impression déconcertante qu'elle avait une poitrine naissante. Meridian arriva en trottinant derrière elle, les joues rouges, en colère, à moitié étranglée dans un haut de pyjama Spiderman bien trop grand pour elle.

– Hé ! s'écria Shane, sans relever le nez, aurait-on dit. Enlève mon pyjama, pignouf.

– NAN, lança la voix, enfouie sous un tas de nylon.

– Oh non, tu ne vas pas recommencer avec Spiderman, s'énerva Desleigh.

Kelly leva les yeux au ciel en même temps que sa mère.

– Tu es une fille, poursuivit Desleigh. Tu ne peux pas être Spiderman.

– SUIS SPIDERMAN.

– Tu peux être une princesse. Ou une fée. Ou une princesse-fée, lui dit Kelly avec obligeance, avant de faire une pirouette.

– NON !

– Elle ne peut pas être Spiderman, tout simplement ? demanda Rosie, se rendant compte que l'heure tournait.

– Pas dans mon fichu pyjama, rétorqua Shane.

– Ne dis pas « fichu », le reprit machinalement son père.

– Elle n'a rien d'autre à se mettre ? s'enquit Rosie.

– Elle a ma vieille robe de princesse-fée, répondit Kelly. Que je lui ai très gentiment donnée.

– J'EN VEUX PAS.

– Mais on va être en retard.

Desleigh regardait au loin, comme si cela n'était pas son problème. Angie s'approcha pour commencer à négocier avec Meridian, ce qui ne sembla pas fonctionner le moins du monde. Elle paraissait sur le point de la supplier. Rosie fila dans la chambre pour revenir avec une vieille écharpe de Stephen. Cela ne le gênerait pas, songea-t-elle. C'était un cas de force majeure.

– Écoute, Meridian, dit-elle en s'agenouillant pour être à sa hauteur, comme Super Nanny lui avait dit de faire (elle n'aurait jamais admis regarder *Super Nanny*, même sous la torture). Voilà une ceinture de Spiderman pour ton costume de Spiderman, d'accord ?

Meridian cessa de pleurer et la regarda, refoulant ses larmes d'un battement de paupières.

– Une vraie ?

– Oui, répondit Rosie, d'une voix qui ne tolérait aucune discussion. Regarde.

Sur ce, elle baissa le haut de pyjama de Shane, pour qu'il arrive aux genoux de la fillette. Puis elle roula les manches et lui noua l'écharpe autour de la taille, de façon à faire une robe peu conventionnelle.

– Et Spiderman ne porte pas ses collants bleus aujourd'hui…

La lèvre de Meridian se mit à trembloter.

– Parce que… Desleigh, as-tu des collants pour elle ?

L'intéressée opina du chef, puis sortit de son sac une paire de collants noirs pour fillette flambant neufs.

– Ils étaient à porter avec la robe, expliqua-t-elle.

– Regarde ! dit Rosie à Meridian. Regarde !

Elle les déplia, et les yeux de Meridian s'écarquillèrent.

– Des… COLLANTS DE BATMAN !

– Oui, c'est ça, acquiesça Rosie.

– Des collants de BATMAN !!

Rosie fit oui de la tête.

– Du coup, tu es à la fois Spiderman ET Batman ?

Meridian opina respectueusement du chef.

– Regarde mes collants de Batman, Kelly !

– Non, ce ne sont pas des collants de Batman. Tu es une fille.

– Et je veux que tu me rendes mon pyjama, ajouta Shane.

– Allez, tout le monde. En voiture, finit par dire Angie, ce dont Rosie lui fut très reconnaissante.

*

Pip accompagna Rosie à la voiture.

– Est-ce que ça va ? Tu as l'air un peu stressée.

Elle lui sourit.

– Tu es très doué pour ne jamais être stressé, toi.

– Ça ne sert à rien. Il faut juste suivre le courant. Mais je ne suis pas surpris que ce temps te stresse.

– J'aime ce temps, répondit-elle en grattant le pare-brise.

– Bien sûr, sœurette, si tu le dis. Mais, tu sais, on va juste chez ton copain, hein ? Je ne sais pas pourquoi ça te stresse autant.

Rosie y réfléchit avec colère. Elle ne le savait pas non plus.

*

En approchant de « Lipton Hall », comme ils remontaient l'allée, Rosie remarqua que la mâchoire de sa mère s'était décrochée en voyant les nombreuses fenêtres et tourelles.

– Ça doit coûter une fortune de chauffer cet endroit, commenta-t-elle.

– Ah ! Pour les enfants de l'école, oui.

Elle s'était dirigée vers la porte arrière, mais remarqua que Hetty les attendait devant l'entrée principale et se dépêcha donc de reculer sur les graviers. Monsieur Chien couinait déjà d'excitation. Shane ne releva même pas les yeux de sa console.

Moray avait téléphoné à Rosie un peu plus tôt pour la prévenir qu'il avait déposé Lilian.

– Tu ne restes pas ? lui avait-elle demandé.

Elle n'aurait pas été contre un médiateur impartial. S'en était suivi un long silence.

– Quoi ?

– Tu n'as jamais mangé au manoir.

– Si, je suis allée au bal de chasse.

– Oh, ma chérie. Il y avait un traiteur. Tu sais qu'elle a donné sa soirée à Mme Laird ?

– Et donc… ?

– Je te déposerai une prescription pour un antiacide en rentrant chez moi, d'accord ?

– PAS D'ACCORD, avait-elle répondu, mais il avait déjà raccroché.

★

La neige crissa sur les graviers quand ils descendirent de voiture. Hetty les jaugea d'un coup d'œil. Il était difficile de dire ce qui était le plus froid : l'air glacial ou son regard.

– Angie… Angela, se présenta la mère de Rosie.

Une seconde, Rosie eut l'horrible impression qu'elle allait faire une révérence.

– Très belle maison.

– Mais qu'est-ce que vous PORTEZ ? N'êtes-vous pas MORTE DE FROID ?

– Non, ça va, mentit Angie en claquant des dents.

Pip tendit la main, incitant Shane à l'imiter.

– Je suis le frère de Rosie.

– Et toi, qui es-tu ? s'enquit Hetty en fixant le garçonnet.

Shane, lui, fixait le sol. Pip lui donna un nouveau petit coup de coude, mais son fils resta muet, alors même qu'Angie pestait contre lui.

– Euh, c'est Shane, répondit Pip.

– Est-ce qu'il va bien ? s'enquit Hetty.

– Oui, il est juste timide, expliqua Desleigh.

Hetty eut une moue.

– Nous le sommes tous, ma chère.

Kelly s'avança, puis fit une pirouette.

– Je m'appelle Kelly.

– Ravie de te rencontrer, Kelly. Bienvenue.

La fillette eut un sourire suffisant, puis tira la langue à son frère.

– Et toi, qui es-tu ?

– Spiderman, répondit Meridian d'une toute petite voix.

– Quoi ?

– Suis Spiderman.

– Elle s'appelle comment ? Simona ?

– C'est Meridian, expliqua Rosie en posant une main rassurante sur l'épaule de sa nièce. Bonsoir, Hetty. Entrons, vous voulez bien. Il gèle dehors.

– Je ne fais jamais attention au froid, répliqua Hetty avec une moue.

– Où est Stephen ?

– Il a aidé Lilian à aller aux toilettes, répondit Hetty sans mâcher ses mots, comme d'habitude, et Rosie ne put s'empêcher de sourire.

Il faisait un peu plus chaud à l'intérieur, mais pas beaucoup plus. Un feu était allumé dans la cuisine du fond, où Hetty cuisinait elle-même ; cette pièce était agréable, il y faisait bon, mais ils ne dînaient pas là. Ils mangeaient dans la salle à manger des grandes occasions, qui devait mesurer vingt-cinq mètres de long et où un feu minuscule brûlait dans l'âtre. Rosie en était certaine : si elle avait pu voir jusqu'en haut de la pièce (ce qui était impossible, car les plafonds étaient trop hauts et l'éclairage, trop tamisé), elle aurait vu des stalactites dans les coins.

– On se croirait dans *La Famille Addams*, murmura Angie à sa fille quand ils entrèrent. Bon sang.

– J'ai peur, gémit Kelly.

– Je te sauverai avec mes COLLANTS DE BATMAN, la rassura courageusement Meridian en faisant une prise de karaté devant une armure.

– Bonjour, tout le monde, les salua Stephen en entrant au bras de Lilian.

– Stephen vient de m'aider à descendre de voiture, expliqua Lilian au cas où quelqu'un croirait qu'elle sortait des toilettes.

Angie l'embrassa.

– Tu es ravissante, la complimenta-t-elle, et c'était vrai.

Lilian portait une tunique épaisse couleur lilas, une jupe crème et un long gilet de laine assorti. Sa tenue paraissait à la fois chic, confortable et chaude, et la vieille dame avait mis une touche d'ombre à paupières.

– Je sais. Mais tu n'es pas assez habillée, toi. Vas-tu en discothèque après ?

Angie se colla à la cheminée, le plus près possible, sans pour autant prendre feu.

– Tu ne changes pas, Lilian.

– Non, répondit sa tante avec un soupir. Mais fait-il noir comme dans un four, ici, ou est-ce moi ?

– Non, il fait noir, répondit Rosie. Les enfants sont terrifiés.

– Eh bien. Au moins, comme ça, on ne verra pas ce qu'on mange.

*

Stephen fit un tout petit bisou à Rosie. Elle eut envie de l'agripper, de le sentir, mais il grimaça quand elle lui effleura la peau et elle se recula.

– Comment vas-tu ?

– Je suis épuisé. J'ai le sentiment d'avoir eu ma dose de petits chameaux pour aujourd'hui. Je ne veux pas critiquer tes proches, mais… est-ce qu'il arrive à ce garçon de poser sa console ? On dirait un affreux banquier de la City en train d'essayer de trouver du réseau.

– Chut. Ils sont dans un environnement inconnu.

– Oui, *Super Mario Land.*

Stephen regarda Kelly pratiquer ses pas de danse.

– Oh, la danse de l'Éléphant Dragée[1].

– Tais-toi ! Arrête ! Ne porte pas de jugement.

– C'est juste une observation !

– Eh bien, évite.

Elle était furieuse. Elle savait qu'elle était à cran, un peu trop fébrile, car elle tenait à ce que tout le monde s'entende bien, mais, à l'heure actuelle, ils n'étaient que des groupes de gens dans une pièce sombre en train de dire du mal les uns des autres.

– D'accord. Pardon. Dis donc, tu es susceptible, aujourd'hui.

– Eh bien, sois gentil avec moi, dans ce cas, répondit-elle.

Elle prit Meridian dans ses bras. La fillette s'était blottie contre ses genoux.

– Bonjour, Spiderman, lui dit Stephen.

Meridian sourit, toute fière.

– Suis Spiderman ET Batman.

– OUF, on est bien protégés comme ça.

– On dirait la maison de Batman, lança Shane tout à coup, sans relever les yeux. Est-ce que tu as une super voiture au sous-sol ?

– J'ai bien peur que non. Mais j'ai un fauteuil roulant.

Et Shane se replongea dans son jeu.

Après ce qui sembla durer deux heures à Rosie, Hetty apparut avec des gin tonics. La jeune femme ressentit un tel soulagement qu'elle en but une grande gorgée, pour aussitôt s'étrangler, réalisant qu'il était composé d'au moins

1. Allusion au personnage de la Fée Dragée dans le ballet *Casse-Noisette* de Tchaïkovski (N.d.T.).

quatre-vingt-dix pour cent de gin pour une minuscule goutte de tonic.

– Bon sang !

– Oh oui, fit Stephen en commençant le sien. Je voulais te le dire : tu ne sais pas doser les gin-tonics.

– Il faut verser le tonic directement dans l'évier, c'est ça ?

Stephen considéra son verre.

– Pour moi, il est parfait, tu vois.

– Oh, Stephen, tu es le portrait craché de ton père dans cette position, commenta Lilian.

Rosie manqua s'étrangler une seconde fois. La relation de Stephen avec son père était un sujet qu'il ne fallait pas évoquer en public, en général.

– Mais, dans cette lumière, il ressemble aussi à Frosty le bonhomme de neige, ajouta Angie. Ou à l'Incroyable Hulk.

– Merci, madame Hopkins.

– Je t'en prie. J'aime beaucoup ce nouveau cocktail. Et c'est « mademoiselle ».

– Le dîner est servi, annonça Hetty.

La tête de Meridian dépassait à peine de la table. Rosie regarda autour d'elle, à la recherche d'un coussin, mais Angie se dépêcha de mettre sa petite-fille sur ses genoux. Les trois enfants fixaient leur soupe d'un air dubitatif. Les assiettes, en porcelaine blanche délicate, étaient cerclées d'or – du vrai, Rosie en était certaine : elle croisa les doigts, priant pour que ses neveux ne les fassent pas tomber. Les enfants considéraient aussi avec désarroi les différents couverts posés devant eux.

– D'habitude, je n'aime que les choses qu'on peut prendre avec ses doigts, dit Kelly.

– Du gâteau, par exemple ? lança Hetty de manière appuyée.

Rosie cligna deux fois des yeux devant tant d'impolitesse.

– Oui, répondit la fillette. Maman, je veux du gâteau.

– Veux-tu essayer de manger avec une cuillère, ma chérie ? l'interrogea Desleigh.

– Est-ce que c'est comme la soupe Heinz, maman ? Je n'aime que la Heinz, geignit Kelly. Et le gâteau.

Au moment où Desleigh portait une cuillère à la bouche de la petite, Hetty invita Lilian à dire le bénédicité. Rosie eut aussitôt envie de taper toutes les personnes présentes. Les lèvres de Stephen esquissaient un léger rictus, ne put-elle s'empêcher de remarquer – il ferait mieux de s'en départir vite, s'il ne voulait pas qu'elle soit vraiment en colère contre lui.

Lilian récita un bénédicité traditionnel, tout doucement, puis ils commencèrent à manger.

Rosie ferma les yeux. C'était infect. Cette soupe avait un peu le goût qu'aurait l'eau de vaisselle, si on la buvait. Après l'avoir laissée refroidir dans le réfrigérateur.

– À quoi est cette soupe ? demanda Desleigh, faisant de son mieux.

Hetty la dévisagea.

– À la queue de bœuf.

– À la QUEUE DE BŒUF ? s'écria Shane. Beurk.

Il se mit malgré tout à manger. Kelly, elle, éclata en sanglots.

– Maman ! Je ne veux pas manger de queue.

Pour lui tenir compagnie, Meridian éclata elle aussi en sanglots, jusqu'à ce que Rosie se penche vers elle.

– Spiderman ? Est-ce que tu crois que les Spidermen mangent leur soupe ? murmura-t-elle.

Meridian y réfléchit, opina vivement du chef, puis entreprit de soulever sa cuillère, tandis que Rosie se demandait s'il faisait assez sombre pour verser sa part dans l'armure.

– Mmm, fit Stephen. C'est délicieux.

– Je sais, répondit sa mère.

Rosie le considéra, les yeux plissés. Était-il en train de se moquer d'elle ?

– Je n'ai pas... Ça fait longtemps que je n'ai pas mangé à la maison, ajouta-t-il en guise d'explication.

Il n'avait pas son expression ironique habituelle. Rosie regarda alentour, cherchant du pain pour éponger sa soupe, mais n'en vit pas. Malgré tout, Shane et Meridian mangeaient bien la leur ; Angie feignait de partager la sienne avec Meridian, contournant habilement le problème. Kelly, elle, faisait la moue, mais personne n'y prêtait attention.

– Bon, commença Hetty d'une voix impérieuse.

Il n'était pas vraiment étonnant qu'elle ait une voix aussi forte, en ayant grandi dans un lieu pareil, songea Rosie.

– Je ne pense pas pouvoir supporter ces enfants dans cette maison une minute de plus.

– Qu'est-ce qu'on a fait ? l'interrogea Shane.

Hetty le considéra.

– Oh, il parle ! Je ne parlais pas de vous, je parlais des élèves de l'école. Ma patience a des limites.

Stephen s'essuya la bouche avec sa serviette.

– Ce ne sont que des enfants, mère. C'est bon signe : ça montre qu'ils ne sont pas traumatisés par l'accident.

– Mais le bruit !

– Ils répètent les chants pour le concert de Noël, c'est tout.

– Et ils courent dans tous les sens.

– C'est ce que font les enfants en bonne santé.

– Et ma tête de cerf.

– Ah oui. Désolé. Ils pensaient que c'était un portemanteau.

– Et la rampe d'escalier.

– La plupart d'entre eux n'ont pas de rampe chez eux. En tout cas, pas d'aussi tentante pour glisser.

– J'ai connu un petit garçon qui faisait beaucoup de glissades, remarqua Lilian.

– N'importe quoi, répondit Stephen. J'étais un modèle de vertu.

– De vertu et de bouderie, répliqua Hetty. Bref, peu importe. La gestion du patrimoine va en faire toute une histoire, et ce n'est pas bon pour la maison. Elle est déjà assez délabrée comme ça. S'ils rayent encore le plancher ou l'imprègnent de cette odeur d'enfants, nous perdrons des réservations. Un couple a déjà décidé de ne pas organiser son mariage ici, quand ils ont trouvé quatre petits garçons en train de faire le cochon pendu sur l'arche nuptiale.

– Ça aurait pourtant été mignon, répondit Stephen, mais sa mère ne sourit pas.

– Non. J'estime avoir déjà beaucoup donné à ce village, mais cette école doit fermer. Je suis désolée, Rosie.

– Mais si on ferme l'école ici…

– Ils ne répareront pas l'école, jeune fille. Il faut que tu te rentres ça dans le crâne. Ils ne débloqueront pas les fonds pour la réparer. Cela a toujours été un arrangement provisoire… Ou attends-tu de moi que je tienne gratuitement une école jusqu'à la fin de mes jours ?

– Non.

– Non. Voilà. Alors, le plus tôt sera le mieux.

Rosie eut l'impression ridicule qu'elle allait fondre en larmes devant tout le monde.

– Eh bien, ça signera notre fin à nous aussi, commenta Lilian. Pas d'enfants, pas de bonbons. C'est aussi simple que ça.

– Oh, ne dramatise pas, Lil.

– Je ne dramatise pas. Pas d'école, pas de familles. Pas de familles, pas de confiserie.

★

Hetty débarrassa les assiettes de soupe presque intactes, avant de revenir avec un rôti de bœuf saignant, des pommes de terre bouillies et des légumes qui avaient à l'évidence cuit à la vapeur pendant des jours.

– MERVEILLEUX, lança Stephen en se levant d'un bond pour découper la viande. Ta cuisine m'a un peu manqué, maman. Elle ne cuisine pas souvent, expliqua-t-il aux invités.

– Pas possible, marmonna Angie.

– Mais quand Mme Laird était en congé… c'était un genre de petit plaisir.

Il regarda sa mère, et ils échangèrent un rare sourire de trêve.

– Bien sûr, tu peux toujours vendre le cottage, reprit Lilian. Soyons honnêtes. Je ne reviendrai pas. Je suis trop vieille.

– Mais tu te plais, à la maison de retraite ? s'inquiéta Angie.

– Disons que pour une prison pour les incontinents physiques et mentaux, ça pourrait être pire, je suppose, reconnut la vieille dame. C'est pour toi que je m'inquiète, ajouta-t-elle en pointant sa fourchette vers Rosie.

– Est-ce que je peux avoir les morceaux marron au bord ? demanda Angie. Désolée, c'est juste qu'en Australie on fait cuire les aliments, en général.

– Vous les faites brûler, sans doute. Sur le « barbe-cue » ? s'enquit Hetty, comme si elle venait d'entendre ce mot pour la première fois.

– Ça va aller, répondit Rosie, une boule au creux de l'estomac.

– Mais que feras-tu si la confiserie ferme ? s'entêta Lilian.

– Hum, hum, fit Angie pour s'éclaircir la voix, semblant renoncer à manger. Eh bien, nous ramènerons Rosie avec nous en Australie, bien sûr.

*

– Qu'est-ce que tu fais ? demanda Doreen en regardant par-dessus l'épaule d'Edward.

Passer des heures sur Internet ne lui ressemblait pas ; en général, il essayait justement d'empêcher Ian de le faire. Il croyait au bien-fondé de la séparation entre le travail et la vie de famille et aimait que leur fils mange un bon dîner en leur racontant sa journée. Cela ne lui ressemblait pas du tout.

– Juste… quelques recherches, répondit-il d'une voix étouffée.

Doreen lui donna sa tasse de thé, sucré avec un édulcorant Hermesetas, et se rapprocha pour mieux voir. Il consultait un site dédié aux anciens soldats, nommé Veterans UK.

– Qu'est-ce que tu cherches ?

– Je ne sais pas vraiment. Je viens juste d'avoir cette idée, parce qu'il n'aime pas en parler… Je voulais juste voir si je pouvais trouver des renseignements sur papa pendant la guerre.

– Avec un nom comme James Boyd, tu aurais de la chance, répondit Doreen avec une moue. Il doit y en avoir beaucoup.

– Non, regarde, lança Edward, subitement tout excité, quand le moteur de recherche afficha les résultats. C'est incroyable toutes les informations que les gens mettent en ligne de nos jours, il y en a des tonnes.

Effectivement, environ trois pages du site concernaient un certain James Boyd, né à Halifax en 1921.

– C'est lui.

Doreen prit une chaise pour s'asseoir à côté de son mari, tout excitée, elle aussi.

– Ooh, allez, regardons ça. Tu sais, tu as peut-être de la famille dont tu ne connais même pas l'existence.

– J'ai assez de problèmes avec celle que j'ai déjà, plaisanta Edward, mais il avait les joues roses d'impatience.

Ils vivaient à la campagne, et leur débit Internet était très lent (Ian s'en plaignait à longueur de temps), mais la page finit par se charger. Ils la fixèrent. Elle montrait la photo d'un jeune homme aux cheveux noirs et raides, coupés court, avec un long nez parsemé de taches de rousseur. Ils scrutèrent longuement ce cliché.

– C'est fou ce que les gens peuvent changer, finit par commenter Doreen.

Edward secoua la tête.

– Ce n'est pas lui. On a dû se tromper de James Boyd.

– Il a la même date de naissance.

– Sacrée coïncidence. Je vais continuer à chercher.

– Ne te couche pas trop tard, mon chéri, dit-elle en lui embrassant l'épaule.

Quand il n'était pas à côté d'elle dans le lit, elle n'arrivait pas à dormir, même après toutes ces années.

*

– Bien sûr que Rosie ne part pas, décréta Stephen, qui engloutissait son repas avec un plaisir évident.

Rosie ne savait pas quoi répondre ; elle ne s'attendait pas à ce que sa mère dise cela.

– Mais qu'est-ce qu'elle va faire, ici ? Elle a accompli son devoir. Elle pourrait retourner à Londres, mais Londres, c'est fini. C'est à Sydney que ça se passe, maintenant. Et elle sera avec sa famille. Mais il faut se dépêcher : les infirmières ne peuvent plus obtenir de visa après trente-cinq ans.

– Euh, maman, c'est ridicule.

– Est-ce que tu vas venir vivre avec nous, tata Rosie ? demanda Kelly. On a une piscine, tu sais. Tu pourras venir dans notre piscine.

– ROSIE, ON A GRANDE PISCINE ! VIENS DANS GRANDE PISCINE ! ajouta Meridian en se tortillant pour passer des genoux d'Angie à ceux de Rosie.

Puis elle tourna le visage de sa tante vers elle pour le couvrir de bisous.

– JE T'AIME BIEN, annonça-t-elle d'une voix forte.

Rosie esquissa un sourire, puis l'embrassa à son tour.

– Moi aussi, je t'aime bien, répondit-elle. Ne dis pas de bêtises, Angie. Je suis très heureuse, ici.

Pip et Desleigh échangèrent un regard peu discret au-dessus de la table, ce qui la rendit furieuse.

– Pour faire quoi ? répliqua sa mère avec mépris. Je veux dire, c'est joli, mais ça va cinq minutes. Et tu n'es pas d'ici, si ? Regarde tout ça. Enfin, ce n'est pas comme s'il allait...

Trop tard, Rosie prit conscience de l'effet dévastateur qu'avaient eu deux gin-tonics très corsés sur une femme entre deux âges qui suivait un régime très strict. Angie montrait déjà Stephen du doigt. Rosie eut l'impression de voir un avion se crasher au ralenti. Elle eut envie de se lever d'un bond et de crier : « Nooo... ooonnn... »

– Comptes-tu l'épouser, mon joli ? Ou est-ce que tu t'amuses juste avec le petit personnel ?

Un silence consterné s'abattit sur la pièce. Seule Lilian fut prise d'un fou rire.

Stephen posa lentement son couteau et sa fourchette, entendant un bourdonnement dans ses oreilles. Rosie sentit son cœur gronder dans sa poitrine. Elle était furieuse contre sa mère. Contre Lilian. Contre Hetty. Contre tout le monde. Meridian continuait de déposer de petits bisous sur sa joue. Enfin, peut-être pas contre TOUT LE MONDE.

*

– Je n'en reviens pas que ta mère ait fait ça.

Le visage horrifié, scandalisé, de Moray n'aidait en rien.

Rosie avait ouvert le magasin, malheureuse comme les pierres, déprimée, et son ami était passé tôt pour débriefer le dîner. Il n'aurait jamais imaginé que cela se passerait aussi mal. Tina était là, elle aussi : elle tentait désespérément de cacher sa bague et sa joie et de se montrer compatissante.

– Je sais, répondit Rosie en sirotant son café.

– ALORS ? poursuivit Moray. Qu'a répondu le grand prince des ténèbres ?

– Arrête de l'appeler comme ça.

Moray échangea un regard avec Tina. Ce n'était pas la première fois qu'ils ramassaient Rosie à la petite cuillère à cause de Stephen.

La gorge de Rosie se serra. Elle n'avait pas beaucoup dormi.

– Il a dit... il a dit...

Elle fondit en larmes.

– Il a dit qu'il ne savait pas. Du coup, bien sûr, Angie a fait une énorme moue et a répondu que, non, le dernier non plus ne savait pas ce qu'il voulait, que j'avais perdu huit ans de ma vie avec LUI, et que je ne perdrais plus mon temps.

Elle s'interrompit.

– Personne n'a voulu de la compotée de prunes après ça.

Pip l'avait prise dans ses bras et lui avait caressé le dos. Elle savait qu'il comprenait.

Moray secoua la tête.

– Hetty fait exprès de cuisiner pour dissuader les gens de venir dîner.

– Mais… mais pourquoi est-ce que Stephen ne veut pas se marier ? demanda Tina en tripotant nerveusement sa bague.

Le visage de Rosie se figea.

– Je ne sais pas. Mon dernier petit ami ne voulait pas se marier, lui non plus. C'est peut-être moi.

– Ce n'est pas toi, répondirent ses amis d'une seule voix.

– Moi, je t'épouserais, ajouta Moray. Rien que pour le toffee.

– Merci, les copains.

– Mais… mais… qu'est-ce que tu vas faire ?

Rosie parcourut des yeux la ravissante boutique, chaleureuse et confortable, sa cloche en cuivre étincelant dans la lumière froide du petit matin.

– Je ne sais pas. Si la confiserie doit fermer, elle fermera. J'ai déjà changé de vie une fois… Je peux sans doute le refaire.

– Pour partir en Australie ? l'interrogea Tina, les yeux écarquillés.

– J'ai toujours voulu aller y faire un tour. Tout le monde dit que c'est génial. Et, tu sais, mon neveu et mes nièces sont là-bas. Je n'ai qu'eux comme famille. Et j'ai déjà raté une bonne partie de leur enfance.

– Tu es la seule famille qu'ait Lilian, tu sais, répondit Moray à voix basse.

– Lilian prend toujours le parti de Hetty, rétorqua Rosie, inhabituellement amère. Elle n'a qu'à être sa famille. Elle s'en sortira très bien sans moi. Et Hetty sera aux anges.

– Et Stephen ? demanda Moray, mais c'était trop tard.

Rosie avait de nouveau éclaté en sanglots.

Chapitre 14

Noël approchant, Rosie se plongea dans les préparations. Elle emmena sa famille à Carningford pour voir les illuminations et l'atelier du père Noël ; elle acheta un jeu Nintendo, une robe de princesse et un énorme Spiderman gonflable.

– On déjeunera à « Peak House » pour Noël, annonça-t-elle incidemment à Stephen.

Le jeune homme, qui corrigeait ses copies, ne prêta pas vraiment attention à son ton.

– Mais, en général, mère…

– Je me moque de ce que fait ta mère. Je serai à « Peak House » avec la mienne.

– D'accord. Ça me semble bien.

Il retourna à ses corrections.

– Hé, fit-il quelques minutes plus tard. Est-ce que ça va ?

Mais Rosie était déjà montée se coucher.

*

– Bien, dit Stephen. Encore une fois.

Ses élèves relevèrent sagement les yeux vers lui.

Il n'en revenait toujours pas d'aimer autant son métier. Se plonger dans le travail était le meilleur remède qu'il connaissait, aussi bien contre la douleur physique que morale. Aider un enfant un peu lent à rattraper son retard en lecture, faire rire la classe en expliquant l'arithmétique au moyen de saucisses et de chiens, entendre des voix jeunes, inspirantes, chanter avec un cheveu sur la langue, tandis qu'ils répétaient la crèche vivante. Stephen ne raffolait pas de ce spectacle : il y avait trop de compétition entre les parents lors de l'attribution des rôles, de sorte qu'il avait prévu cinq courts tableaux avant de passer directement aux parties chantées par tous les enfants, que tout le monde appréciait.

– « GLOO-ooo-oooo-ooo-ria », hurlaient gaiement les voix au rythme du vieux piano désaccordé, dont il savait à peine jouer.

Sa mère allait être de mauvaise humeur, mais il s'en soucierait plus tard.

Ses pensées vagabondèrent vers Rosie. Bon sang, il semblait avoir réussi à se mettre tout le monde à dos. *Une nouvelle fois*, songea-t-il tristement. Mais il n'était pas en état de penser à l'avenir en ce moment. Ne le voyait-elle pas ? Personne ne le voyait ?

*

– Où étais-tu passée ? demanda Lilian avec colère, hurlant dans son téléphone portable, comme toujours, alors qu'elle aurait tout à fait pu parler normalement.

– Angie est venue te voir tous les jours, répondit Rosie, sur la défensive.

– Oui, mais Angie, ce n'est pas toi, si ? Elle ne parle que de l'Australie et de se trouver un homme.

– C'est peut-être de ça qu'il faut que je parle, moi aussi, répondit sombrement Rosie.

– Qu'est-ce que tu racontes ? C'est n'importe quoi. Tu es bien trop susceptible.

Lilian soupira, puis raccrocha. Rosie broyait du noir ; c'était assommant.

Elle s'approcha tranquillement de l'endroit où James Boyd était assis, feignant de lire un livre. Il releva la tête, ses yeux bleus toujours perçants, et elle eut comme un flash-back. Ils se dévisagèrent un instant, horrifiés.

– Mon Dieu, dit-elle, essoufflée, en s'asseyant lourdement sur les gros coussins. Mon Dieu. Désolée.

Ses doigts cherchèrent instinctivement son alarme de détresse.

– Désolée. Pendant un moment… vous ressembliez à…

– Lilian, dit la voix.

C'était une voix du passé. Une voix qu'elle connaissait par cœur. Mais c'était impossible. Cette voix était morte. Depuis soixante-dix ans. Depuis des générations…

– Henry Carr, lança-t-elle dans un souffle, le visage blême. Henry Carr. Vous avez exactement la même voix que Henry Carr.

– Henry Carr, répéta le vieil homme, une larme lui roulant subitement sur la joue, mais Lilian était incapable de dire s'il connaissait ce nom ou s'il ne faisait que répéter ce qu'elle venait de dire.

– L'avez-vous connu ? Avez-vous connu Henry Carr ?

Or James n'était déjà plus là : ses yeux bleus étaient fixés sur l'horizon, où la neige tombait dru sur les buissons de houx.

*

Lilian intercepta Edward quand il passa la porte.

– Monsieur Boyd.

– Lilian, n'est-ce pas ? répondit-il poliment en se tapotant les épaules pour faire tomber la neige.

– Vous pouvez m'appeler Mlle Hopkins. C'est juste... Je voulais vous poser une question au sujet de votre père. James.

– Oui ?

– Il s'appelle bien James, n'est-ce pas ?

Edward lui jeta un regard étonné.

– Quelle drôle de question.

– Je sais. Et je sais que je suis une vieille dame ridicule, que je n'y vois rien et que je n'ai aucune idée de ce que je fais la plupart du temps... Je crois que je perds la tête.

– Mademoiselle Hopkins, vous êtes vive comme l'éclair : je ne suis pas dupe une seconde.

– C'est juste que votre père me rappelle beaucoup quelqu'un. Que j'ai connu pendant la guerre.

– Oh, je suis désolé. Je suis né après.

– Oui, je m'en rends compte. Et votre père ?

– Il a grandi à Halifax. Il vient d'une famille de tisserands.

– Avez-vous connu vos grands-parents, quand vous étiez petit ?

– Seulement du côté de ma mère. Les parents de mon père sont morts quand il était enfant. Il n'a même pas de photo.

– Je vois. Je vois. Merci.

Elle commençait à s'éloigner quand Dorothy Isitt arriva, l'air furieux, comme d'habitude, pour accomplir son devoir en rendant visite à sa mère, Ida Delia. Dorothy et Edward n'avaient pas été présentés, mais, en entrant, cette dernière tapota la neige sur son manteau, exactement comme Edward venait de le faire. Lilian remarqua soudain que leurs yeux avaient exactement la même couleur marron vert. Bien sûr, Dorothy avait toujours une chevelure épaisse et bouclée, grisonnante, tandis qu'Edward était chauve.

Et moi, songea Lilian cette nuit-là dans son lit une place (elle avait dormi dans un lit une place toute sa vie), *je ne suis qu'une vieille idiote romantique. Je deviens complètement folle.*

Puis une pensée lui vint. Une pensée atroce, terrifiante, triste…, mais peut-être nécessaire.

*

– Nous sommes un peu inquiets au sujet de votre père, avait dit Cathryn à Edward ce jour-là.

– Oh non.

Ils avaient regardé James, les yeux toujours dans le vague, son livre non ouvert sur les genoux, l'air absent.

– J'espère qu'il ne vous cause pas de problèmes ?

– Non, aucun problème. C'est un plaisir de l'avoir parmi nous. Mais c'est un peu ce qui me préoccupe, à vrai dire. Il est devenu très calme, il ne manifeste aucune agressivité, n'a pas le comportement que l'on pourrait attendre d'une personne atteinte de démence. Moray s'inquiète de son poids. Il s'est replié sur lui-même.

– Vous pensez qu'il n'est pas heureux, ici ? l'avait interrogée Edward, son cœur se mettant à battre la chamade, espérant qu'elle n'allait pas lui dire qu'il devait rentrer à la maison. Pas maintenant, pas après tout ce qu'ils avaient traversé.

– Je n'en suis pas sûre. Je ne crois pas que ce soit ça non plus. Mais il semble très pensif, nostalgique. Comme s'il était ailleurs.

– Et c'est grave ? avait demandé Edward, la gorge serrée.

– Je n'en suis pas sûre, avait répété Cathryn. Je suppose que de nombreux professionnels de santé ne seraient pas du même avis, mais il y a un stade dans la maladie où vivre tout le temps dans le passé, au lieu de passer sans cesse du passé au présent, ce qui est affreux… est plus doux, d'une certaine façon. Plus agréable.

Edward avait cligné des yeux.

– Vous n'êtes pas en train de me dire ce que j'ai envie d'entendre ?

– Je ne ferais jamais ça. Vieillir, c'est terrible, monsieur Boyd. Édulcorer la réalité n'est pas ma mission. Mais, ici, il semble…

– En paix ? Vous croyez ?

– Je vous fais seulement part de mes observations, avait répondu Cathryn en se retournant brusquement.

Edward était tranquillement allé s'asseoir sur l'accoudoir du fauteuil de son père, puis lui avait doucement passé un bras autour des épaules. Ces dernières années, terribles, James aurait sursauté, crié, réagissant sous le coup de la peur. En une ou deux occasions, il avait même eu une réaction violente, au point qu'ils avaient tous essayé d'éviter au maximum les contacts physiques.

Or là, il avait accepté que son fils pose son bras sur lui sans faire de commentaire, sans le déplacer, ni même, peut-être, le remarquer. Edward avait incliné la tête, délicatement, pour l'appuyer contre celle de son père, et là, sans un bruit – c'était un homme discipliné –, il avait laissé ses larmes tomber en silence sur les cheveux blancs et soyeux du vieil homme.

Chapitre 15

Rosie emmena sa mère dans les grands magasins *Bennetts* et *Debenhams* à Derby, puis elles allèrent boire un thé et un verre de champagne au *Cathedral Quarter Hotel*. Stephen accompagnait ses élèves faire de la luge pour son cours d'éducation physique et sportive et avait convié les enfants de Pip. Desleigh avait poussé un soupir de soulagement et s'était réservé une « journée bien-être », quoi que ce soit. Angie était partante pour y aller, elle aussi, mais Rosie avait réussi à la persuader de l'accompagner pour une virée shopping.

Le vent hurlant leur cinglait le visage, leurs sacs d'emplette claquaient contre leurs jambes, aussi s'écroulèrent-elles avec plaisir dans la chaleur vaporeuse de l'hôtel, poussant le même soupir de soulagement.

– Le grand jeu, s'il vous plaît, dit Rosie à la serveuse, qui portait une robe noire et un tablier blanc, comme autrefois. C'est pour moi, maman.

– Je devrais payer, répondit Angie. Le taux de change est incroyable, tu sais. Tout coûte environ cinq pence ici, pour moi.

Rosie y réfléchit une seconde (elle n'avait pas du tout cette impression), mais, bien sûr, refusa aussitôt.

– Arrête tes bêtises, maman. Tais-toi et mange tes scones.

Angie sourit, puis tendit sa main bronzée pour la poser sur celle, pâle, de sa fille.

– Oh, Rosie chérie, tu me manques.

Elles avaient passé un si bon après-midi : elles avaient choisi des cadeaux pour les enfants, essayé des vêtements (comme toujours, Rosie avait essayé d'orienter sa mère vers des tenues plus conventionnelles, tandis qu'Angie faisait l'inverse avec sa jolie fille), simplement passé du temps toutes les deux, à papoter, à se raconter des potins, à faire des activités normales entre mère et fille. Sauf que cela n'avait rien de normal : leur tristesse était palpable, car, après Noël, Angie partirait – d'abord à Londres, puis à Paris, pour que Desleigh découvre cette ville, avant de rentrer chez eux. En Australie.

– Tu me manques aussi, maman.

Tant de choses avaient changé ces dernières années. Les déjeuners du dimanche chez Angie lui manquaient, avec la sauce dans sa petite saucière qu'on réchauffait par-dessous avec une bougie ; aller faire les soldes le 26 décembre ; regarder *Coronation Street* en mangeant de la soupe à la tomate, les soirs où Gerard, son ex, sortait. Ou simplement leurs longues conversations au téléphone : à cause du décalage horaire entre le Royaume-Uni et l'Australie, leurs conversations n'étaient jamais satisfaisantes. D'après Rosie, l'un des seuls avantages (le seul, sans doute) à grandir sans père était qu'on devenait une fifille à sa maman. Impossible d'y échapper.

– Tu sais, je suis désolée d'avoir dit ça l'autre jour. Je ne voulais pas te contrarier… Je voulais surtout embêter cette affreuse bonne femme, expliqua Angie. Mais on en a parlé entre nous… Je veux dire, tu sais, il y a tant d'opportunités en Australie. Pip s'inquiète pour toi. Et les infirmières sont très bien payées, comparé à ici. Tu pourrais avoir ta propre maison, avec une piscine, rencontrer un homme bien.

– J'en ai déjà un, répondit Rosie par réflexe.

– Vraiment, ma chérie ? Il est charmant, distingué, tout ça, mais…

La serveuse revint avec le champagne et le thé. Elles s'interrompirent un instant.

– … cette maison, ma puce, cette famille… Tu crois ? Vraiment ? Enfin, il a dit lui-même qu'il ne souhaitait pas se marier… Est-ce que ça te suffit, de rester à jamais sa maîtresse ? Tu ne vaux pas mieux que ça ?

– Je ne suis pas sa maîtresse, maman.

– Chérie, je t'aime. Et j'ai toujours été fière de tes choix, tu le sais.

Rosie luttait contre les larmes. Mais cela allait être vain, réalisa-t-elle.

– Et quand tu as tout laissé tomber pour venir t'occuper de Lilian, j'ai été si fière de toi. J'étais folle de joie.

– Mmm.

– Mais, ma chérie, tu as trente-deux ans.

Rosie vira au rose fluo.

– Je le sais, maman.

– Tes meilleures années… Je veux dire, est-ce que tu vas passer le restant de tes jours à t'occuper à des bricoles ?… Enfin, que vas-tu devenir si la confiserie ferme ?… Et l'idée que tu doives faire les quatre volontés de cette affreuse bonne femme et passer du temps dans cette horrible maison glaciale, à attendre que… Enfin, Stephen est très beau, il peut se montrer charmant et tout, mais… il n'est pas comme nous, si ? Tu le sais ?

Volontairement ou non, Angie avait mis le doigt sur les inquiétudes de Rosie le concernant. Elle n'avait jamais pu oublier son flirt de l'année précédente avec CeeCee, cette blonde immense et snobinarde de Londres, qui l'avait regardée comme si elle était sa femme de ménage.

– Ma chérie, je ne veux pas être méchante, mais… au bout du compte, tu sais. Ne va-t-il pas finir avec quelqu'un comme lui ? Ils ne sont pas obligés de se marier entre eux, d'ailleurs ?

– Ne sois pas bête, maman. On n'est pas dans *Downton Abbey*.

Elles beurrèrent leurs scones en silence.

– Meridian s'est vraiment prise d'affection pour toi, remarqua Angie au bout d'un moment.

Le visage de Rosie s'attendrit.

– Oh, elle est adorable.

– Elle te ressemble beaucoup, quand tu étais petite, tu sais.

Rosie opina du chef : elle avait vu les photos.

– Je sais.

– Je ne peux pas te dire ce que cela me fait, en tant que mère, de te voir dans les traits de quelqu'un d'autre… Quand je la regarde, tu me manques encore plus.

– Elle est vraiment mignonne.

– Je crois qu'elle va avoir besoin de sa tata. Kelly ne lui passe pas rien. Et Shane est ailleurs, la moitié du temps. Quant à Desleigh, elle est débordée…

– J'aimerais bien qu'ils confisquent cette console à Shane, la coupa subitement Rosie, évitant avec tact de parler de Desleigh, qui ne lui semblait pas franchement débordée. Je ne sais pas du tout s'il est gentil ou non. Il ne dit pas un mot, il ne fait que grogner.

– Je sais, il te faudra un peu plus de temps pour apprendre à le connaître.

La porte du restaurant s'ouvrit d'un coup, comme d'autres passants frigorifiés entraient se réfugier à l'intérieur.

– Est-ce que tu crois que tu reviendras un jour ? l'interrogea timidement Rosie.

– Je ne pourrais pas, pour l'instant, répondit Angie en fixant la porte. J'ai bien trop froid ici. Tu sais, à Sydney, le matin, quand on se réveille, on sent les bougainvilliers, les hibiscus et le jasmin par la fenêtre, et, naturellement, des tas de gens vont à la plage pour prendre leur petit déjeuner en regardant la mer… Le café est délicieux, d'ailleurs. La lumière du soleil illumine le haut du Harbour Bridge et le toit de l'opéra, le soleil scintille sur les vagues, tels des diamants, à tel point qu'on a l'impression que la ville entière luit. Il y a tant de possibilités. Et il n'y a pas beaucoup de Hetty, là-bas, crois-moi.

– Ils n'auront pas de place pour une vieille fille comme moi, alors, une grosse infirmière avec une confiserie qui a fait faillite.

– Ne dis pas de bêtises. Tu adorerais cette ville. Penses-y : un nouveau départ, l'air chaud de l'été. On t'installerait dans un petit appartement au bord de la mer, hein ? Pas trop loin de nous, mais pas trop près non plus. On te présenterait de nouvelles personnes ? Tu viendrais déjeuner le dimanche ? On le fait au barbecue, maintenant. Réfléchis-y, tu veux ?

*

Moray leva les yeux, surpris par le nom du prochain patient sur la liste de ses consultations du samedi matin, mais s'efforça de ne pas le montrer.

– Bonjour, dit-il d'un ton neutre et désinvolte.

Stephen s'approcha en boitillant du confortable fauteuil en cuir face au vieux bureau de Moray ; il jeta un rapide coup d'œil à la table d'examen, avec son rouleau de papier au bout, et au coin de la pièce qui accueillait les jouets en bois pour les enfants. Le voir entrer dans son cabinet était si inattendu pour Moray qu'il enfouit sa tête dans ses notes. Stephen et lui avaient été bons amis, autrefois ; Stephen avait des tas de projets pour eux en Afrique, un médecin et un professeur, mais Moray n'avait pas voulu l'accompagner et Stephen ne le lui avait jamais pardonné.

– Des problèmes de jambe ?

– Non, ma jambe va bien, répondit Stephen en s'installant avec précaution.

– Et ton dos… est-ce qu'il cicatrise ? Tu t'es encore fait salement amocher, poursuivit Moray, avant de regretter aussitôt sa formulation.

– Ça va.

Ils restèrent assis en silence un moment, tous les deux terriblement mal à l'aise. Stephen commença à regretter d'être venu. D'un autre côté, ce n'était pas à Hye qu'il allait en parler… ni à personne d'autre, c'était trop risqué.

Il fixa ses mains.

– Voilà, dit-il. Je… je…

Pendant une seconde, il eut l'horrible impression qu'il allait se mettre à pleurer. Il se contint.

– Je n'arrête pas… Je n'arrête pas d'avoir des flash-backs.

Moray le considéra. Il avait… enfin… pas une sale tête. Stephen n'avait jamais une sale tête, mais il avait des cernes violets sous les yeux et était un peu maigre.

– Depuis l'accident.

Le médecin opina lentement du chef.

– As-tu des troubles du sommeil ?

Stephen rit jaune.

– Et… en as-tu parlé à quelqu'un ?

Stephen secoua la tête.

– C'est Noël. Tout le monde est censé être heureux, passer du bon temps. Je ne veux pas les incommoder et gâcher la fête.

C'était précisément ce qu'il faisait, songea Moray, mais il ne le mentionna pas.

– Tu ne veux pas en parler à Rosie ? l'interrogea-t-il avec ménagement.

L'angoisse se lut dans les yeux de Stephen.

– Je… je ne veux pas être son patient. Je ne veux pas qu'elle s'occupe de moi, que tout le monde me plaigne, à nouveau. Tu comprends ?

Moray comprenait. Mais il pensait aussi que c'était une très mauvaise stratégie.

– Mais tu ne crois pas qu'elle s'inquiète pour toi ?

– Tu ne crois pas qu'elle serait encore plus inquiète si elle pensait que j'ai de nouveau perdu la tête ?

– Elle est compréhensive, répondit le médecin avec un haussement d'épaules. Et ça ne l'a pas découragée par le passé.

Pour une fois, l'ombre d'un sourire passa sur les lèvres de Stephen. Puis il secoua la tête.

– Non. Non. Il doit y avoir une autre solution.

Moray poussa un soupir.

– Eh bien, il existe des somnifères et des anxiolytiques, mais je ne t'en prescrirai pas.

– Je me doutais que tu me dirais ça.

– … je ne dis pas que ce n'est pas utile, mais j'aimerais que tu essaies d'autres solutions d'abord. J'ai le nom d'un très bon thérapeute.

– Bon sang, ce n'est pas un de ces zinzins dans la forêt, hein ?

– Non, répondit le médecin en croisant les doigts.

Stephen regarda au loin.

– Stephen, lui dit Moray d'une voix douce. Je pense que tu dois régler ce problème. Et je suis en train de te dire que tu peux le régler. Tu peux le faire disparaître. Sans doute plus vite que tu ne le penses. Il existe une méthode en psychologie, la « désensibilisation systématique », qui consiste à parler de ton traumatisme jusqu'à ce que tu l'aies surmonté, qu'il ne te rende plus anxieux. Les résultats sont très encourageants. Et c'est rapide.

– Est-ce que tu peux le faire ? Maintenant ?

– Ce n'est pas si rapide que ça. Et non, je ne suis pas qualifié. Tu devrais sans doute en parler avec Rosie, tu sais ?

Stephen l'arrêta d'un geste.

– Je ne veux pas l'inquiéter. Elle a suffisamment de choses à gérer.

Moray nota quelque chose.

– Voilà le nom de la thérapie et celui d'un praticien de la région, mais tu peux en trouver partout. Dis-moi si tu veux que je t'adresse à quelqu'un.

Stephen prit le bout de papier.

– Je te tiendrai au courant.

C'était mieux que rien, songea Moray. Savoir que son problème pouvait se régler lui remonterait peut-être le moral, espérait-il.

Stephen s'arrêta à la porte, la main sur la poignée.

Et voilà, songea Moray. *Il va me supplier pour que je lui prescrive des médicaments, me parler de quelque chose d'autre ou se mettre à jurer…* C'était de notoriété publique : les patients ne lui avouaient leur vrai problème que lorsqu'ils s'apprêtaient à partir, la main sur la poignée.

À la place, Stephen marqua une pause.

– Merci, dit-il.

Puis il partit.

L'étonnement de Moray perdura pendant tout l'examen de l'érythème fessier de Crystal Harris.

★

Rosie tenta d'ouvrir son parapluie quand elles sortirent de l'hôtel sous la pluie battante, mais le vent n'arrêtait pas de le retourner, de sorte qu'elles finirent par courir jusqu'à la voiture. Le temps était abominable. Elle déposa sa famille à « Peak House » après avoir eu droit à un compte rendu détaillé de la sortie luge du point de vue d'une enfant de trois ans (ponctué toutes les cinq minutes par Kelly qui disait : « Non, Meridian, ce n'était pas comme ça »), puis fit demi-tour et rentra chez elle. Stephen était déjà là, en train d'allumer le feu. En entrant, pendant un instant, elle sentit ses émotions la submerger : de la tendresse en voyant son corps puissant penché au-dessus de la cheminée, ménageant sa jambe, comme toujours, mais aussi de la colère devant son manque d'implication.

Pouvait-elle renoncer ? Ou devait-elle prendre ce qu'il avait à lui offrir, même si ce n'était pas grand-chose, par amour pour lui ? Pouvait-elle continuer comme ça ? *Après tout*, songea-t-elle en pensant à Gerard, *dupe moi une fois, honte à toi. Dupe-moi deux fois, honte à moi...* Était-ce trop pour elle ? se demanda-t-elle. Passerait-elle à côté du mariage, d'une vie de famille ? Marcherait-elle sur les traces de sa tante, en vivant une vie paisible, dans un cocon, à rêver du passé ?

Et Lilian, dans tout ça, d'ailleurs ? Elle ne pouvait pas la laisser, si ? Même si une petite voix dans sa tête lui rappela que Lilian était très distraite ces derniers temps, qu'elle s'impliquait beaucoup dans la vie de la maison de retraite, entourée d'amis et de personnes qui prenaient soin d'elle. Et Lilian, bien que bourrue, voulait son bonheur. Elle en était certaine.

– Salut, lança distraitement Stephen. Comment ça va ?

Rosie haussa les épaules.

– Ça va, répondit-elle en se dirigeant vers la cuisine. Je me disais… enfin, je sais que ça coûterait cher, mais j'ai essayé de mettre un peu d'argent de côté…

– Mmm ?

– Si j'allais en Australie en début d'année ? En février, peut-être, quand il fait encore très froid ici ?

Stephen la regarda.

– Pour combien de temps ?

– Oh, juste pour une visite. Ils… ils me manquent.

Stephen opina du chef.

– Eh bien, oui, bien sûr.

Il ne m'a même pas demandé, songea Rosie, toute triste. *Il ne m'a même pas demandé ce que je pensais, si je pensais que je serais plus heureuse là-bas, s'ils ne me manquaient pas trop. Il ne veut pas venir avec moi, il n'en a rien à faire.*

Bien, songea Stephen, *des vacances pour Rosie. C'est peut-être ce qu'il lui faut pour reprendre du poil de la bête. Et ça l'éloignera de moi, ça évitera que je lui sape le moral*, se dit-il sombrement. Il préférerait être loin de lui, lui aussi, en ce moment.

– Je pensais aller voir mes copains au *Red Lion*, ce soir. Ça ne te dérange pas ?

– Bien sûr que non. Pourquoi est-ce que ça me dérangerait ?

Chapitre 16

Le jour du concert de l'école, heureusement, le temps était clair et ensoleillé. Stephen attendait beaucoup de monde. Persuader sa mère de laisser entrer des gens chez elle avait été difficile. Elle avait fait des remarques hautaines, avançant que ce n'était pas une journée portes ouvertes du National Trust, mais, d'un autre côté, les enfants avaient déjà tant abîmé le domaine quc ccla n'avait pas grande importance. S'ils vendaient beaucoup de billets d'entrée, ce serait une bonne chose pour eux. Rosie avait aussi monté un petit stand, tenu par Tina, pour que les gens puissent acheter des bonbons, et Mme Laird allait préparer du thé, du café et du vin chaud. Le sort de l'école n'avait pas encore été tranché, mais le conseil n'avait pas voté pour débloquer les fonds, et les choses semblaient mal parties. Si cela devait être le dernier concert de Noël de l'école de Lipton, Mme Baptiste tenait à ce qu'il soit parfait.

Cathryn faisait venir les résidents de la maison de retraite en minibus. Mme Baptiste lui avait proposé d'organiser un concert dans l'établissement, mais l'infirmière pensait qu'il était bon pour ses résidents de sortir, d'avoir des activités qui sortaient de l'ordinaire, même s'ils ne faisaient que s'en plaindre après coup, avait-elle expliqué. La participation allait être massive, après tout ce que les enfants avaient enduré, surtout si c'était leur dernier concert de Noël. Stephen, nerveux, compta et recompta les rangées de chaises afin de s'assurer que tout était prêt. Peter Isitt était là, lui aussi : il devait apparaître à la fin du spectacle, habillé en père Noël, avec des cadeaux pour tous les enfants.

Les petits ne tenaient pas en place. Ils avaient tous les cheveux propres, une chemise sans un pli et un sweat-shirt toujours fièrement orné de l'inscription « École primaire de Lipton » – pour l'instant. Emily avait mis un nouveau ruban en velours rouge dans ses cheveux blonds pour l'occasion. Stephen leur dit de se détendre, scrutant l'horizon avec anxiété pour guetter l'arrivée des premières voitures avant de donner le coup d'envoi, à quinze heures.

★

C'était surprenant, songea Rosie. Elle était arrivée tôt afin d'aider Tina sur le stand : elles savaient que le village serait désert et avaient donc fermé le magasin pour l'après-midi. Or la grande salle de bal ne se remplissait pas aussi vite qu'elle l'avait imaginé. Certaines mamans étaient là, bien sûr, mais les papas étaient rares – ne pouvaient-ils pas prendre un peu de temps pour le concert de leurs enfants ? L'hiver n'était pas la saison la plus chargée pour les agriculteurs, après tout. Elle ne voyait même pas Moray. Quand le minibus arriva de la maison de retraite, elle sortit pour aider les personnes âgées à descendre et les conduire le plus près possible du misérable feu. Elle avait espéré que la chaleur corporelle réchaufferait un peu la pièce, mais il n'y avait pas autant de monde qu'elle ne l'aurait cru. Elle avait envoyé un texto à Cathryn un peu plus tôt, pour lui conseiller d'apporter des couvertures supplémentaires. Dans sa réponse, l'infirmière l'avait remerciée, mais ils étaient déjà venus à « Lipton Hall » et avaient déjà prévu couvertures, bouillottes et thermos.

– Il me tarde d'entendre tous ces enfants brailler, lança Lilian en refusant d'un geste l'aide de Rosie avant de descendre royalement du minibus. Y a-t-il vraiment du vin dans ce vin chaud ?

– Oui. Alors, vas-y doucement.

– Et tu vends des bonbons ?

– Bien sûr.

– C'est bien. Tu devrais gonfler un peu les prix, tu as une clientèle captive.

– Lilian ! répondit Rosie, mais elle n'était pas vraiment choquée.

Meridian apparut tout à coup, comme sortie de nulle part, et s'enroula autour des jambes de Rosie. Desleigh lui rappela sans conviction de ne pas courir sur les parkings. Kelly, elle, tenait la main de sa mère d'un air suffisant.

– Coucou, Spiderman, la salua Rosie. Est-ce que tu as dit « bonjour » à ton arrière-grand-tante ?

– Ne m'appelle pas comme ça. On dirait que je suis affreusement vieille, s'offusqua Lilian, mais elle fit un grand sourire à la petite et lui tendit une sucette. J'ai apporté mes propres bonbons, lui confia-t-elle. Je ne voulais pas me faire escroquer.

Rosie leva les yeux au ciel.

– Est-ce que je peux m'asseoir avec toi, tata Rosie ? demanda Meridian.

– Bien sûr, répondit la jeune femme en lui faisant un bisou. Laisse-moi juste une minute, d'accord, ma puce ?

Meridian s'éloigna en sautillant pour montrer sa sucette à sa grande sœur, qui fit aussitôt la moue et tira sur la manche de sa mère. Desleigh les conduisit donc au stand de bonbons.

– Tu t'es attachée à cette petite, commenta Lilian avec perspicacité.

– Eh bien, c'est la plus mignonne enfant de trois ans que je n'aie jamais vue, répondit Rosie, sur la défensive.

Lilian sourit.

– Oh, ils sont tous comme ça, à cet âge-là. J'en ai connu beaucoup. Non, tu aimes cette petite en particulier. J'avais une nièce que j'aimais particulièrement, moi aussi, répondit-elle en regardant Angie avec fierté. Si j'avais une seconde chance... Tu sais, je suis triste d'avoir raté votre enfance.

Rosie considéra Lilian, se demandant où elle voulait en venir.

– Les parents ne peuvent pas avoir de préféré, expliqua malicieusement la vieille dame. Mais les tantes en ont TOUJOURS un. Bon. Installe-moi entre la cheminée et « James Boyd ».

– Pourquoi dis-tu son nom comme ça ?

Mais Lilian fit la moue, l'air mystérieux, et refusa de répondre.

– Parle-moi de l'Australie, dit-elle à la place, ce qui étonna vraiment Rosie.

*

À quinze heures dix, Stephen parcourut des yeux la pièce presque vide et poussa un soupir. Bon. Rosie avait fait tout ce qu'elle pouvait pour déplacer l'école à « Lipton Hall », mais cela n'était pas un succès, à l'évidence. La preuve. À l'autre bout de la salle, la jeune femme pensait exactement la même chose, sentant la peur lui étreindre le cœur. Si Lipton ne pouvait faire mieux, ils étaient condamnés. Tout le monde se fichait de l'école, des enfants. Ils devraient aller à Carningford... et, après... enfin.

Meridian passa ses bras collants autour de son cou (elle pesait une tonne), puis poussa un soupir de contentement.

– J'aime bien être avec toi, tata Rosie.

– Moi aussi, Meridian.

– SUIS PAS MERIDIAN.

Rosie déposa un bisou sur sa joue toute douce, puis la serra fort dans ses bras. Meridian riposta en l'embrassant sur la bouche.

– REGARDE MES GROS BISOUS.

Rosie jeta un coup d'œil à Tina, qui vendait quelques malheureuses gommes à mâcher aux personnes âgées.

– Jake n'est même pas là ? lança-t-elle avec colère.

– Il m'a dit qu'il avait une réparation urgente à faire à la ferme des Isitt. Mieux vaut éviter de se mettre Dorothy Isitt à dos. Désolée.

Mme Baptiste était installée au piano. Incapable de repousser plus longtemps, soucieux de ne pas décevoir les enfants, Stephen croisa son regard et lui fit un signe de tête. Elle baissa les mains, puis entonna « The Twelve Days of Christmas » avec entrain, pendant que les enfants, en commençant par les plus grands, montaient sur scène en file indienne et se mettaient en rang, impeccables dans leur uniforme, pour chanter de tout leur cœur devant une salle à moitié vide.

*

Edward regarda l'e-mail avec stupéfaction et incrédulité. Ou la pièce jointe, plutôt. C'était le dernier. Il avait envoyé des messages à tous les Boyd d'Halifax qui avaient servi pendant la guerre – et il y en avait beaucoup. La plupart d'entre eux avaient été gentils, serviables, mais aucun ne l'avait vraiment aidé. Puis l'historien du régiment lui-même l'avait contacté, très aimablement, et lui avait envoyé tout ce qu'il pouvait pour l'aider. Il n'aurait pu être plus bienveillant. Cette générosité très touchante rendait le reste encore plus difficile à supporter, curieusement.

Edward s'assit.

– Doreen ? appela-t-il d'une voix faible.

Sa femme le rejoignit et jeta un coup d'œil par-dessus son épaule.

Il fit lentement défiler des photos, qu'il n'avait jamais vues. Son père avait été blessé à la tête pendant la guerre, selon ses propres dires, et n'avait jamais parlé de sa vie d'avant. Très peu de temps après, il avait épousé la charmante mère d'Edward, qui les avait élevés, son frère et lui, et, même si leur père était réservé, il ne l'était pas beaucoup plus que les autres hommes de sa génération, qui avaient vécu des choses et subi des blessures qu'ils préféraient cacher à leurs enfants. Ce n'était que « papa », qui travaillait dans une imprimerie, leur ébouriffait les cheveux et leur racontait parfois des blagues idiotes.

L'homme sur les photos se nommait James Edward Boyd, né le 5 avril 1921, 2e bataillon des Royal Fusiliers, libération honorable en 1944. Toutes les dates concordaient, le régiment aussi ; il y avait même une copie passée du télégramme qui avait été envoyé au frère de James, qui était alors son tuteur. Il s'agissait indubitablement du même homme.

Cet homme n'était pas le père d'Edward.

*

Emily, la fille de Tina, était une enfant très discrète, mais Stephen avait découvert avec étonnement que, lorsqu'elle se mettait à chanter, elle était dotée d'une sacrée paire de poumons. Elle ne chantait pas à la maison, lui avait-elle confié, pas vraiment, et Stephen, ébahi, s'était juré d'en parler à Tina... Puis il s'était dit que cela serait encore mieux de garder la surprise. De ce fait, quand la fillette s'avança pour le dernier couplet de « In the Bleak Midwinter », on entendit le cri de surprise de sa mère.

– « *What can I give him? Poor as I am. If a were a shepherd, I would bring a lamb.* »

Lilian jeta un regard en coin à James Boyd, qui regardait la petite fille chanter. Des larmes lui roulaient sur les joues.

– « *Shepherd* », répéta-t-il d'une voix à peine audible. « Berger ».

Lilian prit sa vieille main ridée dans la sienne et la caressa.

– Oui. Tu es un berger.

– Je suis un berger.

★

Dans le fond de la salle, Tina et Rosie étaient toutes les deux bouleversées, tandis que la voix pure et forte d'Emily s'élevait dans la pièce.

– Elle est incroyable ! s'extasia Rosie.

– Je sais ! répondit Tina.

– Chut, fit Meridian. J'écoute.

★

Stephen sourit de joie quand l'entraînant « Ding Dong Merrily on High » débuta – les « *glorias* » étant un peu hors de contrôle, comme toujours. Puis, pour clore le spectacle, l'un des grands garçons s'assit avec sa guitare, l'air mal à l'aise, et vingt-quatre petites cloches sortirent de sous les chaises.

« *While shepherds watched their flocks by night all seated on the ground, an angel of the Lord came down, and glory shone around… SWEET BELLS!* hurlèrent les enfants en agitant leur clochette avec enthousiasme. *SWEET CHIMING SILVER BELLS! SWEET BELLS! SWEET CHIMING CHRISTMAS BELLS! THEY CHEER US ON OUR HEAVENLY WAY, SWEET CHIMING BELLS!* »

Après ce finale tonitruant, un tonnerre d'applaudissements retentit. Stephen ne s'attendait pas à un tel succès. Il fut accueilli par une ovation en montant sur scène, les joues roses, l'air fier. Rosie jeta un coup d'œil à Hetty. Cette dernière fixait le vin chaud. Argh ! Quelle affreuse bonne femme.

– Et maintenant…, commença Stephen à voix haute, avec un grand sourire.

Il avait espéré faire cette annonce devant tout le village (c'était sans doute un peu exagéré, mais c'était Noël, après tout), mais il faudrait se contenter des personnes présentes.

– … nous avons deux invités privilégiés !

– Le père Noël ! murmurèrent les enfants, tout excités, à présent assis en tailleur devant la scène.

Stephen sourit, puis leur demanda de se taire, et Mme Baptiste commença à jouer un air entraînant.

– Tada ! fit Stephen.

Peter Isitt monta alors sur scène en costume de père Noël, avec un long manteau, des bottes noires et une grosse barbe blanche.

– Il a dû fournir un extrait de casier judiciaire pour pouvoir faire ça, murmura Tina.

Puis elle se tut, voyant qui le suivait. Edison apparut, faisant de grands signes, assis dans un fauteuil décoré de guirlandes que son père poussait avec fierté.

Même dans la pièce à moitié vide, les applaudissements ébranlèrent les fondations de la vieille demeure, et les enfants agitèrent tous leur cloche.

Edison arborait un large sourire. Il n'avait jamais été aussi populaire de toute sa vie. L'un après l'autre, tous les adultes se levèrent, et Rosie, étranglée par l'émotion, applaudit si fort qu'elle en eut mal aux mains.

Outre ses nouvelles lunettes aux montures dorées, Edison portait un petit bonnet d'elfe, et Peter le laissa annoncer le prénom sur chaque cadeau, puis le donner au bon enfant. Bien sûr, égal à lui-même, le garçonnet insista pour en faire des tonnes : il serra solennellement la main de chacun de ses camarades en tendant les paquets en forme de livre et en les félicitant d'avoir été sages. Puis Mme Laird se mit en place derrière les grandes marmites de vin et de chocolat chauds sur la table du fond, et Tina et Rosie allèrent se servir un verre de vin avec gratitude. Tina reçut des compliments au sujet d'Emily en rougissant. Sa fille était si timide (et encore plus depuis l'accident), mais elle avait chanté en y mettant tout son cœur. Le cœur de Tina, lui, était empli de fierté.

– Incroyable, dit Rosie. Bon, il faut que j'aille voir Edison. Euh, et Stephen.

Mais avant qu'elle n'ait le temps de se frayer un chemin à travers la foule jusqu'à la scène de fortune, elle entendit du bruit à la porte et tourna la tête.

– Qu'est-ce que c'est ? s'enquit Hetty d'une voix très forte, horrifiée à l'idée que des gens ordinaires utilisent la porte d'entrée au lieu de celle de derrière.

Tina tourna elle aussi la tête. C'était Jake. Il était d'une saleté sans nom.

– Oh, fit-elle.

– Est-ce qu'on a raté le concert ? l'interrogea-t-il.

Quelques hommes le talonnaient, tout aussi sales. Rosie aperçut Moray parmi eux.

– Mais qu'est-ce qui se passe, BON SANG ? demanda Hetty, et, pour une fois, Rosie eut envie de dire la même chose.

– Oh non, on l'a raté, continua Jake. Le mauvais temps nous a retardés. Enfin… suivez-nous.

– Quoi ?

– Tout le monde en voiture, dit Moray, sourire aux lèvres. Allez, suivez-nous. On a quelque chose à vous montrer.

– Certainement pas, répondit Cathryn, mais Rosie et Tina les suivirent.

– Mais qu'est-ce que vous mijotez ? siffla Rosie.

– Tu ne m'as pas entendu ? répondit Moray. Tout le monde en voiture.

*

Cathryn garda les résidents de la maison de retraite à l'intérieur, mais les autres s'entassèrent dans les Land Rover et les SUV garés devant « Lipton Hall », puis cette étrange procession se mit en route. Rosie n'avait aucune idée de ce qui se passait.

Dix minutes plus tard, ils s'arrêtèrent en bas de la grand-rue, et la jeune femme poussa une exclamation. La plupart des gens furent si stupéfaits par ce qu'ils découvrirent qu'ils n'arrivèrent même pas à se garer.

Fraîchement repeinte et rénovée, l'école primaire de Lipton avait retrouvé son lustre d'antan.

– Mais…

Rosie descendit de voiture, estomaquée.

– Comment… Mais qu'est-ce que… ?

En voyant sa tête, Jake éclata de rire. Elle se tourna vers Stephen, qui, tel le joueur de flûte de Hamelin, faisait sortir les enfants du minivan en rang par deux.

– Est-ce que tu étais au courant ?

– Au courant ? Il était ici, avec nous, jusqu'à quatre heures du matin.

– Je croyais que tu étais en train de te saouler au *Red Lion*.

– Ah bon ? répondit Stephen.

– Mais…

– Ça fait des semaines que Jake y travaille en cachette, expliqua Moray. C'était la dernière ligne droite, hier soir. Et aujourd'hui, quand on a installé le préfabriqué. On espérait avoir fini pour y organiser le concert.

– Oui. On a attendu le plus possible, mais ils deviennent infernaux, si on les garde trop longtemps à l'intérieur. Sans oublier ma fichue mère.

Hetty considérait l'école avec une grande satisfaction.

– Eh bien, fit-elle.

Mme Baptiste semblait ne pas en croire ses yeux.

– Est-elle aux normes ? s'enquit-elle. Va-t-elle répondre aux obligations légales en matière d'incendie, tout ça ?

– C'est déjà fait, expliqua le pompier en charge de ces questions avec un sourire. J'ai accéléré la demande. Je n'avais pas plus envie d'envoyer Danny et Fran à Carningford que les autres parents.

Tina sauta au cou de Jake.

– Tu es le meilleur des hommes. Oh, j'aurais tant aimé que tu entendes Emily chanter.

– J'aimerais bien rechanter, dit la petite, debout à côté de sa mère.

– Est-ce que c'est possible ? demanda Tina à Stephen.

Le jeune homme interrogea Mme Baptiste du regard.

– Je ne vois pas meilleure façon d'inaugurer la nouvelle école, répondit-elle.

Toutefois, elle dut d'abord couper un énorme ruban rouge et franchir la porte d'entrée sous les applaudissements. La quasi-totalité des villageois était là, à présent (à l'exception notable de Roy Blaine) : ils pénétrèrent en file dans le bâtiment, de bon cœur, malgré le froid glacial qui y régnait, la chaudière n'étant pas encore rallumée. Les enfants se mirent en rang dans la salle commune – sur une vraie scène, cette fois –, et Mme Baptiste s'efforça de garder ses doigts suffisamment chauds pour pouvoir jouer du piano pendant que tout le monde chantait à l'unisson, le solo d'Emily fournissant un prétexte, s'il en fallait un, aux nombreuses larmes qui furent versées en silence.

Chapitre 17

Rosie renvoya Tina chez elle avec ses enfants, puis retourna à « Lipton Hall » pour ranger le stand et aider Stephen. Toujours sous le coup de l'adrénaline, il était euphorique.

– Regarde-toi, le taquina-t-elle gentiment. On dirait que tu viens de remporter *The X Factor.*

– Je ne vois pas de quoi tu parles, répondit-il, un sourire se dessinant sur ses lèvres.

Cela ressemblait à une trêve.

– Tu sais, cette émission que tu regardes tous les samedis soir en faisant semblant de lire le journal ?

– Oh oui, le journal dans lequel je découpe les yeux.

– Exactement.

– Arrête. Tu n'es pas contente ? L'école est sauvée, donc la confiserie est sauvée, et Roy Blaine va cracher encore plus de venin dans son eau rose de dentiste. Cette journée a été un vrai succès, tu ne peux pas dire le contraire.

– Je sais. Je sais, répondit-elle, mais elle ne pouvait s'empêcher de penser à autre chose : plus que six jours avant le départ d'Angie.

– Viens là, lui dit-il en la prenant dans ses bras. Qu'est-ce qui t'arrive ?

Elle le regarda.

– Tu ne t'en doutes vraiment pas ?

Il secoua la tête.

– Tu ne crois pas que cela m'inquiète... de renoncer à toute ma famille, à ma mère, à mes petites nièces... et à mon neveu, et tout... et pour quoi ? Rester ici à me faire prendre de haut par ta mère et jouer les seconds rôles pour toi ?

Stephen parut abasourdi. Rosie prit aussitôt peur. Elle était allée trop loin.

Mais, d'un autre côté, si elle ne disait pas maintenant ce qu'elle avait sur le cœur, comment les choses pourraient-elles s'arranger à l'avenir ? Si elle ne le découvrait pas maintenant, elle ne le découvrirait jamais. Elle ne saurait jamais.

Le visage de Stephen s'était décomposé.

– Je ne savais pas que c'était ce que tu ressentais. Est-ce que ça fait longtemps que tu penses ça ?

– Non. Mais depuis un petit moment, peut-être.

– Eh bien, qu'est-ce que je peux être bête, répondit-il, dérouté.

Rosie ferma les yeux. C'était horrible.

– Je suis désolé, reprit-il en détournant le regard. Je suis désolé. Je pensais que je te suffisais.

– Tu me suffis, répondit-elle, avant d'y réfléchir. Non. Tu es tout pour moi, et je t'aime. Mais je ne comprends pas pourquoi je ne pourrais pas avoir ce que tous les autres ont. Un mariage, une famille. Tout ça.

Elle examina son visage ; il semblait sous le choc. Elle sentit les larmes monter. Il regarda autour de lui.

– As-tu une idée de ce que cela signifie, pour moi, de me marier ? Je devrai hériter. Reprendre ce fichu manoir. Je devrai passer tout mon temps avec des avocats et ma mère et, bien sûr, à moins d'épouser une fille fortunée, je devrai passer le reste de ma vie criblé de dettes, complètement fauché, à faire des courbettes devant tous ceux qui voudront venir organiser un mariage tape-à-l'œil dans mon jardin... Oh, Rosie, je crois que nous n'en sommes pas au même point. Je...

– Je vois, le coupa-t-elle. D'accord. Je vois.

Il se figea subitement.

– Il faut que je parte un moment. Pour y voir plus clair.

Le cœur de Rosie se brisa, et elle le dévisagea, désemparée, mais le silence fut rompu par Cathryn, qui passa la porte d'entrée en courant.

– Est-ce que vous l'avez vu ? demanda-t-elle, son visage d'ordinaire imperturbable blême, horrifié.

– Qui ça ? l'interrogea Rosie en se dépêchant de s'essuyer les yeux, son cerveau s'efforçant toujours d'intégrer les implications de leur dispute.

– James Boyd, répondit Cathryn. Il a disparu.

Chapitre 18

Ils passèrent tous les deux aussitôt à l'action. Rosie appela Jake afin qu'il rassemble des hommes, et Stephen demanda à Mme Laird d'inspecter la maison, mais James ne semblait être nulle part.

– Il ne peut pas être allé bien loin, commenta Rosie. Il est si vieux.

– Il doit être sur le domaine, répondit Stephen en passant à côté d'elle à toute vitesse.

– Les patients atteints de démence vont souvent plus loin qu'on ne le pense, les avertit Cathryn. Oh, je n'arrive pas à croire que je l'aie quitté des yeux une seconde. Mais il y avait une telle agitation… Bon sang.

Elle porta les mains à son visage, avant de les baisser à nouveau.

– Bon, organisons-nous, se reprit-elle, plus déterminée. J'attends cinq minutes avant d'appeler la police.

Elle regarda les jardins blancs et les balustrades de l'élégante terrasse totalement recouvertes de neige, puis souffla sur sa frange et mit son manteau. Elle jeta un rapide coup d'œil à celui de James, toujours accroché au portemanteau.

– Je vais appeler Edward. Est-ce que les autres peuvent rester ici ?

Hetty, qui rentrait juste du village, fit alors son apparition.

– Nous allons boire un thé, annonça-t-elle. Vous devez tous rester pour le thé. Je suis si contente d'être débarrassée de tous ces gamins morveux que j'ai envie de fêter ça.

⋆

La nuit tombait déjà – Rosie se rendit compte en tressautant que c'était le jour le plus court de l'année, le 21 décembre. Stephen fouillait le domaine, Jake coordonnait les recherches dans le village, et Moray devait la rejoindre entre les deux pour inspecter la route.

Stephen ne lui avait pas dit un mot ; il s'était contenté de lui tendre une grosse lampe torche, dont elle allait avoir besoin. Elle avait aussi pris l'un des manteaux de Hetty, pour se protéger du froid. Elle appela James, mais sa voix fut emportée par le vent. Et la neige recommençait à tomber ; il faisait un froid mordant. Elle ne parvenait plus à se rappeler son excitation, quand ce doux manteau blanc avait pour la première fois recouvert la terre.

Elle ne pouvait pas penser aux paroles de Stephen, qui l'avaient tant blessée. Elle s'y confronterait plus tard. Mais elle avait comme un gros bloc de glace au creux de l'estomac, qui n'avait rien à voir avec le temps.

Elle aurait donné n'importe quoi pour être sur une place australienne en cet instant.

⋆

Stephen sortit par la porte arrière d'un pas décidé, fou de rage, hors de lui. Il ramassa un bâton, qu'il fracassa contre un tronc d'arbre. Un gros amas de neige tomba, atterrissant dans son cou. C'était si bête, songea-t-il ; il devait se ressaisir.

Il revit la tristesse et la peine dans les yeux de Rosie. Comment pouvait-il la blesser de la sorte ? Ce qu'elle voulait n'était pas déraisonnable, après tout, si ? Mais savait-elle ce qu'elle lui demandait réellement ?

Toute sa vie, il avait refusé de faire ce qu'on attendait de lui, de suivre la voie tracée par sa famille depuis des centaines d'années. Il voulait voir le monde, inspirer de jeunes esprits, non s'inquiéter, se préoccuper de factures de chauffage, de jardiniers, ni passer sa vie à gérer sa fichue mère dans ce petit village étouffant, où tout le monde le connaissait depuis qu'il était enfant.

Mais Rosie ne l'étouffait pas, elle, si ? Quand elle n'était pas toute chose, ne s'emportait pas pour un rien…

Il éclaira le sol avec sa lampe torche. La neige s'était remise à tomber, mais n'avait pas encore recouvert la couche déjà présente, et des empreintes d'animaux (d'oiseaux et de chiens) étaient clairement visibles. Mais il n'y en avait pas d'humaines, aussi se dirigea-t-il vers les dépendances.

Une pensée terrible lui vint tout à coup. Elle ne pouvait pas… Quand elle avait parlé d'aller en Australie, elle ne parlait pas de s'y installer durablement, si ? Elle ne partirait pas…

Tous ses sentiments contradictoires sur le fait de se poser, de suivre la voie familiale, lui parurent soudain bien insignifiants. Rosie en Australie… cela lui fit l'effet d'un coup de poing dans le ventre. Elle ne pouvait pas. Elle ne le laisserait pas. Sûrement pas. Bon sang, il fallait juste qu'il quitte ce fichu village pendant un moment.

Il se remit à chercher avec encore plus de gravité. Le vent hurlant était glacial.

★

Dans le village, Big Pete, le gendarme, essayait de coordonner les recherches.

– Porte-t-il un manteau ? demanda-t-il, l'air sérieux.

– Non.

Cathryn s'efforçait de préserver le calme.

– Nous allons nous déployer et fouiller chaque ruelle, chaque jardin, frapper à chaque porte, d'accord ?

Les hommes du village, déjà fatigués par leur nuit de labeur à l'école, avaient les traits tirés sous la lumière des lampes à arc qu'ils avaient installées pour les travaux, mais ils entreprirent les recherches avec détermination. À chaque souffle du vent, on entendait des « James ! » ; son prénom résonnait dans les rues, les vieilles maisons de pierre semblant vides et inhospitalières dans la nuit froide.

★

Moray, accompagné de Lilian, passa prendre Rosie en bas de l'allée. La jeune femme, hors d'elle, claquait des dents.

– On va le trouver, la rassura son ami, même s'il était plus inquiet qu'il voulait bien l'admettre.

James était un homme très âgé, désorienté, sénile. Par un temps pareil, même s'il le trouvait… bronchite, pneumonie… les complications étaient terrifiantes, douloureuses, pénibles. Enfin, ils géreraient ça en temps voulu.

– Ne t'inquiète pas, ajouta-t-il en serrant doucement la main de Rosie.

La chaleur de la voiture était bienvenue, mais lui donna envie de pleurer et elle n'avait pas de temps pour ça.

– Pourquoi es-tu partie de « Lipton Hall » ? demanda-t-elle à Lilian avec colère. Tu ne devrais pas être dehors une soirée comme celle-ci.

Elle plissa les yeux.

– Et portes-tu de la fourrure ?

– Oui. Les choses étaient différentes à l'époque, répondit sa tante avec une moue. Mieux. Et, pour répondre à ta question idiote, pour deux raisons. Premièrement, parce qu'il fait plus froid à l'intérieur de « Lipton Hall » qu'à l'extérieur. Et, deuxièmement, parce que je sais où il est.

– Mais qu'est-ce que tu racontes ?

– Je sais où il est.

– James ?

– Il ne s'appelle pas James. Décidément, personne ne prête jamais attention aux vieux.

Moray lui jeta un coup d'œil.

– Alors, où est-ce que je vais ?

– Le jardin de l'église, je te prie.

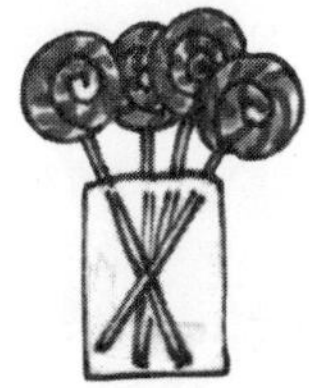

Chapitre 19

L'équipe de recherche n'était pas encore arrivée à l'église. Quand Lilian sortit de voiture, elle remarqua à peine le froid. Moray lui emboîta le pas, muni de sa puissante lampe torche. Rosie les suivait sans un mot.

– Il était une fois, commença Lilian en marchant devant à grandes enjambées, assurée, alerte pour une dame de son âge.

La lune s'était levée, et elle avait à peine besoin de la lumière de la lampe.

– Il était une fois une jeune fille qui s'appelait Lilian Hopkins.

– Sacrée coïncidence, commenta Moray avant de crier : JAMES !

– Chut. Elle était amoureuse d'un jeune homme nommé Henry Carr.

Rosie et Moray échangèrent un regard.

– Mais il mit enceinte une Marie-couche-toi-là.

– Ida Delia, dit Rosie.

Lilian fit la moue.

– Puis il fut appelé sous les drapeaux.

– Mais il est mort, lui dit Rosie avec ménagement, craignant, tout à coup, que sa grand-tante n'ait perdu la tête. Il est mort, Lilian. Il y a longtemps. En Italie, tu te rappelles ?

– La plus grande confusion régnait pendant la guerre, rétorqua Lilian d'une voix dure comme l'acier. Ça a donné lieu à pas mal d'erreurs. Ne l'oublie pas.

Elle tourna brusquement à gauche, puis à droite, puis de nouveau à gauche.

– Tiens donc ! fit-elle. Oui.

Et là, par terre, à l'ombre du vieil arbre où ils avaient autrefois passé des heures et des heures tous les deux à s'embrasser, discuter, planifier un avenir qu'ils n'auraient jamais, ils découvrirent le corps long et la tête blanche d'un très vieux monsieur.

*

Moray sortit aussitôt son téléphone pour alerter les autorités et appeler un hélicoptère, tandis que Rosie se dépêchait d'enlever son manteau pour couvrir le vieil homme. Après avoir crié à Big Pete de leur apporter des couvertures et du thé chaud, le médecin s'agenouilla. Il sentit un pouls faible, très lent, et passa le bras autour de James, tout comme Rosie.

– Allez, mon vieux, dit-il. Allez, réveillez-vous.

Lilian s'agenouilla elle aussi, avec précaution et difficulté à cause de sa hanche peu solide.

– Quand j'étais jeune, c'est-à-dire hier, ou la semaine dernière, quelque chose comme ça, j'ai connu un garçon aux cheveux bouclés, poursuivit-elle de la même voix étrangement calme. Il me taquinait sans relâche. Il travaillait aux champs, avec les moutons, sa nuque était dorée comme les blés et son nez se couvrait de taches de rousseur en juillet, quand le soleil brillait toute la journée… Quand j'étais triste, à la mort de mon frère, il me serrait dans ses bras chaque jour et s'efforçait de me remonter le moral ; et, quand nous étions heureux, nous arpentions les rues et les chemins de Lipton tous les deux, il me tenait la main, me chatouillait avec un épi de blé, et nous parlions du cottage que nous aurions plus tard, avec des roses blanches, parce que j'aime les roses blanches, même si elles sont terriblement négligées par ma petite-nièce, après tout le mal que je me suis donné pour les faire pousser le long de la tonnelle… Puis il s'est passé quelque chose, une sale affaire, et je l'ai perdu, et il est parti à la guerre et je n'ai plus jamais eu de ses nouvelles.

Elle se pencha vers lui.

– Henry, mon amour, murmura-t-elle. Était-ce toi ?

*

Pendant un instant, tout ne fut plus que silence et blancheur, la neige tombant sans bruit, enveloppant le monde de silence. Rosie avait pris l'une des mains de James et la frottait pour tenter de lui redonner vie.

Puis il se produisit quelque chose : un tressaillement, un frémissement des paupières. Les yeux clignèrent, lentement, et s'ouvrirent, recouverts d'un voile de larmes.

– Bravo ! s'exclama Moray. Bravo. Vous revoilà.

James eut un peu de mal à s'asseoir sur le sol froid et humide, et le médecin posa à son tour son anorak sur lui pour le réchauffer.

– Mon nom est Henry Ishmael Carr, déclara le vieil homme d'une voix rauque.

– Je sais, répondit Lilian, et la mâchoire de Rosie se décrocha.

Puis il y eut du bruit et des lumières vives, comme l'équipe de recherche entrait dans le jardin de l'église au pas de charge. Un grondement retentit dans le ciel, et les phares de l'hélicoptère apparurent au-dessus d'eux, baignant le paysage d'une lumière jaune et vive. Personne n'entendit plus rien, et Henry referma doucement les yeux.

*

Je devrais prendre une chambre dans ce satané hôpital, songea Rosie. Elle y emmena Lilian le lendemain matin, dès qu'on leur apprit que Henry s'était réveillé et était prêt à recevoir des visites. Elle avait une sacrée gueule de bois, puisque, la veille, une fois Henry parti en ambulance et les autres personnes âgées de retour à la maison de retraite, tout le monde s'était rassemblé au *Red Lion* pour réfléchir aux incroyables événements du jour. Dorothy Isitt et Ida Delia avaient été informées (leur réaction allait être intéressante), tout comme Edward Boyd. Pour une fois, Lipton, ce petit village calme et tranquille où il ne se passait jamais rien, s'était transformé en feuilleton télévisé. Personne n'en revenait.

En ramenant Lilian à la maison de retraite, Rosie ne l'avait pas quittée des yeux.

– Mais comment l'as-tu su ? l'avait-elle interrogée. Comment est-ce possible ?

– Je l'ai reconnu tout de suite, avait répondu sa tante avec un mouvement d'épaules. Du coup, naturellement, j'ai cru que c'était moi qui devenais complètement folle. Comme si Henry Carr allait revenir dans ma vie. J'ai cru que je n'en avais plus pour longtemps.

Rosie avait secoué la tête.

– C'est impossible.

Puis quelque chose l'avait frappée.

– Bon sang, est-ce que c'est pour ça que tu n'arrêtais pas de me parler de l'Australie ? J'ai cru que tu m'encourageais à y aller.

Lilian avait haussé les épaules.

– Ta mère semblait te manquer. Et, oui, je pensais que je n'en avais plus pour longtemps, avec toutes ces hallucinations et le reste. J'ai supposé que je perdais la tête et que, bientôt, je serais tellement zinzin que je ne me rendrais même plus compte que tu étais partie.

– C'est incroyable.

– Rappelle-moi comment tu l'as rencontré, déjà ?

– Eh bien, il traversait le village avec son fils..., se remémora Rosie. Et il a eu un genre de crise en voyant la confiserie.

– Hum. Et pourquoi ça, à ton avis ?

– Incroyable. C'est vraiment génial.

– Ça n'a rien de génial. Il aurait pu traverser ce village n'importe quand en soixante ans, il aurait retrouvé la mémoire, et on aurait pu se retrouver. Savais-tu qu'il est veuf depuis trente ans ?! Ça me fait enrager.

Mais l'excitation dans ses yeux trahissait son bonheur.

Quand Rosie avait demandé à Moray si le vieil homme allait s'en sortir, son ami avait répondu avec un haussement d'épaules qu'il n'en savait rien, mais que des choses plus étranges s'étaient déjà produites.

– Mais on fait difficilement plus étrange, quand même, avait-il ajouté d'un air songeur en entamant son troisième verre du vin rouge médiocre que servait Les.

*

Stephen avait eu l'intention d'aller au *Red Lion*, mais était d'abord passé chez lui. En faisant une recherche sur Internet, il était tombé sur la fenêtre que Rosie avait laissée ouverte (intentionnellement ? s'était-il demandé) sur l'ordinateur portable qu'ils partageaient. Les mesures de quarantaine pour les chiens en Australie. Il avait fixé la page longtemps, puis avait pris dans ses bras Monsieur Chien, qui était confortablement installé devant le feu, et avait enfoui son nez dans ses poils.

Puis il avait pris son pardessus, laissé un mot succinct, sauté dans sa Land Rover et était parti pour Londres.

⋆

Rosie avait lu son mot, peinée, déconcertée. « Londres » ? Qu'est-ce que ça voulait dire ? Était-il avec ses amis snobinards de la haute et ces horribles blondes… Eh bien, avait-elle songé d'un air grave. Ils avaient à l'évidence tous les deux beaucoup réfléchi à leur vie.

À présent, le lendemain matin, elle essayait de faire entrer Lilian dans la chambre de Henry. Ce dernier bénéficiait d'une chambre individuelle, car il avait besoin de couvertures chauffantes électriques afin d'éviter l'hypothermie. Sans compter que son histoire attirait l'attention des médias – il était un genre de célébrité, à l'hôpital. C'était tout aussi bien, car il avait besoin d'espace. La petite chambre aux murs peints dans cet étrange beige tirant sur le jaune, comme dans tous les hôpitaux, était pleine à craquer. S'y entassaient Moray, Rosie et Lilian ; un Edward livide, accompagné de son épouse et de leur fils, Ian ; Ida Delia, qui avait insisté pour s'asseoir et exhibait son alliance avec ostentation – à sa main gauche, et non plus à la droite, où elle avait passé les soixante dernières années ; et les époux Isitt, Dorothy, les lèvres pincées, et Peter, présence silencieuse et rassurante à ses côtés, comme toujours. Plusieurs membres du personnel intéressés par son cas étaient également présents. Un psychiatre, qui s'efforçait de cacher sa joie, avait installé un magnétophone à côté du lit de Henry.

Moray avait l'air grave ; il s'était entretenu avec le médecin spécialiste, et le bruit que faisaient les poumons de Henry ne leur disait rien qui vaille. Mentalement, en revanche, le vieil homme semblait avoir fait d'énormes progrès.

– Je suis né à Lipton le 9 août 1922. Ma mère s'appelait Peggy, et mon père, Henry, lui aussi. Nous vivions sur la ferme des Isitt, je travaillais aux champs. Et je connaissais une fille qui s'appelait Lilian Hopkins.

Le silence était total dans la pièce. Le vieux monsieur avait l'esprit parfaitement clair, concentré sur des temps très lointains. Le psychiatre vérifia à nouveau que le magnétophone enregistrait bien.

– J'aimais quand elle portait sa robe verte à petits motifs floraux et qu'elle s'asseyait à l'avant de ma bicyclette. Mon chien s'appelait…

– Parr, dirent Lilian et Henry d'une même voix.

– Parr, répéta Henry avec émerveillement. C'était un beau chien.

– C'est vrai, acquiesça Lilian.

– Ce n'est pas possible, commenta Edward.

– Et qu'en est-il des… parents de James ? l'interrogea Rosie.

– Ils sont morts… Il était orphelin. Il a rencontré ma mère après la guerre, et il ne parlait jamais de cette époque. Nous savions qu'il avait été blessé à la tête, rien de plus. Et si…

– S'ils s'étaient trompés d'homme ?

– Qui êtes-vous ? demanda Henry à Edward.

– Je suis Edward, papa. Ton fils.

– Je n'ai pas de fils. J'ai une fille, qui s'appelle Dorothy. Elle crie beaucoup.

Rosie regarda Ida Delia. Elle ne pouvait imaginer ce qu'elle traversait. Dorothy était assise, immobile ; des larmes lui coulaient sur les joues, et elle tordait un mouchoir dans l'une de ses mains, sur ses genoux. Ida Delia soufflait, s'agitait, essayant d'attirer l'attention.

Dorothy et Edward, interloqués, se tournèrent pour se regarder, et leur ressemblance fut frappante, tout à coup : ils avaient les mêmes yeux, la même expression.

– Ça veut dire…

Rosie se prépara mentalement. Edward semblait si gentil, si attentionné, et Dorothy n'était pas toujours commode.

Mais elle eut la surprise de la voir se lever, se mordillant la lèvre. Elle considéra Edward.

– J'ai toujours… J'ai toujours voulu avoir un frère, dit-elle, avant de s'éloigner de Peter pour se rapprocher du lit. Papa ? hasarda-t-elle d'une voix tremblante, prononçant un mot qu'elle n'avait jamais eu l'occasion d'utiliser depuis le jour où elle avait appris à parler.

Henry eut du mal à fixer son regard sur elle. Il paraissait fatigué.

– Dorothy ? dit-il. Tu… tu es très grande.

– On te croyait mort, expliqua-t-elle en pleurant. Ils ont dit à maman que tu étais mort.

Henry prit sa large tête bouclée dans ses mains et, au grand étonnement de Rosie, elle la posa doucement sur sa poitrine, comme si elle en avait rêvé toute sa vie. Un sourire se dessina sur la figure avenante de Peter.

– Mais…

Le visage d'Edward était baigné de larmes, défait ; toute sa vie, bien réglée, s'effondrait. Il se tourna vers Doreen.

– … il… il connaît tous ces gens.

Doreen pouvait voir son désarroi.

– Chut, fit-elle. Ne t'inquiète pas.

Elle savait ce qui l'effrayait.

Mais Henry se tourna à nouveau vers lui.

– Edward, dit-il. Dieu merci, tu es là. Je meurs de froid.

– Papa, répondit Edward en éclatant en sanglots et en se précipitant de l'autre côté du lit. Papa. Tu sais que c'est moi.

– Bien sûr que c'est toi, rétorqua Henry de sa voix rauque, un sourire aux lèvres. Edward, mon petit ourson. Bien sûr que c'est toi.

*

Au bout d'un moment, on fit sortir tout le monde (y compris le photographe du journal local), sauf Lilian, à qui Henry avait demandé de rester. Rosie s'attarda, au cas où ils auraient besoin de quelque chose, mais aussi par simple curiosité. Lilian voulut s'asseoir sur le lit, et Rosie l'y aida – elle était si fluette, elle ne prenait presque pas de place. Elle se blottit contre lui, comme si elle avait été modelée ainsi. Puis Rosie, se disant qu'elle ferait sans doute mieux de sortir, partit chercher du thé.

*

– Tu es mort pendant la guerre, murmura Lilian.

– Tant de gens sont morts pendant la guerre, répondit lentement Henry. Ça arrivait tout le temps. Je me suis réveillé à l'hôpital. Je m'en souviens. Je m'en souviens. Je me souviens de toi. Tu es Lilian. Tu es VRAIMENT vieille.

– Je sais. Toi aussi. Chut. Raconte-moi ce qui s'est passé. Est-ce que tu t'en souviens ?

– C'est si étrange. J'ai l'impression d'avoir été sur un chemin brumeux, où tout était faux. Et puis je m'y suis habitué, même si c'était faux ; je n'y ai plus prêté attention et tout s'est arrangé. Mais je sais… après ce truc, l'explosion, après… je me suis réveillé et ils m'ont demandé « Comment vous appelez-vous ? », et j'imagine que j'étais censé répondre « Henry Carr ».

Il prononça à nouveau son nom, le faisant rouler dans sa bouche, comme un vin au goût étrange.

– Mais je… je n'ai pas réussi à le dire.

– Mais vous n'aviez pas de plaques d'identité ? l'interrogea Lilian. Tu ne portais rien autour du cou ?

– J'ai perdu la mienne, répondit Henry, étonné que cela lui revienne si facilement. Je l'ai perdue dans le mess. Je l'ai pariée au poker, je crois.

Il respira avec difficulté.

– Ah, Lilian, écoute un peu ça. Quelqu'un avait parié un sachet de bonbons à la fraise.

– Tu adorais ça, s'émerveilla Lilian.

– Je sais, je n'ai pas pu résister. J'ai dit : « Je mise toute ma personne. » Tout le monde a rigolé, mais j'ai enlevé ma plaque, j'étais sérieux. Et j'ai eu un trois de pique et un cinq de cœur.

Il brandit ses mains noueuses, comme s'il rejouait cette partie.

– Et le soldat Boyd, c'était un petit gars costaud. Je ne sais même pas où il avait eu ces bonbons, pas dans le trou à rats où on était, tu peux me croire. Je les voulais tant, mais j'ai eu un fichu cinq et un trois. Alors il a pris ma plaque, il faisait l'idiot avec, puis il m'a proposé un bonbon et…

Sa main se mit à trembler.

– Et on a entendu les sirènes. Les sirènes. Il y a eu des sirènes. Où suis-je ? Est-ce l'hôpital militaire ?

– Non, tu es dans un autre hôpital, répondit patiemment Lilian en lui tapotant la main.

– Y a-t-il eu une autre bombe ?

– Non, mon chéri. Tu es en sécurité.

– Je meurs de froid. Il me tarde de retrouver ma Lilian... Êtes-vous l'infirmière ? Vous lui ressemblez beaucoup.

– Oui.

– Mais je l'ai perdue, vous savez. Comme j'ai perdu ma plaque. En me comportant comme un idiot. Un vrai idiot.

Ses vieilles épaules commencèrent à trembler, et Lilian appuya sur la sonnette pour appeler l'infirmière.

*

Rosie rejoignit Moray et lui sauta au cou.

– C'est incroyable ! C'est juste incroyable !

Moray ne semblait pas aussi ravi qu'elle.

– Il se remémore toute sa vie.

– Mmm, fit Moray. Je ne voudrais pas... Je ne voudrais pas jouer les trouble-fête, Rosie, mais ses... enfin, ses poumons. Ils ne vont pas bien.

– Mais il parle ! Il a l'esprit si clair ! Il sait où il est ! Tout lui est revenu !

– Oui, mais, tu sais, de nombreux cas comme le sien ont été documentés... juste avant... enfin... je ne sais pas, il peut y avoir un autre miracle. Mais... je ne compterais pas là-dessus.

En entendant son ton, Rosie se figea subitement.

– Vraiment ?

– Je ne sais pas si tu veux le dire à Lilian ou non, mais... il a beaucoup de liquide dans les poumons. Son organisme n'est pas vraiment capable de combattre l'infection... Le médecin pense que ce n'est qu'une question de temps.

Rosie porta la main à sa bouche, puis secoua la tête.

– C'est toujours une question de temps, répondit-elle, énervée par cet euphémisme. Combien de temps ?

– À moins d'un second miracle… quelques jours, répondit Moray, puis, comme elle haletait de nouveau, il la prit dans ses bras et la serra fort.

★

Edward était au téléphone avec un journaliste qui essayait de déterminer ce qui s'était passé.

– Vous voulez dire qu'il a eu une crise quand vous avez traversé le village ? Quand il s'en est souvenu ?

– Je n'appellerais pas ça une « crise », répondit Edward avec raideur. Enfin, si, une crise, sans doute. Il a saisi le volant.

– Quand était-ce ? l'interrogea le journaliste en jetant un coup d'œil distrait à son ordinateur. Oh, c'était le jour où ce camion a foncé dans l'école de Lipton.

Edward blêmit.

– Ce quoi ?

– Vous n'êtes pas au courant ? Un camion est entré dans l'école.

– Mon Dieu. Quelqu'un a-t-il été blessé ?

– Oui, un petit garçon s'est brisé le cou.

Edward ne put rien ajouter ; il se contenta de raccrocher sans un mot. C'en fut trop pour lui, tout à coup.

– Doreen, gémit-il. Oh, Doreen, il s'est passé quelque chose de grave.

★

Quitte à être à Carningford, avec son grand supermarché ouvert vingt-quatre heures sur vingt-quatre, autant faire les courses pour Noël, ce serait fait, songea Rosie. Pip l'accompagna.

– Eh ben, je pensais que tu menais une vie tranquille ici, sœurette.

– Moi aussi, répondit-elle en poussant son chariot. Est-ce que tu peux m'attraper ça, s'il te plaît ?

Pip se précipita pour l'aider.

– Ah. Tu as été bien dressé. Tu ne faisais jamais ce que je te demandais, quand on était petits.

Il sourit.

– J'aime avoir une vie tranquille. Contrairement à toi.

– C'est vrai.

Voir les autres gens se comporter normalement, tandis qu'elle parcourait les allées remplies de toutes sortes de marchandises (dattes, sauce sucrée au brandy, pâte d'amandes) qu'elle ne pouvait imaginer manger à une autre période de l'année, lui faisait tout drôle : certains se disputaient dans le rayon vins, d'autres se chamaillaient au sujet de gâteaux apéritifs, des mères à l'air épuisé tendaient des sucettes à leurs enfants pour les calmer le temps d'en finir avec cette corvée. Avec Pip, ils prirent une grosse dinde, de la farce, plein de chipolatas pour les enfants, du vin pétillant, du coca et des tonnes de pommes de terre à rôtir…

Passer du temps avec son frère la réconfortait. Elle ne pouvait se laisser aller à se demander si Stephen rentrerait. Le 25 décembre, ils déjeuneraient à « Peak House » : elle inventerait une excuse pour lui. Puis, après Noël, elle supposait que… eh bien, ils partiraient tous. Mais, pour l'instant, elle voulait parler des enfants, surtout de Meridian, et Pip adorait parler d'eux. C'était bizarre, songea-t-elle : son petit frère était l'adulte, à présent. Il gagnait bien sa vie, avait une famille et tout… Tout ce qu'elle aurait aimé avoir. Elle se demanda si Lilian avait ressenti la même chose envers Gordon, son frère cadet.

– Tu es… Tu es heureux, hein, Pip ? l'interrogea-t-elle pendant qu'ils attendaient à la caisse.

Il la regarda.

– Honnêtement, Rosie ? demanda-t-il, pesant ses mots, comme s'il n'était pas sûr de vouloir répondre.

– Oui ?

– Je ne… enfin, même pour un garçon comme Stephen, tu vois ? Je ne… Je ne renoncerais pas à avoir une vie de famille. Pour rien au monde. Tu vois ?

Rosie ne dit rien.

– Pour rien au monde, Rosie. Même quand Desleigh me crie dessus, que Shane refuse de poser sa fichue DS, que tout le monde hurle, que des choses traînent partout, qu'il y a de la casse… je ne changerais rien. Ne passe pas à côté. Et, tu sais, on adorerait que tu nous rejoignes là-bas… surtout maman.

*

Rosie resta muette tout le chemin du retour. Elle ne trouvait pas d'issue satisfaisante. L'avenir n'était pas une perspective attrayante.

L'idée de ne plus voir Stephen, de ne plus être avec lui, lui paraissait insupportable. Elle l'avait toujours craint ; elle avait passé des années dans une relation où elle n'était pas « la bonne », et elle ne pouvait pas revivre cela, si rien de ce qu'elle faisait, rien de ce qu'elle corrigeait en elle ne pouvait changer les faits immuables. Pour elle, Stephen était le bon, mais si ce sentiment n'était pas réciproque, sa vie serait pleine de déceptions, comme celle de sa grand-tante. Et elle ne pensait pas pouvoir le supporter.

Un nouveau départ, dans un pays chaud et ensoleillé, plein de gens avenants, de mets succulents, de plages, de piscines, de barbecues et d'emplois d'infirmière bien rémunérés… cela, en revanche, paraissait très sensé. Être près de sa mère, regarder les enfants grandir…

C'était dur, mais c'était sans doute la bonne solution.

*

À « Peak House », elle annonça la nouvelle au sujet de Henry à une Angie et une Desleigh estomaquées et captivées.

– On ne s'ennuie jamais par ici, remarqua sa mère.

– Où sont les enfants ? demanda Rosie.

En général, Meridian était collée à elle, telle une sangsue.

– C'est incroyable, répondit Desleigh. Sérieusement, ce ne sont plus les mêmes.

Rosie se rapprocha de la fenêtre. Ses neveux étaient tous les trois dehors, en train de construire un igloo. Les filles ne se chamaillaient pas, et Rosie n'en aurait pas mis sa main à couper, mais elle avait l'impression que Kelly avait un peu maigri. La DS de Shane avait disparu. À la place, ils discutaient, riaient, coopéraient.

– C'est un chouette endroit, ici, ajouta Desleigh.

La gorge de Rosie se serra. Elle fut incapable de répondre.

*

De retour à la confiserie, elle sourit à tous les enfants qui entraient et qui lui confiaient ce que le père Noël allait leur apporter, en extase devant le petit train dans la vitrine, leurs petites joues roses, leurs yeux ronds et brillants, leurs parents fatigués, mais heureux. Elle connaissait tout le monde à présent, et tout le monde la connaissait : Mlle Rosie, du magasin de bonbons. Ils lui manqueraient, eux aussi, beaucoup, se dit-elle en emballant des boîtes de chocolats, de pâtes d'amandes et de loukoums pour le grand jour.

Chapitre 20

À l'hôpital, il était désormais évident pour tout le monde que les choses dégénéraient. Et vite. Lilian elle-même ne pouvait continuer à le nier. Il s'agissait donc de passer le plus de temps possible avec Henry, sans l'épuiser. Il avait besoin d'un masque à oxygène, de sorte qu'il ne pouvait pas très bien parler, ni très vite, mais il était rare qu'il soit absent ou ne suive pas ce qui se passait autour de lui. Bien sûr, ils devaient se le partager. Ida Delia aimait beaucoup parler de lui, se vanter de l'homme qui était toujours son mari, après tout, mais elle trouvait désagréable, sinistre même, d'être seule avec lui dans la chambre – sa peau si fine qu'elle était presque translucide, l'odeur, les tubes en plastique, sa chevelure, autrefois luxuriante, devenue terne : cela lui rappelait ce qui les attendait tous, au bout du compte. Elle trouvait aussi, comme avant, qu'elle n'avait pas grand-chose à lui dire.

Dorothy, en revanche, ne voulait pas parler. Elle voulait lui tenir la main et qu'il la prenne dans ses bras, qu'il lui dispense l'affection masculine qui lui avait tant manqué durant son enfance triste. Edward, lui, devait parler, se dépêcher de s'assurer que l'autre vie de Henry, sous le nom de James Boyd, n'avait pas été inutile, effaçable. Il tenait à lui parler de leurs voyages à la mer, du petit train qu'ils avaient construit, de leurs excursions, et même de leurs disputes pendant sa courte phase punk, à l'adolescence. C'était important pour lui, et Henry s'efforça de lui faire plaisir.

Mais c'était Lilian qu'il lui tardait de voir tous les jours. Elle était toujours aussi jolie et originale à ses yeux. Elle aimait lui parler, et il aimait l'écouter : il savourait ces moments. Quiconque aurait surpris leur conversation sans être amoureux aurait pris cela pour des inepties insensées, des radotages de têtes blanches. Mais n'importe quelle personne amoureuse aurait reconnu les plans sur la comète que tirent deux personnes folles l'une de l'autre. La seule différence était qu'ils n'évoquaient pas l'avenir. Lilian et Henry jouaient à un petit jeu, moins dangereux que les sables mouvants de leurs vrais souvenirs : ils faisaient semblant, s'inventaient un passé qu'ils n'avaient jamais eu.

– Je crois qu'en 1955 environ, nous avons emménagé dans l'une des grandes maisons sur la grand-rue, disait Lilian, et Henry opinait du chef.

– Les enfants avaient peur des toilettes extérieures, tu te rappelles ?

– Oui ! Le petit Henry croyait qu'il y avait une chauve-souris dedans, tu t'en souviens ? On le trouvait bizarre, puis Batman est arrivé, et on s'est dit qu'on aurait gagné beaucoup d'argent avec cette histoire.

– J'ai beaucoup aimé la fête pour nos vingt-cinq ans de mariage, disait Henry. Hetty nous a laissés l'organiser au manoir, tu te rappelles ? J'ai mis une couronne de fleurs dans tes cheveux.

– J'étais en colère, parce que ça a ruiné ma nouvelle coiffure ! Ha ha, on s'est disputés devant tout le monde.

– Je ne pouvais pas rester fâché contre toi bien longtemps, disait-il avec un sourire.

– Et c'était tant mieux, répondait-elle.

★

Le 24 décembre au matin, Moray emmena Lilian au village de bonne heure. Rosie releva les yeux, surprise. Sa tante portait une très vieille robe verte, aux motifs floraux passés. Elle avait de nouveau maigri, songea la jeune femme. L'excitation, le manque de sommeil, assurément. Elle ne se doutait pas une seconde que Lilian l'avait fait exprès, de façon à pouvoir rentrer dans sa plus vieille robe, celle qu'il aimait tant et qui était restée cachée dans le bas de son armoire pendant toutes ces années.

– Une demi-livre de caramels, s'il te plaît, demanda Lilian, le visage légèrement maquillé, sa robe démodée, mais toujours étonnamment jolie sur sa silhouette de petite fille.

– Tu es en route pour l'hôpital ? l'interrogea Rosie. Tu ne vas pas mourir de froid ?

– Non. Je suis d'ici, je ne suis pas une vulgaire intruse comme toi. Bonjour, Spiderman.

Meridian était en train de jouer dans un carton derrière le comptoir.

– SUIS PAS SPIDERMAN ! SUIS ROBOT ! GENTIL ROBOT, clarifia la fillette.

– Encore heureux ! répondit Lilian avant de jeter un coup d'œil aux rayonnages. Tu n'as plus beaucoup de bonbons à l'ananas.

– Je sais. Les gens se sont rués dessus pour Noël. Et je n'aurai pas de livraisons avant le début de l'année.

– Eh bien, que feras-tu, si quelqu'un en veut ?

– Je les orienterai vers les sucettes au pamplemousse. On surmontera ça.

Or Lilian ne l'écoutait plus. Elle parcourait du regard la petite pièce, avec ses étagères repeintes en rouge foncé, comme elles l'avaient toujours été ; ses minuscules fenêtres à meneaux, ses grands bocaux, sa vieille balance en cuivre.

– Cet endroit va me manquer.

– Il n'est pas près de disparaître, répondit Rosie avec force.

– Les choses changent. Les gens… partent.

– Même si je partais, Tina serait toujours là. La confiserie serait toujours là.

– Rien n'est éternel.

– LES ROBOTS SONT ÉTERNELS, lança une voix fluette.

Rosie sourit machinalement, et Lilian la mesura du regard.

– Il faut que j'y aille. Moray m'attend. Oh, et un quart de livre de boules de chewing-gum, s'il te plaît.

– Ça s'appelle un « petit sachet », Lilian. On ne se sert plus des mesures impériales.

– Je crois que tu peux faire une exception pour moi, répondit la vieille dame en sortant son porte-monnaie à fermoir à clip avant d'insister pour payer.

*

L'état de santé de Henry s'était beaucoup dégradé pendant la nuit. On venait de le transférer en soins intensifs – dans le lit qu'Edison avait libéré récemment, par coïncidence. L'équipe médicale marmonnait dans les couloirs, se demandant s'il fallait prévenir la famille. C'était parfaitement inutile. Tout le monde était là. Personne ne savait quoi faire, à part proposer d'aller chercher du café, et ils échangeaient des politesses et des « après vous ». Edward n'attendait pas cette journée avec impatience. Outre la terrible nouvelle de l'hôpital, il devait déjeuner avec Dorothy, qu'il ne connaissait pas très bien, pour lui proposer courtoisement et généreusement de modifier le testament de James. Puis il avait rendez-vous avec un policier.

Il avait été horrifié d'apprendre ce qui s'était passé à l'école, mais son avocat l'avait rassuré : il était à peu près certain que la police n'engagerait pas de poursuites contre son père pour avoir détourné l'attention d'un chauffeur. Edward souhaitait juste que ce poids soit ôté des épaules de ce pauvre homme, qui avait été libéré sous caution, avant Noël. Il commença par se rendre à l'hôpital. Cathryn était là, toujours inquiète, elle aussi.

– Je… je suis sincèrement désolée, dit-elle en l'arrêtant dans le couloir.

Elle craignait que la famille ne fasse des histoires – à juste titre. Si elle ne s'était pas laissé distraire par toute cette agitation, elle ne l'aurait pas quitté des yeux. Mais cela s'était produit.

Edward se tourna vers elle. Il paraissait fatigué, mais, en un sens, moins anxieux.

– Cathryn, écoutez-moi. Je ne vous tiens pas pour responsable, d'accord ? Il s'est éloigné de son propre chef. Il a quatre-vingt-onze ans. Nous savions que ce jour arriverait. Mais ce n'est même pas la question. Quoi qu'il soit arrivé à mon père dehors, ça l'a fait revenir. Il a eu l'occasion d'être lui – vraiment lui, la personne que je n'ai pas connue. Je ne peux pas… C'est la meilleure chose qui pouvait arriver. S'il avait été à la maison, nous ne l'aurions jamais retrouvé. S'il était resté dans votre établissement, je ne crois pas… Je crois que cela devait arriver. Je crois qu'il devait rentrer chez lui.

La gorge de Cathryn se serra.

– Merci. Merci.

– Vous faites un travail formidable. Continuez comme ça, s'il vous plaît.

Elle se mordit la lèvre.

– Vont-ils vous laisser le ramener à la maison ?

Il secoua la tête.

– Non. Le déplacer serait trop risqué, d'après eux. Et il semble bien ici, c'est peut-être mieux…

Au même moment, ses filles et Ian, bien habillé, pour une fois, arrivèrent pour dire adieu à leur grand-père. Ils paraissaient mal à l'aise, inquiets à l'idée de mal s'y prendre. Il aurait aimé leur dire de ne pas s'inquiéter, il n'y avait ni bonne ni mauvaise façon de faire : c'était un moment difficile pour tout le monde. À la place, il leur sourit.

– Il faut que j'y aille.

– Bien sûr, répondit Cathryn. Oh, et Edward… si cela peut vous aider, personne ne connaît vraiment ses parents, vous savez.

Edward marqua une pause.

– Je crois que ça m'aide, oui.

*

Une fois dans la chambre, Edward se rendit compte qu'il n'arrivait pas à dire ce qu'il voulait dire. Il regretta, tout à coup, de ne pas l'avoir écrit. Mais voir son père devant lui était si étrange, si bizarre, que les mots ne voulaient pas sortir. Il aurait voulu lui dire qu'il allait revoir sa maman…, mais y croyait-il vraiment ? Oh, il avait envie d'y croire. Et ce serait suffisant.

Il s'assit. Henry avait son masque à oxygène et eut du mal à l'enlever. Edward l'aida. Son père avait la voix étranglée, il ne parvenait pas à trouver ses mots, alors Edward lui remit son masque. Il avait trop chaud dans cette pièce étouffante.

– Alors, dit-il en regardant sa montre. Je… je vais modifier ton testament, d'accord ? Pour ajouter quelque chose en faveur de Dorothy ? Je suis désolé. Je sais que c'est bizarre de parler de ça.

Henry opina du chef.

– C'est bon, réussit-il à dire d'une voix râpeuse. Tu es gentil de partager.

Edward sourit, puis lui caressa la main. Il avait procuration depuis quatre ans maintenant et voulait agir convenablement.

– Je vais aller faire ça, et je reviendrai juste après, d'accord ?

– Oui, fils. C'est parfait.

Ils restèrent assis en silence, sans savoir quoi ajouter. Puis Edward se leva pour y aller.

– Euh, commença-t-il rapidement. Tu as été un bon père.

Henry cligna plusieurs fois des yeux.

– Tu… tu as été un bon fils, répondit-il de sa voix rauque.

Et ce fut tout.

*

Lilian ne dit rien. Elle se contenta d'ôter son manteau et remarqua qu'il reconnaissait sa robe, que cela lui faisait plaisir de la revoir et d'avoir conscience d'où il était, d'être lui-même. Elle sourit. Une gentille infirmière l'aida à monter sur le lit, puis vérifia la dose de morphine d'Edward.

Lilian sortit son gros sachet de caramels et lui ôta son masque avec précaution. Elle lui mit le sachet sous le nez pour qu'il puisse les sentir, puis en sortit un tout petit morceau, qui s'était détaché des autres, et le lui mit dans la bouche. Puis, tout doucement, il lui en donna un autre. Henry lui prit la main et la serra jusqu'à ne plus pouvoir la serrer. Quand il ne put plus serrer, elle l'étreignit. Puis, quand il n'y eut plus de Henry à étreindre, elle l'embrassa doucement sur le front et souhaita bonne nuit à son amour.

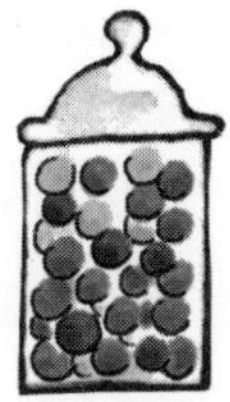

Chapitre 21

La journée fut extrêmement chargée à la confiserie. Tina avait vu juste : tout le monde faisait des folies pendant les fêtes. Toutes leurs boîtes de chocolats s'écoulèrent ; les enfants choisissaient des pastilles de voyage pour leurs parents, parce qu'ils aimaient les dessins sur les boîtes ; les gens venaient acheter des petits cadeaux à glisser dans les bas de Noël, des bâtons de sucre d'orge à la pelle, des loukoums et des pâtes d'amandes pour après le dîner ; de la guimauve à tremper dans le chocolat chaud avec ses doigts froids, des gommes à mâcher devant la télé et, bien sûr, des boîtes de bonbons assortis. Tout le monde en prit une. Grande, petite, peu importe.

Anton entra, l'air timoré.

– Anton ! s'émerveilla Rosie.

Il avait encore perdu du poids.

– Regardez-vous !

À côté de lui, sa fluette épouse rayonna de fierté.

– Je sais, répondit-il.

– Je crois bien que vous n'êtes plus l'homme le plus gros de Lipton ! Il me semble que le Dr Hye est plus gros que vous !

Anton sourit de toutes ses dents.

– Bravo, félicita-t-elle sa femme.

– Oh non, ça devait venir de lui. Et puis, après l'accident, les livreurs ne voulaient plus trop venir jusqu'ici. Il ne pouvait plus se faire livrer en secret.

Rosie y réfléchit.

– Eh bien, dit-elle au bout d'un moment. C'est bon de savoir que quelque chose de bien est ressorti de tout ça.

– Et j'ai du travail !

– Vraiment ? C'est génial !

– Je suis le père Noël ! Au centre commercial de Carningford.

– Merveilleux ! C'est parfait pour vous, vous êtes si gentil.

Anton rougit.

– Bien sûr, cela implique que je garde un PEU de ventre.

– Pas du tout, répondit vivement Rosie. Vous pourrez être un elfe, l'an prochain. Qu'est-ce que je vous sers ? Seulement de petits sachets.

La femme d'Anton fit un clin d'œil à Rosie.

– Je voudrais… juste une sucette, répondit-il. Pour me faire un petit plaisir.

Rosie le dévisagea.

– Vraiment ?

– Oui, poursuivit-il stoïquement. J'ai changé. Grâce à vous.

– Pourriez-vous le dire plus haut, quand il y aura plus de gens pour vous entendre ? répondit-elle en lui tendant sa sucette. Et pas seulement un gentil robot.

– Est-ce que le robot peut avoir une sucette, maintenant ? lança une voix de robot à ses pieds.

– Non.

*

Peu après quinze heures, Moray appela Rosie pour lui annoncer le décès de Henry. Elle regarda Tina, la gorge serrée ; être aussi bouleversée paraissait ridicule, elle l'avait à peine connu. Mais, bien sûr, c'était pour Lilian qu'elle avait de la peine.

– Qui était avec lui ? l'interrogea son amie.

– Lilian. Oh, je suis heureuse pour elle. Mais bon, le pauvre Edward.

– Je crois qu'Edward est en paix, répondit son amie avec l'air avisé de quelqu'un qui avait entendu tous les potins du village grâce aux soirées que Jake passait au *Red Lion*.

– Je le crois aussi, répondit Rosie d'un air songeur. Mais la pauvre Lilian. Avoir retrouvé l'amour de sa vie… pour une semaine.

– Mieux vaut passer une semaine avec quelqu'un qu'on aime qu'une vie entière avec quelqu'un qu'on n'aime pas.

Tina dit cela en l'air, aussi fut-elle profondément surprise de voir Rosie fondre subitement en larmes.

– Quoi ? Qu'est-ce qu'il y a ? Qu'est-ce que j'ai dit ?

– Oh, Tina, se lamenta Rosic, puis tout sortit d'un coup.

Son amie alla accrocher la pancarte « De retour dans cinq minutes » sur la porte, puis leur prépara deux grandes tasses de thé.

– Il est juste… Il m'a dit qu'il ne voulait pas se marier, que je l'embêtais, que c'était… Tina, je crois que c'est fini entre nous !

– Oh non, ce n'est pas fini, répondit Tina en faisant furtivement tourner la bague de fiançailles à son doigt.

– Je le crois… Je lui ai dit que j'irais peut-être en Australie avec ma mère, et ça ne lui a fait ni chaud ni froid ! Il n'y a même pas réfléchi. Je ne… je ne… Il est parti à Londres. Je pense que, quand Angie partira, dans quelques jours, il se réinstallera à « Peak House »… et je me retrouverai toute seule ! Pour toujours !

– Il va nous falloir plus de thé. Oh, Rosie. Je ne savais pas. Je suis vraiment désolée.

– Moi aussi, sanglota-t-elle. Je l'aime tant, Tina. Tant. Mais, maintenant, je ne vois plus l'intérêt de rester ici.

– Mais tu aimes Lipton, non ?

– J'en suis tombée amoureuse. Je suis tombée amoureuse du village, de ses habitants, de Stephen, de la confiserie, de tout.

Sa gorge se serra.

– Mais je crois que cet amour n'est pas réciproque.

– Et Lilian ?

– Elle pense que je devrais partir, je crois. Pour passer du temps avec ma famille.

Meridian s'approcha de sa tante, son casque de robot toujours sur la tête.

– Ne pleure pas, tata Rosie, dit-elle en tentant maladroitement d'essuyer ses larmes. Est-ce que Kelly a été méchante avec toi ?

– Non. Vous n'êtes jamais méchants avec moi, vous.

– Kelly est méchante avec moi, poursuivit la petite en serrant fort Rosie. Est-ce que tu voudrais venir dormir chez moi ?

Rosie sourit.

– Bientôt.

– On pourra regarder *Le Monde de Nemo*. J'adore les films de Nemo. Ou un James Bond.

– Tu n'as pas le droit de regarder James Bond.

– JE SUIS JAMES BOND.

– Bon sang, fit Tina. Bref, tu sais que j'ai grandi ici, n'est-ce pas ?

Rosie opina du chef.

– Je connais Stephen Lakeman depuis toujours, tu sais ?

Rosie opina à nouveau du chef.

– Je l'ai vu avec des tas de petites copines, et la moitié d'entre elles ressemblaient à des top models.

– Tu ne m'aides pas, là.

– Mais je jure que je ne l'ai jamais... je ne l'ai jamais vu aussi épris de quelqu'un de toute ma vie. Je ne l'ai jamais vu vivre avec quelqu'un, je ne l'ai jamais vu aussi souriant que lorsqu'il est avec toi, et je te jure qu'aucune autre fille n'a jamais rencontré sa mère.

– Hmm.

– Je pense que tu es dingue. Je pense qu'il t'aime et que tu te mets dans tous tes états, parce que ça ne va pas aussi vite que tu le souhaiterais. Il vient juste d'avoir un gros accident !

– Je sais. Mais il n'y a pas que ça. Tu le connais. Il peut être si récalcitrant, si maussade.

– En es-tu sûre ? Est-ce que tu es sûre que ce n'est pas toi qui cherches la petite bête, hein ?

– Eh bien, si c'est ça, ce n'est pas mieux, si ? Ça donnera quoi dans dix ans ?

Tina haussa les épaules.

– Oh, je vous imagine bien dans dix ans.

– Vraiment ? répondit Rosie avec curiosité.

– Oh oui. Tu seras jolie et bien ronde.

– Ben, MERCI !

– Oh, ne sois pas bête. Les bébés font ça.

– Tu as eu des jumeaux et tu es très bien.

– J'ai eu des jumeaux à vingt-quatre ans. Bref, tais-toi. Tu veux entendre la suite, oui ou non ?

– Oui, admit Rosie à contrecœur. Mais est-ce que tu peux inventer une autre version, où je suis super mince et élégante ?

– Mais il adore ta poitrine généreuse et tes formes. Crois-moi, s'il avait voulu une brindille, il avait des tas de top models qui lui couraient après, à Londres.

– Oui, encore une fois, merci.

– Bref. Il sera toujours aussi élancé, mince, superbe.

– Génial. De mieux en mieux.

– Et il ira arpenter les collines avec les garçons… Tu auras des garçons, c'est sûr, tu es le genre de femme à avoir des garçons.

– Hmm.

– Et tu cuisineras un bon petit plat pour quand ils rentreront, les joues roses, affamés, et ce sera génial.

Il y eut un blanc.

– Est-ce que tu es sûre que tu n'as pas confondu mon avenir imaginaire avec une pub pour une sauce que tu as vue à la télé ? lui demanda Rosie au bout d'un moment.

Tina y réfléchit une seconde.

– Je crois que si.

– Oui.

– Eh bien, il n'y a pas de raison que ça n'arrive pas.

– Pourquoi ? Les pubs pour les sauces deviennent réalité ?

– La mienne, oui.

Rosie ne pouvait la contredire sur ce point. Elle rouvrit la boutique, puis tenta de se laisser distraire par le nombre impressionnant de clients qui entraient et sortaient en leur souhaitant un joyeux Noël et en laissant des cadeaux et des cartes pour Lilian. Elles annoncèrent la nouvelle, encore et encore. Les gens étaient sidérés, fascinés ; un ou deux des clients les plus âgés se souvenaient des parents de Henry : perdre leur fils les avait dévastés.

– Tous ces morts, commenta la vieille Mme Bell, de la ferme Bell, en prenant ses bonbons à la violette préférés pour ses petits-enfants de passage, qui les détestaient, les trouvaient écœurants, mais qui aimeraient leur odeur plus tard, parce qu'elle leur rappellerait leur grand-mère qui avait toujours été si gentille avec eux. Cette guerre a laissé un trou dans ce village, vous savez.

– C'est ce que dit toujours Lilian.

– Je suis née pendant la guerre, donc je ne m'en souviens pas, mais, même petite fille, je le ressentais. La peine sur le visage des gens quand ils nous regardaient jouer. Il y a eu quelques rares bébés tardifs aussi. Grandir dans une maison où une mère a perdu un fils est difficile, remarqua-t-elle. Certaines empêchaient même leur fils de se marier.

– Je n'ai jamais vraiment pensé à ses parents. Mon Dieu, dit Tina en frissonnant.

– Ça a dû être une simple méprise, poursuivit Mme Bell. Il a été renvoyé par bateau à Halifax, puis il s'est trouvé un emploi, s'est construit une nouvelle vie. C'est aussi simple que ça.

– Imaginez un peu, répondit Rosie, perdue dans ses pensées.

★

À seize heures trente, quand elles eurent tout vendu ou presque dans le magasin, Rosie s'apprêtait à fermer et à donner sa prime de Noël à Tina quand elles entendirent la porte grincer. La cloche tinta à peine, quand l'homme barbu aux petites lunettes l'ouvrit avec prudence. C'était Arthur, le père d'Edison. Il poussa le fauteuil roulant à l'intérieur.

– Edison ! s'exclamèrent les deux amies d'une même voix, Rosie oubliant ses problèmes pendant une seconde.

Edison, dans son fauteuil, pénétra tout doucement dans la pièce, avec précaution, et Meridian sortit de derrière le comptoir pour voir ce qui se passait.

– Qui est-ce ? demanda le garçonnet d'un air méfiant.

– Je suis un robot maintenant, répondit Meridian. Mais pas un vrai. Juste un petit.

– C'est là que je me mets, en général, tu vois. Derrière le comptoir. C'est ma place.

– J'aime beaucoup ton fauteuil de robot.

– Je sais, il est cool, répondit Edison en se déridant un peu.

– Bonjour ! dit Rosie à Arthur. Comment va Hester ?

– Elle est empêchée. Bonjour. Pourrais-je avoir deux cent vingt grammes de soucoupes volantes à la noix de coco ?

– On ne m'a jamais demandé de bonbons en grammes avant. Incroyable. Vous n'êtes pas scientifique pour rien.

Il esquissa un sourire timide.

– Un scientifique dont la femme a des goûts très particuliers en ce moment. Je voudrais aussi deux cent vingt grammes de bonbons assortis à la réglisse et quelques cacahuètes caramélisées.

Rosie regarda Edison.

– Tu me manques, lui confia-t-elle.

Edison opina du chef, puis sourit, comme si c'était l'évidence même.

– Oui, j'imagine qu'elle est trop petite pour être utile.

Rosie ne lui révéla pas qu'il n'avait jamais été utile, lui non plus, et s'abstint de prendre parti.

– Je suis TRÈS UTILE, lança Meridian d'un ton de défi. S'il y a de MÉCHANTS ESPIONS.

– Je pense que je vais faire installer un lance-roquettes, expliqua Edison en montrant son accoudoir droit. Juste ici.

Rosie jeta un coup d'œil à son père.

– D'accord : tu commences à dessiner les plans, et je verrai ce que j'ai dans l'abri de jardin, répondit doucement ce dernier.

– Alors, le fauteuil roulant…, commença Rosie, ne sachant comment aborder ce sujet.

– Ils espèrent qu'il le gardera deux mois. Il aura beaucoup de physio à faire… Et il aura sans doute de petits problèmes cervicaux jusqu'à la fin de ses jours, mais il a remarquablement bien guéri… pour un petit gringalet.

Il prononça ces mots, qu'il ne pensait manifestement pas le moins du monde, avec un sourire.

Edison baissa la voix.

– Ils remplacent tous mes os avec de l'adamantium : je vais être super fort, comme Wolverine.

– Je vois, répondit Rosie. Ouah, tu ne vas plus avoir peur de rien après ça.

– Je crois que tout le monde a déjà peur de moi à l'école.

– Ils ont peur de te casser, dit son père. Merci, Rosie.

Meridian regarda Edison.

– Bon, d'accord, tu peux peut-être garder ma place jusqu'à mon retour, lui dit-il. C'est-à-dire bientôt.

– D'accord, répondit la fillette. Je rentre en Stralie. Rosie vient avec moi.

À ces mots, Arthur et Tina haussèrent tous les deux les sourcils.

– Je vais leur rendre VISITE, expliqua Rosie, ses joues s'empourprant.

– Mamie Angie dit que tu viens sans doute pour rester, poursuivit Meridian. Elle dit que tu viendras dormir à la maison avec moi pour toujours.

– Eh bien, c'est une nouvelle attristante, commenta Arthur.

– Et complètement fausse ! Ne vous fiez pas à une fillette de trois ans pour alimenter les potins du village, je vous en prie !

– La vérité sort de la bouche des enfants, répliqua Tina.

– N'en rajoute pas, toi. Comme si j'allais faire ce genre de projets sans t'en parler.

Arthur et Tina échangèrent un regard.

– Bon, dit-il. Joyeux Noël à tous.

– À vous aussi, répondit Rosie. Passez une bonne journée !

– Je crois que le père Noël va être très occupé, ce soir, dit Edison. Est-ce que tu sais à quelle vitesse il se déplace ? À neuf cents kilomètres par seconde. Heureusement, il est magique, sinon, tous ses rennes brûleraient à cette vitesse. Mais c'est pour ça que Rudolphe a le nez rouge. Parce qu'il est à l'avant du traîneau.

– Eh bien, je suis contente de voir que tu as bien réfléchi à tout ça, dit Rosie en sortant de derrière son comptoir pour l'embrasser sur ses cheveux blond clair. Joyeux Noël, mon chéri.

Il semblait si mince sous son écharpe et sa grosse doudoune ; ses petits bras étaient fins comme des brindilles.

– Je te prescris plein de bonbons, ajouta-t-elle en lui faisant un câlin.

– C'est pour ça que je te préfère à Moray et aux docteurs de l'hôpital, répondit Edison d'une voix étouffée par les bras de Rosie.

*

Edward déposa une Lilian exténuée, très silencieuse, chez Rosie avant qu'elle ne rentre à la maison de retraite. Elles rejoindraient le reste de leur famille à « Peak House » le lendemain matin, mais Lilian voulait passer en revue les vêtements et les affaires de Henry, et Edward avait accepté. Sans compter qu'elle aurait un peu de calme et de tranquillité dans la matinée, pendant qu'Angie et Pip géreraient les enfants intenables, surexcités, à « Peak House ».

Rosie sortit en coup de vent dans la neige pour embrasser Edward, qui semblait vidé, et lui faire promettre de donner de ses nouvelles. Dès que la police avait entendu son histoire et appris le décès de Henry, elle avait classé l'affaire : le chauffeur du camion pourrait passer Noël sans que cette menace lui plane au-dessus de la tête. Il avait perdu son emploi, naturellement ;

Edward lui avait promis de se renseigner pour voir s'il pouvait lui trouver un poste dans sa société, qui ne nécessiterait pas de conduire.

Rosie s'apprêtait à l'inviter à entrer, mais elle vit Lilian, recroquevillée sur la banquette arrière, telle une enfant, l'air si frêle, si fragile, et se ravisa. Ils se reverraient pour les funérailles, bien sûr… Oh, il y avait tant de choses à organiser. Enfin, elle s'en inquiéterait en temps voulu. Pour le moment, sa tante était sa priorité.

Elle la porta à moitié, l'entraînant jusqu'au salon confortable, où elle avait allumé une belle flambée. Un ragoût mitonnait sur la cuisinière, un plat simple et digeste, mais Lilian ne voulait pas manger. Rosie l'aida à s'asseoir avec précaution, puis lui donna un verre de vin comme petit remontant. Or Lilian restait muette, ce qui ne lui ressemblait pas. Rosie s'installa à côté d'elle et lui caressa l'épaule, lui laissant le temps.

Quand elle eut fini son vin, Lilian contempla le feu un long moment. Puis elle poussa un soupir.

– Eh bien, c'est fini, dit-elle.

Rosie opina du chef. Sa tante posa ses vieux yeux sur elle. Ils paraissaient encore plus vieux, curieusement ; leur bleu pâle était encore plus pâle, plus clair ; sa jolie peau douce était plus blanche, aussi fine que du papier.

– Est-ce que tu crois… Tu sais que je déteste le pasteur.

Elles en avaient déjà parlé. Lilian menait une vendetta contre le nouveau pasteur branché de Lipton depuis qu'il était arrivé. Heureusement, il n'avait pas l'air d'être au courant.

– Après la guerre, après avoir perdu Ned et Henry… je me suis dit : j'en ai fini avec Dieu. On n'a pas besoin d'être un enfant africain affamé qui se fait dévorer vivant par les mouches pour penser ça.

Rosie acquiesça.

– Mais, maintenant... Oh, ne serait-ce pas formidable ? Hein ? M'endormir, mettre au repos mes pauvres os endoloris. Et me réveiller dans les bras de Henry, jeunes, forts, beaux, comme nous étions ? On serait dans un endroit chaud où il ne neigerait jamais, et on serait ensemble, on pourrait cultiver le jardin que nous n'avons jamais eu.

– « Il y a plusieurs demeures dans la maison de mon père », murmura Rosie, qui avait entendu ce verset une fois et l'avait trouvé réconfortant.

– Je crois que je vais devenir croyante, poursuivit résolument Lilian. Je crois que je vais devenir catholique. Ils font ce truc bien, à la fin, non ? Ils l'ont fait à Henry. Ils ont mis des choses sur sa tête et, en gros, ils lui ont dit : « Quoi que tu aies fait, ne t'inquiète pas, tout va bien, c'est une garantie. » Est-ce qu'on peut me faire ça ?

– Je ne suis pas sûre que ça marche comme ça.

– Oh, si, forcément. Dieu saurait que j'ai de bonnes raisons de le faire, n'est-ce pas ? Il sait que je ne suis pas une mauvaise personne.

– Je crois que Dieu aurait bien trop peur de te refuser l'entrée au paradis.

– Absolument. D'accord, je serai donc catholique. Acceptent-ils les femmes prêtres ?

– Je ne vois pas le problème avec les femmes prêtres.

– Oui, enfin, je verrai ce que Dieu en dit quand je le verrai, répliqua sévèrement Lilian.

– Tu verras ce que Dieu en dit dans trente ans. Quand tu iras à Buckingham Place pour chercher ton prix de la plus vieille femme de Grande-Bretagne. Maintenant, tais-toi. Tu peux prendre un bain, si tu veux. Je t'ai laissé de l'eau chaude.

– Est-ce que j'ai besoin de prendre un bain ? Est-ce que je sens la vieille dame ?

– Non, tu sens le tweed, comme toujours, et ça sent très bon.

– Oui. Il vient de Paris, tu sais.

Rosie sourit. Lilian contempla à nouveau le feu.

– Je ne veux pas vivre trente ans de plus, Rosie. Trente ans à avoir froid, à être trop lente et sourde comme un pot, à jouer au bridge, encore et encore, à avoir peur de tomber, à être incapable de lire, parce que je n'y vois plus rien, sans plus rien à attendre de la vie, jour après jour.

– Rien ?

– D'accord, j'ai encore quelques petites choses à attendre.

Elle considéra Rosie d'un air perspicace.

– Comme réussir à me débarrasser de toi, d'une façon ou d'une autre. Mais ce n'est pas ce que j'attends le plus.

Elle planta ses yeux dans ceux de Rosie, très sérieuse.

– Je l'ai enfin retrouvé. Et, maintenant, je veux le revoir.

– N'y pense même pas, rétorqua Rosie, tout aussi sérieuse. Je te défends d'y penser.

Il y eut un silence, puis Lilian regarda son verre vide en grimaçant, ce qui détendit l'atmosphère.

– Bon, allez, je te ramène, dit Rosie. Es-tu sûre de ne pas vouloir rester ?

– C'est hareng fumé, pilaf de poisson et champagne au petit déjeuner. Peux-tu rivaliser avec ça ?

– Non, répondit Rosie en attrapant les clés de la voiture de location, que Pip lui avait prêtée.

– Où est Stephen ?

– Il est sorti, expliqua Rosie, qui n'avait pas envie d'avoir cette conversation pour l'instant.

– J'aimerais le voir.

– Eh bien, tant pis. Tu as eu une rude journée. Il faut que tu dormes.

Lilian se laissa conduire jusqu'à la voiture.

– Je le verrai dans mes rêves, tu sais. Je l'ai toujours vu. Maintenant, je le sais. Il m'attend. Et, bien sûr, il a toujours ses cheveux châtains.

⋆

Rosie rentra seule chez elle, puis s'assit devant le feu.

Et voilà, songea-t-elle. Joyeux Noël. Le Noël qu'elle avait tant attendu. Dans sa tête, elle voyait la table ployer sous un amoncellement de victuailles ; les enfants enchantés, dont aucun n'était accro à sa Nintendo ; le festin qu'ils avaient préparé avec Stephen ; tout le monde heureux, souriant. C'était tout ce dont elle avait toujours rêvé. Puis Stephen leur aurait peut-être demandé de se taire, un chapeau de fête toujours sur la tête ; il se serait excusé de les déranger, mais il voulait poser une question à Rosie…

Argh, elle était stupide. Stupide, stupide, stupide. Elle s'était trompée sur toute la ligne. Pire, elle ne s'était pas rendu compte que Stephen lui donnait déjà tout ce qu'il avait à donner.

Elle n'avait pris en compte aucun des avertissements – il était compliqué, avait eu une enfance difficile. Elle s'était dit que ce n'était pas grave, qu'elle pouvait le guérir. Or, guérir quelqu'un, ce n'était pas une relation. C'était le rôle des infirmières. Et, une fois les gens guéris, ils repartaient. Mais elle avait cru… elle avait cru qu'avec Stephen, c'était différent. Que les sentiments qu'ils avaient l'un pour l'autre, les moments qu'ils passaient ensemble… Elle se mordit la lèvre. Elle avait abattu toutes ses cartes. Elle n'avait plus rien en réserve, plus rien sous le coude pour qu'il se dise subitement : *Oh oui, c'est la femme dont je ne peux pas me passer.* Alors voilà.

On ne pouvait pas rester un second choix toute sa vie, savoir qu'on « faisait l'affaire pour l'instant ». Enfin, c'était possible – elle l'avait déjà fait par le passé, avec Gerard. Voyez comment cela avait fini. Hors de question qu'elle recommence.

Elle se sentait si bête. Elle s'était montrée si naïve, si sûre d'elle. *Oh oui, tralala, je renonce à ma vie à Londres, à mon appartement et à mes amis, pour m'installer à la campagne. Bien sûr que je sais ce que je fais.*

Eh bien, non, elle ne le savait pas. Elle n'en avait aucune idée, manifestement. Le magasin marchait doucement ; elle gagnait moins que lorsqu'elle était infirmière, et ce n'était déjà pas beaucoup. Elle allait se retrouver célibataire dans un village où il y avait bien plus de moutons que de célibataires avec toutes leurs dents, où elle n'avait pas de famille, peu d'amis et où on la traiterait comme une étrangère pendant encore au moins vingt ans.

Larmoyante, elle se servit un autre verre de sherry. Des chansons de Noël passaient à la radio : cela lui rappela les élèves de l'école en train de chanter, et elle pleura de plus belle. Elle avait une montagne de cadeaux à emballer ; elle ferait mieux de s'y mettre, supposa-t-elle. Une journée chargée l'attendait le lendemain. Au moins, elle verrait les enfants de Pip. Puis, le 27 décembre, ils partiraient, eux aussi, ils iraient voir du pays, avant de rentrer en Australie. Ils allaient tant lui manquer, même cette petite enquiquineuse de Kelly. Elle se rappela Shane en train de descendre la colline en luge, la tête rejetée en arrière, riant aux éclats, ressemblant tant à son père au même âge que c'en était ridicule. Desleigh qui filmait la scène. Rosie en était venue à apprécier le calme imperturbable de sa belle-sœur ; elle voyait désormais qu'elle n'était pas stressée par ses enfants, par la vie, et que cela convenait parfaitement à Pip et à leur petite famille. Bien sûr, Angie s'inquiétait assez pour tout le monde, de toute façon, comme toujours.

Elle emballa le kit de jeu Spiderman pour sa petite Meridian, ses larmes inondant le papier. Ce serait elle qui lui manquerait le plus. Elle n'aurait jamais imaginé qu'être tata serait un tel plaisir.

Comme s'il lisait dans ses pensées, Monsieur Chien sortit de son panier, s'approcha d'elle, posa sa tête sur ses genoux et la regarda avec une compassion infinie.

– Tu m'aimes toujours, Monsieur Chien, hein ? demanda-t-elle en lui donnant distraitement un morceau de tartelette aux fruits secs. Parce que je te donne de la tartelette, sachant que ce n'est pas bon pour toi.

Monsieur Chien gémit.

– Oui, mais tu m'aimes aussi pour moi. J'avais oublié.

Une larme lui tomba sur le nez ; il la lécha, puis lui lécha la main. Elle caressa ses oreilles soyeuses, puis entreprit d'empaqueter le nouveau jeu vidéo de Shane (Desleigh lui avait dit que ce serait le cadeau parfait) et un nouveau déguisement de princesse pour Kelly, « taille + » – nom de code pour « enfant rond », avait découvert Rosie. Elle avait ajouté un diadème très élégant à la dernière minute, puis avait donc dû fouiller dans tous les magasins de Derby afin de mettre la main sur un masque de Spiderman pour Meridian. Elle n'avait pas eu de chance avec les jouets James Bond (une autre obsession de Meridian) pour les fillettes de son âge, mais avait dégoté une petite Aston Martin parfaite. Puis elle avait dû acheter autre chose pour Kelly et Shane, de sorte qu'elle se retrouvait avec une montagne de présents devant elle. C'était absurde.

Elle avait eu envie d'aller acheter un cadeau pour Stephen, de dénicher un beau pull bleu foncé, qui irait bien avec ses yeux, ou noir, couleur qui lui donnait un air si dramatique, comme James Bond en personne. Et si la vendeuse lui avait demandé ce qu'elle cherchait, elle aurait répondu : « Oh, je cherche un cadeau pour mon petit ami », et elles auraient essayé de trouver quelque chose de spécial.

Mais elle n'y était pas allée, en fin de compte. Elle avait eu peur que cela ne lui porte malheur. Elle ne pouvait pas lui acheter un cadeau, alors qu'elle ne savait même pas où il était, que la dernière chose qu'elle l'avait entendu dire était : « Je ne veux pas t'épouser. » Donc.

Pour Lilian, elle avait choisi un beau gilet en cachemire violet clair, sa couleur préférée, qui lui allait si bien au teint – il coûtait cher, mais cela valait le coup, sans aucun doute. Et, pour Angie, une robe orange vif ridicule, bien trop courte et un peu trop moulante, qu'elle l'avait vue lorgner au centre commercial. Elle avait pris une taille 36. Cela ne lui irait sûrement pas, mais elle avait joué la sécurité, ce qui devrait faire plaisir à sa mère. Il fallait qu'elle avance. En cette soirée, censée être l'une des plus heureuses de l'année (la neige tombait toujours, une belle flambée brûlait dans l'âtre, la télé, quand elle l'alluma, passait des programmes de Noël, pleins de bonshommes de neige, d'enthousiasme et de joie), Rosie fit ses paquets-cadeaux en pleurant toutes les larmes de son corps.

*

Edward et Doreen étaient allongés dans leur lit, main dans la main. Ils avaient écrit à l'officier de l'état civil et avaient une montagne de papiers à remplir. Et l'hôpital voulait pratiquer une autopsie. Ils ne savaient même pas quand ils pourraient enterrer James. Or, curieusement, malgré leur profonde tristesse, ils ressentaient une certaine sérénité.

La plus grande peur d'Edward, depuis que James – Henry – avait été diagnostiqué, des années auparavant, était qu'il meure angoissé ; dans d'atroces souffrances, dans la peur et la confusion, sans savoir qui ni où il était, bouleversé, terrorisé. Mais cela ne s'était pas passé ainsi. Même s'il y avait beaucoup de faits nouveaux à digérer, son père avait passé ses dernières heures en sécurité, au chaud dans son lit, soigné, entouré de personnes qu'il aimait et reconnaissait.

– Je ne crois pas qu'on puisse en demander plus, n'est-ce pas ? dit Edward au plus profond de cette nuit enneigée.

– Non, répondit la gentille et patiente Doreen en lui caressant doucement l'avant-bras.

Elle ne le lui avouerait jamais, mais l'idée que James vive encore cinq ou six ans – ou, encore plus terrifiant, dix ou quinze – l'avait toujours angoissée, à cause de l'argent, des soins à apporter, de tout. Même si elle aimait beaucoup son beau-père gentil et réservé, il était temps de partir en croisière (une LONGUE croisière), dans un endroit où il ne neigerait pas.

*

À « Peak House », Pip ne parvenait pas à mettre les enfants au lit. Ils sautaient partout dans la maison, riaient, criaient, dansaient, insistant pour attendre le père Noël. Angie et Desleigh avaient tout bonnement décidé de ne pas leur prêter attention : elles s'étaient repliées dans la cuisine, bien chauffée par l'Aga, et avaient ouvert une bouteille de vin.

– Comment vas-tu ? demanda Desleigh. Je pensais que ce séjour dans la campagne anglaise serait calme.

– Je sais. C'est complètement fou. Je ne savais même pas que Lilian avait eu un petit ami. Elle ne parlait pas de ce genre de choses. Une fois, j'ai demandé à mon père pourquoi elle ne s'était jamais mariée, et il m'a répondu qu'elle avait aimé un garçon mort à la guerre, mais qu'il était marié à une autre, alors je ne pensais pas… enfin, je ne pensais pas que cela avait pu être vraiment sérieux, tu vois ce que je veux dire ?

– Je trouve ça romantique. PIP ! PEUX-TU METTRE CES PETITS MONSTRES AU LIT ? ILS ME CASSENT LES OREILLES !

– C'est vrai, reprit Angie en les resservant. Sinon, qu'est-ce que tu penses de notre Rosie, alors ?

Desleigh secoua lentement la tête.

– Tu sais qu'elle est adorable, Angie.

– Oui, répondit-elle avec fierté.

– Mais je ne crois pas que ça va marcher avec celui-là, tu vois ce que je veux dire ?

Angie opina du chef, l'air grave.

– Ça fait des jours qu'on ne l'a pas vu… Disparaître comme ça, ça n'augure rien de bon. Et ce qu'il a dit au sujet du mariage ?

– Je trouvais ça trop beau pour être vrai, répondit Angie. Vraiment. Même si je pense qu'elle mérite le meilleur.

– Je sais que tu le penses. Tu es une mère formidable.

– Merci. Toi aussi.

Elles échangèrent un grand sourire.

– Mais il est juste… enfin, il ne sera pas vraiment là pour elle, si ?

Angie secoua tristement la tête.

– Et est-ce qu'une belle-mère peut imaginer une telle chose ?

Les deux femmes gloussèrent : les autres gens n'avaient vraiment pas de chance avec leur belle-famille.

– Non. Cela n'arrivera pas, reprit Angie. Je pense que Rosie doit l'accepter. Même s'il est beau garçon.

– Il l'est ! acquiesça Desleigh avec un peu trop d'enthousiasme. Mais tu sais ce qu'on dit : les hommes ne sont jamais aussi passionnés qu'au début de la relation.

– C'est vrai. Oh oui, je le sais bien.

– Donc...

– Oui. Je crois qu'on va la ramener dans nos bagages.

Les deux femmes trinquèrent, puis entendirent des cris perçants à l'étage.

– Mamaaannn ! hurla Pip. Est-ce que tu peux venir calmer ces petits monstres ?

Desleigh regarda Angie monter avec une grande satisfaction. Avoir tata Rosie sous la main leur faciliterait encore plus la vie. Après tout, songea-t-elle en remplissant de nouveau son verre, il fallait un village entier pour élever un enfant.

Chapitre 22

Rosie se réveilla en sursaut. Elle entendait un bruit. Au départ, elle n'eut aucune idée d'où elle était. Puis elle se rendit compte qu'elle avait dû s'endormir. Le feu était moribond, il commençait à faire froid dans la pièce. Des humoristes de deuxième partie de soirée se moquaient de la famille royale à la télé, et elle regarda son verre de sherry vide avec colère.

Puis elle comprit ce qu'était ce bruit : le téléphone fixe sonnait. La sonnerie s'interrompit, avant de retentir à nouveau quelques secondes plus tard. Elle consulta sa montre : il était deux heures du matin. Son cœur s'emballa : cela devait être Stephen. Elle décrocha le combiné.

– Allô ?

– Rosie ?

C'était une voix d'homme, mais pas celle de Stephen, réalisa-t-elle. Peu à peu, son esprit embrumé par le sommeil prit conscience que c'était la voix douce de Moray.

– Quoi ? Qu'est-ce qui se passe ?

– Es-tu sobre ?

– Qu'est-ce que tu racontes ? Bien sûr que je suis sobre. Enfin. J'ai bu deux verres de sherry… il y a cinq heures.

– C'est bon, c'est bon, ça ira.

Elle perçut une certaine nervosité dans sa voix.

– Qu'est-ce qui se passe ?

– Rien, juste cette satanée Hester.

Rosie cligna des yeux plusieurs fois, avant de comprendre où il voulait en venir.

– La mère d'Edison… Oh, bon sang, le bébé.

– Oui, le fichu bébé. Qui décide de pointer le bout de son nez la nuit où il n'y a ni médecin ni ambulance, et où il y a soixante centimètres de neige. La sage-femme est en route, mais elle ne semble pas très confiante, et c'est bibi qui suis de garde.

Rosie se leva tant bien que mal, cherchant du regard son épais manteau.

– Je suis là… Est-ce que tu peux passer me chercher ?

– As-tu besoin de temps pour t'habiller ?

– Non, répondit-elle d'un ton sec. Ne cherche pas à savoir. Où est Hye ?

– Aux Bahamas, répondit Moray avec colère. Une histoire d'assurance, ajouta-t-il avec un petit bruit sarcastique. À tout de suite.

*

Rosie s'aspergea le visage d'eau, puis tenta de se coiffer avant de renoncer. C'était inutile. Elle ne se rendait pas à une séance photo. Cela faisait trois ans qu'elle n'avait pas assisté à un accouchement, mais elle espérait que cela lui reviendrait vite.

– Au moins, Hester est une adepte des accouchements naturels, lança gaiement Moray dans la voiture. Je ne sais pas comment on aurait fait venir un anesthésiste jusqu'ici, mais j'ai demandé à la sage-femme de me lire son dossier médical au téléphone, et le bébé va bien, il se présente du bon côté. Je ne sais pas pour toi, mais je ne suis pas vraiment d'humeur à pratiquer une césarienne en urgence.

– Bon sang.

– Je rigole. Calme-toi. On fera revenir l'hélicoptère. Trois fois en un mois : ils vont nous adorer.

Rosie esquissa un demi-sourire, son cœur battant la chamade, puis vérifia à nouveau son téléphone. Aucune nouvelle de Stephen. Mais où était-il ? Il pouvait être mort dans un fossé, pour autant qu'elle sache. Il avait emporté quelques vêtements, elle supposait donc qu'il voulait se faire oublier pendant quelques jours. Mais combien de temps cela allait-il durer ? Ou il s'était peut-être installé à Londres et était tellement riche qu'il n'avait même pas besoin de ses affaires. Elle poussa un soupir.

– Sérieusement, je rigolais, reprit Moray. Je suis sûr que ça va bien se passer. Ce n'est pas nouveau pour moi, tu sais. Ça arrive, quand on pratique en milieu rural en hiver. C'est comme si j'étais vétérinaire.

– Merci, James Herriot, je me sens beaucoup mieux. Non, c'est… Oh, bon sang. C'est Stephen.

– Est-ce qu'il est… pénible ?

– Il « prend du temps pour y voir plus clair ».

– Hum.

Rosie voulait qu'il traite Stephen de trouduc pour l'aider à se sentir mieux, il le savait, mais ce n'était pas le moment.

Elle poussa un nouveau soupir. La voiture s'arrêta devant la ravissante petite maison écologique isolée au milieu des bois, et Rosie se remémora l'affreuse matinée où elle avait dû avertir Hester au sujet d'Edison. Dieu merci, le garçonnet était de retour chez lui pour Noël.

Toutes les lumières étaient allumées à l'intérieur. Arthur essayait de remplir une petite piscine gonflable, qui fuyait :

Rosie, après s'être demandé si c'était le bon moment pour barboter, finit par comprendre que c'était censé être la piscine d'accouchement.

– Bonjour, Rosie, la salua gaiement Edison, assis dans son fauteuil.

Il portait un pyjama rouge vif orné de pères Noël.

– Est-ce que tu es venue sister au miracle de la naissance natrelle ?

– Apparemment, oui. Est-ce que je peux faire bouillir de l'eau ?

À l'étage, Hester s'agrippait au côté du lit en bois recyclé, son énorme ventre semblant bouger tout seul. Elle jurait comme une charretière.

– C'est pas trop tôt, putain. J'en ai ma claque.

– Là, là, la rassura Rosie en se glissant sans peine dans son rôle d'infirmière pragmatique. Allez, laissons Moray vous examiner, pour voir où on en est.

Hester la regarda d'un sale œil.

– Lâche-moi. J'ai changé d'avis. Je ne veux pas de ce foutu bébé.

Moray repassa une tête dehors.

– Arthur ! cria-t-il. Depuis combien de temps de votre femme le travail a-t-il commencé ?

– Quatre ans. Oh, pardon. Environ douze heures, je dirais, répondit Arthur en se redressant. Elle était très sereine au début. Elle faisait du yoga, ce genre de choses. De la respiration et tout le tralala. Et puis je crois… qu'on a dépassé ce stade.

Rosie voulut aider Hester à se remettre au lit, mais cette dernière ne voulait rien entendre.

– Pourquoi est-ce que vous ne nous avez pas appelés plus tôt ? l'interrogea Rosie avec douceur.

– Va te faire voir.

– Vous feriez peut-être mieux de garder Edison au rez-de-chaussée, hein ? dit Moray en se désinfectant vite les mains. Bon. Vous, le capitaine Haddock, sur le lit.

Hester gémissait, grimaçait et, de temps à autre, poussait des cris perçants, mais ils parvinrent à la hisser sur le lit, où Moray finit par pouvoir l'examiner sans se prendre de coups de pied.

– C'est dans ces moments-là que je regrette de ne pas avoir fait vétérinaire en ville, commenta-t-il en vitesse avant de voir ce qu'il cherchait. Oh, parfait, informa-t-il Hester. Huit centimètres. On y est presque.

– J'AIMERAIS MA FOUTUE PÉRIDURALE. MAINTENANT, dit-elle très lentement en se redressant avec précaution.

Rosie descendit chercher l'eau chaude et des serviettes propres, puis demanda à Arthur de monter le chauffage dans les chambres.

– Comment a-t-elle pu accoucher d'Edison naturellement ? demanda-t-elle d'une voix basse et rapide.

Arthur la dévisagea, consterné.

– Oh, ce n'est pas le cas. Elle a eu une césarienne de convenance à trente-huit semaines, car elle ne supportait plus le poids, répondit-il en toussotant. Hester a BEAUCOUP changé depuis notre mariage.

Rosie écarquilla les yeux.

– Je ne vous le fais pas dire !

Elle remonta à toute vitesse, puis épongea le front d'Hester.

– Vous vous en sortez très bien.

– Lâche-moi. Ça craint à mort. ARGH !

Et elle eut une nouvelle contraction.

Rosie et Moray échangèrent un regard.

– Tout est normal, dit Moray. Ça ne devrait plus tarder.

Or cela tarda. Et, tandis qu'Hester hurlait et jurait dans la nuit et qu'Edison, tout excité, tournait dans son fauteuil au rez-de-chaussée, Moray et Rosie discutèrent, tout en aidant Hester à respirer entre les contractions.

– Mais pourquoi est-ce qu'on S'INFLIGE ça, putain ? J'ai l'impression d'avoir eu un accident de voiture ! ne cessait-elle de crier, jusqu'à ce que Moray lui apprenne qu'il avait une ampoule de diamorphine sur lui, pas plus, et que, si elle cessait d'être grossière, elle pourrait en avoir.

Cela la calma un peu, et il lui en donna la moitié. Les contractions continuèrent à arriver par vagues, de plus en plus fortes, mais Hester était plus à même de les encaisser : elle se laissa ballotter par les flots, affrontant la tempête.

– Un bébé de Noël, commenta Rosie d'un air songeur. Dans les séries, c'est toujours hilarant.

Moray haussa un sourcil.

– Alors, dit-il. Ça ne va pas trop avec ton amoureux, c'est ça ?

Rosie serra la main d'Hester, se sentant mélancolique.

– Au moins, comme ça, je n'aurai jamais à vivre ça, répondit-elle en plaisantant à moitié.

– Oh, Rosie, dit Moray, triste que Stephen n'ait pas suivi son conseil. Je suis sincèrement désolé. Si je peux faire quoi que ce soit… Enfin, je ne l'ai jamais vu aussi heureux qu'avec toi.

– Merci. C'est ce que m'a dit Tina, elle aussi. Mais ça n'a pas suffi, apparemment.

– Non. Je sais ce que c'est.

Rosie le considéra avec curiosité.

– Je pensais vraiment qu'il t'aimait, Rosie. Vraiment, ajouta-t-il en la regardant dans les yeux, et elle se demanda ce qui était arrivé au jeune interne de Carningford. Mais on ne peut pas *forcer* quelqu'un à nous aimer.

– Je sais, répondit-elle, son cœur se brisant à ces mots.

– *Moi*, je t'aime, ajouta-t-il.

– Merci.

Il passa le bras par-dessus les énormes genoux moites d'Hester pour lui serrer doucement l'épaule.

– Bon ! dit-il en prenant une nouvelle paire de gants. Voyons ça… VOTRE récompense pour avoir arrêté de jurer comme une charretière, c'est que… oui… je crois qu'il est temps pour vous d'avoir un bébé.

– Est-ce que je peux pousser maintenant ? demanda Hester en grognant.

– Oui ! Je vais compter jusqu'à trois, puis je veux que vous poussiez en comptant jusqu'à cinq, puis que vous arrêtiez, d'accord ? Rosie ?

– Je suis prête.

Ils passèrent à l'action, et plus rien n'eut d'importance : ni la neige, ni le monde extérieur, ni Stephen, rien, mis à part le fait de compter et Hester qui poussait, et poussait encore, comme leur monde se réduisait à ce petit cercle lumineux dans la forêt.

Chapitre 23

Stephen parcourut la salle des yeux. Ils étaient dans le salon VIP d'une boîte du quartier de Chelsea. Une odeur de maquillage, de parfum capiteux et de transpiration emplissait l'air. Les filles, irréelles, ressemblaient à des top models venus de l'espace. Elles portaient de hauts talons aiguilles et des jupes très, très courtes qui dévoilaient leurs jambes longues et minces ; leurs cheveux à la Kate Middleton bruissaient. Ces créatures halées et chatoyantes riaient en rejetant la tête en arrière (bien qu'il ne comprenne pas comment elles pouvaient savoir si quelque chose était drôle ou non, car le niveau sonore était assourdissant), révélant leur long cou lisse, et se regardaient dans les miroirs qui recouvraient le plafond et les murs. Il avait eu une très longue journée.

– Allez, lui avait dit Olly, son vieux copain. On va te sortir, te faire prendre du bon temps. Ça te remettra d'aplomb. On pensait t'avoir perdu, que tu resterais dans ton trou perdu jusqu'à la fin de tes jours, une chaîne et un boulet aux pieds.

Stephen avait eu un sourire gêné. Quelques jours à Londres, s'était-il dit, avec ses amis – CeeCee était toujours ravie de le voir, bien qu'il ne soit pas assez riche pour elle, bien sûr ; elle aimait malgré tout être entourée de garçons bien élevés. Olly n'arrêtait pas de lui répéter qu'il ratait plein de soirées amusantes, qu'il avait besoin de faire un break : cela lui avait donc paru sensé. Or, maintenant qu'il était là, il ne s'amusait pas du tout. Olly avait toujours les mêmes joues rouges et rebondies qu'à l'école primaire privée qu'ils avaient fréquentée, et le même ventre rond, mais il portait une montre hors de prix et des chaussures de luxe. Et il avait pu entrer dans cette boîte, pour commencer, ce qui semblait suffire à la fille bronzée aux cheveux étonnamment longs qui rejetait la tête en arrière, riant aux éclats à tout ce qu'il disait, tandis qu'il glissait un bras pâle et grassouillet autour de sa taille de guêpe.

Stephen leva les yeux au ciel. Il regarda à sa droite : une jolie fille qu'il n'avait pas encore vue était assise à côté de lui. Elle avait des paillettes sur le visage et arborait un grand sourire, comme si elle n'avait jamais été aussi contente de voir quelqu'un de sa vie.

– Joyeux Noël ! s'exclama-t-elle. Qui es-TU ?

Stephen se présenta.

– Alors, séjournes-tu dans ton hôtel particulier londonien ou ta maison de campagne, ce soir ? l'interrogea-t-elle joyeusement. J'aime beaucoup ta chemise, au passage.

– Je dors chez un ami, expliqua Stephen en montrant Olly.

La fille jeta un coup d'œil dans sa direction.

– Oh, Olly. TOUT LE MONDE le connaît. Il est si drôle.

Pas étonnant, songea Stephen, étant donné qu'Olly avait hérité de vingt millions de livres de son grand-père. C'était toujours lui qui payait le champagne.

– Je m'appelle Mills. Alors, qu'est-ce que tu fais dans la vie ? lui demanda-t-elle en se mordillant la lèvre de manière suggestive et en le dévisageant à travers des cils si épais qu'ils alourdissaient ses grands yeux bleus.

– Je suis instituteur, répondit-il avec un sourire.

L'expression langoureuse de Mills disparut aussitôt.

– Ah oui ? répondit-elle en regardant par-dessus son épaule pour scruter la salle.

– Oui. J'adore mon métier.

Il vit ses yeux s'attarder sur sa canne en bois, posée juste à côté de lui.

– Tu sais, je crois que ma copine vient d'arriver, dit-elle en s'écartant, dandinant son corps parfait, les paillettes de sa robe étincelant.

Olly l'arrêta d'un bras quand elle se leva.

– Hé, Mills, tu n'aimes pas discuter avec lord Lipton, ou quoi ? Un manoir de soixante pièces, ce n'est pas assez pour toi ?

Oubliant aussitôt son dédain, Mills parut de nouveau intéressée, puis franchement déçue, comme Stephen ne lui rendait pas son regard, préférant faire de la place à Olly, qui se rapprocha de lui, la fille avec laquelle il était en train de parler se retrouvant subitement sur ses genoux.

– Je te présente…

– Della, finit-elle avec obligeance.

Elle était sublime et devait avoir vingt-deux ans. C'était la veille de Noël, et elle traînait avec un type empâté qui avait quinze ans de plus qu'elle et ne connaissait même pas son prénom. Stephen ressentit une profonde lassitude, tout à coup ; il avait l'impression d'avoir cent ans.

– Tu as l'air déprimé, mon vieux. Est-ce que tu veux une ligne ?

Stephen le dévisagea.

– Bon sang, non. Est-ce que tu sais combien de vies sont ruinées avant que cette saleté n'arrive jusqu'à toi ?

Olly leva les yeux au ciel.

– Oh oui, c'est vrai. J'avais oublié Stephen l'activiste. Est-ce que tu passes un bon moment ? Les filles sont canon, non ?

– Elles sont très jolies, répondit Stephen d'un air abattu. Mais, non, je ne passe pas un bon moment.

En le disant, il réalisa à quel point c'était vrai.

– Oh, Olly, Rosie me manque. Vraiment. J'ai peur d'avoir tout gâché.

– Une de perdue, dix de retrouvées, répondit son ami, qui trouvait ce genre de conversations très gênant.

Stephen regarda autour de lui.

– Oui, sans doute. Mais c'est elle que je veux.

– Tu vas t'enterrer là-bas, alors ? Avec cette grosse marchande de bonbons ?

Stephen balaya la salle des yeux, puis prit une décision. Il se leva.

– Si elle veut de moi. Et, au passage, si tu parles encore d'elle comme ça, je te mets mon poing dans la figure.

– Pardon, pardon, j'ai trop bu. Je rigole, tu me connais, se dépêcha de s'excuser Olly.

Il savait que Stephen savait se battre, même avec une jambe blessée. Il prit une voix plus douce.

– Sous le toit de ta fichue mère ? Est-ce que tu es sûr de pouvoir le supporter ?

Il connaissait Stephen depuis longtemps et était bien plus bienveillant que son allure fanfaronne ne le laissait penser.

– Je serai peut-être obligé.

L'une des amies de Mills se faufila alors vers lui.

– Mills se demandait si tu voudrais l'inviter à dîner.

Stephen regarda en direction de la table où était assise la jeune fille, l'air à la fois ravissant et contrit au plus haut point.

– Oh, bon sang, non, répondit-il en attrapant sa canne, avant de sortir dans la nuit londonienne glaciale.

Il n'y avait aucun taxi en vue, mais il avait envie de marcher, même si sa jambe lui faisait mal. Le quartier de Chelsea était joli sous un mince manteau de neige, mais il le trouvait bondé, fatigant : le bruit de la circulation ; du béton, et encore du béton ; des personnes peu discrètes qui sortaient des bars en criant ; des boîtes de nuit et des restaurants qui déversaient de la lumière et de la musique dans toutes les directions. Où les gens trouvaient-ils le calme et la tranquillité ? Où échappaient-ils à la frénésie du monde ? Il passa devant deux hommes en train de se battre pour une femme qui leur criait que cela n'en valait pas la peine. Bien sûr que cela n'en valait pas la peine. Il ne voyait pas une seule étoile au-dessus de sa tête, dans la lueur artificielle de la ville.

Il ressentit soudain le besoin de voir Rosie. Un besoin maladif, comme on a besoin d'un verre d'eau froide après une longue journée d'été ; ou d'une tasse de chocolat chaud après un après-midi à jouer dans la neige avec onze enfants de cinq ans ; exactement le genre de chocolat qu'elle lui avait préparé une semaine plus tôt, en réalité. Il avait besoin d'elle. Il sortit son téléphone, fit défiler ses contacts. Mais il ne pouvait pas l'appeler, il était une heure du matin. Il ne réussirait pas à la joindre, de toute façon ; elle n'aurait pas de réseau et, s'il appelait sur le téléphone fixe, il risquait de réveiller Lilian… Il s'apprêtait toujours à l'appeler, quand il eut une autre idée, meilleure. Il devrait laisser la voie libre à Olly, dans tous les cas : s'il connaissait bien son ami, ce dernier ne tarderait pas à ramener cette fille chez lui pour lui montrer son Aston Martin rutilante. Il lui envoya un petit texto pour le remercier, mais il écourtait son séjour à Londres, puis se dirigea vers sa voiture, garée dans la ruelle où vivait Olly. Il rentrait chez lui.

Chapitre 24

– Et… un… deux… trois… POUUUSSSEZZZZ !!! Je vois la tête… Allez, Hester, allez !

– PUUNAAAIIISE ! cria Hester, qui s'efforçait de ne plus jurer, puisqu'Arthur et un Edison très hésitant venaient de monter.

Arthur portait son fils dans ses bras, délicatement, comme s'il était fait de verre et pouvait se casser. Rosie le comprenait parfaitement.

– Êtes-vous sûr ? lui avait-elle demandé quand ils avaient demandé à entrer.

Arthur s'en était remis à Edison.

– Il faut que je voie. Ça aidera mon dévepement scientifique.

– D'accord, avait-elle répondu.

Moray, lui, était resté muet ; il était occupé.

– Et… POUUUSSEZ ! cria-t-il. ENCORE. Encore…

Et le bébé sortit d'un coup, atterrissant directement dans les bras du médecin.

– Oh, merci BON Dieu ! s'écria Hester d'une voix forte. Punaise. C'est pas possible.

Arthur et Edison se pressèrent autour de Moray, qui enveloppa le bébé dans une serviette.

– C'est une fille ! annonça-t-il, comme la minuscule personne qui venait d'apparaître dans la pièce ouvrait sa petite bouche de tigre et poussait un vagissement retentissant.

Rosie tendit la paire de ciseaux qu'elle avait fait bouillir à Arthur, qui la tendit à Edison, puis, avec une grande précaution, père et fils coupèrent le cordon ensemble.

– Une fille ! répéta Moray en la mettant dans les bras d'Hester, qui vomissait bruyamment dans une bassine.

On sonna alors à la porte. Ils échangèrent tous un regard, se demandant qui cela pouvait bien être.

– La sage-femme ! finit par s'écrier Rosie. Oh, elle arrive un peu tard.

– Non, pas du tout ! la contredit Moray à voix basse. Je déteste sortir le placenta. Je sais que je suis censé être un médecin impassible et tout ça, mais je trouve ça dégoûtant.

– Chut, lui dit Rosie d'un air réprobateur en se lavant les mains pour descendre ouvrir.

Mais la petite famille ne pouvait pas l'avoir entendu : ils étaient fascinés (même Hester, quand elle arrêtait de réclamer une fichue tasse de thé, le moins qu'elle puisse espérer après ce qu'elle venait d'endurer), réunis autour de ce minuscule être humain, la perfection même, qui cherchait déjà aveuglément le mamelon d'Hester.

– Vite, donnez-moi un whisky, dit cette dernière. Avant que mon lait ne monte.

– Je l'apprécie beaucoup plus aujourd'hui, commenta Rosie en tendant le savon à Moray.

*

La sage-femme se répandit en excuses, puis en éloges sur leur mérite. Elle prit le relais avec efficacité à l'étage, tandis qu'ils s'éclipsaient dans la cuisine pour préparer du thé. Moray trouva bel et bien du whisky et leur en versa une bonne dose.

– Joyeux Noël, dit-il. Tu peux sécher tes larmes, maintenant.

– Je ne pleure pas ! répondit-elle, avant de se toucher le visage. Oh. Si.

– Le miracle de la nature, expliqua-t-il en souriant. Ce n'est pas parce que ça arrive presque à tout le monde que ce n'est pas extraordinaire.

Elle opina du chef.

– C'est incroyable. « Combien y a-t-il de personnes dans cette pièce ? … et MAINTENANT, combien ? »

Elle regarda sa main, qui tremblait légèrement.

– Oh. Je suis fébrile.

– Es-tu tout excitée, parce que tu te demandes si le père Noël est passé ?

– Oh, bon sang ! C'est Noël aujourd'hui.

Une seconde, son visage s'illumina, puis tout lui revint en mémoire.

– Oh oui. Une journée très chargée et déprimante m'attend, et demain je devrai dire au revoir à tous ceux que j'aime !

Ils trinquèrent avec leur tasse de whisky.

– Je suis là.

– Merci, répondit-elle en jetant un coup d'œil à sa tasse. Je vais peut-être passer LA JOURNÉE à boire.

– Oui, parce que tu n'es pas de garde, toi.

Puis ils retournèrent à l'étage pour dire au revoir à la nouvelle arrivée, qui semblait déjà heureuse, satisfaite, au sein de sa mère.

– Comment allez-vous l'appeler ? s'enquit Rosie.

Edison avait l'air très sérieux.

– C'est moi qui vais choisir son prénom, parce que je suis un grand frère, maintenant.

– Ça paraît logique, répondit-elle, espérant qu'il n'allait pas choisir quelque chose comme « Robotrix ».

– Je crois qu'elle devrait s'appeler Marie, dit-il.

– Oh, c'est très joli ! s'exclama Rosie, surprise. Parce que c'est Noël ?

– Non, répondit le garçonnet, sourcils froncés. Comme Mme Curie, la première grande dame de la science.

Rosie et Moray échangèrent un regard.

– Je trouve ça parfait, commenta Arthur.

Moray se pencha tendrement au-dessus du minuscule bébé, au minois tout rouge, qui serrait et desserrait le poing. Rosie sourit.

– Je crois... qu'on va y aller.

Échanger des politesses paraissait étrange, après tout ce qu'ils venaient de vivre ensemble.

– Pas de problème, répondit la sage-femme. Je crois que tout va bien, ici. Je vais préparer des toasts, si quelqu'un en veut.

– J'ai tellement faim que je pourrais manger Edison, dit Hester avant de regarder Arthur avec insistance. Oh, au fait, je ne referai jamais ÇA.

– N'importe quoi, lança la sage-femme. Le troisième sortira tout seul.

Arthur eut un sourire bienveillant, et Rosie et Moray échangèrent eux aussi un sourire en voyant la mine horrifiée d'Hester.

– Merci pour ma petite sœur, Rosie, dit Edison quand elle alla lui faire un câlin.

– De rien, répondit-elle en embrassant ses cheveux tout doux de petit garçon. Je suis ravie qu'il y en ait deux comme toi.

– J'espère qu'elle aime les robots. Et avoir Wolverine comme grand frère.

– Tu l'aideras. Et quand elle aura trois ans, tu pourras l'emmener au magasin pour goûter son premier Edinburgh Rock.

Le visage d'Edison s'illumina.

– Je vais adorer être un grand frère.

– Ça va te rendre encore meilleur, j'en suis sûre.

Elle l'embrassa à nouveau, puis l'installa sur le lit avec sa famille avant de prendre le bras de Moray et de sortir dans l'aube qui se levait lentement en cette matinée de Noël vivifiante, claire et terriblement froide.

Chapitre 25

Étonnamment, Mme Laird était déjà debout quand Stephen arriva à six heures du matin, les yeux rouges, dans tous ses états, après avoir enfreint toutes les limites de vitesse entre Chelsea et le Derbyshire dans des conditions météorologiques épouvantables. Surprise, elle se retourna de devant la cuisinière, puis se reprit aussitôt et lui versa la meilleure tasse de thé qu'il ait jamais buc dc sa vie.

Stephen avait beaucoup réfléchi en sillonnant les autoroutes désertes. Il avait pensé à la manière dont il avait fait face à son premier accident ; Rosie l'avait sauvé. Et, cette fois, il s'était renfermé sur lui-même, de peur de s'effondrer. Or, s'il s'était plus confié à Rosie, il savait, il était certain que cela se serait mieux passé. Oui, elle était distraite en ce moment, mais ils étaient des partenaires, ils formaient une équipe. Et il n'avait jamais rencontré personne plus présente pour lui. Il ne servait à rien d'être jaloux, parce qu'elle était aussi présente pour d'autres.

Il s'était remémoré des moments de leur vie ensemble, comme des instantanés : quand elle tricotait sur le canapé ; en train de s'embrasser sous l'arbre de la maison de Lilian ; de faire l'amour dans la chambre sous les toits, sa peau pâle empourprée, aussi rouge que les roses trémières qui tapaient contre la fenêtre au printemps. Son expression, la première fois qu'elle avait vu ce chien stupide ; son sourire facile, chaque fois que la cloche de la confiserie tintait – mais jamais aussi grand, jamais aussi radieux, que quand c'était lui qui entrait.

– Est-ce que madame est réveillée ? demanda-t-il après avoir bu son thé d'un trait, lorgnant le bacon et les champignons que Mme Laird venait de sortir du frigo.

Mais il ne pouvait pas manger, pas pour l'instant.

– Elle l'est, lança Hetty depuis les escaliers.

Sa mère portait un peignoir qu'il reconnut, un peu choqué, comme étant l'un de ceux de son père. Deux chiens lui traînaient dans les pieds, à moitié endormis, reniflant l'odeur du bacon.

– Avec tout le tapage que tu as fait en arrivant, je ne vois pas comment il pourrait en être autrement.

– Oui, désolé, répondit-il, un peu refroidi. Joyeux Noël.

En le disant, il réalisa en sursaut qu'il n'avait pas acheté de cadeaux pour sa mère à Londres. Oh non, non, non.

– J'ai bien peur de ne rien t'avoir apporté, poursuivit-il avec gêne, se rappelant de façon coupable qu'il avait une bouteille de champagne et un nouveau pull dans la voiture pour Mme Laird.

Il n'oubliait jamais Mme Laird.

– Bien, répondit Hetty. C'est surfait, les cadeaux. Ça ne fait qu'encombrer le monde avec de nouvelles choses inutiles. Je ne t'en ai pas fait non plus. Tu peux avoir un autre chien, si tu veux.

– Non, merci. On a ce qu'il faut pour l'instant, je crois.

Il se souvint que Rosie avait cherché les mesures de quarantaine et sentit ses yeux le picoter.

– Euh…

– Oui ? lança sa mère en prenant la tasse de thé que lui tendait Mme Laird sans un merci. Dis-moi tout.

Mme Laird s'arrangea pour se faire discrète. Stephen se rendit compte qu'il aurait bien eu besoin de prendre une douche et de s'allonger un peu – il sentait toujours l'odeur parfumée, enfumée, de la boîte de nuit sur sa veste – et que, dans des circonstances idéales, il aurait préféré que sa mère ne porte pas le peignoir d'un mort. D'un autre côté, dans des circonstances idéales, il serait sans doute haut gradé dans l'armée, colonel ou quelque chose comme cela, et il boirait un brandy dans la bibliothèque, en fumant un cigare et en racontant des histoires de régiment à son père, qui serait extrêmement fier de lui, ravi qu'il fréquente la fille de Squire Phillip, le propriétaire terrien d'à côté...

Alors. Tout n'était pas parfait dans la vie. Mais il avait une chance, il le savait. Une chance qu'une chose soit parfaite. Ou presque.

Il s'assit, et sa mère l'imita.

– J'espère que ces œufs viennent de la ferme des Isitt. Dorothy a beau être une vraie casse-pieds, elle a d'excellents produits frais.

– C'est vrai, répondit Stephen, peu disposé à se lancer dans les commérages. Euh, mère...

Hetty leva les yeux au ciel.

– Crache le morceau. Je lis en toi comme dans un livre, tu sais.

– Bon, reprit-il. Je sais que tu n'approuves pas vraiment, que tu ne l'aimes pas beaucoup, que sa famille n'est pas idéale et que ce n'est sans doute pas la meilleure personne pour m'aider à gérer cette propriété un jour. Et je sais qu'elle ne vient pas d'une de ces familles de débutantes que tu aimes et...

– Bon sang, lança Hetty. J'ai eu un doute quand tu t'es volatilisé.

La gorge de Stephen se serra. Il avait l'impression d'être un petit garçon.

– Es-tu sûr de toi ? Tu as conscience du fait qu'elle n'a aucune idée de ce qu'implique ce mariage. De tout ce qui va avec. Et tu n'es pas de tout repos, tu sais ?

– Je sais.

– Et tu devras aussi faire les choses à sa façon ; elle ne se laisse pas marcher sur les pieds. Elle paraît complaisante, mais ne l'est pas.

– Je le sais aussi.

– Et vos personnalités peuvent être incompatibles, parfois… Le mariage, c'est difficile, tu le sais ?

– Oui.

– Et vous venez de milieux très différents. Peut-être trop différents. Quand vous vivrez des choses difficiles, vous ne comprendrez pas comment l'autre réagit.

– Je crois que si.

Elle le regarda, puis eut un petit rire.

– Ah, les jeunes croient tout un tas d'âneries.

– Alors… alors, je ne peux pas avoir la bague ?

Hetty poussa un soupir, puis but une longue gorgée de thé.

– Bien sûr que tu peux avoir cette fichue bague. Je m'en suis occupée pour toi, il y a un an. Rien n'a jamais été aussi évident pour moi de toute ma vie.

– Tu es sérieuse ?

– Bien sûr que je suis sérieuse. Vous ne pouvez être heureux qu'ensemble.

– Oh, bon sang ! s'exclama-t-il en se levant d'un bond.

Hetty sourit.

– J'aimerais vraiment qu'on arrête de me prendre pour une idiote.

Il ne sut pas trop quoi répondre à cela.

– Je suppose… Heu, est-ce que tu crois que je dois demander sa main à sa mère ?

– Ah ! Sa mère aura un orgasme rien que d'y penser.

– MÈRE ! Tu es dégoûtante.

– Et toi, tu es petit-bourgeois, mon chéri.

⋆

Hetty ne raconterait jamais à personne la conversation difficile qu'elle avait eue quand Stephen était parti pour Londres.

Angie s'était présentée à la porte – de derrière, bien sûr, elle n'allait pas refaire la même erreur –, et Mme Laird l'avait laissée entrer. Puis Angie avait vidé son sac. Son fils était cruel avec sa fille ; elle allait emmener Rosie en Australie ; elle avait mal élevé Stephen, comment pouvait-elle le laisser se comporter de la sorte ? Angie avait asséné son discours avec éloquence, puis avait fait volte-face et était aussitôt ressortie d'un pas décidé. En temps normal, Hetty aurait balayé cela d'un revers de main, mais, cette fois, ces mots avaient fait mouche. Et l'idée que Rosie parte en Australie l'inquiétait réellement. Son fils s'était tant épanoui avec elle ; il avait beau avoir un emploi inapproprié, il était heureux et, plus encore, il était en paix. Elle l'avait guéri à bien des égards, cette Rosie. Elle ne voulait pas avoir à en subir les conséquences, si elle la poussait à partir.

Contrite, elle était passée à « Peak House », leur avait souhaité de bonnes fêtes et les avait tous invités à déjeuner le jour de Noël. Angie, qui avait une petite gueule de bois, s'était montrée très méfiante, jusqu'à ce que Hetty échange quelques mots en privé avec elle, lui promettant d'allumer le chauffage et de ne pas préparer le repas, et l'affaire avait été entendue.

*

Les journées commençaient de bonne heure à la maison de retraite, Stephen savait qu'il ne gênerait pas. Il sortit le béret en laine tout doux, bleu layette, qu'il avait acheté pour Lilian, puis entra en faisant « ho ho ho ». Les résidents prenaient leur petit déjeuner – hareng fumé, pilaf de poisson et champagne. Il mourait de faim, réalisa-t-il aussitôt. Cathryn insista pour qu'il prenne la place vide. Celle de Henry Carr, réalisa-t-il. À côté de Lilian.

Cette dernière le considéra d'un air méfiant.

– Qu'est-ce que tu veux ?

– Joyeux Noël. Je n'ai pas le droit de venir rendre visite à ma grand-tante préférée ?

– Tu es charmant. Ça ne te ressemble pas. Qu'est-ce qui se passe ? Tu es horrible avec Rosie, par conséquent, je te hais. Va-t'en. Ce n'est pas ta place, de toute façon.

Stephen attendit patiemment. Il le méritait, il le savait.

– Eh bien, voilà. J'ai été un peu préoccupé, oui. Mais... Je vais mieux, maintenant. Et je devais réfléchir à une chose très importante.

L'excitation que Lilian avait sentie monter en elle dès qu'elle avait vu sa grande silhouette mince passer la porte, ne boitant presque plus, menaçait de déborder, mais elle garda un visage impassible.

– De quoi s'agit-il, alors ? Comment bouder en plusieurs langues en même temps ?

Stephen reprit ses esprits.

– Je suis désolé pour James… pour Henry.

Les yeux de Lilian s'embuèrent.

– Eh bien, j'imagine qu'il est mieux là où il est.

– C'est toujours mon mari, Lilian Hopkins, grommela Ida Delia, assise de l'autre côté de la table, qui en était à son troisième verre de champagne et était jalouse de l'attention portée à Lilian. Il sera avec moi dans l'au-delà.

– Seulement s'il s'est très mal comporté et qu'il est allé dans l'autre endroit. SOUS terre, rétorqua sereinement Lilian avant de se retourner vers Stephen. Bon, où en étions-nous ?

– Eh bien, vous savez que Rosie n'a pas de père, et je dois demander la permission pour quelque chose à quelqu'un agissant *in loco parentis*.

Lilian eut un sourire suffisant.

– Oui. J'imagine que je suis la personne la plus importante dans sa vie.

– Oui, enfin, après sa mère, mais je me suis dit que ce serait une marque de respect…

– Qu'on en FINISSE ! le coupèrent Ida Delia et une ou deux autres vieilles dames autour de la table, qui trépignaient d'impatience.

Stephen ouvrit l'écrin. Hetty ne s'était pas contentée de chercher la bague, elle l'avait fait nettoyer et polir, puis avait suggéré, de façon désobligeante, de l'ajuster.

Cette bague avait été offerte à la grand-mère maternelle de Stephen pour ses fiançailles, et avait appartenu à plusieurs générations avant cela. Datant de l'époque victorienne, elle était ornée de quatre pierres précieuses qui formaient un beau losange, monté sur un anneau torsadé. Les pierres étaient petites, mais d'une qualité irréprochable, et l'or, doux, patiné par le temps, brillait d'un bel éclat. Elle était magnifique.

– Je veux bien t'épouser ! lança Theodore Bell, qui était un petit plaisantin.

– Mince alors, répondit Stephen. Si j'avais su.

Mais l'ombre d'un sourire commençait à fendre sa barbe de trois jours.

– Eh bien, il va falloir que tu te nettoies un peu, ronchonna Lilian en prenant respectueusement la bague de ses mains. Je me rappelle l'avoir vue au doigt de ta grand-mère.

Stephen opina du chef.

– Moi aussi. Et elle était déjà ancienne, à cette époque.

Lilian parut sur le point de la passer, mais préféra s'abstenir.

– Bien, dit-elle en le fixant de ses yeux pâles. Si jamais tu t'avises de ne pas rendre ma Rosie heureuse… si je la vois ne serait-ce qu'un jour sans un grand sourire radieux sur son visage, je t'estropie l'autre jambe. Compris ?

– Oui, madame.

– Et si je suis morte et enterrée, je reviendrai te hanter jusqu'à la fin de tes jours. Est-ce que tu comprends ?

– Oui, madame.

– En fait, je crois que, avec Henry et moi, on aimerait bien revenir hanter les gens, ajouta-t-elle d'un air songeur. Quand on sera tous les deux dans l'au-delà catholique.

Stephen estima qu'il valait mieux ne pas répondre à cela.

– Alors, me donnez-vous votre bénédiction ?

– Mon garçon, tu es une vraie tête de mule, mais tu l'aimes, et elle t'aime, et quiconque pense que ce genre de choses arrive facilement ou est à prendre à la légère est encore plus bête qu'il n'y paraît. Ils devraient vous apprendre ÇA à l'école.

Stephen l'embrassa doucement sur la joue et la remercia. Puis il ressortit dans le froid hivernal du petit matin.

⋆

La Land Rover faisait de drôles de bruits, remarqua-t-il avec inquiétude en s'approchant du cottage. C'était étrange : aucune fumée ne sortait de la cheminée. Lorsqu'il s'arrêta devant la porte, il devint évident qu'il n'y avait personne. Non, non, non, elle devait déjà être partie à « Peak House ». Stephen ne tenait pas vraiment à faire sa demande devant tout le monde, mais il faudrait bien qu'il accepte que, s'il voulait Rosie, il aurait aussi sa famille – tout comme elle aurait la sienne, songea-t-il.

Il envisagea une seconde d'entrer prendre une douche et se changer en vitesse, mais, non, il avait l'impression que la bague brûlait dans sa poche. Il ne pouvait pas attendre. *Cela* ne pouvait pas attendre. Sans compter qu'il y avait déjà des gens dans la grand-rue, en train de promener leur chien ou de se rendre à l'église pour le premier office, et il ne se sentait pas capable de supporter leurs vœux enjoués, pas encore. Il avait quelque chose à faire.

Il passa la marche arrière sur la Land Rover, clairement mécontente, puis se dirigea vers « Peak House ».

La neige s'était remise à tomber – il n'avait jamais autant neigé, de mémoire d'homme ; les flocons assourdissaient tous les bruits, rendant le monde si étrange. C'était un temps à rester blotti au coin du feu.

Il se remémora encore une seconde le visage blessé de Rosie quand il lui avait annoncé qu'il avait besoin de temps. Soudain, la panique s'empara de lui. Et si elle était déjà partie ? Si elle était en route pour l'Australie ? Et si elle avait fermé la maison et avait fichu le camp ? Non, Lilian le lui aurait sûrement dit. Bien sûr. Il cédait juste à la paranoïa.

Il accéléra malgré tout sur la pente recouverte de neige. Les doigts tremblants, il sortit son téléphone, mais non seulement il n'avait pas de réseau, mais il n'avait plus de batterie non plus, de toute façon. Il jura tout haut. Mais pas autant que lorsqu'il atteignit « Peak House » pour trouver la maison vide, elle aussi, et fermée.

*

Impossible d'y échapper. Il allait devoir renoncer et rentrer chez sa fichue mère pour attendre là-bas. Épuisé, déçu, il sentait son euphorie retomber, quand, à mi-chemin entre « Peak House » et « Lipton Hall », à flanc de colline, au milieu de nulle part, il sentit une odeur de brûlé. Peu après, la Land Rover émit une dernière protestation, avant de s'arrêter net, moment où Stephen se souvint que, quand il était parti pour Londres, dans sa précipitation, il avait oublié de remettre de l'huile et qu'il n'avait emporté qu'un pardessus en tweed, pas de bonnet, ni de gants, ni quoi que ce soit d'utile en pleine tempête de neige. Et cette route n'était empruntée que par le personnel du domaine – ils étaient tous en congé ce jour-là et le lendemain – et par la famille de Rosie, mais Dieu savait où ils étaient. À Dubaï, sans doute, à cette heure-ci.

Stephen devint alors l'habitant le plus grossier de Lipton au cours des vingt-quatre heures suivantes, loin devant Hester Felling-Jackson.

Chapitre 26

Ils eurent l'impression de pénétrer dans une autre maison. Pour commencer, la porte d'entrée s'ouvrit d'un coup à leur arrivée. Pip les avait conduits à « Lipton Hall » de bonne heure, Rosie, exténuée, pelotonnée sur la banquette arrière, Monsieur Chien et Meridian sur ses genoux pour lui tenir chaud. Hetty avait été catégorique : elle voulait les voir avant qu'ils n'aillent tous ensemble à l'église. « À Rome, fais comme les Romains », avait répondu Hetty, et les enfants étaient tout excités à l'idée de retrouver leurs nouveaux copains du village, cet arrangement leur convenait donc.

Mais ce n'était pas tout. Toutes les lumières de la demeure étaient allumées, chaudes et confortables, chose qui n'arrivait en général que lorsque Hetty recevait des clients payant le prix fort. Hetty, vêtue d'une robe rouge censée être de circonstance, mais qui ressemblait aussi étrangement à une couverture pour cheval percée d'un trou, agrémentée d'un collier de perles, les attendait sur le pas de la porte pour les accueillir en personne ; l'énorme porte noire était décorée d'une grosse couronne faite maison.

– Bienvenue, bienvenue, dit-elle en les faisant entrer et en les embrassant. Entrez, entrez.

À l'intérieur, toutes les cheminées avaient été nettoyées et allumées. Angie s'était acheté un faux manteau de fourrure ridicule à Derby, dans lequel elle ressemblait à un loup recroquevillé sur lui-même, mais elle se rendit compte qu'elle n'en avait pas besoin. Desleigh et Pip sortirent discrètement une montagne de cadeaux du coffre. Les enfants rayonnaient de joie : Kelly était vêtue d'une jolie robe rouge à smocks ; Shane, étonnamment, n'avait pas sa Nintendo dans les mains (même si Rosie avait une petite idée de ce que contenaient ses minuscules paquets), et Meridian portait toujours son pyjama Spiderman, mais avait accepté de mettre un grand pull rouge par-dessus et quelques guirlandes autour de son cou pour l'occasion.

Quand Mme Laird s'avança d'un air affairé pour prendre le champagne qu'ils avaient apporté, Rosie et Angie échangèrent un regard, soulagées que Hetty ait tenu sa promesse et ne cuisine pas. Quelqu'un de la maison de retraite déposa Lilian à peu près à la même heure. Rosie lui jeta un regard pénétrant. Elle s'attendait à la voir éplorée, pensive, préoccupée. Mais, non, sa tante ne cessait de glousser. Rosie s'inquiétait pour elle.

Dans le grand salon, ils découvrirent des petits fours au saumon fumé, des toasts au pâté et du champagne, tous prêts à être dégustés, un fauteuil confortable pour Lilian, et un immense sapin, qui touchait le plafond. Il était magnifique : en le voyant, Meridian porta une main à sa bouche. Rosie regarda autour d'elle, mais, bien sûr, elle l'avait tout de suite su. Elle n'avait pas eu de ses nouvelles. Il n'était pas là. Il faisait sans doute la fête à Londres avec ses amis snobinards. C'était aussi bien comme ça : elle avait à peine eu assez d'énergie pour se traîner sous la douche et enfiler une vieille robe. Deux coupes de champagne, et elle tomberait comme une masse, supposait-elle.

– Alors, que fait-on en premier ? L'église ou les cadeaux ? demanda Hetty.

Naturellement, les enfants réclamèrent les cadeaux, et ils eurent donc le droit d'ouvrir les paquets posés sous le sapin, tandis qu'Angie prenait des milliers de photos. Kelly faillit pleurer en découvrant son magnifique déguisement de Blanche-Neige. Meridian cria de joie en reconnaissant la voiture de James Bond, puis entreprit aussitôt d'enlever son pyjama Spiderman, exigeant un smoking et une cravate.

– C'est très gentil de votre part de nous avoir invités, dit Rosie à Hetty tout bas.

La jeune femme supposait que c'était sa façon de s'excuser ; et peut-être de lui dire au revoir, réalisa-t-elle, étranglée par l'émotion.

Hetty regardait les enfants déchirer les paquets-cadeaux avec enthousiasme sous les lumières scintillantes du sapin, l'air ému.

– Pas du tout. On devrait le faire plus souvent, vraiment. Ils ne sont pas si mal, ces petits chameaux.

Et en voyant Shane remercier ses parents (tout en gardant vaillamment le secret du père Noël pour ses petites sœurs), puis s'asseoir tranquillement dans un coin pour tuer des méchants de l'espace, Kelly entonner au débotté « A Whole New World », très fort, et Meridian aller patiemment voir tout le monde, y compris les gentilles dames qui assuraient le service traiteur dans la cuisine, pour expliquer que la voiture de James Bond pouvait lancer des roquettes, Rosie ne put que lui donner raison. Monsieur Chien, assis sur ses genoux, léchait le saumon fumé. Il avait renoncé à traîner avec ses cousins pour la chaleur du feu et la perspective de friandises.

– Tu es un chien très gros et très fainéant, lui dit affectueusement Hetty.

– Ce n'est pas vrai, rétorqua Rosie avec raideur, mais avec le sourire.

– BIEN ! cria Angie en tapant dans ses mains.

Les enfants coururent se mettre derrière elle, la mine réjouie, espiègle, et se donnèrent la main. Pip et Desleigh les rejoignirent, incapables de cacher leur sourire, eux aussi.

– Pour nous avoir offert de formidables vacances sous la neige, nous avons un cadeau spécial pour notre tata Rosie.

– C'EST..., commença Meridian, mais Shane lui mit une main sur la bouche avant qu'elle ne puisse en dire davantage.

– Tu nous manques, ma chérie, lui dit Angie en lui tendant un petit paquet et en l'embrassant sur la joue.

Rosie le fixa. Puis l'ouvrit. Il contenait une enveloppe, et à l'intérieur se trouvait un billet d'avion. Un billet open. Pour Sydney, Nouvelle-Galles du Sud. Australie. Un billet aller.

Elle porta une main à sa bouche.

– Oh, mais...

– Pas de panique, la rassura sa mère. Tu peux l'utiliser pour venir en vacances, c'est comme tu veux, d'accord ? On ne te kidnappe pas.

– Je sais. Je sais.

Mais elle ne put empêcher les larmes de tomber sur sa main. Desleigh, qui interpréta cela, à tort, pour de la gratitude, lui passa un bras autour des épaules.

– Ne t'en fais pas pour ça, hein ? Pip gagne beaucoup d'argent, tu sais ?

– Euh, non, ce n'est pas ça, tenta d'expliquer Rosie, mais elle ne trouva pas les mots.

Lilian et Hetty échangèrent un regard inquiet, mais elle ne le remarqua pas.

– Je crois... je crois... enfin, je crois que je viendrai peut-être. Peut-être.

– YOUPI ! hurla Meridian. TATA ROSIE VIENT ! Elle dormira dans mon lit.

– Mais non, la contredit Kelly. Elle dormira dans la chambre d'amis. Tout le monde le sait.

– Je pense qu'elle veut dormir dans mon lit, HEIN, tata Rosie ?

– Je crois, oui, répondit Rosie, tandis que les fillettes s'approchaient d'elle pour lui faire un câlin, et elle laissa ses larmes couler, faisant mine de pleurer de joie.

★

Stephen fouilla dans la voiture, mais n'y trouva rien d'utile. Il pesta contre lui-même ; il avait été si bête. Mais qu'est-ce qu'il avait dans la tête ? Il pouvait entendre la voix autoritaire, éteinte depuis longtemps, de son père : « Tu n'as pas vérifié le niveau d'huile ? Espèce de demeuré. » Avec un soupir, il releva le col de son pardessus, puis attrapa sa canne. La dernière chose qu'il souhaitait, c'était de tomber par ici. Le thermomètre de la voiture indiquait qu'il faisait –2 °C. Cela ne manquerait pas d'ironie, songea-t-il, s'il mourait de froid sur son propre domaine. Il vérifia à nouveau son téléphone. Rien. Bon sang.

Quitter la chaleur relative de la voiture fut une vraie torture. Des vents violents soufflaient des sommets, lui jetant des paquets de neige au visage et dans le col de son manteau, qui s'avérait, comme il l'avait prédit, parfait pour sauter de taxi en taxi à Londres, mais parfaitement inutile pour arpenter une colline du Derbyshire ; ses élégants richelieus de vieux monsieur, que Rosie avait toujours trouvés hilarants, n'étaient pas idéals, eux non plus.

Il progressa d'un pas prudent, mais assuré, armé de sa canne, se sentant idiot de s'être mis dans une situation pareille. Il était le seul à blâmer. Et le plus stupide dans tout ça, c'était que cela pouvait devenir grave. S'il glissait par ici et tombait dans une congère...

À nouveau, il ne put s'empêcher de penser que, s'il avait intégré l'armée, comme son père le souhaitait, il aurait sans doute appris de nombreuses techniques de survie pour ce genre de situations.

⋆

Hetty alla trouver Lilian, pendant que les enfants se dispersaient pour ouvrir leurs boîtes et se mettre à assembler leurs jouets. Angie se tenait prête, munie d'environ trois cents paquets de piles de rechange et de tournevis de différentes tailles.

– Où est Stephen ? demanda Lilian à voix basse. Je croyais qu'il était en chemin.

– Je te l'ai envoyé, répondit Hetty. Enfin, on sait qu'il est arrivé jusqu'à toi. L'as-tu découragé ?

– J'ai fait de mon mieux, répondit Lilian d'un ton songeur. Mais il s'est montré inflexible.

Les deux femmes regardèrent Rosie, qui s'efforçait de faire comme si elle allait bien, qu'elle était heureuse, tout en aidant Meridian à coller ses vignettes dans son carnet d'autocollants Spiderman.

– C'est ce que je croyais aussi, répondit tristement Hetty. Je te le dis, Lilian : je sais que c'est mon fils et tout ça et que sa vie n'a pas toujours été facile. Mais s'il laisse passer sa chance et qu'il nous en fait une maladie, je te jure que je le tue, ce morveux.

Lilian opina sagement du chef.

– Je te comprends.

Hetty décrocha le téléphone dans le hall d'entrée pour le rappeler, mais il ne répondit pas.

⋆

Stephen ne sentait plus sa jambe blessée. Ce n'était pas bon signe, pas du tout. Pas seulement le froid – il avait les doigts bleus, gourds, et entendait ses dents s'entrechoquer de manière incontrôlable. Mais le fait qu'il ne sente plus sa jambe signifiait qu'il n'avait aucune idée des dommages qu'elle subirait ; elle avait déjà des lésions neurologiques. Malgré tout, il était peu probable qu'il tombe sur un café accueillant avant huit bons kilomètres. Il n'avait pas le choix : il devait continuer. Il baissa la tête ; il aurait aimé ne pas avoir l'impression de foncer droit dans le vent. Il voulut mettre sa main libre dans sa poche, mais dut la ressortir pour garder son équilibre. Même recouvertes des manches de son pull, elles étaient dangereusement froides.

⋆

– Alors, lança Hetty en observant la scène sous ses yeux. Allons-nous tous à l'église ?

Les enfants la regardèrent avec curiosité.

– Pas moi, répondit Lilian. Je suis catholique.

– Tu n'es pas catholique ! se récria Hetty. Mon père ne t'aurait jamais laissée entrer dans cette maison !

– Ah, les préjugés. On nous tourmente depuis longtemps, nous autres catholiques.

– Tu ne peux pas devenir catholique sur un coup de tête, d'abord. Et tu ne peux pas devenir catholique, juste parce que tu détestes le pasteur.

– C'est vrai, je déteste le pasteur.

– Eh bien, tu entreras dans un lieu saint avec de la haine dans le cœur, dans ce cas, rétorqua Hetty, dont la foi en l'Église d'Angleterre était aussi inébranlable, aussi indéfectible, que sa foi en l'aristocratie terrienne, en l'influence néfaste sur les mœurs du pays de la décimalisation de la monnaie, des toilettes intérieures, du chauffage central et de l'arrêt du service militaire, et en la supériorité des chiens sur les chats.

Dieu en son royaume, les Lipton à « Lipton Hall », et les vaches seront bien gardées.

– Ce n'est pas grave, répondit sereinement Lilian. Je peux demander pardon à la dernière minute, et tout ira bien.

Rosie, qui n'avait aucune envie d'y aller, et encore moins de saluer tous les habitants du village, s'apprêtait à proposer de rester avec sa grand-tante, mais sa mère paraissait intéressée, étonnamment.

– As-tu envie d'y aller ? l'interrogea-t-elle.

Angie haussa les épaules.

– Eh bien… tu sais. Mon père a grandi ici, tu te rappelles. C'est l'église qu'il fréquentait…

– Il n'y allait jamais, la coupa Lilian.

– … et les familles avec lesquelles il a grandi, le monde qu'il connaissait si bien. Alors je ne serais pas contre.

– On veut y aller ! s'écria Kelly contre toute attente.

– Oui, on veut voir nos copains de luge, ajouta Shane. Et…

Il leva un cadeau que Rosie n'avait pas encore vu. Une luge en bois, vieille, mais bien cirée. Celle de Stephen, bien sûr. Rosie jeta un coup d'œil à Hetty, qui haussa les épaules.

– Il peut s'en servir quand il nous rend visite. Cette luge a besoin d'un garçon.

– Bon, dans ce cas, d'accord, fit Rosie, impressionnée.

Elle se leva de son fauteuil. Tout était bon pour lui changer les idées, pour l'aider à survivre à cette journée interminable.

Quand elle leur aurait dit au revoir le lendemain… elle pourrait rentrer chez elle, monter dans sa petite chambre sous les toits et pleurer toutes les larmes de son corps. Elle devait juste tenir jusque-là.

– Je vais emmener Buzz l'Éclair, dit Meridian en prenant un nouveau jouet adoré. Il aime BEAUCOUP l'église.

– Je n'en doute pas, répondit Rosie.

⋆

Sur sa colline, Stephen, un peu désorienté, crut entendre des voitures démarrer. Pris de panique, épuisé, il fut certain qu'ils étaient partis, qu'il avait raté sa dernière chance de voir Rosie avant qu'elle ne s'en aille pour toujours. Il voulut courir sur la neige verglacée. C'était ridicule, vain : il tomba directement dans une congère et se retrouva trempé jusqu'aux os.

Les voitures ne venaient pas dans sa direction. Le bruit s'évanouit. Un instant, Stephen envisagea de rester là, de se recouvrir de neige, comme une couverture, et de dormir enfin. Il semblait être à l'abri du vent, par terre ; c'était plus confortable qu'il ne l'aurait imaginé…

Ses doigts gelés passèrent sur la poche de poitrine de son pardessus et y sentirent le petit écrin dur. Il fallait qu'il continue.

⋆

Le pasteur s'efforça de ne pas mentionner Dieu dans son sermon, et Rosie apprécia ce moment malgré elle, en dépit de sa tristesse. Shane et Kelly semblaient s'être fait un nombre impressionnant de copains dans le peu de temps qu'ils avaient passé à Lipton. Kent et Emily, sur leur trente et un, lui firent un grand sourire : Emily, une énorme poupée aux yeux limpides dans les mains, ressemblait comme deux gouttes d'eau à sa mère ; Kent portait une cravate, la main de Jake sur son épaule. Tina était tout sourire, elle aussi : on aurait dit une famille sur une publicité.

– Coucou, dit Rosie, comme Tina la prenait dans ses bras, inquiète de la voir dans cet état. Es-tu au courant pour Hester ?

– Oh oui. Ça a fait le tour du village.

Puis Rosie aperçut Moray près de la porte.

– Je ne t'aurais pas pris pour une grenouille de bénitier, lança-t-elle en l'embrassant.

– Oh, le révérend a tellement insisté pour rendre ça inclusif que je me sens obligé de lui faire plaisir, répondit-il en levant les yeux au ciel. Et puis ça me permet de diagnostiquer quelques personnes souffrantes sans qu'on m'appelle ET…

L'un des agriculteurs qui vivaient sur l'une des collines surplombant le village s'approcha alors de lui, l'air enjoué.

– Moray, je me disais bien que je vous verrais ici. Merci pour votre aide avec mes hémorroïdes.

– Avec plaisir, répondit le médecin, mentant comme un arracheur de dents, comme toujours. Je ne me rappelais même plus pourquoi vous étiez venu.

– Je n'en reviens pas qu'ils gobent toujours ça, commenta Rosie, l'air admiratif en voyant la bouteille d'eau-de-vie de prune qu'on venait de lui offrir.

– Où déjeunes-tu ?

Son ami ébaucha un sourire timide.

– Quoi ?

– Peu importe.

– QUOI ?

– Ben, il se pourrait qu'un jeune interne de Carningford…

– C'est reparti ? Génial !

– Noël fait ressortir le meilleur des gens. Mais, bon, de toute façon, il est juif, donc je n'aurai même pas à manger un autre repas de fête ! On mange chinois ! Oh, merci mille fois, dit-il en acceptant la grosse bouteille de champagne que lui tendait une vieille dame minuscule. Descente d'organes, murmura-t-il peu discrètement à Rosie.

– Tu ne peux pas dire ça dans une église, le reprit-elle.

Moray lui remontait toujours le moral.

– Est-ce que je peux dire qu'une fois qu'on a trouvé un homme juif, on ne veut plus des autres ? lança Moray avec malice, et Rosie lui donna un coup de pied dans le tibia.

– Aïe ! Pas d'eau-de-vie de prune pour toi. Ni de...

Il jeta un coup d'œil à l'étiquette.

– Petrus. Ooh, dites donc, merci beaucoup, madame Hamilton.

– Incroyable, commenta Rosie avant d'aller s'asseoir près de Hetty (sur le banc de devant, bien sûr) pour entonner le premier chant de Noël « Good King Wenceslas[1] », sautant seulement le passage sur le festin de la Saint-Étienne.

Sire, the night is darker now,
And the wind grows stronger;
Fails my heart, I know not how;
I can go no longer.

★

Les enfants du village chantèrent à tue-tête, crevant le plafond, tandis que Hetty parcourait l'assemblée du regard, l'air

1. Célèbre chant de Noël se déroulant le jour de la Saint-Étienne (*Saint Stephen's Day*), le 26 décembre (N.d.T.).

anxieux, cherchant son fils ou quelqu'un qui savait où il était. Attendait-il tout seul à « Peak House » ? Était-il reparti pour Londres ? L'inquiétude d'un parent pour son enfant – elle jeta un coup d'œil au neveu et aux nièces de Rosie, assis à côté d'elle – ne s'arrêtait pas à trois ans, ni à trente-cinq.

⋆

Après les chants, le pasteur, un sourire bienveillant sur son visage rond, regarda les villageois se saluer et se souhaiter un joyeux Noël. Les enfants demandèrent tous où était Stephen, et Rosie et Hetty éludèrent de leur mieux leur question, tout comme elles esquivèrent celles du pasteur au sujet des funérailles de Henry. Elles ne savaient pas exactement ce que prévoyaient Edward et Ida Delia – qui était toujours son épouse, au regard de la loi – et elles étaient quasiment certaines que Lilian voudrait aussi avoir son mot à dire. Il y avait un caveau familial dans le cimetière, mais l'hôpital ne leur avait pas encore rendu le corps : cela devrait donc attendre.

⋆

Pip s'était garé un peu à l'écart de l'église, de sorte que Shane put faire de la luge avec ses nouveaux copains, qui semblaient tous dynamiques, heureux, joyeux, sans écran dans les mains. Mais le temps était bien trop froid pour s'attarder dehors : ils prirent donc quelques photos et demandèrent vite aux enfants de remonter en voiture, puis regagnèrent « Lipton Hall » pour le déjeuner, les chants de Noël résonnant toujours à leurs oreilles.

⋆

Stephen n'y voyait rien. Il ignorait où il était et depuis combien de temps il était dehors. Il sentait que sa jambe gauche était mal en point, mais se servait de la droite, les faisant passer l'une devant l'autre, et l'une devant l'autre, encore et encore, dans la blancheur aveuglante, le long de ce qu'il pensait être la route, mais qui était désormais si recouverte de neige, si encombrée de flocons virevoltants, qu'il n'en était pas sûr. Il ne tremblait plus ; son corps entier était crispé, se raccrochant à sa seule volonté. Il entendait résonner dans sa tête un poème de Samuel Beckett qu'il avait lu autrefois : *Je ne peux pas continuer… Je vais continuer.* Or il se rappelait à peine l'époque où sa vie était emplie de poésie. *Je ne peux pas continuer… Je vais continuer.*

Puis, enfin, au loin, il entendit les chiens aboyer.

*

Rosie et Angie secouaient la neige sur le manteau des enfants et frictionnaient leurs mains, toutes rouges après avoir lancé des boules de neige avec leurs moufles de laine mouillées, quand elles entendirent les chiens devenir fous. Monsieur Chien, tel un petit boulet de canon grassouillet, sortit à toute allure par la porte de derrière puis galopa dans la neige.

– Où va-t-il ? demanda Angie en protégeant ses yeux des bourrasques de flocons. Je n'ai jamais vu ce chien aller aussi vite. J'espère que Shane ne lui a pas mis un pétard de Noël dans le derrière.

Rosie se retourna. Une silhouette sortait dangereusement lentement de la tempête. Une silhouette grise, qu'elle ne parvenait pas à distinguer, inquiétante dans le lointain.

Puis, peu à peu, la silhouette se mit de côté, et Rosie discerna une forme de canne.

Chapitre 27

Ils le transportèrent à l'intérieur, puis le posèrent en tas devant le feu. Angie resta en arrière pour laisser entrer Rosie, puis éloigna les enfants. Hetty le fixait du regard, une main devant la bouche.

– Mais qu'est-ce qu'il a encore trafiqué, celui-là ? lança Lilian, perplexe.

– Du thé. Des couvertures, aboya aussitôt Rosie, avant de se pencher pour lui enlever son pardessus trop fin.

Il avait la peau pâle comme du marbre. Rosie l'assit devant le feu, ouvrit sa chemise mouillée, puis, n'ayant pas de meilleure idée, se colla contre lui et les emmitoufla sous une couverture.

Lilian et Hetty échangeaient des regards peu discrets, toussotaient, jusqu'à ce que Hetty finisse par dire :

– Il FAUT VRAIMENT qu'on aille voir où en est le déjeuner.

– Mais je veux voir tonton Stephen en bonhomme de neige, se plaignit haut et fort Meridian devant la porte, mais leurs voix s'éteignirent peu à peu, comme ils traversaient le hall pour passer dans la salle à manger, et Rosie et Stephen se retrouvèrent enfin seuls.

Elle sentait leurs deux cœurs battre : celui de Stephen, très lentement. Il ouvrit les yeux et battit des paupières, étonné d'être assis avec elle devant le feu, Rosie le réchauffant de son corps.

– Rosie, dit-il au bout d'un moment.

Elle poussa alors un profond soupir de soulagement, puis posa la tête sur son épaule.

Un peu plus tard, elle se leva pour aller lui chercher un verre de whisky. Au moment où elle le lui tendit, il se mit à trembler de manière incontrôlable.

– C'est bon signe, murmura-t-elle, comme il la dévisageait.

Monsieur Chien s'approcha d'eux à pas feutrés, lécha Stephen, puis s'installa sur les genoux de Rosie. Stephen était toujours cadavérique, mais il y avait de la vie dans son regard, quand il se redressa. Il but une gorgée de whisky, mais s'étrangla et dut tousser et boire un peu d'eau. Puis il se tourna vers elle.

– J'ai besoin de toi, lui dit-il simplement. J'avais besoin de toi.

– Je sais. Je sais.

– Après l'accident…

– Je sais. Et je ne voulais pas te faire subir ma famille, mais tu sais… je les aime aussi.

– Je sais.

– Et je ne peux pas… je ne peux pas toujours te réparer. Tu n'es pas Chris Martin, et je ne suis pas cette fichue Gwyneth Paltrow. Je ne suis pas ton infirmière. Tu n'es pas mon patient.

– Je sais. C'est pour ça que j'ai essayé de me reprendre en main. J'ai essayé, Rosie, crois-moi, s'il te plaît.

– Mais tu t'es volatilisé.

Il secoua la tête.

– Je te le promets. J'ai vraiment essayé. J'ai juste… Tout est devenu trop bruyant. Avec tout le monde autour. Je n'arrêtais pas d'avoir des flash-backs, à longueur de temps. Je n'arrivais pas à dormir ; tu étais si occupée, et tout ce que j'entendais, c'était... Chaque fois que j'entendais les enfants parler, j'avais l'impression d'entendre des hurlements.

Rosie le dévisagea, consternée.

– Je suis allé... je suis allé voir un thérapeute. Moray me l'a recommandé. Sur Harley Street. Il a été très gentil de me recevoir au pied levé. Enfin, Moray m'avait d'abord recommandé un horrible médecin du coin, mais qui m'a envoyé voir la bonne personne.

– Il ne m'a rien dit, murmura Rosie.

– Bien, il n'était pas censé le faire.

– C'est vrai.

– Mais, Rosie. Ça a été si dur. D'admettre que j'étais de nouveau malade...

Prononcer ces mots à haute voix lui était toujours difficile.

– Bref, marmonna-t-il. Bref... il... il m'a beaucoup aidé. Je dois le revoir, mais... enfin. C'était la chose à faire.

Rosie poussa un soupir.

– J'aurais juste aimé que tu me DISES que c'était si dur. Je pensais que tu te comportais comme un...

– ... un trouduc.

– Un peu, répondit-elle avec un sourire.

– Et tu as oublié à l'instant de me reprocher d'avoir consulté un médecin du privé.

Rosie remarqua sa mâchoire crispée, qu'il mordillait ses belles lèvres, et se rendit compte qu'il avait été très dur pour lui de se confronter à son problème.

– Je dois te pardonner alors, dit-elle d'une voix douce.

Stephen baissa les yeux, puis prit une profonde inspiration.

– Tu sais, je veux... je veux prendre soin de toi, moi aussi.

Elle le dévisagea, et il explosa tout à coup : les mots sortirent d'un trait.

– Je veux que tu prennes soin de moi, et je veux prendre soin de toi et, tu sais, je ne suis jamais heureux, jamais, Rosie, mon amour, je ne suis jamais heureux quand tu n'es pas avec moi. Et je crois que c'est sans doute le problème… Ma vie… Rosie, ma vie est NULLE sans toi. Alors que, toi, tu réussis tout ce que tu entreprends, que je sois là ou non.

Elle le regarda, peinée.

– C'est ce que tu ressens ?

– Tu es entourée de ta famille, de gens qui t'aiment et tu as tant d'opportunités… Le monde t'appartient. Tu n'as pas besoin de moi comme j'ai besoin de toi. Je peux à peine supporter une promenade dans la neige…

Ils pleuraient tous les deux à présent, et Rosie s'efforça d'essuyer ses larmes avec sa main.

– Mais…

Elle avait l'impression d'être pathétique.

– Je ne veux que toi. Je n'ai toujours voulu que toi. Mais tu ne veux pas de ci, pas de ça, tu ne veux pas te marier, te poser, je ne suis donc pas suffisante pour toi, c'est évident. Je ne veux pas être un second choix ; je ne veux pas être ton infirmière. Je veux être tout pour quelqu'un et je veux que cette personne soit tout pour moi. Tu es… tu es tout pour moi, Stephen. Tout.

Ces derniers mots se perdirent dans un déluge de larmes, et elle enfouit sa tête dans les poils de Monsieur Chien.

– C'est très injuste que tu aies Monsieur Chien à câliner, dit Stephen. À ce stade.

– Quel stade ? Qu'est-ce que tu fais ?

Ce fut un vrai supplice, le sang refluant dans ses doigts et ses orteils, ses membres se réchauffant. Cela lui fit atrocement mal. Malgré tout, lentement, prudemment, Stephen fit passer sa jambe blessée en arrière et parvint à poser un genou sur le vieux tapis devant le feu, la chemise toujours grande ouverte.

– Rosie Hopkins, propriétaire de confiserie estimée dans ce village, commença-t-il, avant de s'interrompre, parce qu'il pleurait, lui aussi. Rosie… tu es tout pour moi. Tu es… tu es tout pour moi.

Puis, avec délicatesse, ses mains tremblant pour une autre raison à présent, il leva le petit écrin.

– Je ne veux pas que tu sois mon infirmière. Je ne veux pas que tu sois un second choix, comme si c'était possible. Rosie, je veux que tu sois ma femme. Je le veux vraiment.

*

– EST-CE QU'ON PEUT ENTRER, MAINTENANT ?

Kelly commençait à s'impatienter derrière la porte. Elle n'aimait pas être exclue des histoires d'adultes et ne pas être au courant de tout. Néanmoins, elle n'était pas la seule à être curieuse ce jour-là : six adultes anxieux attendaient derrière elle (Mme Laird était là, elle aussi).

Rosie et Stephen, qui s'embrassaient d'une manière sans doute inappropriée devant une enfant de sept ans, relevèrent les yeux et éclatèrent de rire.

– Bien sûr, entrez, entrez, dit Rosie, les joues roses de bonheur.

Elle n'était pas maquillée, mais avait le teint éclatant près du feu. Elle rayonnait de joie, avait la bouche rouge après un tel baiser, et cela lui allait mieux que tout le maquillage du monde.

– Tu sais que je t'ai promis de ne plus compter sur toi pour être mon infirmière ? murmura Stephen en serrant sa petite main dans la sienne, grande. Euh… est-ce qu'on pourrait attendre cinq secondes, le temps que tu m'aides à me relever ?

Sa jambe s'était raidie sous lui, et ses muscles lui faisaient toujours mal. Mais il ne s'était jamais senti aussi bien de sa vie.

Ils se levèrent, côte à côte, main dans la main, vraiment ensemble, devant une belle flambée, le jour de Noël, dans le grand salon de « Lipton Hall », puis attendirent que les membres de leur famille, vieux, nouveaux, étrangers comme familiers, entrent en courant pour les embrasser, débordant de joie, leur souhaitant tous leurs vœux de bonheur pour aujourd'hui et pour demain.

★

Et en fin de compte, songea Lilian – en se retournant doucement dans le lit où Rosie, un peu éméchée, l'avait aidée à s'installer après un long après-midi, rempli de chapeaux de fête, de pétards de Noël et de plaisanteries idiotes ; après que Hetty eut sorti une télé vieille comme Hérode afin que Meridian puisse regarder un film de James Bond, ce que la fillette avait fait, captivée, bouche bée, dans le plus grand silence ; et après que Rosie et Stephen eurent filé en douce un instant pour regarder les étoiles tous les deux –, en fin de compte, songea Lilian, comme Rosie le lui avait répété, encore et encore (« Je l'aime tant, Lilian. Je l'aime TANT »), les choses étaient rentrées dans l'ordre, comme il se devait, et tout finissait bien.

Et, un jour, bientôt, d'une manière ou d'une autre, quelque part, elle aussi tiendrait la main de l'homme qu'elle aimait, qu'elle avait tant aimé, et, un instant, elle se demanda si les étoiles seraient différentes là-bas.

Le soleil doré de l'automne était à nouveau suspendu au-dessus du village, comme toujours ; Henry levait la main vers elle et lui faisait de grands signes, comme toujours ; et elle courait vers lui, comme toujours.

Or cette fois, cette fois, il l'attendait sans bouger, et elle le rejoignait enfin. Il prenait sa petite main dans la sienne, grande, et ils continuaient leur chemin ensemble.

Et, dehors, au-dessus de Lipton, les flocons de neige tournoyèrent, virevoltèrent, dansèrent et se déposèrent sur les champs, sur les toits et sur le portillon de bois, jusque tard dans la nuit.

Recettes

Voici quelques recettes de friandises de Noël testées et éprouvées. Rien de trop compliqué, car, tout le monde le sait, cette période de l'année est très *chargée* ! Je vous recommande de vous procurer de jolies boîtes – j'aime celles ornées d'un ruban en tartan – pour les emballer. Les gens adorent cette petite touche personnelle et, avec un peu de chance, vous prendrez aussi plaisir à les confectionner !

Les boules de coco

Les boules de coco sont délicieuses, de saison, et font un joli cadeau. Et elles contiennent de l'alcool. Et, encore *plus* important, elles sont si faciles à préparer que vous pouvez laisser les enfants les faire (mais chargez-vous peut-être de l'alcool). Pour plus de facilité, j'utilise des tasses pour cette recette ; vous devriez pouvoir en préparer environ trente-six, mais, bien sûr, tout dépend de la taille des boules !

1 tasse de noix de coco râpée sans sucre, et un peu plus pour les rouler
1 tasse de cacao en poudre non sucré

1 petite boîte de lait concentré
1 goutte de rhum/brandy/whisky (N.B. : vous devez en choisir un ☺)

Mélangez tous les ingrédients, puis formez des boules collantes. Roulez-les dans de la noix de coco pour leur donner un aspect hivernal !

Mettez-les au réfrigérateur jusqu'au moment de les emballer et de les offrir.

Le fudge

Je sais que Lilian déteste le fudge aromatisé, mais, moi, j'aime bien ça, alors sentez-vous libre d'essayer avec de la menthe, du rhum, etc. Et, bien sûr, vous devrez au moins utiliser l'extrait de vanille.

300 ml de lait
350 g de sucre en poudre
100 g de beurre doux
1 cuillère à café d'extrait de vanille

Commencez par beurrer un long moule, puis recouvrez-le de papier cuisson. Mettez le lait, le sucre et le beurre dans une casserole à fond épais, à feu très doux, et portez à ébullition (je le répète tous les ans, mais n'oubliez pas que la préparation devient très chaude), puis remuez sans vous arrêter.

Prenez un verre d'eau glacée. Quand la préparation a l'aspect et l'odeur du caramel, versez-en une cuillérée dans l'eau glacée. Si la préparation est prête, elle formera une boule molle.

À ce stade, vous pouvez ajouter de la vanille, des éclats de noisette, de petits chamallows – ou ce que vous voulez – dans la préparation. Mélangez bien, jusqu'à ce que le fudge ne soit plus brillant. Vous pouvez laisser reposer à température ambiante (le fudge peut prendre un drôle d'aspect dans le réfrigérateur). Coupez-le quand il a bien refroidi. OH, MIAM.

Le sablé au caramel

Je me dis toujours que je ne vais pas en abuser. Et puis, euh…

Je vais aussi vous avouer qu'il m'arrive de tricher et d'acheter du caramel tout prêt. Oui, je sais. Si vous ne voulez pas le faire, prenez une boîte de lait concentré et mettez-la dans une casserole d'eau froide. Portez lentement à ébullition, puis laissez mijoter pendant trois heures (en vous assurant qu'elle est toujours entièrement recouverte d'eau).

Pour le sablé :
250 g de farine
75 g de sucre en poudre
175 g de beurre ramolli

Pour le nappage :
Caramel
200 g de chocolat légèrement sucré

Préchauffez le four à 180 °C ; graissez et recouvrez un moule carré. Mélangez les ingrédients du sablé de façon à obtenir une pâte sableuse. Puis pétrissez-les, jusqu'à ce que cela ressemble plus à une pâte. Mettez dans le moule et faites cuire vingt minutes.

Une fois la préparation refroidie, recouvrez-la de caramel et laissez refroidir (faites-le si possible un jour où vous avez d'autres choses à faire à la maison, comme vos paquets cadeaux), puis faites fondre le chocolat. Je le fais fondre en le cassant en morceaux et en le passant au micro-ondes par session de dix secondes. Étalez-le sur le dessus, puis laissez refroidir. Et ne vous jetez pas dessus comme un animal affamé, comme je le fais. Ça manque de raffinement.

Le toffee

Une fois prêt, je trouve le toffee difficile à manipuler : si vous comptez en offrir, il faudra que vous soyez plus soigné que moi. En général, je le casse avec un marteau, puis je dis que c'est pour faire « artistique ». Mais je suis certaine que vous serez plus douée que moi dans ce domaine. Quoi qu'il en soit, avoir du toffee sous la main est toujours agréable. Vous pouvez ajouter du citron, de la menthe, du whisky – ce que vous voulez. Les gens adorent le toffee aux noisettes ou détestent ça. Je fais partie de la dernière catégorie, mais, bien sûr, n'hésitez pas à en ajouter si vous le souhaitez. Je déteste aussi le toffee à la banane, mais les enfants en raffolent. Vous devriez pouvoir en préparer vingt avec cette recette – ou sept, si vous êtes des gloutons.

200 g de sucre en poudre
125 g de beurre
60 ml d'eau

1 pincée de sel
1 cuillère à café d'extrait de vanille (ou de tout autre arôme)

Beurrez un moule (j'utilise mon moule à pain) : ne lésinez pas, car le toffee peut être une vraie torture à enlever. Je suis sérieuse, sinon, vous devrez mettre le plat sur votre tête et le lécher, un peu comme Winnie l'ourson avec un pot de miel.

Mélangez le sucre, le beurre, l'eau et le sel dans une casserole à fond épais. Mettez sur le feu, sans cesser de remuer, jusqu'à ce que la préparation devienne dure. Comme pour le fudge, quand vous en versez une petite quantité dans de l'eau très froide, la préparation doit former une boule dure, de couleur foncée.

Ôtez la casserole du feu et incorporez l'arôme de votre choix. Versez la préparation dans le moule graissé, puis laissez reposer jusqu'à ce qu'elle soit dure comme la pierre. N'essayez pas de la sortir du plat si vous êtes pressée.

Les cacahuètes caramélisées

Oui, je déteste les noisettes dans le toffee, mais j'aime les cacahuètes caramélisées. Ne cherchez pas à comprendre, je suis une femme 😉.

100 ml d'eau
250 g de sucre cristallisé
500 g de cacahuètes nature
1 pincée de sel
1 pincée de cannelle
½ cuillère à café d'extrait de vanille

Recouvrez une plaque de cuisson de papier aluminium.

Mélangez l'eau, le sucre et les cacahuètes dans une casserole (à fond épais, de préférence), à feu moyen. Remuez bien, jusqu'à ce que le sucre soit dissous ; continuez à remuer jusqu'à ce que le liquide bouille et prenne la consistance d'un sirop. La préparation devrait alors devenir granuleuse, et les cacahuètes auront un aspect sableux.

Continuez à remuer jusqu'à ce que les morceaux granuleux fondent et que les cacahuètes soient cuites et prennent une couleur brun doré. Ajoutez le sel, la cannelle et la vanille. Versez le tout sur le papier aluminium, puis séparez les cacahuètes à l'aide d'une cuillère. Une fois refroidies, elles devraient se garder plusieurs semaines. Elles sont ravissantes dans de petits sachets en plastique colorés.

Un cheesecake bête comme chou

Si vous manquez de temps pendant les fêtes (c'est une période chargée, après tout), cette recette est idéale. Elle m'a sauvé la vie à plusieurs reprises. C'est officiellement le cheesecake le plus facile à préparer au monde, et vous pouvez même le décorer avec un brin de houx ! Grâce à lui, vous passerez pour une personne incroyablement confiante, qui prépare sans peine des gâteaux délicieux (il est délicieux, promis).

Mettez quelques biscuits dans le mixeur (la moitié d'un paquet, environ), avec un peu de beurre fondu et de miel. Mixez bien, puis recouvrez le fond d'un moule rond de papier cuisson et étalez le mélange dessus.

Fouettez 250 ml de crème fleurette. Ajoutez une petite boîte de lait concentré, le jus d'un citron et un peu de zeste.

Étalez la préparation sur le mélange de biscuits, puis réfrigérez toute la nuit, ou jusqu'à ce que le cheesecake soit pris.

JE SAIS !

Un très joyeux Noël à vous et à vos proches,

Jenny
XXX

Remerciements

Un grand merci à Rebecca Saunders, mon éditrice, ainsi qu'à Ali Gunn, mon agent. Merci aussi à Manpreet Grewal, David Shelley, Emma Williams, Charlie King, Jo Wickham, Doug, Sarah et tout le comité éditorial – faites que nos fêtes de Noël ne soient jamais prévisibles.

Veuillez m'excuser, mais je vais me lancer des fleurs : un grand merci à la formidable Romantic Novelists Association (www.rna.org.uk) d'avoir nommé *La Confiserie de Rosie* « *Romantic Novel of the Year* » en 2013. Écrire cette suite en a été d'autant plus agréable. Bon, j'arrête de me lancer des fleurs. Comme toujours, je remercie mon adorable matelot et mes trois bouts de chou.

Je remercie du fond du cœur tous ceux qui m'ont contactée (@jennycolgan sur Twitter ou www.facebook.com/thatwriter-jennycolgan) pour me saluer ou partager une de leurs recettes avec moi ; cela rend mon travail beaucoup plus amusant et interactif. Je ne vois pas toujours tous mes messages sur Facebook, donc si je ne vous ai pas répondu, je suis SINCÈREMENT DÉSOLÉE. Je vous dois un gâteau !

Bien sûr, je dois maintenant vous dire que j'ai testé toutes les recettes figurant dans ce livre. Pas toutes le même jour, naturellement. Franchement, comment Mary Berry, la critique culinaire, fait-elle pour rester aussi mince ? C'est le plus grand mystère de l'univers.

Je vous souhaite un joyeux Noël et une bonne nouvelle année, placée sous le signe de la paix !

Jenny
XXX

Le premier tome de la nouvelle série drôle et gourmande
de Jenny Colgan

Disponible en librairie et en ebook

Sous la direction de : Ambre Rouvière
Assistante éditoriale : Emma Guillaume
Correction : Nord Compo
Composition : Nord Compo
Conception graphique de la couverture : Nord Compo
Illustration de couverture : © Kanako

PEFC™
10-31-1601
Certifié PEFC
pefc-france.org

Depuis 2009, Prisma Media met en place une politique d'achat écoresponsable. Ainsi, près de 100 % du papier de nos magazines est certifié PEFC (gestion durable des forêts). La fabrication des livres des Éditions Prisma s'inscrit également dans cette démarche.

Dépôt légal : octobre 2023 – n° d'impression 2306.0167
Achevé d'imprimer en France par : Aubin Imprimeur